新定杜工部草堂詩箋斠證

〔唐〕杜　甫　著
〔宋〕魯　訔　編次
〔宋〕蔡夢弼　會箋
曾祥波　新定斠證

四

上海古籍出版社

新定杜工部草堂詩箋斠證卷第三十四

大曆元年三月自赤甲遷瀼西所作

承聞河北諸道節度入朝歡喜口號絶句十二首

禄山作逆降天誅，○【王洙曰】安禄山也。更有思明亦已無。○【王洙曰】史思明也。洶洶人寰猶不定，時時戰鬭欲何須。○【趙次公曰】謂廣德元年七月吐蕃入寇矣。

社稷蒼生計必安，蠻夷雜種錯相干。○夷種，謂禄山本胡人，及吐蕃相繼爲亂也。周宣漢武今王是，○【王洙曰：「周宣中興，漢武雄畧，言除去暴亂如漢武，恢復帝業如周宣也。」】以代宗比宣王、武帝也。孝子忠臣後代看。○【趙次公曰：「此篇望諸節度使之忠孝如此。」】公以忠孝期諸節度也。○此自對格也。

喧喧道路多歌謡，河北將軍盡入朝。始是乾坤王室正，○卞圜曰：始，音試。却教江漢客魂銷。○【趙次公曰】今因喜〔一〕諸將入朝，而傷其流落，未得還闕以朝天子，所以重歎而魂銷也。

【校記】

〔一〕喜，元本、古逸叢書本無。

不道諸公無表來，茫然庶事遣人猜。○茫然，魯作茫茫。遣，一作使。擁兵相學干戈鋭，使者徒勞百萬〔一〕迴。○【王洙曰。又，集千家注批點杜工部詩集引作「公自注」。】吐蕃之亂，諸道節度無一人救援者，朝廷遣使告諭，亦竟不至。

【校記】

〔一〕百萬，古逸叢書本作「萬里」。

嗚玉鏘金盡正〔一〕臣，○【趙次公曰】嗚玉鏘金，言節度之貴〔二〕。稱爲正〔三〕臣，則甫豈待之以忠義者耶？修文偃武不無人。○【趙次公曰】又責望於諸節度矣。書：武、成王乃偃武修文。

興王會静妖氛氣，聖壽宜過一萬春。○【薛蒼舒曰】世説：晉武帝問孫皓：「聞南人好作爾汝歌，頗爲能不？」皓正飲酒，因舉觴勸帝而言：「昔與汝爲鄰，今與汝爲臣。上汝一盃酒，令汝壽萬春。」

【校記】

〔一〕正，古逸叢書本作「武」。

〔二〕元本、古逸叢書本「貴」下有「二」字。

〔三〕正，古逸叢書本作「武」。

英雄見事若通神，聖哲爲心一小身。○【王洙曰】言天子不役天下以自奉也。燕趙休矜出佳麗，○【王洙曰】古詩：燕趙多佳人，美者顔如玉。宮闈不擬選才人。○【趙次公曰】此篇喜諸節度入朝。所謂節度者，皆河北之地，既喜其入朝，却防其媚説而獻佳麗，故預以爲戒也。才人者，宮中之爵號也。○【王洙曰】唐制：才人正二千石。

抱病江天白首郎，○【趙次公曰】甫暮年爲尚書工部員外郎。○【趙次公曰：「其字依傍馮唐白首爲郎矣。」】因以馮唐自比也。○餘見前注。空山樓閣暮春光。衣冠是日朝天子，草奏何人入帝鄉。○【趙次公曰】草奏之語，甫有所激矣。

澶漫山東一百州，○【鄭卬曰】澶，市連切。漫，草〔一〕半切。○【韓曰】澶漫，不供也。○【趙次公曰】山東，今河北也。○十道志有河北，無山東。唐始都長安，自太行以東，皆山東也。削成如按抱青丘。○【鄭卬曰：「削，平也。」】削成如按，言已平也。○【鄭卬曰】青丘，在青州千乘縣。○外國志：青丘之民，食野穀，衣野絲。○【王洙曰】顔延年詩：入河起陽峽，踐華因削成。苞茅重入歸關内，王祭還供盡海頭。○【王洙曰】左氏傳：齊伐楚，曰：「爾貢苞茅不入，王祭不供。」○又：「賜我先君履，東至于海。」

【校記】

〔一〕草，分門集注、集千家注批點杜工部詩集作「莫」。

東逾遼水北滹沱，○【趙次公曰：「舊本作呼沱，師民瞻本作滹沱，是。」】滹，一作呼，非是。○滹，荒胡切。沱，徒何切。○【趙次公曰】滹沱，河名。○【王洙曰：「遼水，遼東國水也。」】按遼東國有小遼水、大遼水。○【趙次公曰】後漢紀：光武北狥，薊城内擾亂，遂得南出，至滹沱河。○【王洙曰】注引山海經：大戲之山，滹沱之水出焉。本代州繁時縣，東流經定州深澤東南，即光武所渡處。按，滹沱舊在饒陽南，至魏太祖曹操，因饒河故瀆決，令北注新溝水，所以今在饒陽縣北也。星象風雲喜色和。○史記天官書：景星者，德星也。常出於有道之國。凡望雲氣，有獸居上者勝。陣雲如立垣，杼雲類杼，軸雲摶兩端兑。北夷之氣如羣畜穹閭。南夷之氣類舟船幡旗。若煙非煙，若雲非雲，郁郁紛紛，蕭索輪囷，是謂卿雲。卿雲，見喜氣也。又，正月旦決〔一〕八風。紫氣關臨天地闊，○【趙次公曰】紫氣關，言函谷關有佳氣也。周時，尹喜爲關史〔二〕，望其有〔三〕紫氣，云：「當有聖人入關。」○【王洙曰：「見『東來紫氣滿函關』注。」】按集有曰「東來紫氣滿函關」是也。黄金臺貯俊賢多。○【王洙曰：「燕昭王置千金於臺上，以延天下之士，故稱爲『黄金臺』。」趙次公曰：「臺在燕地，昭王所築，以禮郭隗，而繼得樂毅也。」】後語：燕昭王曰：「安得賢士以報齊讎？」郭隗曰：「王能築臺於碣石山前，尊隗爲師，天下賢士必自至也。」王如其言作臺，以金玉崇之，號黄金臺。於是樂毅自趙往，鄒衍自齊往，劇辛自魏往。○述異記：燕昭王爲郭隗築臺，今在幽州燕王故城中。土人呼爲賢士臺，又呼爲招賢臺。王隱晉書：段匹磾討〔四〕石勒，進屯故安縣，故燕太子丹金臺。按上谷郡圖經：黄金臺，易〔五〕水東南十八里，燕昭王置千金於臺上，以延天下之士。二説不同，故具列之。

【校記】

〔一〕決，古逸叢書本作「央」。

〔二〕史，元本、古逸叢書本作「吏」。

〔三〕有，元本、古逸叢書本無。

〔四〕討，古逸叢書本作「時」。

〔五〕易，古逸叢書本作「陽」。

漁陽突騎邯鄲兒，○邯，下甘切。鄲，多寒切。趙地，今洺州縣也。後漢彭寵傳：寵發漁陽步騎三千人，遂圍邯鄲。景丹傳：丹爲上谷長史，南歸世祖，以擊王郎將兒宏等，丹縱突騎擊，大破之。世祖謂曰：「吾聞突騎天下精兵，今乃見其戰，樂可言邪！」○【趙次公曰。又，杜陵詩史、分門集注、補注杜詩引作「薛夢符曰」。】又，馬武傳：世祖謂馬武曰：「吾得漁陽突騎，令將軍將之。」酒酣並轡金鞭垂。意氣即歸雙闕舞，○古詩：兩宮遥相望，雙闕百餘尺。雄豪復遣五陵知。○【王洙曰】漁陽突騎、邯鄲游俠，其豪俊勇決，古有名稱。五陵，謂漢之渭北長陵、安陵、陽陵、茂陵、平陵也。亦豪俠所聚之地。今皆復遣，知爲王臣也。

李相將軍擁薊門，○李相，謂李光弼也。○【趙次公曰】將軍，謂河北諸道節度也。白頭雖老赤心存。竟能説盡諸侯入，○入，謂入朝天子也。知有從來天子尊。

十二年來多戰場，○【趙次公曰：「天寶十四載，安禄山反，接之以史思明，又接之以吐蕃，至今歲大曆二年春，凡十二年矣。至今春兵息。」】自大曆元年逆數至天寶十四載，安禄山反凡十二年矣。天威已息陣堂堂。○【王洙曰】孫子兵法：堂堂之陣。神靈漢代中興主，○中，如字。凡王室中否而興，謂之中興。然按甫集亦作去聲通用，如「今朝漢社稷，新數中興年」是也。此甫假漢以美唐也。功業汾陽異姓王。○【王洙曰】汾陽王，謂郭子儀也。

得舍弟觀書自中都已達江陵今兹暮春月末行李合到夔州悲喜相兼團圓可待賦詩即事情見乎辭

爾到江陵府，○到，晉作過。江陵，古荆州也。何時到峽州。亂離生有別，○【趙次公曰。又，門類增廣十注杜詩、門類增廣集注杜詩引作「杜云」。杜陵詩史、分門集注、補注杜詩引作「修可曰」。】屈原九歌篇：悲莫悲〔一〕兮生别離。聚集病應瘳。颯颯開啼眼，朝朝上水樓。老身須付託，白骨更何憂。○左氏傳：吾收爾骨焉。

【校記】

〔一〕悲，原無，據元本、古逸叢書本補。

喜觀即到復題短篇二首

巫峽千山暗，終南萬里春。〇【王洙曰：「終南山在長安。言去家萬里也。」】終南，長安之南山也。自巫峽至長安，故家有萬里之遠。病中吾見弟，書到汝爲人。〇【王洙曰】始爲亂離所隔，則莫知生死也。〇【趙次公曰】及得家書，方知弟生存也。竟答兒童問，來經戰伐新。泊船悲喜後，款款話歸秦。〇【王洙曰：「（話）一作議。」趙次公曰：「話字，一作議，非。詩家字，如話字方快。」】話，一作議。

待爾嗔烏鵲，〇爾，指弟也。〇【趙次公曰】謂聞鵲噪而喜，以待弟之來，乃不至，故怒而嗔其不念〔一〕也。〇【王洙曰。杜陵詩史、分門集注、補注杜詩又引作「沈曰」。】西京雜記：乾鵲噪而行人至。抛書示鶺鴒。〇【趙次公曰】謂喜弟之來，持家書以相示也。〇鶺鴒，水鳥也，首尾動摇相應，喻兄弟手足相衛也。〇【王洙曰】詩小雅：鶺鴒在原，兄弟急難。枝間喜不去，原上急曾經。〇上注。江閣嫌津柳，〇【王洙曰】謂嫌其隔望眼也。風帆數驛亭。〇數，色主切，計也。〇【王洙曰】數其餘程也。應論十年事，〇自大曆二年逆數至乾元二年，凡十年矣。撚絶始星星。〇撚，一作愁。〇【趙次公曰】星星，言鬚之白也。〇左思賦〔二〕。

【校記】

〔一〕念，元本、古逸叢書本作「驗」。

〔二〕元本、古逸叢書本「賦」後尚有「三都構思十稔」六字。

寄薛三郎中據

人生無賢愚，飄飄若埃塵。自非得神仙，誰免危其身。與子俱白頭，役役常苦辛。○【王洙曰】役役，一作没没。雖爲尚書郎，○【趙次公曰】甫爲尚書工部員外郎。不及村野人。憶惜〔一〕村野人，其樂難具陳。○具，一作俱。藹藹桑麻交，公侯爲等倫。○野人富桑麻，比之公侯，其樂可知也。天未厭戎馬，○前注。我輩本常貧。子尚客荆州，○荆州，即江陵也。我亦滯江濱。○江濱，謂夔州也。峽中一卧病，瘧癘終冬春。春復加肺氣，此病蓋有因。早歲與蘇鄭，○【王洙曰】蘇，謂源明。鄭，謂虔也。痛飲情相親。二公化爲土，嗜酒不失真。○【趙次公曰】謂蘇、鄭因真性〔二〕嗜酒而死也。余今委脩短，豈得恨命屯。聞子心甚壯，○子，指薛據也。所過信席珍。○【王洙曰】儒行篇：儒有席上之珍。上馬不用扶，每扶必怒嗔。○【王洙曰】每，一作思。賦詩賓客間，揮灑動八垠。乃知蓋代手，才力老益神。青草洞庭湖，〇【杜田補遺】范汪荆州記：巴陵南有青草湖，與洞庭相連接，周回數百里。湖之南有青草山，因以爲名。夏月直度百里，日月出没於湖中。岳州圖經：洞庭湖在縣西南一里。東浮滄海㵎。〔三〕君山可避暑，〇【杜田補遺】山海經：洞庭之山，帝之二女居之。荆州圖經：湘君所遊，故曰君山。〇夢弼謂：堯之長女娥皇爲舜正妃，死於湘江，因名湘君，故曰君山。况足采白蘋。〇詩召南：于以采蘋。注：蘋，大蓱也。子豈無扁舟，往復江漢津。〇甫謂薛郎中可以適情是景也。我未下瞿塘，〇瞿塘，峽名。空念禹功勤。〇我尚在峽，空恨禹功雖勤，尚不能鑿三峽使江流平易也。聽説松門峽，〇【鄭卬曰】松門峽，巴中地名也。吐藥攬衣巾。〇【趙次公曰】聞松門峽之好，則方喫藥而吐之，遽攬衣巾以思去也。高秋却〔四〕束帶，鼓枻視清旻。〇甫欲深秋揚楫下峽，以見薛郎中也。爾雅釋天：秋爲旻天。鳳池日澄碧，〇謂朝廷已清平也。濟濟多士新。余病不能起，健者勿逡巡。上有明哲君，下有行化臣。〇此勉薛郎中歸朝助君行化，毋效甫卧病不起也。

【校記】

〔一〕惜，元本、古逸叢書本作「昔」。

〔二〕性，古逸叢書本作「生」。

〔三〕㵎，古逸叢書本作「濱」。

〔四〕却，古逸叢書本作「即」。

喜聞賊盜蕃寇總退口號五首

蕭關隴水入官軍，○【鄭卬曰】蕭關縣，屬原州。○【師古曰】隴水，則隴州之水〔一〕。皆秦地也。○【趙次公曰】言吐蕃寇退而官軍盡入居矣。青海黄河卷塞雲。○【鄭卬曰】鄯州西至青海三百七十里。○青海在西吐蕃之地。吐蕃先爲哥舒翰所拒，不敢近青海。黄河則自積石而往。○【趙次公曰】卷塞雲，則無復戰鬬而塞雲卷散矣。北極轉愁龍虎氣，○極，晉作闕。愁，或作深。○【師古曰】北極，喻君。○【趙次公曰：「言吐蕃望之，轉加憂愁矣。」又，師古曰：「言中國氣盛，胡人愁恐也。」】言中國氣盛，吐蕃望之轉加愁恐矣。○【王洙曰】漢高紀：范增説項羽曰：「吾使人望其氣，皆爲龍，成五色，此天子氣也。」西戎休縱犬羊羣。○西戎，指吐蕃也。晉陶侃傳：賊尋犬羊相結，并力來攻。

【校記】

〔一〕之水，元本、古逸叢書本作「天水」。

贊普多教使入秦，○使，所吏切，從命者。○【王洙曰：「贊普，吐蕃主帥。」】贊普，吐蕃君長也。數通和好止煙塵。〇數，色角切，頻也。好，虛到切，愛也。止，一作問。〇【王洙曰】新唐書：至德三載，吐蕃使使來請討賊，且修好。肅宗遣南巨〔一〕川報聘。朝廷忽用哥舒將，殺伐虛悲公主親。〇【趙次公曰】開元二十八年，吐蕃金城公主薨，遣使來告。明年，爲發哀。吐蕃使者朝，因請和，明皇不許。後二年，帝以哥舒翰節度隴右，攻拔石堡城，擒〔二〕其相論兀樣郭。後又破洪濟、大莫門諸城，收九曲故地。

【校記】

〔一〕巨，元本、古逸叢書本作「西」。

〔二〕擒，原作「橋」，據元本、古逸叢書本改。

崆峒西極過崑崙，〇西極，晉作西北。〇【趙次公曰】崆峒在西郡之西，崑崙又在崆峒西極之西。詩人廣大言其從化之地遠矣。〇【孫曰】十道志：岷州崆峒西四十里。〇山海經：崑崙在西北，方八百里，高萬仞。駞馬由來擁國門。逆氣數年吹路斷，〇數，色主切，計也。蕃人聞道漸星奔。〇【趙次公曰】劉越石答盧諶詩：裹糧攜弱，匍匐星奔。劉孝標廣絶交論：靡不望影星奔。

勃律天西采玉河，〇【趙次公曰】勃律，西羌國名。謂勃律天之西，乃采玉河所在，應是于闐國也。○【鄭卬曰】按新唐書西域傳：大勃律，直西蕃西，與小勃律接，西鄰北天竺烏萇地。○小勃律去京師九千里，距吐蕃贊普牙帳東八百里。○【薛夢符曰】又接于闐國，距京師九千七〔一〕里。有玉河，國人夜視月光盛處，必得美玉。○【杜田補遺】又，杜陵詩史、補注杜詩引作「師古曰」。】又，晉天福中，平居誨爲張鄴使于闐判官，作行程記：玉河在于闐城外，其源出崑山〔二〕西，流一千三百里，至于闐界牛頭山，乃流爲三河：一曰白玉河，在城東三十里；二曰緑玉河，在城西二十里；三曰烏玉河，在緑玉河西七里。其源雖一，其玉隨地而變，故其色不同。每歲五六月，大水暴漲，則玉隨流而至。玉之多寡，由水之小大。至秋水退，乃可采，彼人謂之撈〔三〕玉。堅昆碧盌最來多。○【薛夢符曰】堅昆國，在唐爲黠戛斯，匈奴西鄙也。地當伊吾之西，焉耆北，白山之旁。○【鄭卬曰】或曰在康居西、葱嶺北。○九域圖：庭州北至堅昆牙帳四十〔四〕里，其地出碧盌。舊隨漢使千堆寶，少答胡王萬疋羅。○胡，晉作朝。○【趙次公曰】舊日以千堆寶隨漢使入貢，而中國所少答者特萬疋羅。夫以蠻夷貢獻之多，而中國賜遣之不費，自非服化從義而然乎。

【校記】

〔一〕古逸叢書本「七」下有「百」字。

〔二〕山，古逸叢書本作「崙」。

〔三〕撈，古逸叢書本作「采」。

〔四〕十，古逸叢書本作「千」。

今春喜氣滿乾坤，南北東西拱至尊。大曆二年調玉燭，○【趙次公曰】爾雅釋天：四氣和，謂之「玉燭」。○注：道光照也。○【師古曰】正義曰：四時和氣，温潤明照，故曰「玉燭」。玄元皇帝聖雲孫。○【趙次公引作「杜時可曰」。又，杜陵詩史、分門集注、集千家注批點杜工部詩集引作「修可曰」。】唐姓李，以老子爲聖祖，封玄元皇帝。雲孫，乃七世孫。○指代宗也。○【趙次公曰。又，杜陵詩史、分門集注、補注杜詩、集千家注批點杜工部詩集引作「師古曰」。】爾雅釋親：子之子爲孫，孫之子爲曾孫，曾孫之子爲玄孫，玄孫之子爲來孫，來孫之子爲昆孫，昆孫之子爲仍孫，仍孫之子爲雲孫也。

即　事

暮春三月巫峽長，○丘遲與陳伯之書：暮春三月江〔一〕草長。○【王洙曰】盛弘之荆州記：巴東三峽巫峽長。皛皛行雲浮日光。○【王洙曰】浮，一作無。○【鄭卬曰】皛，胡了切。○明也。○【王洙曰】陶潛江陵夜行詩：皛皛川上平。雷聲忽送千峰雨，花氣渾如百和香。○【鄭卬曰】和，胡卧切。○【趙次公曰】梁元帝巴陵詩：花氣盡薰舟。神仙傳：淮南王張錦綺之帳，燔百和之香。○【王洙曰】古詩：博山爐中百和香，鬱金蘇合及都梁。○又曰：氍毹〔二〕五水香，迭送及都梁。按廣志：都梁香，出交、廣，形如霍香。迭送香在西域。黄鶯過水翻回去，燕子銜泥濕不妨。飛閣卷簾圖畫裏，虚無只少對瀟湘。○【趙次公曰】雖眼前之山水如畫圖，而其所虚無，只欠少瀟湘爲對也。

【校記】

〔一〕江，古逸叢書本作「江南」。

〔二〕氄，古逸叢書本作「漲」。

暮春

卧病擁塞在峽中，○塞，息側切。瀟湘洞庭虚映空。○【趙次公曰】謂瀟湘、洞庭之景虚在彼處映空，而我卧病於此不得見之也。楚天不斷四時雨，巫峽常吹千里風。沙上草閣柳新暗，城邊野池蓮欲紅。暮春鴛鷺立洲渚，○爾雅釋水：水中可居者曰洲，小洲曰渚。挾子翻飛還一叢。○【趙次公曰：「韻書曰：叢，聚也。一叢，則鴛鷺與子爲一聚爾。」】叢，聚也。謂鴛與其子叢聚立於洲渚也。○魏文帝短歌：翩翩飛鳥，挾子巢棲。

晚登瀼上堂

故躋瀼岸高，頗免崖石擁。○【師古曰：「楚地有瀼東、瀼西，地高可以登眺。」】瀼地高，可以登眺也。開襟野堂豁，繫馬林花動。雉堞粉似雲，○【鄭卬曰】堞，徒協切。城上粉飾垣〔一〕也。○公羊傳：天子之城千雉，高七雉，公侯百雉，高五雉，子、男五雉，高三雉。○【薛夢符曰】又，五板而堵，五堵而雉，百雉而城。堞，城墻馬面也。山田麥無壠。○【師古曰】謂麥茂而成熟也。春氣晚更生，江流靜猶湧。○【師古曰】言無風而波〔二〕也。四序嬰我懷，羣盜久相踵。黎民困逆節，○【師古曰】指安禄山之亂也。天子渴垂拱。○【師古曰】以宮闕未復也。所思注東北，○【師古曰】甫以東北爲寇所擾，不能無憂思也。深峽轉脩聳。○【師古曰】謂困於楚峽，不聞朝廷之消息也。衰老自成病，郎官未爲冗。○歎其衰老成病而不復見用也。凄其望呂葛，○【王洙曰】：「以世亂，思得良臣如呂望、諸葛者。」謂呂望、諸葛亮也。○【趙次公曰】謝靈運石首城詩：懷賢亦凄其。○毛萇詩傳：其，辭也。不復夢周孔。○【王洙曰】：「如周公、孔子不可夢見矣。」謂周公、孔子也。濟世數嚮時，○數，色主切，計也。斯人各枯冢。○【師古曰】甫思得賢俊如呂、葛、周、孔之德，出爲國家整頓，奈何斯人骨已朽矣。楚星南天黑，蜀月西霧重。○【師古曰】謂庶民惟星，卿士惟月，以况楚、蜀爲風塵昏蔽也。安得隨鳥翅，迫此懼將恐。○【趙次公曰】。又，杜陵詩史、補注杜詩引「師古曰」：「是以甫欲隨鳥翅奮飛而去也。」甫是以欲隨鳥翅奮飛而去，而免有恐懼也。○【王洙曰】詩：將恐將懼。

【校記】

〔一〕垣，元本、古逸叢書本作「取」。

〔二〕波，古逸叢書本作「渡」。

李潮八分小篆歌

蒼頡鳥跡既茫昧，字體變化如浮雲。○【王洙曰。又，杜陵詩史引作「師古曰」。】昔蒼頡觀鳥跡以制字，自頡之後，有大篆、小篆、隸與八分、行草之類，字體變易如浮雲之無定也。陳倉石鼓又已訛，○後漢郡國志：右扶風陳倉。注引三秦記：秦武公都雍〔一〕，陳倉城是也。有石鼓山，將有兵則鳴。○【鄭卬曰】又云：陳倉，山名，在鳳翔寶雞縣。○【王洙曰】唐蘇侍郎叙記：石鼓，周宣王獵碣，共有十鼓。其文則史籀大篆。○歐陽脩集古録：韋應物以爲成王之鼓，至宣王時刻詩爾。○【趙次公曰】韓愈直以爲宣王之鼓，如曰「周綱陵遲四海沸，宣王憤起揮天戈，鐫功勒成告萬世，鑿石作鼓隳嵯峨」是也。大小二篆生八分。○書勢：周宣王時，史籀始著大篆，李斯或頗省改，所謂小篆。○【杜田補遺。又，杜陵詩史、補注杜詩引作「師古曰」。】名書雜編：八分，上谷王次仲所作。次仲，秦時人也，以古書方廣少減勢，乃去隸二分字爲八分。○【王洙曰】漢蔡邕爲中郎將，奏正定六經文字，邕自書册於碑，使工鐫刻，立太學門外。大篆入妙品。○【杜田補遺。又，杜陵詩史、補注杜詩引作「師古曰」。】蔡文姬別傳：臣父邕言，八分書割程邈隸字〔二〕，去八法，〔三〕割李斯小隸，去二分，取八分，故曰「八分書」。○【杜田補遺。又，杜陵詩史、補注杜詩引作「師古曰」。】張懷瓘曰：八分，本謂之楷書。楷者，法也。漸若八字分散，故名「八分」。○兩京記：貞觀中，得邕石刻數段。邕又善八分。○【王洙曰】小篆者，秦丞相李斯刪古文，復篆及史籀之書也。初，諸侯力争，文字異形。始皇初兼天下，李斯乃奏同之，罷其不與秦文合者，斯作蒼頡篇，胡毋敬作博學篇，皆取史籀大篆，或頗改，所謂小篆也。○夢弼按，郭氏佩觿：八分之説，流俗有二。或曰：八分篆法〔四〕二分隸文。又曰：皆以八分，勢有偃波〔五〕。二説皆非也。考之説文，自黄帝至三代，其文不改。秦焚燒先典，乃廢古文，更用八體。一曰大篆，周宣王時史籀所作也。二曰小篆，秦始皇時李斯、趙高、胡毋敬所作大小篆，簡册所用也。三曰刻符。四曰摹印。五曰蟲書。六曰署書。七曰殳書。八曰隸書。蔡邕以隸作八分體，蓋八分之後，又分此法，謂之「八分」，近矣。然郭氏佩觿既言蔡邕以隸作八分體，至其答僧夢英書則曰：「小篆散而八分生，八分破而隸書出，隸書悖而行書弊〔六〕，行書狂而草書聖。自隸而下，吾不欲觀。」其言又若顛倒。以時之先後考之，程邈在秦作隸書，而八分出於蔡邕，當以佩觿之言爲是也。其後至王莽居攝，使甄豐刊定六體。藝文志：六體書者，古文、奇字、篆書、隸書、繆書、蟲書。注：小篆，蓋始皇使程邈所作。隸書，亦程邈所獻也。秦有

李斯漢蔡邕，中間作者寂不聞。嶧山之碑野火焚，○【王洙曰】史始皇紀：二十八年，東行郡國，上鄒嶧山刻石頌德。○封演聞見記：鄒山，古之嶧山。春秋時，邾文公遷于嶧者也。始皇刻石紀功，其文李斯小篆。後魏太武帝登山，使人排倒之。然歷代摹托，邑中疲於供命，聚薪其下，因野火焚

之。由是殘缺。棗木傳刻肥失真。○【王洙曰】李斯書嶧山碑，爲野火所焚，人惜其文，故以棗木傳刻之。苦縣光和尚骨立，○苦縣、光和，謂二碑也。○【杜田補遺。又，杜陵詩史、補注杜詩引作「修可曰」。又，集千家注批點杜工部詩集引「師古曰」：「然苦縣之祠立於桓帝之延熹，而光和乃靈帝之年號，豈非祠立於延熹，而碑刻於光和乎？」】按後漢桓帝紀：延熹八年春正月，遣中常侍左悺之苦縣，祠老子。注：苦縣屬鄉，今屬陳國，故城在今亳州。續漢書：桓帝夢見老子，令左悺於賴鄉祠之，詔陳相邊韶立祠兼刻石，即蔡伯喈八分書也。又靈帝紀：光和五年，始置鴻都門生。注：於鴻都門大置學，召能爲尺牘及工書鳥篆者。故書苑謂：靈帝好書，詔天下尚書於鴻都門。時南陽人師宜官稱八分爲最大，則書字徑丈，小則方寸。或者因是遂疑苦縣蔡邕書，光和師宜官書也。詳觀此歌，嶧山之碑謂李斯書也，苦縣、光和謂蔡邕書也。况此歌始終止言李、蔡，未嘗一言及師宜官，其可以光和爲師宜官書乎？然苦縣之祠立於桓帝之延熹，而光和乃靈帝之年號，豈非祠立於延熹，而碑刻於光和乎？蓋延熹至光和，纔十年之近爾。或謂光和爲蔡伯喈所書華山碑、苦縣老子朱龜碑，未知孰是？書貴瘦硬方通神。○【王洙曰：「（書）一作畫。」趙次公曰：「一作畫字，非時之甚。」】書，一作畫。○説詩者曰：唐初，字書得晉、宋之風，故以勁健相尚。至褚、薛，則尤極瘦硬矣。開元、天寶已〔七〕後，變爲肥厚。至蘇靈芝輩，幾於重濁。公詩蓋有激於當時也。惜哉李蔡不復得，○復，或作可。○【王洙曰：「李斯、蔡邕不可復得。」】謂李斯、蔡邕也。吾甥李潮下筆親。○【師古曰】親，近也。謂潮書近於李、蔡也。○書苑：李潮善小篆，師李斯嶧山碑，見稱於時。尚書韓擇木，○【王洙曰】唐韓擇木，昌黎人，官至工部尚書，散騎常侍，攻八分，師蔡邕法，風流閑媚，號伯喈中興。騎曹蔡有鄰。○【王洙曰】唐蔡有鄰，濟陽人，官至胄曹參軍，善八分，始拙弱，至天寶中，遂精妙。開元已來數八分，○數，色主切，計也。潮也奄有二子成三人。況潮小篆逼秦相，○【趙次公曰。又，杜陵詩史引作「師古曰」。】秦相，即李斯也。快劍長戟森相向。○言書之快利，森森如劍戟也。書苑：歐陽尤工行書，森然如武車之矛戟。八分一字直百金，○百，一作千。西京雜記：公孫强著〔八〕，公孫子，字直百金。楊脩答曹植書：吕氏、淮南，字直千金。蛟龍盤拏肉屈强。○【鄭卬曰】屈，九勿切。又一作倔。吴郡張顛誇草書，○【王洙曰】張旭，吴郡人，官至右府率長史，善草書。言吾〔九〕見公主、擔夫爭路而得其意，後又觀公孫氏舞劍器〔一〇〕而得其神，飲醉輒草書，揮筆大叫，以頭濡墨水中，天下呼爲張顛。醒後自視以爲神，人謂之「草聖」。草書非古空雄壯。豈如吾甥不流宕，○【鄭卬曰】宕，徒浪切，過也。○【師古曰】謂草書失之流宕，篆則不然也。○皇甫謐三都賦序：雷同影附，流宕忘反。丞相中郎丈人行。○行，音項，輩也。○【王洙曰】丞相，謂李斯。中郎，謂蔡邕。○言潮尊之爲師也。○【趙次公曰】匈奴傳：漢天子，我丈人行。巴東逢李潮，○【王洙曰】巴，一作江。逾月求我歌。我今衰老才力薄，潮乎潮乎奈汝何！

【校記】

〔一〕雍，元本、古逸叢書本作「維」。

〔二〕字，元本、古逸叢書本作「書」。
〔三〕法，元本、古逸叢書本作「分」。
〔四〕法，元本、古逸叢書本作「去」。
〔五〕波，古逸叢書本作「彼」。
〔六〕弊，古逸叢書本作「體」。
〔七〕已，元本、古逸叢書本作「日」。
〔八〕著，古逸叢書本作「者」。
〔九〕吾，元本、古逸叢書本作「始」。
〔一〇〕器，古逸叢書本作「畢」。

醉爲馬墜諸公攜酒相看

甫也諸侯老賓客，○謂遊謁於諸侯之門也。罷酒酣歌拓金戟。○【鄭印曰】拓，音託。○【梅曰】持也。○【師尹曰】庾信詩：醉來拓金戟。騎馬忽憶少年時，○【趙次公曰】阮籍詩：憶昔少年時。散蹄迸落瞿塘石。○【禹偁曰：「瞿塘，峽名。時甫在夔，故言及此。」】瞿塘，峽名也。○【趙次公曰】曹子建白馬篇：俯身散馬蹄。白帝城門水雲外，低身直下八千尺。粉堞電轉紫遊韁，○堞，徒協切。○【王洙曰：「粉堞，城堞也，以堊土塗之，故曰粉堞。韁，馬韁，以紫絲爲之，故曰紫韁。」城上〔一〕粉飾垣也。謂以紫絲爲馬韁繩。○【禹偁曰：「電轉，言其疾也。」】循墻而轉，如雷之疾也。○【趙次公曰】古詩：白馬紫遊韁。東得平岡出天壁。○【逢原曰：「言山立與天齊高也。」】言山之壁立，齊乎天也。江村野堂争入眼，垂鞭嚲鞚凌紫陌。○鞭，一作肩。○【鄭卬曰】嚲，丁可切。向來皓首驚萬人，自倚紅顔能騎射。○射，食亦切，弩矢發也。言人雖以我皓首爲驚，而自謂其言少時能騎射，今亦尚能也。安知决臆追風足，○【王洙曰】决臆，縱意也。言馬之疾走，可以追風也。○【師尹曰】崔豹古今注：秦始皇有名馬七，一曰追風。朱汗駿驔猶噴玉。○漢武帝天馬歌：太一况，天馬下。霑赤汗，沫流赭。古詩：意欲駿驔走。○【趙次公曰】崔液上元夜遊詩：駿驔始散東城曲，倏忽還逢南陌頭。穆天子傳：天子東游于黄澤，宿于西洛，歌曰：「黄之池，其馬噴沙，皇人威儀。黄之澤，其馬噴玉，皇人壽穀。不虞一蹶終損傷，人生快意多所辱。○謂不虞其顛蹶，故至於敗，人生快意招辱，亦猶是也。李斯上書：快意當前，適顧而已。職主〔二〕憂戚伏衾枕，○職，主也。謂天命主當憂戚而病，亦非人所能爲也。○【趙次公曰】詩：角枕粲兮，錦衾爛兮。况乃遲暮加煩促。○歎其年之衰暮也。張茂先詩：煩促每有餘。明知來問腆我顔，○明，王作朋。腆，他展切。○【王洙曰】厚也。○腆顔，謂負愧也。杖藜强起依僮僕。○强，讀去聲。語盡還成開口笑，○【趙次公曰】莊子。携提别掃清溪曲。○謂諸公携酒相看，掃潭清溪，共爲高會也。酒肉如山又一時，○【趙次公曰】左氏傳昭十二年：有酒如澠，有肉如陵。○吳都賦：置酒若淮、泗，積〔三〕肴如丘山。初筵哀絲動豪竹。○哀絲，謂絲聲哀也。○【珙曰】豪竹，謂大管也。共指西日不相貸，○貸，他代切，假也。○【珙曰】謂日欲暮，諸公須痛飲不相假貸也。喧呼且覆盃中淥。何必走馬來爲問，君不見嵇康養生被殺戮！○【趙次公曰：「嵇康著養生論，後以事誅。言何必以我走馬輕生爲問？正若嵇康養生而不免誅戮，則事豈可料乎？」】謂如嵇康著養生論，尚處誅戮，墜馬何足悲乎？○晉嵇康，字叔夜，好修養服食，乃著養生論。後爲鍾會所譖，被誅。

【校記】

〔一〕上，元本、古逸叢書本作「土」。

〔二〕主，古逸叢書本作「當」。

〔三〕積，古逸叢書本作「精」。

往在

往在西京日，○日，一作「時」。西京，謂〔一〕長安也。胡來滿彤宮。○【魯曰】胡，指禄山也。○【趙次公曰：「此篇首述明皇天寶十五載安禄山陷長安也。」】此首述時天寶十四載，禄山反，陷河北。

明年，僭帝于京師。中宵焚九廟，雲漢爲之紅。○舊唐書：肅宗九廟爲賊所焚，上素服哭於廟三日。解瓦飛十里，繐帷紛曾空。○紛，魯作粉。繐，音惠，廟中疏布圍也。魏武遺令：吾於銅雀臺張繐帷。疚心惜木主，一一灰悲風。○疚，音救。疚心，謂痛心也。○【王洙曰】木主，謂神主也。○虞主用桑，練主用栗。禄山既陷兩京，焚燒九廟，神主化爲煨燼，誠可痛心也。合昏排鐵騎，○禄山所領之師，薄暮排列，皆漁陽鐵騎也。清旭散錦幪。○旭，吁玉切，明也。○【趙次公曰】幪，一作「驝」。説文：驢子也。當以幪爲正。幪，鞍帕也。○清曉分散，則以錦幪覆鞍也。○【杜田補遺。又，杜陵詩史、分門集注、補注杜詩引作「修可曰」。】古樂府徐陵紫騮馬曲：玉鐙繡纏騌，金鞍覆錦幪。賊臣表逆節，○節，晉作帥。主父偃傳：逆節萌起。相賀以成功。○謂既破京師，賊臣以逆拒順，可謂逆節。禄山僭即帝位，旌表逆節之臣，遂行朝賀，自謂成功，何其謬耶！是時妃嬪戮，○是時玄宗幸蜀，妃嬪諸王公主皆不知，是以爲禄山所屠也。○【師尹曰】按，明皇幸蜀記：禄山令張通儒害霍國等八十餘人，又害皇孫、郡縣主、諸妃等三十六人。連爲糞土叢。○叢，聚也。謂聚爲糞土也。○【趙次公曰】漢王昭君詞：昔爲匣中玉，今爲糞土英。當宁陷玉座，○【王洙曰】玉座，帝座也。○門屏之間曰宁，今爲賊所陷也。○【趙次公曰】禮記：天子當宁而立。白間剥畫蟲。○【師古曰】白間，黼扆也。畫蟲，畫雉以飾之。○今乃剥落也。○【杜田補遺。又，杜陵詩史、分門集注、補注杜詩、集千家注批點杜工部詩集引作「杜定功曰」。】何平叔景福殿賦：皎皎白間，離離列〔二〕錢。晨光内照，流景外烻。○李善注：白間，青瑣之側，以白塗之，謂之白間。○【杜田補遺】又，杜陵詩史、分門集注、補注杜詩、集千家注批點杜工部詩集引作「杜定功曰」。】張詵注：白間，窗也。以白塗之，畫以錢文也。不知二聖處，○【王洙曰】二聖，謂玄、肅二宗也。私泣百歲翁。車駕既云還，○【趙次公曰】此述肅宗至德二載復京師也。○蔡邕獨斷：天子出，車駕次第謂之鹵簿。元結中興頌：天寶十四年，祿山陷洛陽。明年，陷長安。天子幸蜀，太子即位靈武。明年，移軍鳳翔。其年復兩〔三〕京。楹桷欻穹崇。○【師古曰】欻，許勿切，忽也。穹崇，高貌。○謂肅宗已還京，營葺宮殿，楹桷忽然高大也。○【趙次公曰】左氏傳莊公二十三年：丹桓，公之楹。二十四年：刻桓，公之桷。故老復涕泗，○詩陳風：涕泗滂沱。毛萇傳：自目曰涕，自鼻曰泗。祠官樹椅桐。○【鄭卬曰】椅，於宜切，梓屬。○【師古曰：「守祠之官，種此木，將以興禮樂。」】祠官，謂守祠之官，種植椅桐之木，將伐爲琴瑟之用，以復興禮樂也。○詩鄘風：衛文公徙居楚丘，始建城市，樹之椅桐，爰伐琴瑟。宏壯不如初，已見帝力雄。○【王洙曰】爰自回祿之後，國力凋弊，雖營建不如昔日宏壯，亦足以見帝力之雄俊矣。前春禮郊廟，祀事親聖躬。○【趙次公曰】此述乾元元年朝享於太廟，有事於南郊也。微軀忝近臣，○【師尹曰：「杜爲左拾遺，自稱忝近臣。」又，黃曰：「甫爲拾遺諫官，得以親近天子，故曰近臣。」】甫謂時爲左拾遺也。○按集憶昔詩曰「我昔近侍叩〔四〕奉引」是也。景從陪羣公。○【鄭卬曰】景，讀爲影。從，才用切。○謂天子祭郊廟，甫忝與助祭，與羣公陪位，如影之從形也。○【薛夢符曰】西京賦：千官景從，祲威盛容。○焦貢易傳：龍渴求飲，黑雲景從。登堦捧玉册，○【王洙曰：「玉册，册文也。」】玉册，乃天子册命〔五〕之文也。峩冕聆金鍾。○【趙次公曰：「則奉祠者皆具法服也。」】冕，謂奉祀法服也。○韓詩外傳：古者天子左右五鍾，將出，則撞黄金之鍾。侍祠恧先露，掖垣邇濯龍。○【鄭卬曰】恧，女六切，慚貌。○乾元元年四月辛亥，祔神主。甲寅，享大廟。甫在左掖，秉璋侍祠。先露，謂是時宗廟之制未備已前，侍祠之臣暴露無處行禮，權假濯龍池左右掖垣，是可慚羞也。○【杜田補遺：「張平子東京賦曰：濯龍芳林，九谷八溪。薛綜注載洛陽圖經曰：濯龍，池名。故歌曰：濯龍望如海，河橋渡似雷。」】洛陽圖經：濯龍，池名。故歌曰：濯龍望如海，河橋渡似雷。天子惟孝孫，五雲起九重。○【王洙曰】孝經援神契曰：王者德至山陵，則慶雲出。沈約宋書：慶雲者，太平之應。○瑞應圖：天子孝感則五色雲見。宋玉九章：君之門九重。鏡奩换粉黛，○【昱曰】奩，音簾，鏡匣也。○【王洙曰】後漢陰后傳：明帝上太后陵，帝從席前伏御床，視太后鏡奩中物，感動悲涕，令易脂澤妝具。翠羽猶葱朧。○翠羽，羽扇也。帝拜陵寢，因新换鏡匣羽扇，足見其恭謹也。前者厭羯胡，○【王洙曰】謂明皇天寶末，禄山陷長安也。後來遭犬戎。○【王洙曰】謂代宗廣德初，吐蕃陷長安也。俎豆腐膻肉，○【王洙曰：「(腐)一作爤。」】腐，一作戀。○【趙次公曰：「此又言吐蕃汙瀆宗廟之事。」】謂吐蕃汙漫祭器也。罘罳行角弓。○【鄭卬曰】罘，房尤切。罳，新兹切。○謂操弓矢狼〔六〕藉宫廟也。○【九家集注杜詩依例爲「王洙曰」。又，杜陵詩史、分門集注、補注杜詩引作「薛蒼舒曰」。】漢文帝紀：未央宮東闕罘罳災。顏師古音義：罘罳，謂連闕曲閣〔七〕也，其形罘然，一曰屏也。○按崔豹古今注：罘罳，屏也。塾，門外之舍，臣來朝君，至門外當就舍，熟詳所應對之事。至門内屏外，當復思也。○【杜田補遺】劉熙釋名：罘罳在門外。罘，復也。罳，思也。臣將入請事，於此復重思也。安得自西極，由命空山東。盡馳詣闕下，士庶塞關中。主將曉逆順，○將，讀去聲。元元歸始終。○西極，指吐蕃。山東，指禄山餘黨。甫意欲掃空盜賊之巢穴，申布天子命令，驅其殘黨，詣於京闕，密邇王化。庶幾主將曉識逆順之理，元元之民始終得有所歸，爲王之臣也。一朝自罪己，○【趙次公曰：「自罪己，一作罪己已，非。」】一作「一朝罪己已」。萬里車書通。○天子於是當下罪己之詔，痛自刻責，然後書同文，車同軌也。左氏莊公十一年傳：禹、湯罪己，其興勃然。○【余曰】中庸：書同文，車同軌。光武贊：車書共道〔八〕。鋒鏑供鋤犁，○【趙次公曰】謂銷兵刃以爲農器也。○家語：鑄劍戟爲農器。征戍聽近從。○戍，一作伐。近，一作所。○【趙次公曰：「聽所從，則不復拘留之以爲征戍，而聽其所從，或爲農或爲民也。」】謂罷征伐之役，聽其從便也。冗官各復業，○冗，而隴切，散也，長也。○【趙次公曰：「當用兵擾攘之際，有冗監爲官者，各令復業。」】冗官沙汰，俾之各復其業也。土著還力農。○【鄭卬曰】著，直略切。○【趙次公曰：「土著户口前日失耕種者，今還力穡以爲農也。」】土著失業之民，裨之還歸力耕也。○食貨志：安民之道，土著爲本。君臣節儉足，○君臣節儉，〔九〕以足國用也。朝野懽呼同。○【王洙曰。又，趙次公曰：「歡呼同，一作歡娱同，非。」】

呼，一作娛。○朝野之間，共享懽樂也。○【王洙曰】張景陽詩：昔在東都時，朝野多懽娛。中興似國初，○似，一作比。中興之功，有如高祖也。繼體如太宗。○繼體守文，有如太宗也。端拱納諫諍，和風日沖融。赤墀櫻桃枝，隱映銀絲籠。千春薦寢廟，永永傳無窮。○【王洙曰】美玄宗奉祀無窮極也。○【杜田補遺。又，杜陵詩史、分門集注、補注杜詩、集千家注批點杜工部詩集引作「杜定功曰」。】月令：仲夏之月，羞以含桃，先薦寢廟。注：櫻桃也。漢惠帝出離宮，叔孫通曰：「古者春秋嘗果，方今櫻桃可獻，願陛下出，因取櫻桃獻宗廟。」唐李綽歲時記：四〔一〕月一日，内園進櫻桃，寢廟薦訖，頒賜百官各有差。京都不再火，涇渭開愁容。歸號故松柏，○【趙次公曰】號，讀平聲。老去若飄蓬。○【歐曰】是以京都奠枕，涇渭之民，頓豁愁顔，得以歸號墳墓。惟甫衰老，不獲還鄉，故自傷也。

【校記】

〔一〕謂，元本、古逸叢書本無。
〔二〕列，元本、古逸叢書本作「别」。
〔三〕兩，古逸叢書本作「西」。
〔四〕叩，元本作「叨」，古逸叢書本作「切」。
〔五〕命，元本、古逸叢書本作「告」。

〔六〕狼，元本、古逸叢書本作「浪」。

〔七〕閣，元本、古逸叢書本作「間」。

〔八〕道，古逸叢書本作「通」。

〔九〕儉，原作「險」，據元本、古逸叢書本改。

〔一〇〕四，元本、古逸叢書本作「曰」。

雨

山雨不作埿，江雲薄爲霧。○雲，一作雪。晴飛半嶺鶴，○謂天將雨也。庾信詩：半嶺飛鳴鶴。風亂平沙樹。○謂雨欲來也。明滅洲景微，隱見巖姿露。○見，賢遍切，皆謂雨晴相半也。拘悶出門遊，○謂雨拘束人則悶作，出遊將以寫其憂也。曠絕經目趣。○謂雨阻憑高，故眺望之趣曠絕也。消中日伏枕，○消中，謂有渴病也。卧久塵及屨。○則知久病不起也。豈無平肩輿，○【趙次公曰：「平肩輿，轎子也。」】輿，謂轎也。莫辨望鄉路。○謂觸目盜賊，莫辨其路之有無也。兵戈浩未息，○謂羣盜繼起也。蛇虺反相顧。○言小人相妬害也。悠悠邊月破，○夔州，邊郡也。月破，謂月將盡也。鬱鬱流年度。○謂歲律云暮也。針灸阻朋曹，○灸，居祐切，灼也。○【王洙曰：「針灸所以救療也，譬良友朋也。」】良醫以針灸療病，喻良友以善言相發藥也。○今久病，良友間隔，故不聞鍼灸之言也。糠籺對童孺。○籺，胡骨切。糠籺，非精米也。○【王洙曰：「時既乏良朋，所對者童孺而已。糠籺，言非實德也。」】甫諷當時所對者皆卑汙小子，更無至精之論也。○或曰：糠籺，非精米也，乃貧者之所食。今對童孺而食之，安乎貧也。一命須屈色，〔一〕○【趙次公曰：「以嚴武辟公爲節度參謀，所謂『一命』也。今公受命矣，則當屈色以下之。」】一命，謂嚴武嘗命甫爲節度參謀，須當屈己以事之也。○或曰：一命，小官也。要人屈色以下之。新知漸成故。○成故，謂嚴武死也。或曰：新知識漸成久客也。窮荒益自卑，飄泊欲誰訴。尫羸愁應接，俄頃恐違迕。○違，一作危。謂應接少遲則觸其怒，此譏其俗之薄也。浮俗何萬端，幽人有高步。○【王洙曰】惟幽人不隨流俗，自有高致也。○甫欲效之也。○【趙次公曰】左太冲詠史詩：高步追許由〔二〕。龐公竟獨往，○【王洙曰】後漢逸民傳：龐德公居峴山之南，荆州劉表延請，不能屈，遂登鹿門山，採藥不返。尚子終罕遇。○【王洙曰】逸民傳：向長字子平，隱居肆意，與北海禽慶俱遊五岳，不知所終。○高士傳尚字作向。宿留洞庭秋，○【黄希引「顔師古注」】宿，先就切。留，力就切。○【王洙曰：「漢書：宿留瞀言。」趙次公曰：「宿留音秀溜，出漢書，如言等候也。宿留之義，蓋有星宿留待之意。」】顔師古漢書音義：宿留，謂有所須待也。天寒瀟湘素。○素，謂江水白也。杖策可入舟，送此齒髮暮。○【趙次公曰：「公詩蓋言候秋時可以登舟而往矣。洞庭、瀟湘，所待之處。」】甫欲慕龐公、尚子，候秋至，乃策杖登舟，入洞庭、瀟湘，以盡餘年也。

【校記】

〔一〕色，古逸叢書本作「已」。

〔二〕追許由，元本作「得詩由」，古逸叢書本作「得詩田」。

奉寄李十五秘書文嶷〔一〕二首〔二〕

避暑雲安縣，秋風早下來。暫留魚復浦，○留，卞刊作之。復，音腹。○【宋曰】寰宇記：夔州奉節縣，本漢魚復縣地。同過楚王臺。○【王洙曰】楚襄王與宋玉遊雲夢之臺也。猿鳥千崖窄，○【秦曰】謂巫峽多崖嶂，少平地也。江湖萬里開。竹枝歌未好，畫舸莫遲回。○莫，陳作且。遲，一作輕。○【王洙曰】竹枝歌，乃巴渝之遺音，惟夔峽人善歌之。○【趙次公曰】未好則速出峽，聽其有好音也。〔三〕

【校記】

〔一〕嶷，古逸叢書本作「凝」。

〔二〕首，元本無。

〔三〕「畫舸」句注，元本、古逸叢書本無。

行李千金贈，〇【趙次公曰】美其行贐之多也。〇【余曰】按左氏傳僖公三十年：主行李之往來。杜預注：行李，使人也。〇襄公八年：不使一介行李。注：一介，獨使也。行李，行人也。昭公十二年：行理之命，無月不至。注：行李，使人通聘問者。夢弼謂：李與理通，蓋字雖異而義則同也。衣冠八尺身。飛騰知有策，意度不無神。〇度，達各切，謀〔一〕也。班秩兼通貴，〇【趙次公曰】唐制：秘書郎，從六品上。所以謂之通貴。公侯出異人。〇【趙次公曰】左氏傳：公侯之子孫，必復其始。則李秘書必宗室之子也。玄成負文采，世業豈沉淪。〇以韋氏美李秘書也。〇【趙次公曰】前漢韋賢少子玄成，少好學，修父業，爲相七年，守正持重不及父賢，而文采過之。

【校記】

〔一〕謀，元本作「神」，古逸叢書作「計」。

豎子至

樝梨纔綴碧，〇【鄭卬曰】樝，莊加切。〇風土記：梨屬，肉堅而香。〇【九家集注杜詩引「王洙曰」：「（纔）一作且。」又，杜陵詩史、分門集注、補注杜詩、集千家注批點杜工部詩集引「王洙曰」：「（且）一作纔。」又，趙次公曰：「舊本正作且綴碧，非。」】纔，一作且。梅杏半傳黃。小子幽園至，輕籠熟楱香。○廣志：棕有白、青、赤三種。山風猶滿把，野露及新嘗。欲寄江湖客，提携日月長。

○【趙次公曰】豎子新摘來之熟棕，正欲寄遠，而道路長阻，費時日也。

舍弟觀歸藍田迎新婦送示二首

汝去迎妻子，○昔後漢劉隆歸迎妻子置洛陽。高秋念却迴，即今螢已亂，好與雁同來。東望西江永，○【趙次公曰】詩：江之永矣。南遊北户開。卜居期静處，會有故人盃。○【趙次公曰】謝朓詩：山川不可夢，況乃故人盃。

楚塞難爲路，○【九家集注杜詩引「王洙曰」】：「（别）一作路。」又，杜陵詩史、分門集注、補注杜詩引「王洙曰」：「（路）一作别。」又，趙次公曰：「舊本正作難爲路，無義。既别之難爲，故祝之以莫滯留而歸。」【路，一作别。藍田莫滯留。○地理志：藍田，屬京兆郡。衣冠〔一〕判白露，○判，協〔二〕平聲。鞍馬信清秋。滿峽重江水，開帆八月舟。此時同一醉，應在仲宣樓。○【鄭卬曰】樓在荆州界，今襄州。○【趙次公曰】魏〔三〕王粲，字仲宣，時依劉表在荆，因登樓而作賦。其後因指荆州樓爲仲宣樓。

【校記】

〔一〕冠，古逸叢書本作「裳」。

〔二〕協，元本、古逸叢書本作「叶」。

〔三〕魏，元本、古逸叢書本作「界」。

園

仲夏流多水，清晨向小園。碧溪搖艇闊，朱果爛枝繁。始爲江山靜，○爲，于僞切。終防市井喧。畦蔬遶茅屋，自足媚盤飧。○飧，音孫。熟食也。○【趙次公曰】媚，宜也。

歸

束帶還騎馬，東西却渡船。林中纔有地，峽外絶無天。○【王洙曰】夔州居山水間，在峽中號爲稍平，然隘窄多石。○【趙次公曰】唐盧仝詩：低頭雖有地，仰面更無天。〔一〕虛白高人靜，○【王洙曰】莊子人間世篇：子曰：「虛室生白。」喧卑俗累牽。他鄉閲遲暮，不敢廢詩篇。

【校記】

〔一〕天，元本、古逸叢書本作「人」。

諸葛廟

久遊巴子國，○【程曰】寰宇記：夔州，春秋時夔子國，後爲楚地。秦滅楚，置郡，即爲巴郡。屢入武侯祠。○屢，一作累。竹日斜虛寢，溪風滿薄帷。君臣當共濟，賢聖亦同時。翊戴歸先主，○先主，蜀劉備也。并吞更出師。○亮有出師表也。蟲蛇穿畫壁，巫覡醉蛛絲。○【鄭卬曰】覡，乃歷切。○見鬼者也。○【薛夢符曰】此皆言廟之弊也。蟲蛇穿於畫壁之間，巫覡醉於蛛網之中也。國語：楚觀射父曰：「古者神民不雜，民之精爽不貳、齊肅衷正，則明神降之，在男曰覡，在女曰巫。是使制神之處位次主，而爲之牲器時服。」欻憶吟梁甫，○【王洙曰：「（款）一作『欻』。〔一〕」欻，或作款。〔二〕躬耕起未遲。○【王洙曰：「也未遲，一作起未遲。」又，趙次公曰：「舊本正作也未遲，非。蓋却成方欲躬耕也。」】起，一作也。○【王洙曰】諸葛亮傳：躬耕隴畝，好爲梁父吟。○餘見前注。

【校記】

〔一〕款，元本、古逸叢書本作「飲」。

新定杜工部草堂詩箋斠證卷第三十五

大曆元年自赤甲遷瀼西所作

課伐木〇并序

課隸人〇【鄭卬曰】隸，郎計切，附著也。〇廣雅：課，第也。伯夷、辛秀、信行等，入谷斬陰木。〇行，下孟切。〇【杜田補遺。又，杜陵詩史、分門集注、補注杜詩引作「修可曰」。】周禮地官：山虞仲冬斬陽木，仲夏斬陰木。鄭司農云：陽木，春夏生者。陰木，秋冬生者。鄭康成云：陽木生南山，陰木生北山。〇秋官司寇柞氏掌攻草木及林麓，夏日至，令刊陽木而火之。冬日至，令剥陰木而水之。〇【王洙曰】冬官輪人爲輪，斬三材必以時。注：材在陽，則仲冬斬之。在陰，則仲夏斬之。人日四根止。維條伊枚，〇詩汝墳：伐其條枚。毛萇傳：枝曰條，幹曰枚。正直侹然。○侹，待鼎切。輕促也。晨征暮返，委積庭内。我有藩籬，是缺是補，載截篠簜。○【鄭印曰】篠，先了〔一〕切，小竹也。簜，徒黨切，大竹也。○【王洙曰】禹貢：揚州篠簜。伊仗支持，則旅次于小安。山有虎，知禁，若恃爪牙之利，必昏黑摚突。○摚，晉作撐。○【鄭印曰】摚，徒郎切。突，拖没切。摚突，觸也。○漢孔融摚突宮掖。夔人屋壁。列樹白萄，○【王洙曰】列，一作例。○萄，或作桃。○【趙次公曰】萄，荻之屬也。鏝爲墻，○【鄭印曰】鏝，謨官切，杇〔二〕也。實以竹，示式遏。爲與虎近，混淪乎無良。賓客憂害馬之徒，○【王洙曰】憂，一作齒。莊子徐無鬼篇：黄帝至於襄城之野，適遇牧馬童子，請問爲天下？小童子曰：「夫爲天下者，亦奚以異乎牧馬者哉。亦去其害馬者而已矣。」苟活爲幸，可嘿息已。作詩示宗武誦。○武，一作文。

長夏無所爲，客居課奴僕。○奴，一作童。清晨飯其腹，○腹，一作腸。持斧入白谷。青冥曾巔後，十里斬幽木。○題注。人肩四根已，亭午下山麓。○山足曰麓。○【王洙曰】天台賦：羲和亭午。尚聞丁丁聲，○【鄭印曰】丁，陟耕切，伐木聲也。○【王洙曰】詩小雅：伐木丁丁。功課日各足。蒼皮成積委，○積委，多貌。素節相照矚。〔三〕藉汝跨小籬，○藉，才夜反〔四〕。當杖苦虚竹。○苦，謂虚心之苦竹也。斬木爲楯，取竹織籬，跨乎居而遮防猛獸也。空荒咆熊羆，乳獸待人肉。不示知禁情，豈惟干戈哭。○謂荒野之地，虎豹食人，儻不知禁制，必爲彼吞噬，豈惟死於干戈者哉！城中賢府主，○【師古曰】美夔之守帥也。處貴如白屋。○謂不以驕貴自居也。蕭蕭理體静，○【王洙曰：「治道貴清淨。」】謂爲治清静勿擾也。蜂蠆不敢毒。○謂不敢以虐政害人民如蜂蠆之毒，愛民之至也。虎穴連里閭，隄防舊風俗。○謂夔人插植藩籬以防虎患也。泊舟滄江岸，○滄，一作登。久客慎所觸。○所，或作無。舍西崖嶠壯，雷雨蔚含蓄。墻宇資屢修，○屢，一作累。衰年怯幽獨。爾曹輕執熱，爲我忍煩促。秋光近清〔五〕岑，季月當泛菊。報〔六〕之以微寒，共給酒一斛。○【師古曰】甫泛舟自蜀來泊止于此，要當戒慎無觸此禍，又況舍西山嶠，雄壯含蓄，猛獸極多，墻壁貴乎修葺，是以課隸斬木取竹以爲扞禦之備。爾曹，指信行等冒熱往取竹木，宜有以勞之。泛菊伊邇，給酒一斛，報其勞，仍以熨微寒爾。

【校記】

〔一〕了，元本、古逸叢書本作「子」。

〔二〕杇，杜陵詩史作「柯」。

〔三〕矚，古逸叢書本作「燭」。

〔四〕反，元本、古逸叢書本作「切」。

〔五〕清，元本、古逸叢書本作「青」。

〔六〕報，元本、古逸叢書本作「執」。

園人送瓜

○【師古曰：「時柏公守夔，遣人送瓜。」】柏公鎮夔。○【趙次公曰：「此太平遣送官園中瓜也。」】遣送官園中瓜也。

江間雖炎瘴，瓜熟亦不早。○南地多炎瘴，瓜宜早熟，今亦不早，與北地無異。廣〔一〕志：蜀地溫，食瓜冬至熟。柏公鎮夔國，〔二〕○【鄭印曰：「柏中丞。」】柏中丞正節〔三〕也。滯務茲一掃。○茲，一作資。食新先戰士，○謂嘗新而先與戰士少分甘美，其能恤乎兵也。○【王洙曰】左氏文公十年傳：晉侯食新矣。共少及溪老。○溪，一作窮。謂遣園人送瓜及甫也。傾筐蒲鴿青，○鴿，葛合切。筐，竹器也。○【師古曰】謂瓜色之青如蒲鴿也。滿眼顏色好。竹竿接嵌竇，○【鄭印曰】嵌，丘銜切。嵌，山險也。○竇，大透切，泉竇也。引注來鳥道。○【師古曰】鳥道，乃飛鳥之道，高貌。浮沉亂水玉，○夔俗無井，以竹筒相接引岩泉於屈曲鳥道之間，遂以瓜浸其中，或沉或浮，如水玉然。○【沈曰】寒水玉，蓋水晶也。○【王洙曰】列仙傳：赤松子服水玉。愛惜如芝草。○甫病渴得瓜，甚喜愛之，如芝草也。晉嵇康甘瓜賦：三芝瓜處一焉。落刃嚼冰霜，開懷慰枯槁。許以秋蒂除，○蒂，丁計切。秋蒂，藤尾也。仍看小兒抱。○【王洙曰：「（抱）一作飽。」又，趙次公曰：「舊本正作『仍看小童抱』。一作飽，却與全篇押韻方同是上聲，當取飽字。」】抱，晉作飽。○謂可以啖小兒也。東陵跡無絶，楚漢休征討。○【趙次公曰】昔秦亂，東陵侯邵平避地長安城東，種瓜自給。楚項籍、漢高祖討秦之亂，自楚、漢罷兵之後，東陵瓜絶，無有人能繼其美也。園人非故侯，種此何草草。○今園人非故日之東陵侯，避地以自給，然能種此瓜，抑何勤耶！○【師古曰】草草，辛勤貌。○【趙次公曰：「此篇兩押草字，亦豈東坡所云，兩耳義不同，故得重用邪！」】按此篇兩用草字，字雖同而義則異矣。

【校記】

〔一〕廣，古逸叢書本作「唐」。

〔二〕國，元本、古逸叢書本作「園」。

〔三〕正節，元本、古逸叢書本作「中郎」。

信行遠修水筒

○【王洙曰。又，集千家注批點杜工部詩集引作「公自注」。】引泉筒也。

汝性不茹葷，○【鄭卬曰】葷，許云切。○臭菜也。莊子人間世篇：回之家貧，不飲酒，不茹葷。

清静僕夫内。○【師古曰】信行乃童行也。○僕夫之内，惟汝性清凈，不食葷腥，故特愛之。秉心識本源，○【王洙曰】本，一作根。於事少滯礙。○告子曰：「性猶湍水。」孟子曰：「有本者如是。」信行既識心性之源本，故遣之於事，少有滯礙不通也。雲端水筒拆，林表山石碎。觸熱藉子修，通流與厨會。○謂水筒爲碎石所礙，以致水滯，賴信行以修疏通其流也。往來四十里，荒險崖石大。日曛驚未食，○食，一作飡。日入未暇食，憐其飢也。貌赤愧相對。○愍其冒暑之勞也。浮瓜供老病，○修竹筒以引水以浮瓜，供我止渴疾也。裂餅常所愛。○【趙次公曰】公食餅，則裂其半以與之，乃常所私愛乎信行者也。故繼以答恭謹之言也。於斯答恭謹，足以殊殿最。○殿，丁練切。信行忍飢以修葺，足見其恭謹，可以辨殿最。○【王洙曰】上功曰最，下功曰殿。○信行之勤，超諸僕夫，其功爲最也。詎要方士符，○今信行修筒引水相濟，不假方士符與將〔一〕軍蓋，自獲其利也。昔蘇耽開井种橘〔二〕以濟人，井無水，投符井中，遂有水。詳見前注。或曰：神仙傳：葛玄嘗船行，器中藏書札符數十枚。或問：「此符之驗，能爲何事？」玄即取一符投江中，順流而下。又取一符投江中，逆流而上。何假將軍蓋。〔三〕○【趙次公曰：「將軍蓋，意是貳師事，但無蓋字耳。東觀漢記：耿恭爲校尉，居疏勒，匈奴來攻，城中穿井十五丈。恭曰：『聞貳師將軍拔佩刀刺山，飛泉出。今漢德神雨至，豈有窮乎？』向井請禱，井泉漬出。」】昔李貳師拔佩刀刺山而泉飛，耿恭整衣服拜井而泉出。○詳見前注。行諸直如筆，○【杜田補遺】：「言其有用而不邪曲也。」又，杜陵詩史、分門集注、補注杜詩引作「杜定功曰」。】謂引水筩相接，直如筆而不邪曲也。用意崎嶇外。○崎嶇，不平貌。

【校記】

〔一〕將，古逸叢書本作「乎」。

〔二〕种橘，元本、古逸叢書本作「天下」。

〔三〕蓋，古逸叢書本作「佩」。

行官張望補稻畦水歸

東屯大江北，○【王洙曰。又，趙次公曰：「一作枕大江，非。」】一作枕大江。○【鄭卬曰】屯，徒渾切，聚也。百頃平若按。〔一〕○謂百畝平田也。六月青稻多，千畦碧泉亂。插秧通云已，引溜加溉灌。更僕往方塘，○【王洙曰：「以番次更代使之也。」】更，代也。輪〔二〕番相代往視田也。○禮記：乃留更僕。○【王洙曰】劉公幹詩：方塘含白水。決渠當斷岸。○稻畦水太滿，恐浸傷稻，故決之。溝洫志：決渠爲雨。公私各地著，○【鄭卬曰】著，陟略切。○【王洙曰】食貨志：理民之道，地著爲本。浸潤無天旱。○謂公田私家皆蒙浸潤之利，各無旱損，故地著安土，不至流散也。主守問家臣，○大夫之臣曰家臣。今使臣是也。家臣主守田野，甫於補水歸，則引而問其田事。行官，乃巡行之官，即使臣也。分明見溪畔。○【趙次公曰：「舊本『分明見溪伴』，師民瞻作分朋，是。」】明，一作朋。○乃使臣巡視詳察其所以也。竿竿烱翠羽，○竿竿〔三〕，一作芊芊〔四〕。謂以竹竿相接補水，如翠羽然也。剡剡生銀漢。○【鄭卬曰】剡，以冉切。○【師古曰】剡剡，竹末削殺貌。○言塘水盈溢如雲漢之西流也。○【趙次公曰】廣雅：天河謂之銀漢。鷗鳥鏡裏來，○言水之潔〔五〕如鏡也。關山雪邊看。○言浪之白如雪也。秋菰成黑米，○【鄭卬曰】菰，音孤。○葭草也，生米〔六〕可食。塘邊之菰，至秋時黑米乃成熟也。○【趙次公曰】本草：菰，又謂之茭白，歲久中心生白臺，謂之菰手〔七〕，其臺中有黑者，謂之茭蔛。至後結實，乃雕胡米也。○【王洙曰：「菰米，雕胡也。」】西京雜記：菰〔八〕之有米者，長安人謂之雕胡。精鑿傳白粲。○【王洙曰】鑿，或作穀。○精鑿，謂舂擣之精白粲，乃米之至精者。○【晁曰】傳〔九〕，合也。言以菰米合白粲而炊飯也。○【杜田補遺】左氏傳：粢〔一〇〕食不鑿。音作。○注：不精鑿也。玉粒定晨炊，○王子年拾遺記：員嶠之山名環丘，上有方湖千里，多大鵠，高一丈，羣飛於湖際，銜採不周之粟於環丘之上。粟生，穟高五丈，其粒皎然如玉也。韓信傳：晨炊蓐食。紅鮮任霞散。○紅鮮，謂魚色紅如霞也。終然添旅食，○添食，謂加餐也。作苦期壯觀。○謂耕作辛苦，期收成之大有也。○【王洙曰】楊惲傳：田家〔一一〕作苦。遺穗及衆多，○【趙次公曰】詩甫田：彼有遺秉，此有滯穗，伊寡婦之利。我倉戒滋漫。○伊寡婦之利，而我戒其濕耗〔一三〕。○【師古曰】利於人而嗇於己之意也。

【校記】

〔一〕按，元本、古逸叢書本作「桉」。

〔二〕輪，元本作「方」，古逸叢書本作「更」。

〔三〕兩「竿竿」，元本、古逸叢書本作「芊芊」。

〔四〕芊芊，元本、古逸叢書本作「竿竿」。

〔五〕潔，元本作「不」，古逸叢書本作「平」。

〔六〕米，古逸叢書本作「來」。

〔七〕手，古逸叢書本作「米」。

〔八〕菰，元本、古逸叢書本作「瓜」。

〔九〕傳，元本、古逸叢書本作「三」。

〔一〇〕粢，元本、古逸叢書本作「采」。

〔一一〕家，元本、古逸叢書本作「中」。

〔一二〕濕耗，古逸叢書本作「滋漫」。

催宗文樹雞柵

吾衰怯行邁，旅次展崩迫。○【末曰】遠行曰邁。○【趙次公曰：「言不欲他適，且旅泊于此，舒展其崩摧逼迫也。」】老年畏遠邁，姑次夔州，聊以舒展崩迫之懷也。愈風傳烏雞，○【王洙曰：「本草：以烏雌雞治風。」】本草曰：華〔一〕子云：烏雄雞主風濕麻痺。秋卵方漫喫。○【趙次公曰】春卵可以抱育，而秋卵則充食而已。○本草：雞卵中白皮亦治病。自春生成者，隨母向百翮。驅趁制不禁，喧呼山腰宅。課奴〔二〕殺青竹，○殺，所賣切，削也。○【王洙曰】楚人以火炙竹，去其汗，則不蠹，謂之殺青。終日憎赤幘。○憎，晉作帽。○【王洙曰】赤幘，雞冠也。○謂雞終日喧呼聒人，故憎〔三〕疾之也。○【趙次公曰：「小説載，空宅有怪，或居之。中夜有赤幘而來，問其怪類。答曰：『老雄雞也。』」】搜神記：洛陽城南有亭，宿者輒〔四〕死。有書生入亭，端坐誦書。夜半，有人着皂衣，又有人冠赤幘，來户外，呼亭主。問：「誰？」嗟嘆而去。書生更呼亭主，問：「面黑者誰？」曰：「北舍母猪也。」「赤幘者誰？」曰：「老雄雞也。」「汝是誰？」曰：「我老蝎也。」明日，併殺之，亭遂安静。踏藉盤桉翻。塞蹊使之隔。墻東有隙地，○隙，晉作散。可以樹高柵。○嫌雞來踏翻盤桉，乃使塞其徑，於墻東空閑之地用殺青竹立柵以扞之也。避熱時來歸，○來，晉作未。問兒所爲跡。織籠曹其内，令入不得擲。○令，讀平聲。亭午暑熱，雞避熱歸，則又處之有道，織竹爲籠，罩之使不得跳擲也。稀間可突過，○可，一作苦。間，居〔五〕莧切，隙也。觜距還污席。我寬螻蟻遭，彼免狐狢厄。○又恐籠柵間隙稀疏，可衝突以過觜爪，污漫於几席，故叮嚀戒乎宗文詳爲措置，苟如所謀，螻蟻可寬其死，而雞亦不爲狐狢所害，兩〔六〕得其便也。應宜各長幼，自此均勍敵。○勍，渠京切，彊也。籠柵念有修，近身見損益。○【王洙曰：「一作知。」】見，一作如。○【王洙曰：「言非特制難而已，於近身之事亦可知損益也。」】自此長幼各得所宜，勍敵必均，皆趨於成就，非特見籠柵之有制度。近譬諸身，其損益之理亦莫不然。明明領處分，一一當剖析。○宗文宜領吾處分，當割斷分析，以成其事，此告之之辭也。不昧風雨晨，○【王洙曰：「風雨晦明，不亂其鳴也。」】雞能司晨，風雨不渝。○【王洙曰】詩鄭風序：風雨，思君子也。亂世則思君子不改其度焉。三章。○【趙次公曰】風雨如晦，雞鳴不已。既見君子，云胡不喜。亂離減憂慼。○甫當亂離之際，而能守其法度，則憂慼鮮矣。甫因雞而言及此，豈非近身見損益乎？其流則凡鳥，其氣心匪石。○雞雖凡鳥，善鬬，耿介有氣。甫不改其度，故心不啻於石也。○【趙次公曰】詩邶風：我心匪石，不可轉也。倚賴窮歲晏，撥煩去冰釋。○【王洙曰。又，趙次公曰：「舊本一作及，非。」】去，一作及。○撥，除也。謂雞卵愈風順氣，除其煩悶，不爲疾也。○【趙次公曰】莊子：若冰將釋。未似尸鄉翁，○【王洙曰：「祝雞翁，居尸鄉山，下養雞百餘輩，有名字，呼名則種別而至。販雞及賣子。見列仙傳。」】劉向列仙傳：祝雞翁，雒人，居尸鄉北山下，養雞百餘年，雞皆有名字，千餘頭。〔七〕暮棲樹上，晝放散之。欲引，呼名即種别而至。賣雞及子得千餘萬，輒置〔八〕錢去之，〔九〕之吴，作養魚池，後升吴山，白鶴、孔雀數百止其旁。○後漢地理志：偃師有尸鄉。十道志：尸鄉，屬偃師。拘留蓋阡陌。○阡陌，田間道也。尸鄉翁養雞之多，不須籠柵，惟拘留填〔一〇〕蓋於阡陌之間，今甫未能似之也。風俗通：南北曰阡，東西曰陌。

【校記】

〔一〕華，古逸叢書本作「革」。

〔二〕奴，原作「收」，據元本、古逸叢書本改。

〔三〕憎，原作「增」，據元本、古逸叢書本改。

〔四〕輒，元本、古逸叢書本作「輕」。

〔五〕居，元本、古逸叢書本作「苦」。

〔六〕兩，元本、古逸叢書本作「而」。

〔七〕皆有名字千餘頭，古逸叢書本作「千餘頭皆有名字」。

〔八〕置，元本作「致」，古逸叢書本作「散」。

〔九〕之，古逸叢書本作「而」。

〔一〇〕填，古逸叢書本作「張」。

上後園山脚

朱夏熱所嬰，清旭步北林。小園背高崗，○爾雅釋山：山〔一〕脊曰崗。挽葛上崎崟。○崎，去〔二〕奇切。崟，魚音切。○【張天覺曰】崎崟，山貌。○挽葛，謂攀援葛藤而上也。曠望延駐目，飄飄散疏襟。潛鱗恨水壯，○【王洙曰】水壯非潛鱗所居。○喻喧囂非逸士所棲也。去翼依雲深。○歸鳥避矰繳之害，惟恐其不深遠。○【趙次公曰：「以譬隱淪之士須幽曠深遠而後可。」】君子退避讒謗，亦若此也。勿謂地無疆，○【王洙曰】坤卦：坤厚載物，德合無疆。劣於山有陰。○劣，力輟切。不似也。地雖廣大，然盜賊縱横，若無所容身，不似山陰可以避亂也。石榞遍天下，水陸兼浮沉。○【杜田補遺】榞，音原，木〔三〕名。○【沈曰】其子如芎窮，其皮可以禦飢。時天下荒亂，小民轉溝壑，水陸遂〔四〕載石榞以充粮也。自我登隴首，十年經碧岑。劍門來巫峽，薄倚浩至今。○【王洙曰：「自鳳翔赴同谷，由同谷入蜀，沿流下峽，皆山水鄉也。」】甫自登隴首山，迤邐至蜀，又自蜀至夔。○或迫山，或依水，浩遠至今，凡十年。亂離未平，故傷之。是以不免爲潛鱗去翼，苟避禍亂故也。故園暗戎馬，○謂長安之家鄉盜賊多也。骨肉失追尋。○謂弟妹逃難分散也。淮南説林訓：親莫親於骨肉，節族之屬連也。時危無消息，老去多歸心。○狐死首丘，不忘本也。老年之心，常思故鄉，以平昔生長，魂夢不忘也。志士惜白日，○功名未立，恐老之將至也。○【杜田

【趙次公曰】謂費用多也。敢爲蘇門嘯，○【補遺】傅休奕詩：志士苦日短。人〔五〕客藉黄金。○又，集千家注批點杜工部詩集引作「王洙曰」。【晉阮籍傳：籍嘗於蘇門山遇孫登，與商略終古棲神導氣之術，登皆不應。籍應〔六〕長嘯而退，至半嶺，聞有聲如鸞鳳之音，乃登之嘯也。○【王洙曰】又世説：蘇門山中有真人樵伐者，阮籍往問之，仡然不應。籍對之長嘯。籍還半嶺，聞上啫然有聲，如數部鼓吹，林谷傳響。顧看，乃向人嘯也。庶作梁父吟。○【師古曰】甫不敢以真人自居，但效諸葛耕〔七〕吟而已，此謙辭也。○【王洙曰】蜀志：諸葛亮躬耕隴畝，好爲梁父吟。

【校記】

〔一〕山，元本、古逸叢書本無。
〔二〕去，元本、古逸叢書本作「公」。
〔三〕木，原作「本」，據古逸叢書本改。
〔四〕遂，元本作「邊」，古逸叢書本作「遍」。
〔五〕人，元本、古逸叢書本作「久」。
〔六〕應，古逸叢書本作「因」。
〔七〕耕，元本作「軒」，古逸叢書本作「長」。

雷

大旱山岳焦，○【杜田補遺。又，杜陵詩史、分門集注、補注杜詩、集千家注批點杜工部詩集引作「修可曰」。】莊子逍遥遊篇：大旱金石流，山土焦而石〔一〕熱。密雲復無雨。○一作「密雲覆如雨」。○【杜田補遺。又，杜陵詩史、分門集注、補注杜詩引作「王洙曰」。】小畜卦：密雲不雨。南方瘴癘地，罹此農事苦。封内必舞雩，○謂邦内祭旱禱雨，使童男童女歌舞以樂神也。○【王洙曰】周禮：司巫，若國大旱，則率巫而舞雩。峽中喧擊鼓。○峽中風俗，大旱則擊鼓焚山而祈〔二〕雨也。○【王洙曰】神農求雨書：祈雨，不雨，則曝巫。曝巫，不雨，則積薪擊鼓而焚神山。真龍竟寂寞，土梗空俯僂。○梗，古杏切。○【王洙曰】土梗，土龍也。○俯傴，謂鞠躬以求乎神也。吁嗟公私病，税斂缺不補。故老仰面啼，瘡痍向誰數。○數，所具切，謂百姓以旱之故，無以供税斂，鞭撻成瘡痍也。暴尪或前聞，○【鄭卬曰】暴，步木切。尪，烏光切。○【九家集注杜詩依例爲「王洙曰」。又，杜陵詩史、分門集注、補注杜詩、集千家注批點杜工部詩集引作「修可曰」。】尪瘠之人，其面上向，俗謂天哀其病，恐雨入其鼻，故爲之旱，故魯僖公欲焚之。○【杜田補遺。又，杜陵詩史、分門集注、補注杜詩、集千家注批點杜工部詩集引作「修可曰」。】按禮記檀弓篇：穆公召縣子而問焉，曰：「天久不雨，吾欲暴尪而奚若？」曰：「天則不雨，而暴人之疾子，虐，毋乃不可。」○左傳僖二十七年：夏旱，公欲焚巫尪。臧文仲曰：「非旱備也，巫尪何爲。天欲殺之，則如勿生。若能爲旱，焚之滋甚。」公從之。是歲也，饑而不害。鞭巫非稽古。○暴尪、鞭巫，皆不遵古制，苟惟行此，適所以遣怒上帝也。請先偃甲兵，處分聽人主。萬邦但各業，一物休盡取。水旱其數然，堯湯免親覩。○惟是偃息甲兵，人物樂業，賦斂無盡取於民，儻遇水旱，歸之天數，如堯有九年之水，湯有七年之旱，而不爲災，此陰陽之常數也。莊子秋水篇：禹之時，十年九潦，而水弗爲加益。湯之時，八年七旱，而崖不爲加損。食貨志：堯、禹有九年之水，湯有七年之旱，而國亡損瘠者，以畜積多而備先具也。上天爍金石，○【王洙曰】屈原招魂篇：十日並出，流金爍石。羣盜亂豺虎。○【王洙曰】七哀詩：盜賊如豺虎。二者存一端，愆陽不猶愈。○【趙次公曰】今上天作旱，流爍金石，盜賊吞噬，甚於豺虎。二者之禍，愆陽而乾，不猶勝〔三〕於盜賊乎！○甫傷禍亂上下並作也。○【趙次公曰】左氏傳：冬無愆陽。昨宵殷其雷，○【鄭卬曰】殷，於謹切。○雷聲也。○【王洙曰：「殷其雷，詩篇名。」】詩召南文。風過齊萬弩。○言風急也。復吹霾翳散，○言雷雖鳴，將欲雨，又爲風所吹斷也。爾雅釋天：風而雨土爲霾，陰而風爲曀。虛覺神靈聚。○神靈，龍也。龍物畢聚而霾翳，將以爲雨。風既吹散，虛覺聚爾。氣暍腸胃融，○【趙次公曰：「暍音謁，傷熱也。」】暍，於歇切，傷暑也。汗滋衣裳污。○【王洙曰】污，一作腐。吾衰猶計拙，失望築場圃。○今既旱乾，是以農事失望。○【王洙曰】詩豳風：九月築場圃。

【校記】

〔一〕石，古逸叢書本作「不」。

〔二〕祈，元本、古逸叢書本作「求」。

〔三〕勝，元本、古逸叢書本作「甚」。

火

楚山經月火，大旱則斯舉。舊俗燒蛟龍，驚惶致雷雨。○【王洙曰】夔俗，旱則擊鼓焚山。○意欲怖蛟龍以致雨也。爆嵌魑魅泣，○【鄭卬曰】爆，皮教切。○謂火爆嵌巖而山鬼驚哭也。崩凍嵐陰昈。○【鄭卬曰】昈，侯古切，日光也。○【趙次公曰】：「雷雨作，解崩凍。嵐陰昈，則冰雪其墮下，文采明昈於嵐陰之間。」】謂沍〔一〕寒之處亦爲火所崩迫，故嵐陰如日之光明也。羅落沸百泓，○【鄭卬曰】泓，烏宏切，水深貌。○【趙次公曰】：「上兩句言百泓之根源，皆自萬古，而同沸於今日也。」】謂百泓之泉爲火所灼，皆如鼎沸也。根源皆萬古。○萬，一作太。謂夔俗焚山求雨，乃自古然也。青林一灰燼，○【趙次公曰】：「言青林既灰燼矣，雲氣無所止泊也。」】言林巒之色皆成灰燼也。雲氣無所處。○【趙次公曰】：「言青林既灰燼矣，雲氣無所止泊也。出宋玉高唐賦：『風止雨霽，雲無處所。』】言雲氣無所歸也。宋玉高唐賦：風止雨霽，雲無處所。入夜殊赫然，新秋照牛女。風吹巨焰作，河棹勝煙柱。○河棹，一作河澹。勝，一作騰。煙柱，謂燭也。河中之棹火延及，光焰勝於燭也。勢欲焚崑崙，○謂火勢之盛，欲燒崑崙也。山海經：崑崙在西北，高萬仞。光瀰焮洲渚。○【鄭卬曰：「焮，香靳切，炙也。」】焮，香靳切，炙〔二〕也。○謂火光瀰滿，焮照洲渚也。爾雅：水中可居曰洲，小洲曰渚。腥至焦長虵，聲吼纏猛虎。○【王洙曰】聲吼，一作吼争。神物已高飛，不見石與土。○不，一作只。○【趙次公曰：「神物，言蛟龍。已高飛，不礙石與土云云。舊俗燒蛟龍，驚惶致雷雨，此俗人無知，以旱焚山，其事如此，豈知神物安可驚恐之邪？」】神物，指言神龍也。夔俗焚山，欲驚怖蛟龍，然龍爲神物，高飛遠引而不可見，所留者惟石與土而已。爾寧要謗讟，○要，讀平聲。○【鄭卬曰】讟，徒谷切。憑此近熒侮。○【趙次公曰：「苟必以爲然，乃爲謗讟神物而熒侮之矣。旱之害農，至於焚山而熒侮神物，寧不觸其怒而爲人害邪！」】謂爲此舉者，非惟要速謗讟，亦近乎熒侮鬼神，果何益耶？薄關長吏憂，甚昧至精主。○薄關，近及郊關。長吏，郡守縣令也。○【趙次公曰：「此亦宜關於長吏之所憂也。豈水旱有數，冥冥中固有主之者矣，惟此神物，蓋其至精之主乎？民之無知，甚昧厥理。則長吏所憂者在此。」】長吏憂，恐火勢延及，然則爲民主者要當以精誠上格，庶幾化禍爲福，今乃焚害草木昆蟲，豈不昧於理乎？遠遷誰撲滅，○【王洙曰】書盤庚上：若火之燎于原，其猶可撲滅。將恐及環堵。○【趙次公曰】儒行：儒有環堵之室。流汗卧江亭，更深氣如縷。○深恐火勢不止，延及環堵之室。甫抱渴疾，既遇旱熱，復遭火氣酷烈，覺更尤深，稍蘇，殘喘如絲〔三〕不絕也。

【校記】

〔一〕泫，元本、古逸叢書本作「洹」。

〔二〕炙，元本、古逸叢書本作「火」。

〔三〕稍蘇殘喘如絲，元本作「稍殘如絲竹」，古逸叢書本作「喘殘如絲縷」。

雨

峽雲行清曉，煙霧相徘徊。風吹蒼江樹，雨灑石壁來。凄凄生餘寒，殷殷兼山雷。○殷，於謹切，雷聲。詩召南殷其雷。白谷〔一〕變氣候，朱炎安在哉？○白屬秋，朱屬夏，謂夏得雨而氣候變爲秋也。高鳥濕不下，居人門未開。楚宮久已滅，幽珮爲誰哀。○珮，謂神女所鳴之佩也。○【趙次公曰】神女賦：摇珮飾，鳴玉鸞。侍臣書王夢，賦有冠古才。○【趙次公曰：「侍臣，指宋玉也。賦，則高唐、神女賦也，所以載楚王之夢事。」】昔楚襄王夢與神女遇，侍臣宋玉爲作高唐賦，賦〔二〕曰：昔先王遊高唐，怠而晝寢，夢見一婦人，曰：「妾，巫山神女也。聞君遊高唐，願薦枕〔三〕席。」又神女賦：楚襄王夜寢，夢與神女遊，其狀甚麗，寐而夢之，寤不自識，罔〔四〕兮不樂，悵然未忘。夢弼謂：昔先王乃指懷王，今誤以爲襄王。冥冥翠龍駕，○駕，謂神女所乘之駕也。○【王洙曰】屈原山鬼篇：雷填填〔五〕兮雨冥冥。○高唐賦：虬爲旌，翠爲蓋。多自巫山臺。

【校記】

〔一〕谷，元本、古逸叢書本作「公」。九家集注杜詩引「師尹曰」：「谷，地名。」

〔二〕賦，元本、古逸叢書本無。

〔三〕枕，元本、古逸叢書本作「寢」。

〔四〕罔，古逸叢書本作「惘」。

〔五〕填填，元本、古逸叢書本作「瑱瑱」。

贈李十五丈別

峽人鳥獸居，其室附層巔。○峽中倚山，居民如巢棲〔一〕也。下臨不測江，○謂背山面水也。中有萬里船。○峽江東通浙，西通蜀，往來多萬里之船〔二〕也。多疾紛倚薄，○倚薄，謂事之崩迫也。○【趙次公曰】謝靈運詩：拙疾相倚薄。少留改歲年。絶域誰慰懷，開顔嘉名賢。○嘉，一作喜。謂喜得李丈也。孤陋忝末戚，等級敢比肩。○比讀〔三〕去聲。人生意頗合，○【王洙曰】頗，一作氣。相與襟袂連。一日兩遣僕，三日共一筵。○甫自以貧賤，不敢比肩李丈，然李丈志意相投，今與甫爲連袂之交，或遣僕共筵，禮數周至，甫深感之也。揚論展寸心，○劉琨書：揚論敏結。壯筆過飛泉。○虞羲〔四〕詩：念子筆力壯。○【趙次公曰。又，杜陵詩史、分門集注、補注杜詩引作「修可曰」。】曹植作王粲誄：發言可詠，下筆成篇。文如春華，思〔五〕若湧泉。玄成美價存，○此以韋之明經比李丈也。○【王洙曰】前漢韋賢，字長孺，進授宣帝詩，爲丞相。少子玄成，復以明經位至丞相。故鄒魯諺曰：遺子黄金滿籯，不如教子一經。子山舊業傳。○又以庾之能文比李丈也。○【王洙曰】周書：庾信，字子山，父肩吾爲梁太子中庶子，掌書記。徐陵及信並爲抄撰學士。信父子在東宫，出入禁闥，文並綺麗，世號「徐庾體」。○後仕周，聘于東魏。文章盛爲鄴下稱誦。不聞八尺軀，常受衆目憐。○昔韓信軀長八尺，漂母哀而食之。今甫乃蒙李丈見顧也。且爲辛苦行，蓋被生事牽。北回白帝棹，南入黔陽天。○黔，其廉切。○【鄭卬曰】黔陽，屬武陽郡。○甫自峽中南入黔州，謁汧公李丈，故作是詩以序别也。汧公制方隅，○【鄭卬曰】汧，輕煙切。○漢志：汧屬右扶風。○【趙次公曰】汧公，李勉也。○宗室鄭惠王孫。○【杜田補遺。又，杜陵詩史、分門集注、補注杜詩引作「杜定功曰」。】按舊唐書：上元初，爲梁州刺史、山南西道防禦使。迥出諸侯先。封内如太古，時危獨蕭然。清高金莖露，○【王洙曰】一作金莖掌。一作金掌露。○以況李公之清高也。三輔故事：漢武建章承露盤，高二十丈，以銅爲之，上有仙人掌承露，和玉屑飲之。○【王洙曰】西都賦：抗仙掌以承露，擢霜〔六〕立之金莖。○西京賦：立修莖之仙掌，承雲表之清露。正直朱絲絃。○以況李公之正直也。○【王洙曰】鮑照詩：直如朱絲繩。昔在堯四岳，今之黄潁川。○【王洙曰：「四岳，分掌四岳之諸侯。黄霸爲潁川守，有治狀。皆美李沔公也。」】以堯之羲和、漢之黄霸美李公之循良也。于邁恨不同，所思無由宣。○遠行曰邁。所行既不同，故所思難宣，謂此别之後莫寫相思之情也。山深水增波，○謂謁李公涉歷山水之險阻也。解榻秋露懸。○後漢陳蕃傳〔七〕：蕃爲樂安太守，郡人有周璆，高潔之士，前後郡守招命，莫肯至，唯蕃能致焉。特爲置一榻，去則懸之。又徐穉傳：陳蕃爲太守，在郡不接賓客，唯徐穉來，特設一榻，去則懸之。客游雖云久，主要月再圓。○要，陳作恩。要，讀平聲。昔陳蕃設榻以待周璆、徐穉，去則懸之。○【師古曰】今李丈解榻懸榻以待甫，正當秋月，甫〔八〕以客游既久爲辭，主人更要月再圓，言挽留之誠意也。晨集風渚亭，○【師古曰】謂李丈餞别也。醉操雲嶠篇。○徐陵醉中作白雲出遠嶠詩，明日酒醒，讀之自驚，以爲神助。○【鄭卬曰】操，七到切。○【師古曰】謂送之以詩也。丈夫貴知己，○人之相知，貴相知己。〔九〕知己，乃知心也。李之於甫，真爲知心之交也。歡罷念歸旋。○旋，旬緣切。○【師古曰】謂酒罷將歸，念念不忘，蓋惜别之意也。

【校記】

〔一〕棲，元本、古逸叢書本作「穴」。

〔二〕船，元本、古逸叢書本作「舟」。

〔三〕讀，元本、古逸叢書本作「肩」。
〔四〕義，元本、古逸叢書本作「義」。
〔五〕思，元本作「不」，古逸叢書本作「才」。
〔六〕霜，元本、古逸叢書本作「雙」。
〔七〕陳，原作「李」，據古逸叢書本改。
〔八〕甫，元本、古逸叢書本作「節」。
〔九〕己，古逸叢書本作「心」。

季夏送鄉弟韶陪黄門從叔朝謁

○【鄭卬曰】從，才用切。○【趙次公引作「自注云」，集千家注批點杜工部詩集亦引作「公自注」。】王洙曰：韶比兼開江使，通成都外江下峽舟船。

令弟尚爲蒼水使，○美杜韶爲開江使也。○【趙次公曰】吴越春秋：禹傷文〔一〕功不成，乃巡登衡嶽，血白馬以祭。按黄帝中經：歷代聖人所記，因夢見赤繡衣男子，自稱玄夷蒼水使者，聞帝使文命于斯，故來候之。○謂禹曰：「欲得山〔二〕神書，齋於黄帝之嶽巖之下。」禹退齋三日。庚子，登宛委山，得金簡玉字之書，通水理也。名家莫出杜陵人。○【王洙曰】長安有南、北杜，最爲名家也。

○故兩都賦有曰：南望杜霸，北眺五陵。冠蓋如雲，七相五公。注：七相，謂丞相車千秋，長陵人，黄霸、王商，並杜陵人，韋賢、平當、魏相、王嘉，並平陵人。五公，謂太尉田蚡，長陵人，大司馬張安世、司空朱博，並杜陵人，司空平晏〔三〕、大司馬韋賢，並平陵人也。比來相國兼安蜀，歸赴朝廷已入秦。○【王洙曰。又，杜陵詩史、分門集注、補注杜詩又引作「師古曰」。】時崔旰寇成都，杜鴻漸以黄門侍郎領相職入蜀，以平其亂，遂還朝也。捨舟策馬論兵地，拖玉腰金報主身。○【鄭卬曰】拖，託何切，曳也。莫度清秋吟蟋蟀，○前漢王褒頌：蟋蟀俟秋吟。○【王洙曰。又，杜陵詩史、補注杜詩又引作「師古曰」。】潘安爲黄門，作秋興賦曰：蟋蟀鳴乎軒屏。早聞黄閤畫麒麟。○閤，一作閣。○【師古曰】甫勉鴻漸莫空度時節，淹留〔四〕於蜀，早歸論功，畫像於麒麟閣也。○【趙次公曰】昔漢宣帝畫功臣於麒麟閣上〔五〕。前注。

【校記】

〔一〕文，元本、古逸叢書本作「父」。

〔二〕山，元本、古逸叢書本作「止」。

〔三〕晏，元本、古逸叢書本作「當」。

〔四〕留，元本、古逸叢書本作「醉」。

〔五〕上，古逸叢書本作「見」。

返照

楚王宫北正黄昏，○淮南天文訓：日至于虞淵，是謂黄昏。白帝城西過雨雲〔一〕。返照入江翻石壁，歸雲擁樹失山村。衰年肺病惟高枕，絶塞愁時早閉門。不可久留豺虎亂，○豺虎，喻盗賊也。南方實有未招魂。○【趙次公曰】公自言也。客於南楚，魂魄飛越，實爲未招也。○宋玉憐屈原，作招魂篇。

【校記】

〔一〕雲，古逸叢書本作「痕」。

熱三首

雷霆空霹靂，雲雨竟虚無。炎赫衣流汗，低垂氣不蘇。乞爲寒水玉，願作冷秋菰。○【汪革曰】寒水玉，乃水精也。菰，乃蒲也，成於冷秋。二者皆凉，故乞願爲之也。何似兒童歲，○何，一作那。風凉出舞雩。○【王洙曰】論語先進篇：春服既成，冠者五六人，童子六七人，浴乎沂，風乎舞雩，詠而歸。

瘴雲終不滅，瀘水復西來。○【分門集注作「鄭卬曰」。又，補注杜詩引作「王洙曰」。】瀘，龍都切。○【孫僅曰】瀘水出瀘州，屬蜀道。閉户人高卧，歸林鳥却迴。峽中都似火，江上只空雷。○空，一作聞。想見陰宫雪，風門颯踏開。○【張孝祥曰】宫中暑月積雪爲山，取其陰涼也。○搜神記：大明山中有虎頭翁，居陰穴，冬夏沍寒無别。

朱李沉不冷，○【王洙曰】魏文帝書：沉朱李於寒水。雕菰炊屢新。○【師古曰】雕菰，即胡米也。○【王洙曰】沈休文詩：雕菰方自炊。將衰骨盡痛，被褐味空頻。○【師古曰】被褐，言其賤也。○【王洙曰：「一作暍。」趙次公曰：「暍，音於歇反，傷暑也。」】褐，本或作暍，於歇切。傷暑也。欻翕炎蒸景，○【九家集注杜詩依例爲「王洙曰」：「許律切。」又，分門集注引作「鄭卬曰」：「許律反。」】欻，許勿切。飄飄征戍人。十年可解甲，爲爾一霑巾。○【師古曰】傷征戍者十年不得〔一〕解甲休息也。

【校記】

〔一〕得，元本、古逸叢書本無。

示獠奴阿段○【鄭卬曰】獠，張絞切，夷名。○【師古曰】此命阿段理筒引水，以濟消渴也。

山木蒼蒼落日曛，竹竿裊裊細泉分。郡人入夜争餘瀝，○【趙次公曰】夔峽人以竹筒引山泉，其筒偶滯塞而不通，故郡人夜争餘瀝爾。豎子尋源獨不聞。○【趙次公曰】阿段承命尋源理筒而使水通也。病渴三更回白首，○【趙次公曰：「公有肺疾，賴此水爲多。」】謂得此水以濟渴疾也。傳聲一注濕青雲。○【趙次公曰：「水不行時初無聲，修筒之後，水來之聲自傳聞矣。」】謂理筒之後，泉流之聲傳注也。曾驚陶侃胡奴異，○嚴武鎮蜀，甫依之，武欲殺之屢矣，故甫托〔一〕胡奴以見意焉。○【師尹曰】按晉書袁宏傳：胡奴，陶侃之子也。宏著東征賦，備述過江諸公名德，而不及侃。胡奴因於曲室抽刀問宏曰：「家公勳跡在人，君賦如何相忽？」宏急應聲曰：「已嘗備述，何乃言無？」問其所述云何？曰：「精金百鍊，在割能斷。功以濟時，職思靖亂。長沙之勳，爲史所贊。」胡奴乃止。怪爾常穿虎豹羣。○【師古曰】言阿段入山穿虎豹羣，以理水筒。

【校記】

〔一〕托，古逸叢書本作「括」。

奉送王信州崟北歸○崟，魚音切。

朝廷防盜賊，供給愍誅求。下詔選郎署，傳聲典信州。○【趙次公曰：「信州，今之夔州也。見樂史寰宇記，亦見唐志。」】梁大同二年，於巴東立信州。唐武德二年，明皇外祖獨孤信改爲夔州。蒼生今日困，天子嚮時憂。井屋有煙起，瘡痍無血流。○【趙次公曰】追言天子前時以蒼生之困而選王君爲守，其效至於井邑有煙，則逃亡復業，安居而飽食矣。瘡痍無血，謂無横斂以誅求也。壤歌惟海甸，○謂海甸之民擊壤〔一〕而樂也。帝王世紀：帝堯之時，天下大和，有八九十老人擊壤而歌於康衢，辭曰：「日出而作，日入而息。鑿井而飲，耕田而食。帝何力於我哉？」王充論衡：堯時百姓擊壤於途，觀者曰：「大哉堯之德也。」擊壤者曰：「堯何力於我哉？」按藝經：壤，以木爲之，前廣後鋭，長尺四寸，闊三寸，其形如履。將戲，先側一壤於地，遠於三四十步，以手中壤擊之，中者爲上。蓋古戲也。畫角自山樓。白髮寐常早，○【趙次公曰】甫自言也。荒榛農復秋。○【趙次公曰】言荒年之後又復有秋矣。解龜踰卧轍，○【師古曰】解龜，言任滿解龜印而歸也。○【王洙曰】後漢侯霸傳：霸爲淮平大尹，政理有能名。更始遣使徵召，百姓老弱相携號哭，遮使者車，當道而卧，曰：「願乞侯君復留朞年。」遣騎覓扁舟。○甫使人就王信州借船也。○【王洙曰】世説：劉真長遣騎覓張孝廉船。徐榻不知倦，穎川何以酬。○甫以徐穉自比，而指王崟爲陳蕃也，言崟之待我如陳蕃之禮徐穉也，則潁川將何以報之乎？潁川乃陳氏之郡號也。餘見前注。塵生彤筆管，○【師古曰】甫謂爲左拾遺而見逐也。○【王洙曰】詩：彤管有煒。寒膩黑貂裘。○貂，丁聊切。説文：鼠屬，大而黄黑，出先零國。○【王洙曰】戰國策：蘇秦説秦不行，黑貂之裘弊。高義終焉在，斯文去矣休。別離同雨散，○【王洙曰】曹子建詩：風流雲散，一别如雨。行止各浮雲〔二〕。○【王洙曰】劉越石詩：功業未及建，夕陽忽西流。時哉不我與，去乎若雲浮。林熱鳥開口，江渾魚掉頭。○【趙次公曰】此言離别之景也。尉佗雖北拜，○佗，徒河切。謂犬戎順服也。○【王洙曰】陸賈傳：中國初定，尉佗平南越，因王之。高祖使賈賜印爲南越王，因説佗宜郊迎，北面稱臣，卒拜佗爲南越王。○又廣州記：尉佗立臺以朝漢，圓基千步，直峭百尺，螺道登進，頂〔三〕上三畝，朔望升拜，號爲「朝臺」。太史尚南留。○【趙次公曰】甫自比也。太史公自叙：留滯周南。軍旅應都息，寰區要盡收。九重思諫諍，八極念懷柔。徒倚瞻王室，從容仰廟謀。故人持雅論，絶塞豁窮愁。○【趙次公曰】故人，指王信州也。言聞王崟之雅論，則可以豁其旅寓之愁也。復見陶唐理，○以堯美唐代宗也。説文：陶丘，再成也。在濟陰陶丘，有堯城，堯嘗居之，後居於唐，故堯號陶唐氏也。甘爲汗漫遊。○【趙次公曰】言既復見唐堯之化，則無心從仕，而甘爲方外之遊也。○【王洙曰】：「神仙傳：盧敖見一士，曰：『與汗漫期於九垓之外。』又，杜田補遺作「張景陽七命李善曰：淮南子云：若士曰：『吾汗漫遊於九垓之下。』若士舉臂竦身，而遂入雲中。」】淮南道應訓：盧敖游乎北海，見一士〔四〕

焉，深目而玄〔五〕鬢，淚注〔六〕而鳶肩，豐上而殺下，軒軒然迎風而舞。盧敖就而視之，願與爲友。若士笑曰：「吾與汗漫期于九垓之外，不可久駐。」若士舉臂而竦身，遂入雲中。敖仰視之，弗見乃止〔七〕。

【校記】

〔一〕壤，元本、古逸叢書本作「之」。

〔二〕浮雲，元本、古逸叢書本作「雲浮」。

〔三〕頂，元本、古逸叢書本作「項」。

〔四〕士，元本、古逸叢書本作「母」。

〔五〕玄，古逸叢書本作「仄」。

〔六〕注，古逸叢書本作「住」。

〔七〕止，古逸叢書本作「止駕」。

夔州歌十絶

中巴之東巴東山，○【王洙曰】南都賦：於中則左綿、巴中，百濮所充。外負銅梁於巖渠，内函要害於膏腴。○【趙次公曰】按水經：劉璋分三巴，今綿州曰巴西，歸州曰巴東，夔州則中巴也。江水開闢流其間。白帝高爲三峽鎮，○【王洙曰】瞿唐、巫山、黄牛，是爲三峽。夔州〔一〕險過百牢關。○瞿唐，一作夔州。○【杜田補遺。又，杜陵詩史、補注杜詩引作「師古曰」。】圖經：百牢關，諸葛孔明所建，故基在今興元西縣津口北檢玉觀山下，傍臨白馬河，東自梁、洋，北自武、興，西入金牛，三泉皆涉北〔二〕河以濟。河之西兩壁山相對，六十里不斷嶓冢。漢江水流其間，與白馬河合，乃入金井〔三〕，益昌路也。雖不甚險，而爲入川之隘口。此瞿唐兩崖壁立，大江中流，無路可行，非舟莫濟，固有間矣。

【校記】

〔一〕夔州，古逸叢書本作「瞿唐」。

〔二〕北，古逸叢書本作「此」。

〔三〕井，杜陵詩史、補注杜詩作「牛」。

白帝夔州各異城，○【趙次公曰】白帝乃公孫述之城，夔州則劉備之城也。蜀江楚峽混殊名。英雄割據非天意，○【趙次公曰】言公孫述與劉備，豈天容其割據乎？霸王并吞在物情。○【趙次公曰】王，讀去聲。

羣雄竞起問前朝，○問，一作向。○【趙次公曰：「師民瞻本作聞前朝，極是。」】下刊〔一〕作聞。

王者無外見今朝。○【王洙曰】公羊傳：王者無外。東都賦：子徒識函谷之可閉〔二〕，不知王者之無外。比訝漁陽結怨恨，○比，讀去聲，近也。○【趙次公曰】謂安禄山以怨恨起兵於漁陽也。○後漢朱浮傳：浮以書責彭寵曰：「奈何區區漁陽，結怨天子。」元聽舜日舊簫韶。○聽，讀平聲，聆也。○【趙次公曰】此以明皇太平之時爲虞舜之日。初，明皇寵幸禄山，每與之燕，未嘗不奏霓裳之曲。由是〔三〕含蓄，美中有刺也。

【校記】

〔一〕卞刊，元本、古逸叢書本作「下州」。

〔二〕閉，古逸叢書本作「關」。

〔三〕由是，元本、古逸叢書本作「用意」。

赤甲白鹽俱刺天，○【鄭卬曰】刺，七迹切。○謂二山之高也。閭閻繚繞接山巔。楓林橘樹丹青合，複道重樓錦繡懸。○【趙次公曰】謂其華麗也。

瀼東瀼西一萬家，○前注。江北江南春冬花。○晉作「江南江北」。背飛鶴子遺瓊蘂，○【趙次公曰】魏王粲白鶴賦：食靈岳之瓊蘂。相趁鳧鶵入蔣牙。○【趙次公曰：「蓋鳧雛在水中相趁，而入菰蔣牙中也。蔣字，韻書在於平聲之下，亦通上聲，音子兩切。〕【唐韻】：蔣，菰草也。

東屯稻畦一百頃，北有澗水通青苗。○【修可曰】或謂：夔有平田，號爲青苗陂。晴浴狎鷗分處處，○【趙次公曰】列子黄帝篇：海上之人，每旦從鷗鳥遊。雨隨神女下朝朝。○【王洙曰】高唐神女賦：旦爲朝雲，暮爲行雨。朝朝暮暮，陽臺之下。

蜀麻吴鹽自古通，萬斛之舟行若風。長年三老長歌裏，○【九家集注杜詩依例爲「王洙曰」。又，杜詩趙次公先後解輯校引作「趙次公曰」。杜陵詩史、分門集注、補注杜詩引作「師古曰」。】峽人以船頭把篙相水道者曰「長年」，正梢者曰「三老」。白晝攤錢高浪中。○【趙次公曰】攤錢，蜀人賭錢之名。○【杜田補遺】後漢梁冀傳：少好意錢之戲。注引何承天纂文曰〔一〕：詭億〔二〕，一曰射意，一曰射數。即攤錢也。

【校記】

〔一〕曰，元本、古逸叢書本無。

〔二〕億，元本作「意」。

憶昔咸陽都市合，○【趙次公曰：「指長安也。」】咸陽，指長安〔一〕也。山水之圖張賣時。巫峽曾經寶屏見，楚宫猶對碧峰疑。○【趙次公曰】言昔嘗於畫圖上見楚宫，今對碧峰，灘〔二〕猶疑是舊所見之畫圖也。

【校記】

〔一〕長安，元本、古逸叢書本作「洛陽」。

〔二〕灘，元本作「難」，古逸叢書本作「尚」。

武侯祠堂不可忘，○【王洙曰。又，趙次公曰：「祠堂，一作生祠，非。」】祠堂，一作生祠。中有松柏參天長。○【趙次公曰】夔州武侯廟之松柏也。干戈滿地客愁破，雲日如火炎天涼。

閬風玄圃與蓬壺，○閬，音浪，又音郎。中有高堂天下無。○【鄭卬曰】酈元水經注：崑崙之山三級，一曰閬風，一曰縣圃。○東方朔十州記：崑崙山有三角，一角正北，名閬風巔，其一角正西，曰玄圃臺。○【趙次公曰】列子湯問篇：渤海之東有大壑，名歸墟。中有五山，一曰岱輿，二曰圓嶠，三曰方壺，四曰瀛洲，五曰蓬萊。其上臺觀皆金玉。借問夔州壓何處，峽門江腹擁城隅。

新定杜工部草堂詩箋斠證卷第三十六

大曆二年秋在瀼西

七月三日亭午已後校熱退晚加小凉穩睡有詩因論壯年樂事戲呈元二十一曹長

今兹商用事，餘熱亦已末。○商屬秋，秋用事，故餘熱將無。○【洪覺範曰】末，無也。衰年旅炎方，○【趙次公曰：「炎方，南方也。公在夔爲楚地，故云『旅炎方』。」】甫時旅於夔，夔爲南楚，南屬火，故云炎方。生意從此活。○謂消渴之疾，逢秋少蘇也。亭午減汗流，○【趙次公曰。又，門類增廣十注杜詩引作「杜云」。杜陵詩史、分門集注、補注杜詩引作「修可曰」。】四時纂要：日在午曰亭午。北隣耐人聒。○耐，與奈同。聒，音括，喧也。晚風爽烏匼，○歷考字書，無匼字，疑當作帢，音恰。○【薛夢符曰】按集有曰「馬頭金匼匝」，所謂烏匼，即烏巾也。○【洪蒭曰】或曰：烏匼，不舒貌。晚來風凉，爽人烏匼之懷也。筋力蘇摧折。閉目踰十旬，大江不止渴。○甫觸熱卧疾百餘日，雖赴大江之水，似莫能止渴也。退藏恨雨師，○廣雅：雨師謂之屏〔一〕翳，亦曰屏號〔二〕。山海經：屏翳在海東，時人謂之「雨師」。風俗通：玄冥爲雨師。劉向列仙傳：赤松子，神農時雨師，今之雨師本是焉。健步聞旱魃。○魃，蒲末切，旱神也。○【杜田補遺】山海經：蚩尤作兵伐黄帝，黄帝令應龍攻之於冀州之野，應龍畜水，蚩尤請風伯、雨師從而大風雨，黄帝乃下天女魃止雨，遂殺蚩尤，妖不得復上，故所居不雨。妖，赤魃也。○【王洙曰。又，九家集注杜詩引作「杜田補遺」。又，趙次公注引作「山海經」。】神異經：南方有人，長二三尺，裸身而目在臂上〔三〕，走行如風，名曰「旱魃」。所見之國大旱，赤地千里。園蔬抱金玉，○【趙次公曰：「言其貴而難得如金玉也。」】謂旱〔四〕蔬貴也。無以供採掇。密雲雖聚散，○【趙次公曰】易：密雲不雨。徂暑經衰歇。前聖眘焚巫，○【鄭卬曰：「眘，古慎字。」】眘，與慎同。○【王洙曰】左氏僖公二十一年傳：夏大旱，公欲焚巫尪。臧文仲曰：「非旱備也。」武王親救暍。○暍，於歇切，傷暑也。○【王洙曰】帝王世紀：武王自孟津還，及於周，見暍人，王自左擁右扇之。陰陽相主客，○【王洙曰：「陰陽相推而用事，則四時斡流而爲寒暑。」】謂陰陽相爲消長而成寒暑，如主客然。○風俗通：超〔五〕陌度阡，更爲主客。時序遞回斡。灑落唯清秋，昏霾一空闊。○【趙次公曰：「言清秋則昏霾一掃空矣。」】四序迭相回旋〔六〕，秋氣灑落，昏翳始掃蕩矣。蕭蕭紫塞雁，南向欲行列。○行，胡剛切。欻思紅顔日，○欻，許勿切，忽也。霜露凍堦闥。胡馬挾雕弓，鳴弦不虚發。○【趙次公曰】此追思少年乘寒射獵之樂，而感歎今已老矣。○【王洙曰】上林賦：弦不虚發，中必決眥。長鈚及狡兔，○【趙次公曰】鈚，音批。○【杜田補遺：「廣韻：鈚，箭也。」】箭也。○【師尹曰】梁范雲詩：長鈚破犬膽，短鋋創雉翮。突羽當滿月。○言挽弓之滿如月，箭羽奔突之疾也。○【師古曰：「秋月光滿，故曰滿月。」】或謂：射獵正當秋月光滿之時也。惆悵白頭吟，○【張詠曰】惆悵者，傷衰老也。○【王洙曰】古樂府有白頭吟篇，卓文君所作。司馬相如欲聘茂陵人女爲妻，文君作白頭吟，疾人以新間舊，不能至白首也。蕭條遊俠窟。○趙燕之間俗尚勇氣，號爲「遊俠窟」。甫倬〔七〕昔時遊俠之人，今乃蕭條零落也。○【杜定功曰】郭景純遊仙詩：京華遊俠窟。臨軒望山閣，縹緲安可越。○【張天覺曰】縹緲，高遠貌。高人鍊丹砂，○【趙次公曰。又，杜陵詩史、分門集注引作「張天覺曰」。】高人，指元曹長也。○元居於山間，甫望之，恨無由一賞也。○【杜田補遺】按漢陰真君金華大丹訣：姹女隱在丹砂中，或出真形在老翁。子須與我萬年壽，復須與我嬰兒容。金碧經序曰：丹書：服丹砂者，骨朽再肉。未念將朽骨。○甫自念衰朽，冀元公垂念之也。少壯跡頗疏，○少壯之年，所爲疏散，無檢束也。歡樂胸〔八〕倏忽。○倏，音叔。倏忽，犬疾走也。○【王洙曰：「倏忽，不可留也。」】雖暫時歡樂，倏忽爲過，樂不可久故也。杖藜風塵際，○自亂離以來，飄泊風埃〔九〕，回視昔年盛遊，豈可復得耶？老醜難翦拂。○【王洙曰：「翦，裁也。拂，拂拭。言老醜難可矜飾。」翦，裁剌也。拂，拭拂也。當衰暮之年，雖欲矜飾如舊時，理亦難也。〇阮籍詩：朝爲美少年，夕暮成老醜。〇【趙次公曰】絶交論：翦拂使長鳴。〇【趙次公曰。又，杜陵詩史、補注杜詩引作「蘇曰」。】北史盧思道傳：翦拂吹嘘，長其光價。吾子得神仙，本是池中物。〇吾子，指元公也。言曹長淹於小職，如蛟龍困於池中，一旦得雲雨之便，飛騰雲漢，豈爲池中物乎？〇【王洙曰】吴志周瑜傳：恐蛟龍得雲雨，終非池中物也。〇晉載記劉元海傳：蛟龍得雲雨，非復池中物也。賤夫美一睡，煩促嬰詞筆。〇【趙次公曰】甫言我貧賤，非若吾子之得仙道，唯喜小凉，美於一睡，况復煩促爲詞筆所累。〇【師古曰】爲其癖於文章也。

【校記】

〔一〕屏，古逸叢書本作「并」。

〔二〕號，古逸叢書本作「翳」。

〔三〕目在臂上，元本作「□於明也」，古逸叢書本作「目在頂上」。

〔四〕古逸叢書本「早」後有「而」字。

〔五〕超，古逸叢書本作「越」。

〔六〕旋，元本作「晚」，古逸叢書本作「環」。

〔七〕倬，古逸叢書本作「悼」。

〔八〕胸，元本、古逸叢書本作「曾」。

〔九〕埃，古逸叢書本作「塵」。

牽牛織女

○史記天官書：杵、臼四星，在危南。匏瓜，有青黑星守之，魚鹽貴。牽牛爲犧牲。其北河鼓。河鼓大星，上將。左右，左右將。婺女，其北織女。織女，天女孫也。天官星占曰：匏瓜，一名天雞，在河鼓東。牽牛，一名天鼓，不與織〔一〕女俱者，陰陽不和。曹植九詠曰：乘回風兮浮漢渚，目牽牛兮眺織女，交有際兮會有期。注：牽牛爲夫，織女爲婦。牽牛、織女之星，各處河之傍，七月七日乃得一會。阮瑀止慾賦曰：傷匏瓜之無偶，悲織女之獨勤。自漢俱有此言，而吴均齊諧記遂實其事，曰：桂陽城武丁有仙道，常在人間，忽謂其弟曰：「七月七日織女渡河，諸仙悉還宫。吾已被召，不得停，與爾别矣。」弟問：「織女何事渡河？兄何當還？」答曰：「織女暫詣牽牛，吾去後三十〔二〕年當還爾。」明旦，失武丁所在。世人至今猶云：七月七日，織女嫁牽牛焉。

牽牛出河西，織女出其東。○陸機詩：牽牛西北回，織女東南顧。○【九家集注杜詩作「增添」。又，杜陵詩史、補注杜詩引作「蘇曰」。】焦林天斗記：天河之西，有星煌煌，與參俱出，謂之牽牛。天河之東，有星微微，在氐之下，謂之織女。萬古永相望，○魏文帝燕歌行：牽牛織女遥相望，爾獨何辜限河梁。七夕誰見同。○【王洙曰】周處風土記：七月七日，其夜洒掃於庭露，施几筵，設酒脯時果，散香粉於河鼓、織女，言此二星當會。少年守夜者咸懷私欲，或見天漢中奕奕有白氣，光耀五色，以此爲應，見者便拜而乞富壽。神光竟難候，○光，晉作先。○【王洙曰。又，趙次公曰：「竟字一作意，當以竟爲正，其義乃通。」】竟，一作意。○洛神賦：神光離合，乍陰乍陽。此事終蒙朧。颯然精靈合，○靈，魯作爽。何必秋遂逢。〔三〕○【師古曰】詳味此詩，託意牛、女東西間隔，必無私合之期。孟子云：男子生而願爲之有室，女子生而願爲之有家，此人之至情也。雖然，不待父母之命、媒妁之言，鑽穴隙相窺，踰墻相從，則父母、國人皆賤之。臣之事君，苟不以道而進，何異於踰墻相從乎？○甫蓋不信有此事也。亭亭新粧立，龍駕具曾空。○空，一作穹。謂天有九重也。○【趙次公曰。又，九家集注杜詩引作「杜曰」，杜陵詩史、分門集注、補注杜詩、集千家注批點杜工部詩集引作「修可曰」。】謝朓七夕賦：回龍駕之容裔〔四〕。世人亦爲爾，○亦，晉作以。祈請走兒童。○【師古曰】謂乞巧也。稱家隨豐儉，○【鄭卬曰：「稱，昌孕反。」】稱，尺證切。白屋達公宮。○【師古曰】自小民上至公宮，隨家厚薄，各設果饌以祀之也。膳夫翊堂殿，○【師古曰】謂外則膳夫翊敬於堂殿也。○周禮：膳夫，主食之官。鳴玉凄房櫳。○【師古曰】謂内則婦人鳴玉佩於房帷也。○説文：房櫳，室之疏也。曝衣遍天下，○【趙次公曰】崔寔四民月令：七月七日，曝經書及衣裳。○【王洙曰】竹林七賢傳：舊俗以七月七日曝衣。南阮富，所曝皆錦繡。北阮貧，乃以竹竿標布犢鼻褌於庭。

曳月揚微風。○曳，以制切。○【趙次公曰】謂佳人盛服乞巧於〔五〕風前月下也。○【師尹曰】謝莊賦：曳雲裳之素月。 蛛絲小人態，○王充論衡：蜘蛛結絲以網飛虫，人之用計，安能過之？曲綴瓜果中。○【王洙曰。又，趙次公曰：「綴，一作掇，非是。」】綴，一作掇。○【王洙曰】荆楚歲時記：七夕，婦女結綵縷，穿七孔針，陳瓜果於中庭以乞巧。有蟢子網於瓜上，則以爲得巧。 初筵裛重露，○【鄭卬曰：「裛，乙業切，潤也。」】裛，乙業切。○説文：濕也。謝靈運入彭澤詩：裛露馥芳蓀。陶潛雜詩：裛露掇真〔六〕英。 日出甘所終。○終，一作從。○【師古曰】自露零至日出方罷，此人間舊俗然也。 嗟汝未嫁女，秉心鬱忡忡。○忡，直中切。詩草虫：未見君子，憂心忡忡。 防身動如律，竭力機杼中。 雖無舅姑事，○爾雅釋親：婦稱夫之父曰舅，稱夫之母曰姑。 敢昧織作功。○【師古曰】謂未嫁之女，憂心忡忡，以禮自閑如律然，竭力機杼，無故不出外闈，豈有私相會合者耶？ 明明君臣契，咫尺或未容。 義無棄禮法，恩始夫婦恭。○【師古曰】譬如君臣相去咫尺，非其義則不相從，契合必以道也。况夫婦之間，其可棄禮〔七〕法爲私會哉？始或不恭，終則乖暌也。大小有佳期，戒之在至公。○【師古曰】然小大各有期會，要在至今〔八〕，不可爲私邪也。 方圓苟齟齬，○【鄭卬曰】齟，壯所切。齬，偶許切。齟齬，不相值。○【薛夢符曰】宋玉九辯：圓鑿而方枘兮，吾固知其齟齬而難入。 丈夫多英雄。○【趙次公曰】謂婦人女子苟或背戾，若方鑿圓枘之不相入。 爲丈夫者，豈能容之？此人之常情。○【師古曰】况牛、女之東西乎！

【校記】

〔一〕織，元本、古逸叢書本作「牛」。
〔二〕十，元本、古逸叢書本作「千」。
〔三〕逢，元本、古逸叢書本作「通」。
〔四〕裔，元本、古逸叢書本作「易」。
〔五〕於，元本、古逸叢書本無。
〔六〕真，古逸叢書本作「臾」。
〔七〕禮，元本、古逸叢書本作「之」。
〔八〕今，元本、古逸叢書本作「公」。

秋行官張望督促東渚耗稻向畢清晨遣女奴阿稽豎子阿段往問

○【王洙曰】。又，趙次公曰：「舊本耗稻，又一作刈，非。蓋此秋詩，未是收刈時。耗稻，於稻中消耗蒲稗，免相奪取。或云：耗稻是方言。」】耗，一作刈。○【師古曰】詳味此篇，託意於除惡，以佑善人，其終篇在於聚而能散，以閔亂世之困乏，使甫爲政，其意必有見于世者。惜夫！莫之用也。

東渚雨今足，佇聞粳稻香。○粳，音庚。上天無偏頗，蒲稗各自長。人情見非類，

○非類，指惡人害善、邪者亂正故也。○【門類增廣十注杜詩引作「杜云」。又，杜陵詩史、分門集注、補注杜詩引作「修可曰」。】前漢劉章曰：「非其種，鉏而去之。」田家戒其荒。○君子去惡，如農夫之務去草也。功夫競搰搰，○搰，苦骨切。勤勞貌。○【王洙曰】莊子天地篇：搰搰然用力甚多，而見切〔一〕寡。除草置岸傍。穀者命之本，○【王洙曰】范子：計然曰：「五穀者，萬民之命，國之重寶也。」客居安可忘。青春具所務，勤墾免亂常。○且穀者民之本，善人國之紀，穀不可忘，善人安可棄？惡人居朝，必悖命亂其常道，是以急欲除之故也。吴牛力容易，○【趙次公曰】吴牛，今之水牛。容易，言其有力最多，不以爲難也。○君子必力去之而後已也。○【王洙曰】世説：今之水牛生江淮間，故謂「吴牛」。並驅紛遊場。○【王洙曰：「動莫當，一云紛遊場。」趙次公曰：「舊本正作動莫當，非。」】一作「並驅動莫當」。○【王洙曰】驅讀去聲。○【趙次公曰】並驅，則雙駕之也。場者，疆場之場也。豐苗亦已穊，○穊，音異，培根也。謂君子務封殖之，勿使摇動也。穊，或作溉。雲水照方塘。○謂又從而潤澤之，德澤所以待君子，蓋謂是也。○【王洙曰：「劉公幹雜詩：方塘含白水。」】隋李巨仁詩：方塘含白水。有生固蔓延，静一資隄防。○人之性本静，一以禮爲隄防，使非僻無自而入。國家以賢哲爲隄防，提其紀綱，則羣動安有不正夫一哉？督領不無人，提攜頗在綱。○【王洙曰】携，一作挈。書盤庚：若網在綱，有條而不紊。荆揚風土暖，○【王洙曰】周官：荆州、揚州宜稻。肅肅候微霜。○荆揚在南方，地暖，霜降之後，萬物肅成，所謂秋是也。豳詩〔二〕：九月肅霜。尚恐主守疏，用心未甚臧。○【趙次公曰】主守，指行官張望。○【王洙曰】臧，善也。清朝遣婢僕，○謂阿稽、阿段也。寄語踰崇岡。○爾雅：山脊曰岡。西成聚必散，不獨陵我倉。○【王洙曰】詩：我倉既盈。籍田賦：我倉如陵。豈要仁里譽，○要，讀平聲。○【王洙曰】論語：里仁爲美。感此亂世忙。○當禄山亂離之後，百姓困於軍須，老弱轉於溝壑，仁人君子何忍獨務蓄積，坐視斯民之餓莩耶！是以聚而能散，非要仁里之聲譽也，蓋中有感故爾。北風吹蒹葭，蟋蟀近中堂。○【趙次公曰】：「詩曰：『蒹葭蒼蒼，白露爲霜。』故風吹言蒹葭。」王洙曰：「詩：『十月蟋蟀入我床下。』故近中堂。」】並詩。荏苒百工休，○【王洙曰】謝宣城詩：履運傷荏苒。月令：霜降，百工休。鬱紆遲暮傷。○當歲暮之時，百工休役，甫感衰老之迴〔三〕，其志鬱紆而哀有餘也。○【王洙曰】陸機詩：紆鬱遊子情。謝琨詩：遲暮獨如何。

【校記】

〔一〕切，元本、古逸叢書本作「功」。

〔二〕豳詩，元本作「豳詩詩」，古逸叢書本作「詩豳風」。

〔三〕迴，古逸叢書本作「迫」。

月

斷續巫山雨，○巫山在今夔州巫山縣東。天河此夜新。○【趙次公曰】謂之新，則知爲秋七月也。爾雅：天河謂之天漢，亦曰雲漢。若無青嶂月，愁殺白頭人。魑魅移深樹，○【王洙曰：「多，一作移。」】移，一作多。謂月明則魑魅移逃於深林也。○國語：木石之〔一〕夔魍魎。注：山精也。馬融廣成頌注：遊光，神也，兄弟八人。張載詠月詩：魑魅難逃影。蝦蟆動半輪。○淮南説林訓：月照天下，食於詹諸。許慎注：詹諸，月中蝦蟆也。盧仝月食詩：嘗聞古老説，疑是蝦蟆精。月賦〔二〕：蝦蟆傍輪而跳躍。故園當北斗，○【王洙曰】長安城上直北斗，甫家在焉。直指照西秦。○【趙次公曰】廣雅：北斗樞爲雍州。○按集有詩曰「北斗故臨秦」。

【校記】

〔一〕古逸叢書本「之」下有「怪」字。

〔二〕賦，元本、古逸叢書本作「戍」。

見螢火

巫山秋夜螢火飛，簾疏巧入坐人衣。忽驚屋裏琴書冷，復亂簷邊星宿稀。○宿，息救切。却繞井欄添箇箇，偶經花蘂弄輝輝。滄江白髮愁看汝，來歲如今歸未歸。

送十五弟侍御使蜀

喜弟文章進，添余別興牽。數盃巫峽酒，百丈内江船。○謂峽人以百丈繩牽船也。○【王洙曰】水自渝上合者，謂之内江。自渝由戎、瀘上〔一〕蜀者，謂之外江也。未息豺狼鬭，○【王洙曰】：「言戰争也。」〕謂戰争未息也。空催白〔二〕馬年。○【王洙曰】：「以自稱其年，故從卑賤。」〕自謙之稱也。○【王洙曰】晉陶侃臨終上表，曰：「臣猶犬馬之齒，尚可少延。」歸朝多便道，搏擊望秋天。○【師古曰】謂御史之搏擊奸回，如鷹隼之逢秋搏擊鳥獸也。○【杜田補遺】唐舊書：〔三〕桓彦範舉楊嶠爲御史，嶠不樂搏擊之任，彦範曰：「爲官擇人，豈待情願。」遂引爲右臺御史。

【校記】

〔一〕上，古逸叢書本作「下」。

〔二〕白，元本、古逸叢書本作「犬」。

〔三〕唐舊書，古逸叢書本作「舊唐書」。

奉漢中王手札

○漢中王諱瑀〔一〕，睿宗之孫。○【王洙曰】讓皇帝之子，代宗之叔父。○肅宗時，貶爲蓬州刺史也。

國有乾坤大，王今叔父尊。○題注。剖符來蜀道，○前注。歸蓋取荆門。○【趙次公曰】謂車蓋自荆門單出陸取道而歸矣。峽險通舟過，○過，或作淺。江長注海奔。○謂蜀江通海也。主人留上客，避暑得名園。○【趙次公曰】主人，指爲郡之人。時王在中途，借名園以過夏也。前後緘書報，分明饌玉恩。○【趙次公曰】前漢陳成〔二〕奢侈玉食。天雲浮絶壁，風竹在華軒。○【趙次公曰】謂名園之景物也。已覺涼宵永，何看駭浪翻。○【趙次公曰】言時已秋矣，而江風稍定，不復見浪之可駭矣。入期朱邸雪，○【趙次公曰】以冬入朝爲期，宿于京師邸舍也。○【王洙曰】唐制：諸侯朝天子，各置邸京師。朱邸，謂邸以朱飾也。朝旁紫微垣。○【王洙曰】晉志：紫宫垣，一曰紫微。大帝之座，天子之所居也。枚乘文章老，○【趙次公曰】甫自比也。○甫遊王之門下，亦若枚乘老而以文章題名于諸王也。○【王洙曰】西京雜記：枚乘文章敏疾，時有累句，故知疾行無善迹矣。河間禮樂存。○【趙次公曰】以比漢中王也。○【王洙曰】河間獻王修禮樂，被儒服，武帝時來朝獻雅樂，對三雍宫。悲秋宋玉宅，○甫自喻其感時也。○【趙次公曰。又，門類增廣集注杜詩引作「王云」。】宋玉宅在歸州。○前注。失路武陵源。○甫自喻其避亂也。○【趙次公曰】武陵源在鼎州。○前注。淹薄俱崖口，○謂時與王俱在峽口也。東西異石根。○【趙次公曰：「漢中王在下流爲東，公在夔爲西也。」】謂時與王東西相望也。夷音迷咫尺，○【王洙曰：「楚俗語言多夷音。」】謂其言之獠也。鬼物傍黄昏。○【王洙曰。又，趙次公曰：「倚一作傍，當以倚爲正。」】傍，一作倚。○謂其地之僻也。○【王洙曰】蕪城賦：木魅山鬼，昏見晨趨。犬馬誠爲戀，○謂今王入朝，甫寧無犬馬之戀也。○【王洙曰】曹子建表：不勝犬馬戀主之情。狐狸不足論。○狐狸，喻羣小也。豈足道哉！前漢孫寶傳：侯文謂寶曰：「豺狼横道，復問狐狸？」〔三〕○【王洙曰】張綱傳：〔四〕豺狼當路，安問狐狸。從容草奏罷，宿昔奉清樽。○【趙次公曰。又，門類增廣集注杜詩引作「王云」：「此言漢中王爲上草奏既罷，奉飲宴，蓋其清樽已在昔日如此矣。」】言王奏事既罷，必侍宴于天子，以奉宿昔之歡。

【校記】

〔一〕瑀，元本、古逸叢書本作「據」。

〔二〕成，古逸叢書本作「咸」。

〔三〕「狐狸」句下注，古逸叢書本作：「前漢侯文謂孫寶曰：豺狼横道，不宜復問狐狸。」

〔四〕張綱傳，古逸叢書本作「後漢書張綱傳」。

暇日小園散病將種秋菜督勤耕牛兼書觸目

不愛入州府，畏人嫌我真。及乎歸茅宇，○【王洙曰】一作「及歸在茅屋」。旁舍未曾嗔。○謂彼此皆淳樸也。老病恐拘束，應接喪精神。江村意自放，林木心所欣。耕耘屬地濕，山雨近甚匀。冬菁飯之半，○【杜田補遺。又，分門集注、補注杜詩引作「修可曰」。】菁，謂蔓菁。○可爲羹以將飯也。牛力晚來新。○晚，晉作曉。謂牛晝暑則力乏，晚涼則力生也。深耕種數畝，未甚後四鄰。○言耕種不甚後時，比之四鄰未爲劣也。嘉蔬既不一，名數頗具陳。荆巫非苦寒，採擷接青春。○荆巫屬荆楚，今江陵也。其地暖，自冬接春，皆不乏此物，得以供採擷也。飛來兩白鶴，○此下用古樂府艷歌行意，以書其觸目也。古詞曰：飛來雙白鶴，乃從西北來。五里一反顧，六〔一〕里一徘徊。吾欲銜汝去，口噤不能開。吾欲負汝去，毛羽何摧頹。樂哉新相知，憂來生別離。踟躕領〔二〕羣侶，淚落縱横垂。暮啄泥中芹。雄者左翮垂，損傷已露筋。○露，一作及。一步再流血，尚經矰繳勤。○【王洙曰。又，趙次公曰：「舊本正作『尚經矰繳勤』，經一作驚。當以驚爲正，言既傷而流血矣。尚於矰繳驚恐之勤勞也。」】經，一作驚。○矰，咨登切。繳，與繫同，並之若切。矰繳，謂以絲繫矢而射之也。三步六號叫，志屈悲哀頻。鸞凰不相待，側頸訴高旻。○爾雅釋天〔三〕：秋爲旻天。杖藜俯沙渚，爲汝鼻酸辛。○甫因覩兩鶴，其一損傷，不能追企鸞鳳，高翔旻天，頗自傷其已衰病，無復騰踏之志，是以酸辛故也。○【趙次公曰】宋玉賦：寒心酸鼻。

【校記】

〔一〕六，古逸叢書本作「十」。

〔二〕領，古逸叢書本作「顧」。

〔三〕天，原作「文」，據古逸叢書本改。

洞房

洞房環珮冷，玉殿起秋風。○【趙次公曰】此篇思長安而懷帝闕也。言洞房所以環珮冷者，以玉殿起秋風之時也。秦地應新月，龍池滿舊宮。○【趙次公曰】長安志：龍池在興慶宮躍龍門南，瀰亘數頃，深至數丈，常有雲氣，或見小龍出遊。○及帝幸蜀前一夕，躍然亘空望西南去。繫舟今夜遠，清漏往時同。○【趙次公曰】所繫舟之處去秦地爲遠，而想像清漏與往時而〔一〕異也。萬里黄山北，○自蜀道至長安有萬里之遠。○【王洙曰】東方朔傳：武帝微行，西至黄山。晉灼曰：黄山，宫名，在槐里。○寰宇記：黄山宫在扶風。○【趙次公曰】長安志：右扶風槐里有黄山宫。園陵白露中。○【趙次公曰】尤見懷長安園陵之心切矣。

【校記】

〔一〕而，古逸叢書本作「不」。

宿昔

宿昔青門裏，○【趙次公曰。又，杜陵詩史引作「逸曰」。】青門，長安東門也。蓬萊仗數移。○【鄭卬曰】數，色角切。○頻也。○【趙次公曰】蓬萊殿在東内。花嬌迎雜樹，○【王洙曰：「天寶中，最重木芍藥，群花不可比其貴盛。」】松窗雜録：開元中，禁中初重〔一〕木芍藥，即今牡丹也。花方繁開，上乘月夜召太真妃賞之。龍喜出平池。○【王洙曰】柳芳傳信記：天寶中，興慶宮南池中常有小龍出遊。落月留王母，○【趙次公曰】以王母喻楊貴妃也。○【王洙曰】漢武内傳：七月七日，西王母降於承華殿。言畢欲去，帝叩頭請留，乃止。列仙傳：西王母，神人也。人面蓬頭，髮戴勝，虎爪豹尾，善笑，穴居崑崙山上。微風倍少兒。○【趙次公曰】以少兒喻貴妃姊妹也。○【王洙曰】衛青傳：衛媪次女少兒。宮中行樂秘，少有外人知。○【王洙曰】此紀明皇天寶時事也。○【薛夢符曰】前漢周仁傳：仁爲郎中令，險〔二〕重不泄，以是得幸，入卧内。於後宮秘戲，仁常在旁，終無所言。

【校記】

〔一〕重，古逸叢書本作「種」。

〔二〕險，元本、古逸叢書本作「慎」。

能畫〇此詩言漢之宣、武不終惑於伎藝，而譏明皇之不若也。

能畫毛延壽，〇【王洙曰】西京雜記：杜陵畫工毛延壽，善爲人形，醜好老少必得其真。投壺郭舍人。〇【王洙曰】東方朔傳：幸倡郭舍人滑稽不窮。西京雜記：武帝時，郭舍人善投壺，以竹爲矢，不用棘也，能激矢令還，一矢百餘反，謂之驍，言如博之竪棊，於輩中爲驍傑也。每爲帝投壺，輒賜帛。每蒙天一笑，〇【杜田補遺】。又，杜陵詩史、分門集注、補注杜詩、集千家注批點杜工部詩集引作「修可曰」。】神異傳：東王公與玉女投壺，投而不接，天爲之笑，開口流光，今電是也。又，仙傳拾遺：木公與王母投壺，有不入者，天爲之嗌嗌。注：嗌嗌〔一〕，開口而笑也。復似物皆春。政化平如水，皇恩斷若神。〇【師古曰】謂明皇時承平日久，驕逸遂生，百伎皆能感動帝意也。時時用抵戲，亦未離風塵。〇【王洙曰】抵戲，謂角抵之戲也。令兩兩相當角力，量其伎藝射御。〇【趙次公曰】不雜〔二〕以世俗風塵之事也。〇前漢武紀：春作角抵戲。

【校記】

〔一〕兩「嗌嗌」，元本、古逸叢書本皆作「嗌噓」。

〔二〕不雜，古逸叢書本作「未離」。

鬭雞

○列子黄帝篇：紀渻子爲宣王養鬭雞，十日而問。魯世家〔一〕：季氏與郈氏鬭雞。西京雜記：成帝時，交趾、越嶲獻長鳴雞，則一食頃不絶，長距善鬭。晉人皆有鬭雞賦。○【鮑彪曰】陳鴻東城父老傳：明皇以乙酉生，而喜鬭雞，是兆亂之象也。

鬭雞初賜錦，○東城父老傳：明皇樂民間清明節鬭雞戲，及即位，治雞坊，索長安雄雞千數，養於雞坊。選六車〔三〕兒五百人，使畜擾教飼之。上好民風，尤使諸王外戚至傾帑敗産市雞。時賈昌爲五百小兒長，天子甚愛幸之，金銀之賜，日至其家。○【王洙曰】明皇雜録：上每嗚宴餔會，則御勤政樓，金吾及四軍兵士未明陳仗，盛列旗幟，皆被黄金甲，或衣短後繡袍。太常陳樂，衛尉張設，太官具飲，候時百寮貴戚二王後諸蕃酋長皆就食。府縣教坊大陳山車旱船，尋撞、走索、舞劍、角抵、戲馬、鬭雞。又令宫女數百人，飾以珠翠，衣以錦繡，自幃中出擊雷鼓，爲破陣樂、太平樂、上元樂。○【趙次公曰】陳翰異聞集：明皇好鬭雞，人以弄雞爲事，有賈昌者善養雞，蒙寵，當時爲之歌曰：「生兒〔四〕不用識文字，鬭雞走馬勝讀書。賈家小兒年十二，富貴榮華代不如。能令金距期勝負，白錦繡衫隨軟輿。」舞馬既登床。○【王洙曰】既，一作解。明皇雜録：嘗令教舞馬四百蹄，目之爲某家驕，其曲謂之傾盃樂。奮首鼓尾，無不應節。又施三層木床，乘馬於上，抃轉如飛，命壯士舉馬於榻上。安禄山亂，馬散落人間，田承嗣得之。一日，軍中大饗，馬聞樂而舞，承嗣以爲妖而殺之。○宋書：宋大明中，吐谷渾遣使獻舞馬，謝莊爲之作舞馬賦。簾下宫人出，樓前御柳長。○【王洙曰。又，趙次公曰：「舊本『樓前御柳長』，一作『御曲長』，當以爲是。蓋方貫上下句也。」】柳，一作曲。仙遊經一閟，女樂久無香。○【趙次公曰】仙遊，謂明皇上昇矣。宜女樂之久無香也。寂寞驪山道，清秋草木黄。○【杜定功曰】追〔五〕想驪山而傷嘆也。秋風辭：草木黄落兮雁南飛。

【校記】

〔一〕魯世家，元本、古逸叢書本作「左傳」。

〔二〕季，元本、古逸叢書本作「李」。

〔三〕車，元本、古逸叢書本作「軍」。

〔四〕兒，元本、古逸叢書本作「時」。

〔五〕追，元本、古逸叢書本作「迨」。

歷歷

歷歷開元事，分明在眼前。無端賊盗起，○謂安史之亂也。忽已歲時遷。巫峽西江外，○【趙次公曰】蜀江從西而來，故謂之「西江」也。秦城北斗邊。○【趙次公曰】公懷長安也。長安之城，謂之北斗城，以其上直北斗也。爲郎從白首，○【趙次公曰：「雖實道其身，而暗用馮唐白首爲郎也。」】自嘆其爲尚書員外郎而老也。馮唐傳：唐爲郎中署長，文帝輦過，問唐曰：「父老何自爲郎？」○【薛夢符曰】漢武故事：嘗輦至郎署，因見一署郎鬚眉皓白，上問曰：「公何時爲郎？何其老也。」對曰：「臣姓顔名駟，以文帝時爲郎，文帝好文而臣好武，景帝好老而臣尚少，今陛下好少而臣已老，是以不遇也。」上感其言，擢爲會稽都尉。卧病數秋天。

洛陽

洛陽昔陷没，胡馬犯潼關。○潼，徒紅切，水名。因以名關。唐地理志：關在華陰縣。○【趙次公曰】天寶十四載，禄山陷東京，即洛陽也。次年，遂犯潼關。天子初愁思，都人慘别顔。清笳去宫闕，○笳，居牙切，羌人捲蘆葉吹之也。翠蓋出關山。○【王洙曰】謂車駕幸蜀也。故老仍流涕，龍髯幸再攀。○髯，如占切，鬚也。○【趙次公曰】謂父老從帝幸蜀也。封禪書：黄帝鑄鼎於荆山，鼎既成，龍垂胡髯而下迎，羣臣從上七十餘人。餘小臣不得上，乃悉持龍髯，龍髯拔，墮。

驪山

○長安志：驪山在臨潼縣東南二里，驪戎來居此山，故名。土地記：即藍田山也。

驪山絕望幸，○【趙次公曰】明皇嘗幸驪山，治湯泉爲池亭，環列山谷。○【師古曰】今則仙去。○【王洙曰】歎其不復行幸也。花萼罷登臨。○【王洙曰】明皇建花萼相輝之樓於上都，爲諸王燕集之地。○【趙次公曰】帝時登樓，聞諸王作樂，必召升樓與同榻而坐。○今則傷其不復臨眺也。地下無朝燭，○【趙次公曰：「朝，音朝覲之朝。」】朝，音晁。○【趙次公曰】凡臣朝君，夜向晨則秉燭而朝，今歸於地下幽閟，則無朝燭矣。人間有賜金。○【趙次公曰】言明皇所賜金尚有留在人間也。鼎湖龍遠去，○黄帝内傳：帝採首陽山銅，鑄鼎荆山下，在今湖城縣南三十里，號鑄鼎湖。餘見前篇注。銀海雁飛深。○【王洙曰】劉向傳：秦始皇葬於驪山之阿，下錮金泉，上崇山墳，石椁爲遊宮，人膏爲燈燭，水銀爲江海，黄金爲鳧雁。○【趙次公曰】何遜經孫氏陵詩：銀海終無浪，金鳧會不飛。萬歲蓬萊日，長懸舊羽林。○【趙次公曰】言天子如平時蓬萊殿中之日，懸於殿間，今則懸於舊羽林軍爾。羽林，謂守護陵寢之軍〔一〕也。

【校記】

〔一〕軍，元本作「車」，古逸叢書本作「卒」。

提封

提封漢天下，○假漢以言唐也。○【王洙曰】東方朔傳：提封頃畝。顔師古曰：謂提舉四方之内，總計其數也。萬國尚同心。○【王洙曰】謂民未有離心也。借問懸車守，何如儉德臨。○【王洙曰：「懸車束馬，言至險也。言以險爲守，莫若守之以儉德也。」又，趙次公曰：「此篇崇德息兵之義甚明。所謂束馬懸車而後得入，如此而後可以守，則莫如臨之以儉德也。」】謂懸車束馬，入而守險，莫若臨之以儉德也。時徵俊乂入，○【王洙曰】言當求賢以自輔也。草竊犬羊侵。○【王洙曰。又，趙次公曰：「舊本正作『草竊犬羊侵』。一作『莫慮犬羊侵』，當以『莫慮』爲正，義方通貫。」】草竊，一作莫慮。○犬羊，謂戎狄也。願戒兵猶火，○【王洙曰】左氏傳：兵猶火也，弗戢將自焚。恩加四海深。○【王洙曰】言用兵莫若以恩也。

白露

白露團甘子，清晨散馬蹄。○【趙次公曰：「曹子建名都篇：清晨復來還。又：俯身散馬蹄。」又，王洙曰：「鮑明遠：俯身散馬蹄。」】鮑照〔一〕詩：俯身散馬蹄。圃開連石樹，船渡入江溪。憑几看魚樂，○【王洙曰】莊子與惠子觀於濠梁，而羨魚之樂也。回鞭急鳥棲。○【師古曰】回鞭急者，以日暮鳥棲林故也。漸知秋實美，幽徑恐多蹊。

【校記】

〔一〕鮑照，元本、古逸叢書本作「曹植」。

孟氏

孟氏好兄弟，養親惟小園。○養，讀去聲。承顔胝手足，○【趙次公曰】謂勤勞於爲圃，以養〔一〕親也。○荀子子道篇：耕耘樹藝，手足胼胝，以養其親。坐客强盤飧。○飧，音孫，熟食也。負米力葵外，○【趙次公曰：「或云：力葵，一作夕葵。此惑于以夕對秋矣。」】力，一作夕。○晉作寒。○【趙次公曰】謂致力於治葵也。○【王洙曰】家語：子路爲親負米。讀書秋樹根。卜隣慙近舍，訓子學先門。○【趙次公曰。又，王洙曰：「先門，爲孟母訓子擇隣也。」】劉向列女傳：孟母者，孟軻之母。其舍近墓，孟子之少也，嬉遊爲墓間之事。母曰：「此非所以居子也。」去舍市傍。嬉遊爲賈人衒賣之事。母又曰：「此非所以居子也。」復徙舍學宫之傍。嬉遊乃設俎豆揖遜進退。母曰：

「真可以居吾子矣。」遂居。及〔二〕長，學六藝，卒成大儒。

【校記】

〔一〕養，元本、古逸叢書本作「食」。

〔二〕及，元本、古逸叢書本作「乃」。

吾宗衛倉曹崇簡〔一〕

吾宗老孫子，質朴古人風。耕鑿安時論，衣冠與世同。在家常早起，憂國願年豐。語及君臣際，經書滿腹中。○【王洙曰】凡語論之間，及於君臣之際，必反覆論議，用其腹中之詩書而證明之也。後漢趙壹傳：詩書雖滿腹，不如一囊錢。

【校記】

〔一〕衛倉曹崇簡，九家集注杜詩、門類增廣十注杜詩、門類增廣集注杜詩依例爲「王洙曰」，集千家注批點杜工部詩集作「公自注」。

第五弟豐獨在江左近三四載寂無消息覓使寄此二首

亂後嗟吾在，羈棲見汝難。草黃騏驥病，○【王洙曰】甫以騏驥而自託也。沙暖鶺鴒寒。○【趙次公曰】甫憫其弟之寒也。詩：鶺鴒在原，兄弟急難。楚設關城險，○【趙次公曰】謂白帝城乃夔、楚之險阻也。吳容水府寬。○【趙次公曰】吳則自江右〔一〕至吳，而積水之多，故云寬也。二〔二〕年朝夕淚，衣袖不曾乾。

【校記】

〔一〕右，古逸叢書本作「左」。

〔二〕二，元本、古逸叢書本作「一」。

聞汝依山寺，杭州定越州。○【趙次公曰】題止云「五弟獨在江左」，不指明其州，則亦傳聞之未審爾。風塵淹別日，○【趙次公曰】干戈之亂，謂之「風塵」，蓋言風動塵起也。江漢失清秋。○【王洙曰】。又，趙次公曰：「舊本一作共清秋，非。」】失，或作共。○【趙次公曰】言多時在此而不見其弟，爲相失也。影著啼猿樹，○著，直略切。○【趙次公曰】公自言其所在之處也。盧照隣巫山高詩：莫辨帝猿樹。魂飄結蜃樓。○【趙次公曰】指言弟豐所在之處，故深思之也，思之而魂飄。謂之「結蜃樓」，言蜃氣結成樓也。○【王洙曰】天官書：海旁蜃氣象樓臺。○晉志：海旁蜃氣成樓臺。○【杜田補遺】：「埤雅云：蜃噓氣成樓臺，高鳥倦飛就之以息，氣輒吸之，俗謂之『蜃樓』。」】埤雅載雜兵書曰：東海出氣如鼇，謂〔一〕水出氣如蜃，形似蛇而大。一曰：狀如螭龍，有角，鬣紅，噓氣成樓臺，望之隱然在煙靄。高鳥倦飛，就之以息，氣輒吸之，俗謂之「蜃樓」。○古樂府小臨海歌：蜃氣生遠樓。○【杜田補遺】。又，杜陵詩史、分門集注、補注杜詩引作「師古曰」。】陳藏器云：車螯是大蛤，一名蜃，能吐氣爲樓臺。海中春夏間，依約島潡〔二〕中常〔三〕有此氣也。明年下春水，東盡白雲求。

【校記】

〔一〕謂，古逸叢書本作「渭」。

〔二〕潡，元本作「淑」，古逸叢書本作「嶼」。

〔三〕常，元本、古逸叢書本作「嘗」。

鄭典設自施州歸

吾憐滎陽秀，○滎陽，乃鄭氏之郡也。冒暑初有適。○暑，一作水，非也。名賢慎出處，不肯妄行役。旅兹殊俗還，竟以屢空迫。○空，讀去聲。南謁裴施州，○王荆公作所出。

○【師古曰】出處，君子之大〔一〕致，不可妄動。鄭公雖冒暑有適，蓋以鄭子每乏，是以南謁裴施州，亦以義動，不肯妄行役也。義合無險僻。○謂與裴如義相投合，不以險阻爲僻也。攀援懸根木，○【鄭卬曰】援，于元切。登頓入矢石。○【王洙曰】言路險阻也。青山自一川，○言險阻既盡處，施州別是一平川也。城郭洗憂戚。○【趙次公曰】按集有詩曰「下視城郭消人憂」是也。聽子話此邦，令我心悦懌。其俗則純朴，○則，一作甚。不知有主客。温温諸侯門，禮亦如古昔。○言鄭施州爲人温恭，待客有禮，得古人風也。敕厨倍常羞，盃盤頗狼藉。○【王洙曰】滑稽傳：履舄交合〔二〕，盃盤狼藉。時雖屬喪亂，事貴賞匹敵。○【王洙曰】。又，趙次公曰：「舊本正作賞匹敵，非。」】賞，一作當。○匹敵，言以類相求也。惟賢者乃能待賢，兹固可稱賞也。鼂錯傳：人情匹敵。中宵愜良會，裴鄭非遠戚。羣書一萬卷，博涉供務隙。○美鄭施州之好學，事務閑暇，乃讀書也。他日辱銀鉤，森疏見矛戟。○甫嘗辱鄭施州之書。○【王洙曰】因美其字體交連勁曲，若銀鉤然。○【杜田補遺】筆力快利，森森如矛戟也。○【趙次公曰】晉李静〔三〕序草書：婉若銀鉤。○【杜田補遺】書苑：歐陽詢尤工行書，出於大令，森然如武庫之〔四〕矛戟。○【趙次公曰】大令，王羲〔五〕之也。○按集李潮小篆歌「快劍長戟深相向」是也。倒屣喜旋歸，○屣，一作履。○【趙次公曰】倒屣，不上鞋踵也。甫喜鄭公之歸，故遽然而出迎也。○【王洙曰】昔蔡邕倒屣以迎王粲。畫地求所歷。○求，或作來。○【鄭卬曰】：「畫，去聲。」】畫，音獲。○莊子人間世篇：畫地而趨。乃聞風土質，又重田疇闢。刺史似寇恂，列郡宜競借。○借，咨昔切，假也。本或作惜。刺史，指鄭施州，以比寇恂也。○【趙次公曰】昔寇恂從上至潁川，百姓遮道，曰：「願從陛下復借寇君一年。」北風吹瘴癘，羸老思散策。○策，謂杖也。甫聞施州之風義，亦欲杖策而一謁故也。渚拂蒹葭塞，○【王洙曰。又，趙次公曰：「舊本作寒，非。」】塞，一作寒。嶠穿蔦蘿冪。○冪，莫狄切。此身仗兒僕，○仗，一作杖，非是。高興潛有激。孟冬方首路，○謂命駕啓行也。强飯取崖壁。○强，其兩切。飯，扶晚切。衛皇后傳：强飯勉之。歎爾疲駑駘，○相馬法：凡相馬之法，先除三羸五駑，乃相其餘。則五駑者，大頭緩耳，一也；長頸不折，二也；短上長下，三也；大胳短聲，四也；淺寬〔六〕薄髀，五也。汗溝血不赤。○【趙次公曰。又，杜陵詩史、分門集注、補注杜詩、集千家注批點杜工部詩集引作「修可曰」。】西域傳：大宛國多善馬，汗血。言其先天馬子也。馬援銅馬相法：汗溝欲深長也。終然備外飾，駕馭何所益。我有平肩輿，前途猶準的。翩翩入鳥道，○【師古曰】鳥道，謂飛鳥之道，蓋言高險也。庶脱蹉跌厄。○【鄭卬曰】蹉，倉何切。跌，徒結切。○甫歎無快馬以備行役，不若肩輿爲穩，庶免嗟跌之厄。然此亦託諷朝廷所用非良才，是以有傾危之禍也。

【校記】

〔一〕大，元本、古逸叢書本作「聲」。

〔二〕合，古逸叢書本作「錯」。

〔三〕李静，九家集注杜詩、集千家注批點杜工部詩集作「索靖」。
〔四〕之，元本、古逸叢書本無。
〔五〕義，古逸叢書本作「獻」。
〔六〕寬，古逸叢書本作「肉」。

阻雨不得歸瀼西甘林

三伏適已過，○曆釋忌〔一〕曰：伏者，何也。金氣伏藏之日也。四時代謝，皆以相生。立春，木代水，水生木。立夏，火代木，木生火。立冬，水代金，金生水。立秋，金代火，金畏火。故至庚日必伏庚者，金也。○【王洙曰】陰陽書曰：從夏至後，逢第三庚，爲初伏。第四庚，爲中伏。立秋後初庚爲末伏。故謂之「三伏」。驕陽化爲霖。○驕陽，旱也。雨三日爲霖。欲歸瀼西宅，○甫寓居夔州之瀼西。阻此江浦深。壞舟百板拆，峻岸復萬尋。篙工初一棄，恐泥勞寸心。佇立東城隅，○佇，一作倚〔二〕。悵望高飛禽。○【師古曰】謂阻雨舟破，恐泥不可濟。○【趙次公曰】故遠望瀼西，恨無用翼以飛去也。草堂亂玄圃，不隔崑崙岑。○崑崙玄圃，蓋神仙所居。甫以草堂比玄圃，崑崙遠而不可致，以阻雨故也。餘見前注。昏渾衣裳外，○謂地僻嬾衣裳也。曠絶同曾陰。○謂其地清爽，比之重陰之氣也。○【王洙曰】江文通詩：日落長沙渚，曾陰萬里生。園甘長成時，

○【王洙曰】蜀都賦：户有橘柚之園。三寸如黄金。○按集夔州即事詩有曰「一雙白魚不受釣，三寸黄甘獨自青」是也。諸侯舊上計，○謂諸侯上計簿于天子，以甘爲貢也。厥貢傾千林。○【王洙曰】禹貢：揚州厥包橘柚錫貢。邦人不足重，所迫豪吏侵。客居暫封殖，○【王洙曰】左氏傳昭公二年：季武子曰：「敢不封殖此木。」日夜偶瑶琴。○【趙次公曰】謂甘可入貢以奉至尊，非不貴也，而邦人反不重是物者，無它，苦於豪吏之侵奪，故不種植。邦人不之重，唯甫客于此，暫封殖此樹，日夜聽其風韻，若鼓瑶琴焉。虚徐五株態，側塞煩胸襟。○昔人種木多以五爲數，如陶淵明之五株柳，韓退之五株楸，其物態虚徐，徒側塞煩人胸襟，曾甘林之不若也。詩：其虚其徐。焉得輟兩足，○得，一作能。兩足，疑當作雨足，誤也。謝脁詩：森森散雨足。杖藜出嶇嶔。○【鄭卬曰】嶇，虧于切。嶔，驅音切。○甫阻雨不得歸故鄉，欲得雨脚輟止，杖藜出嶇嶔而歸乎甘林也。○【王洙曰】謝靈運池上詩：舉目眺嶇嶔。條流數翠實，○數，所主切，計也。謂計其甘之實也。偃息歸碧潯。○潯，徐心切，水名。謂枕乎潯而卧也。拂拭烏皮几，○【趙次公曰】謝脁烏皮隱几詩：蟠木生附枝，刻削豈無施。取則龍〔三〕文鼎，三趾獻光儀。勿言素韋潔，白沙尚推移。曲躬奉微用，聊承終宴疲。○按集有公安贈衛鈞〔四〕曰：「烏皮伴棲遲。」上劉峽州曰：「憑久烏皮綻。」寄鄭公曰：「烏皮几在還思歸。」喜聞樵牧音。○【趙次公曰】張景陽詩：杖策循岸垂，時聞樵牧音。令兒快搔背，脱我頭上簪。○甫欲得歸瀼西，拂烏几而聽樵牧之音，脱簪搔背，豈不快人意也哉！以其阻雨未得歸，故思之也。

【校記】

〔一〕釋忌，古逸叢書本作「忌釋」。

〔二〕倚，元本、古逸叢書本作「俯」。

〔三〕龍，元本、古逸叢書本作「龙」。

〔四〕鈞，元本、古逸叢書本作「均」。

柴門

泛舟〔一〕登瀼西，○前注。回首望兩崖。○【革曰：「兩崖，峽也。」】兩崖，謂東西峽也。東城乾旱天，其氣如焚柴。○東城，指夔州。夔州在蜀之東，旱乾之氣如焚積薪也。長影没窈窕，餘光散谽谺。○【趙次公曰】谽，胡紺切，哺也。〔二〕谺，虚加切，張口也。○按，谽谺一作唅呀，音同空谷也。○【趙次公曰】言旱氣隱見巖谷之間也。大江蟠嵌根，○【鄭卬曰】嵌，口銜切。歸海成一家。○謂江水蟠曲繞於石竇，其勢散而不一，至歸于大海則合流也。下衝割坤軸，○割，害也。水暫下衝，如割坤軸然。地有三千六百軸，地能運載，故有軸也。○【王洙曰】海賦：又似地軸，挺拔而争迴。竦壁攢鏌鋣。○【趙次公曰】言山峭立如聳鏌鋣之寶劍矣。○莊子：大冶鑄金爲鏌鋣。此兩聯言峽中山水之狀也。蕭颯灑秋色，○颯，一作瑟。氣昏霾日車。○【王洙曰。又，趙次公曰：「舊本氣昏一作氛昏，當以爲正。蓋上已有『其氣如焚柴』，而『氛昏』字又寫其風土之昏也，旱固有此景也。」】昏，一作氛。○日乘車駕以六龍，而煙嵐之氣昏蔽之也。○【趙次公曰】莊子徐無鬼篇：乘日之車遊於襄城之野。○春秋命曆序：皇伯登扶桑日之陽，駕六龍以上下。峓門自此始，○峓，一作峽。○【鄭卬曰】峓，以脂切，夔州地名。○言兩山傍夾相對而峙立，如門然。最窄容浮查。○查，與槎同。昔有人乘槎至天河，見前注。亦甫自謂也。禹功翊造化，疏鑿就欹斜。○【王洙曰：「江賦：三峽之東，夏后疏鑿。」趙次公曰：「江賦：巴東之峽，夏后疏鑿。舊注改爲『三峽之東』，誤矣。」】江賦：巴東之峽，夏后疏鑿。巨渠決太古，○謂自天地剖判已來有之。衆水爲長蛇。○言水之狀也。按集有曰「峽開四千里，水合數百源」是也。風煙渺吴蜀，舟楫通鹽麻。○吴出鹽，蜀出麻，兩相資易也。按集有曰「蜀麻久不來，吴鹽擁荆門」是也。我今遠游子，飄轉混泥沙。〔三〕萬物附本性，約性不欲奢。茅棟蓋一床，清池有餘花。濁醪與脱粟，在眼無咨嗟。○濁醪，脱粟，可以醉飽，尚何恨之有也。山荒人民少，地僻日夕佳。○【王洙曰】陶淵明詩：山氣日夕佳。貧窮固其常，○【王洙曰】窮，一作賤。○家語：貧者士之常。富貴任生涯。○莊子養生主篇：吾生也有涯。老於干戈際，宅幸蓬蓽遮。石亂上雲氣，杉青延日華。○青，一作清。賞妍又分外，○妍，一作愜。理愜夫何誇。○愜，一作妍。謝靈運詩：意愜理無違〔四〕。足了垂白年，○【師尹曰】晉畢卓〔五〕：「浮酒船中，便足了一生。」敢居高士差。○【師古曰】謂敢以高士爲伍也。書此豁平昔，回首猶暮霞。

【校記】

〔一〕舟，三本原皆作「州」，據九家集注杜詩、分門集注杜詩改。

〔二〕也，元本、古逸叢書本作「地」。

〔三〕「我今」三句原無，據杜陵詩史等本改。

〔四〕違，古逸叢書本作「違」。

〔五〕古逸叢書本「卓」下有「曰」字。

貽華陽柳少府

○【鄭卬曰】華，胡化切。

繫馬喬木間，○【趙次公曰】劉琨扶風詩：繫馬長松下。問人野寺門。○【師古曰】柳少府，華陽人，寓居於野寺，甫來尋訪之也。柳侯披衣笑，見我顔色温。並坐石堂下，○【王洙曰】一作堂下石。○一作石下堂。俛視大江奔。火雲洗月露，○【王洙曰】火雲，旱雲也。○爲月露所洗，凌晨無炎氣也。絶壁上朝暾。○【鄭卬曰】暾，他昆切，日始出貌。自非曉相訪，觸熱生病根。○【趙次公曰】晉程曉詩：可憐褦襶子，觸熱生病根。南方六七月，出入異中原。○中原，乃中國之地，寒暑所以正，而南方甚熱故也。老少多暍死，○【鄭卬曰】暍，於歇切，傷熱也。汗踰水漿翻。○【趙次公曰】：「世説載：鍾會、鍾毓見魏文帝，毓面有汗，帝問曰：『何以汗？』對曰：『兢兢皇皇，汗出如漿也。』」鍾毓傳：魏文面有汗，帝問曰：「何以汗？」對曰：「兢兢皇皇，汗出如漿。」俊才得之子，筋力不辭煩。○之子，指柳生。○【趙次公曰】甫喜得柳生訪之，不憚力之勞也。指揮當世事，語及戎馬存。涕淚濺我裳，○涕淚，一作流涕。悲風排帝閽。○【師古曰】謂柳生抱經綸之志，言及國家未寧，慷慨悲憂，其義氣上排帝閽。帝閽，天門也。○【王洙曰】張衡思玄賦：叫帝閽使闢扉兮，覩天皇于瓊宫。鬱陶抱長策，○【王洙曰】長策，良策也。有良策而不見用，故鬱陶爾。五子之歌：鬱陶乎于〔一〕心。義仗〔二〕知者論。○【師古曰】觀柳生之義概，可與知已者論，不可爲俗人道也。吾衰卧江漢，但媿識璵璠。○璵璠，良玉。○【趙次公曰】以美柳生也。○甫卧病江漢之間，所媿知柳生爲美士，無力以薦揚耳。魏文與鍾大理書：魯之璵璠，價越百金，貴重都城。文章一小伎，○【趙次公曰】後漢楊賜傳：造作賦説，以史篆小伎見寵於時。於道未爲尊。起予幸斑白，○【趙次公曰】論語：起予者商也。因是託子孫。○【趙次公曰】：「言取少府道德之美，非止文章。……言柳少府有道可尊，起發予於班白衰老之間，因比相見而有子孫可託之幸。」【文章於藝爲小，甫自謂己所長者文章。今聞柳生議論，是以起發予意，幸當衰老獲接斯人，因以子孫託之，固知柳生前程遠大故也。俱客古信州，○【程曰。又，王洙曰：「夔乃古信州也。」】夔州，春秋時爲魯〔三〕國，漢爲魚復縣，梁、隋皆爲巴東郡。梁大同二年，於巴東立信州。唐武德二年，避皇外祖獨孤信，始改爲夔州，取夔國名之也。結廬依毀垣。相去四五里，徑微山葉繁。○謂所居僻，車馬少而山葉壅塞也。時危挹佳士，○佳士，指柳生也。況免軍旅喧。醉徒趙女舞，歌鼓秦人盆。○【王洙曰】李斯傳：隨俗雅化，佳冶窈窕，趙女不立於側也。夫擊甕叩缶，彈箏搏髀而歌，嗚嗚快耳目者，真秦之聲也。楊惲傳：家本秦也，能爲秦聲。婦趙女也，雅善鼓瑟。酒後耳熱，仰天撫缶而呼嗚嗚。○戰國策：燕太子丹送荆軻入秦，祖於易水之上。高漸離擊缶而歌，士皆垂涕，髮上衝冠。藺相如傳：趙王與秦王會，相如曰：「竊聞秦王善爲秦聲，請奉盆瓶。」風俗通：缶者，瓦器。秦人鼓之，以節歌也。子壯顧我傷，我驩兼淚痕。○【師古曰】柳生年少，傷甫衰老，而甫乃悲喜相半也。餘生如過鳥，○【趙次公曰】張景陽雜詩：人生瀛海間，忽如鳥過目。故里今空村。○【師古曰】甫傷長安故鄉經兵革之後，唯空村而已，此生蹉跎，不獲一歸也。

【校記】

〔一〕于，古逸叢書本作「余」。

〔二〕仗，元本、古逸叢書本作「杖」。

〔三〕魯，古逸叢書本作「夔」。

種萵苣○【鄭卬曰】萵，烏禾切。苣，勤呂切。○本草：苦苣，即野苣也。野生者又名褊苣。今人常食爲白苣。江外、嶺南吴人無白苣，常植野苣以供厨饌。白苣如萵苣，葉白，毛有野色也。

既雨已秋，堂下理小畦，隔種一兩席許。萵苣向二旬矣，而苣不甲拆。伊人莧青青。○【趙次公曰：「伊人莧青青，師民瞻本『伊人』字作『獨野』，是。」】伊人，一〔一〕作獨野，今當從之。傷時君子，或晚得微禄，轗軻不進，因此作詩。○轗，音坎，又苦𣄃切。軻，音可，又苦賀切。轗軻，車行不平也。一曰：不得志也。轗，或作坎。軻，或作坷。義同。東方朔七諫：然轗軻而留滯。

陰陽一錯亂，○錯，或作屯。驕蹇不復理。枯旱於其中，○其，或作此。炎方慘如燬。○【鄭卬曰】燬，虎委切，火也。○炎方，謂南方也。人皆憂慘，旱氣如火之焚也。○【師尹曰】詩：王室如燬。植物半蹉跎，嘉生將已矣。○【王洙曰】言草木遇旱，〔二〕皆無生意矣。〔三〕雲雷欻奔命，○欻，許勿切，忽也。師伯集所使。○【趙次公曰：「言風師、雨伯也。」】師，謂風師飛廉也。伯，謂風伯屏翳也。指揮赤白日，澒洞青光起。○澒洞，讀從上聲，雲色起貌。雨聲先已風，

○已，晉作以。已，止也。風止則雨降也。散足盡西靡。○散足，謂雨脚之斜散而向西也。○【趙次公曰：「謝朓詩云：森森散雨足。」】謝朓詩云：森森散雨靡。山泉落滄海，霹靂猶在耳。終朝紆颯沓，○謂雨作紆回而久不歇也。曹植詩：秋風起颯沓。信宿罷瀟灑。○一宿曰宿，再宿曰信。謂雨殆信宿而後罷也。堂下可以畦，○畦，謂庭前之疏〔四〕圃也。向者以〔五〕旱乾而〔六〕廢棄，今既得雨，故可以理也〔七〕而種物也。呼童對經始。苣兮蔬之常，隨事藝其子。破塊數席間，荷鋤功易止。○陶淵明歸田園詩：戴月荷鋤歸。兩旬不甲拆，空惜埋泥滓。野莧迷汝來，○本草：野莧，馬齒莧也。宗生實於此。○【杜田補遺。又，杜陵詩史、分門集注、補注杜詩引作「修可曰」。】揚雄蜀都〔八〕賦：其竹則宗生族攢。○【杜田補遺。又，杜陵詩史、分門集注、補注杜詩、集千家注批點杜工部詩集引作「修可曰」。】左思吴都賦：楠榴之木，相思之樹，宗生高岡，族茂幽阜。此輩豈無秋，亦蒙寒露委。翻然出地速，滋蔓户庭毁。因知邪干正，掩抑至没齒。○野莧雖掩嘉蔬，遇秋必當委於霜露，而不久榮，譬猶小人以邪干正，之〔九〕人爲之掩抑，至没齒而不得進也。賢良雖得禄，守道不封己。○【趙次公曰】言賢良之人得位則〔一〇〕不恣，非似邪佞得位而封己，亦猶嘉蔬出地則不滋，非似野莧之得而延蔓也。國語：叔向曰：「引黨以封己。」注曰：封，厚也。擁塞敗芝蘭，衆多盛荆棘。〔一一〕○【趙次公曰】芝蘭所以擁塞者，以荆棘之衆多也，非特莧爾。○亦喻君子爲小人所蔽也。中園陷蕭艾，老圃永爲耻。○【趙次公曰】謂蒿艾不翦，爲圃之所耻。

○喻邪佞不去，亦爲國者之所戒也。登於白玉盤，藉以如霞綺。莧也無所施，胡顔入筐篚。○【師古曰】胡顔，謂强厚顔也。野莧雖盛，及莴苣生長，登于白玉之盤，藉以如霞之綺，遂使彼無〔三〕所用，不猶强顔入吾筐篚之内，不亦無耻乎！以喻小人掩君子，一旦登于玉堂，則小人將何顔而猶居朝乎？終亦不用而已矣。○【按，趙次公注秋風二首其二「秋風淅淅吹我衣，東流之外西日微」句曰：此寫眼前之景，宛轉含蓄，道不盡凄感之意。】此詩寫出眼前之境，宛轉含蓄，道不盡凄感之意，觀者可以默會也。

【校記】

〔一〕一，元本、古逸叢書本作「今」。
〔二〕旱，元本作「草」，古逸叢書本作「早」。
〔三〕矣，元本、古逸叢書本作「也」。
〔四〕疏，元本、古逸叢書本作「蔬」。
〔五〕以，元本、古逸叢書本無。
〔六〕而，元本、古逸叢書本作「無」。
〔七〕也，元本、古逸叢書本作「地」。
〔八〕蜀都，元本、古逸叢書本作「左思」。
〔九〕之，古逸叢書本作「正」。

〔一〇〕則，元本、古逸叢書本作「而」。

〔一一〕棘，古逸叢書本作「杞」。

〔一二〕無，元本、古逸叢書本作「正」。

秋風二首

秋風淅淅吹巫山，○巫山，屬夔州。上牢下牢修水關。○水關，乃夔峽大關津也。上牢瞿峽，下牢夷陵。○【師古曰】春夏多雨水，秋冬多旱乾。修水關在秋時也。○十道志：三峽口地曰峽州，上牢、下牢，楚、蜀分畛。吴檣楚柂牽百丈，○【薛夢符曰】湖、湘間行舟以竹相續爲索，以引上水舟，謂之百丈，以其長可百丈故也。暖向神〔一〕都寒未還。○謂輸運京師，自春至冬，未有歸期。蓋勞於征調故也。按唐地理志：東都，隋置。光宅元年，改曰神都。要路何日罷長戟，戰自青羌連白蠻。中巴不曾消息好，○青羌、白蠻迫近巴蜀，近爲之陵擾故也。暝傳戍鼓長雲閑〔二〕。○屯戍之地，夜擊鼓以警盗也。

【校記】

〔一〕神，元本、古逸叢書本作「城」。

〔二〕閑，元本作「關」，古逸叢書本作「間」。

秋風淅淅吹我衣，東流之外日西微。○【師古曰】百川東流，其勢順然也。喻天下當效順于天子。月，臣道也。日，君道也。月微乃其常，日不當微，日微喻京師爲賊所陷，代宗出幸也。天清小城擣練急，○【師古曰。又，王洙曰：「爲征戍者爲寒衣也。」】謂婦人備送征戍之衣也。石古細路行人稀。○【王洙曰。又，杜陵詩史引作「師古曰」。】謂商旅不行也。不知明月爲誰好，早晚孤帆他夜歸。○他，一作也。會將白髮倚庭樹，故園池臺今是非。○【師古曰】傷故里爲寇焚蕩〔一〕也。○謝惠連擣衣詩：腰帶惟〔二〕疇昔，不知今是非。

【校記】

〔一〕蕩，元本作「傷」，古逸叢書本作「毁」。

〔二〕惟，元本作「唯」，古逸叢書本作「准」。

新定杜工部草堂詩箋斠證卷第三十七

大曆二年秋在瀼西所作

春陵行

元結

癸卯歲，漫叟移道州刺史。道州舊四萬餘户，經賊以來，不滿四千，太半不勝賦税。到官未五十日，承諸使徵求符牒二百餘封，皆曰：「失其限者，罪至貶削。」於戲！若悉應其命，則州縣破亂，刺史焉欲逃罪者。不應命，又即獲罪戾，必不免也。吾將守官，静以安人，待罪而已。此州是春陵故地，故作春陵行，以達下情。

元結賊退示官吏序云：癸卯歲，西原賊入道州，焚燒殺掠幾盡而去。明年，賊又攻永州，破邵，不犯此州邊鄙而退。豈力能制敵，蓋蒙其傷憐而已。諸使何爲忍苦徵斂，故作詩一篇，以示官吏。

軍國多所須，切責在有司。有司臨郡縣，刑法意欲施。供給豈不憂，徵斂又可悲。州小經亂亡，遺人實困疲。大鄉無十家，大族命單羸。朝餐是草根，暮食乃樹皮。出言氣欲絶，意速行步遲。追〔一〕呼尚不忍，況乃鞭撲之。郵亭傳急符，來往迹相追。更無寬大恩，但有迫促期。欲令鬻兒女，言發恐亂隨。悉使索其家，而又無生資。聽彼道路言，怨傷誰復知。去冬山賊來，殺奪幾無遺。所願見王官，撫養以惠慈。奈何重驅逐，不使存活爲。安人天子命，符節我所持。州縣忽亂亡，得罪復是誰。逋緩違詔令，蒙責固所宜。前賢重守分，惡以禍敗移。亦云守官貴，不憂能適時。顧惟孱弱者，正直當不虧。何人採國風，吾欲獻此辭。

【校記】

〔一〕追，元本、古逸叢書本作「嗚」。

同元使君春陵行〔一〕

覽道州元使君結春陵行兼賊退後示官吏作二首，誌之曰：當天子分憂之地，效漢官良吏之目。○官，舊作朝。今盜賊未息，知民疾苦，得結輩十數公，落落然參錯天下爲邦伯，萬物吐氣，○晉作「百姓壯氣」。天下少安，可待矣。不意復見比興體制，微婉頓挫之詞，感而有詩，增諸卷軸，簡知我者，不必寄元。○元，晉作云。

遭亂髮盡白，○【王洙曰】盡，一作遽。○謂憂國故髮白也。轉衰病相嬰。○謂血氣衰而百病俱集也。沉綿盜賊際，狼狽江漢行。○文章集略：狼狽，猶狼跋也。歎時藥力薄，○【趙次公曰：「此言非不進藥，以歎時之故，憂思奪之，其病雖痊，而藥力減半也。」】謂憂甚則藥力無效也。爲客羸瘵成。○謂艱難則狀貌疲削也。吾人詩家秀，○秀，一作流。指道州元使君也。博采世上名。粲粲元道州，○【王洙曰】粲粲，美之盛也。○詩：三英粲兮。前聖畏後生。○【王洙曰】論語：子曰：「後生可畏。」觀乎春陵行，歘然俊哲情。復覽賊退篇，結也實國楨。賈誼昔流慟，○【趙次公曰】賈誼傳：誼上疏陳政事，曰：「可爲慟哭者一，可爲流涕者二。」匡衡常引經。○【王洙曰】匡衡傳：衡陳便宜。及朝廷有政議，傳經以對。道州憂黎庶，○憂，一作衰。詞氣浩縱横。兩章對秋月，○兩章，即春陵行、賊退篇是也。一字偕華星。○【王洙曰：「一作階。」】偕，一作皆。致君唐虞際，純樸憶大庭。○【師古曰】謂元結欲致君爲堯、舜之盛，使民風純樸如大庭氏，故甫比之賈誼、匡衡〔二〕也。何時降璽書，○【王洙曰】前漢循吏傳：二千石有治效者，輒以璽書勉勵。用爾爲丹青。○甫謂元道州治郡有功，宜勵以璽書徵用爲丹青老臣，以黼黻皇猷、粉澤治具也。或曰：丹青，謂繪像也。○【王洙曰：「見前『丹青憶老臣』注。」】按集有曰「丹青憶老臣」是也。獄訟永衰息，○【王洙曰】前漢〔三〕禮樂志：獄訟衰息。豈唯偃甲兵。悽惻念誅求，薄斂近休明。○結之治道州，非惟止訟，且又偃兵，憫百姓爲汙吏掊取，於是薄其賦斂，治幾乎三代盛明之時也。乃知正人意，不苟飛長纓。○【趙次公曰】乃知結爲正人，不苟居乎禄位，忝厠簪纓之列而已。涼飆振南岳，○【趙次公曰：「道州在南，故以涼飆言秋時。而必曰『振南岳』，南岳，衡山是已。」】涼飆，秋風也。地理志：潭州有南岳衡山祠，道州屬之。之子寵若驚。○【王洙曰】老子十三章：寵辱若驚，貴大患若身。色阻金印大，○【王洙曰】阻，一作沮。○【趙次公曰】晉書：周顗曰：「今年殺賊奴，取金印如斗大繫肘後。」興含滄浪清。○【王洙曰：「溟，一作浪。」又，趙次公曰：「舊本正作滄溟清，非。滄溟，大海，不可言清。」】浪，一作溟。○之子，指元道州。代宗以元良吏，寵授以刺史印綬，元結雖蒙寵賜，志則在〔四〕於禄秩，當受恩之際，其色阻難，足見其廉於進取也。○【趙次公曰】孺子歌曰：滄浪之水清兮，可以濯我纓。我多長卿病，○【師古曰】昔司馬相如字長卿，嘗病渴。甫亦有是疾也。日夕思朝廷。肺枯渴太甚，漂泊公孫城。○【王洙曰：「白帝城，公孫述所據。」】公孫述所據白帝城，在魚復，有公孫述遺像。○【師古曰】是時甫客居于此，思慕朝廷，未嘗一日忘君也。呼兒具紙筆，隱几臨軒楹。○隱，於靳切，凴也。作詩呻吟内，墨淡字欹傾。○【師古曰】謂作此篇之時，正爲消渴所苦，而爲呻吟哀苦之聲，是以倦於研墨，而書字横斜也。感彼危苦詞，庶幾知者聽。○甫感元道州春陵行之作，因賦是詩，冀知我者而聽之也。

【校記】

〔一〕此題原無，據分門集注杜工部詩補。

〔二〕賈誼匡衡，元本、古逸叢書本作「匡衡賈誼」。

〔三〕前漢，元本作「前」，古逸叢書本作「漢」。

〔四〕在，古逸叢書本作「仕」。

甘林

捨舟越西岡，○【王洙曰】謝靈運詩：捨舟眺迴〔一〕渚。入林解我衣。○甫寓居荆楚，有甘林可入，解衣以自遣適也。青芻適馬性，○謂解馬以就芻，非獨人適真〔二〕性，馬亦適其性也。好鳥知人歸。○【趙次公曰。】謂鳥亦認主人而喜也。○【趙次公曰。又，杜陵詩史、分門集注、補注杜詩引作「修可曰」。】曹植詩：好鳥鳴高枝。晨光映遠岫，多露見日晞。遲暮少寢食，清曠喜荆扉。經過倦俗態，在野無或〔三〕違。試問甘藜藿，○【王洙曰】莊子讓王篇：孔子窮於陳、蔡，藜羹不糝。未肯羨輕肥。○【王洙曰】論語：子路曰：「願車〔四〕馬，衣輕裘。」喧靜不同科，出處各天機。○遲暮，謂晚年年老，爲客不便，故喜爲荆扉，動適所欲，無違吾山野之性，雖甘藜藿，亦不羨輕裘肥馬，蓋以喧靜出處之不用，〔五〕隨人性之所樂也。勿矜朱門是，陋此白屋非。明朝步鄰里，長老可以依。時危賦斂數，○【鄭卬曰】數，色角切。脱粟爲爾揮。○時史思明陷長安，軍興之際，民雖困於重斂，猶能以脱粟飯致意於白屋之長老也。相攜行豆田，秋花靄霏霏。子實不得喫，貨市送王畿。盡添軍旅用，迫此公家威。○【趙次公曰：「言豆雖結實矣，而長老者不得喫也。」】言豆田花雖結實，爲長老者皆不得用。田家所收，盡行貨鬻，以供輸官府，充乎軍旅之用。○【王洙曰】而民無餘貲者，蓋迫於在上者之苛急也。主人長跪問，○古詩：長跪問故夫〔六〕。戎馬何時稀。我衰易悲傷，屈指數賊圍。○數，所短〔七〕切，計也。勸其死王命，慎勿〔八〕遠奮飛。○是以下民怨憤，故甫勉以忠義而死王命，莫若鳥奮飛而遠遁，〔九〕此亦汝墳之忠於君之意。

【校記】

〔一〕迴，古逸叢書本作「迴」。

〔二〕真，元本、古逸叢書本作「其」。
〔三〕或，原作「成」，據元本、古逸叢書本改。
〔四〕願車，元本、古逸叢書本作「乘肥」。
〔五〕用，古逸叢書本作「同」。
〔六〕夫，原作「失」，據元本、古逸叢書本改。
〔七〕短，元本、古逸叢書本作「矩」。
〔八〕忽，元本、古逸叢書本作「匆」。
〔九〕遞，古逸叢書本作「逝」。

雨

行雲遞崇高，○【鄭卬曰】遞，徐禮切，更易也。飛雨靄而至。潺潺石間溜，汩汩松上駛。○【鄭卬曰】駛，疏吏切，馬行貌。亢陽乘秋熱，百穀皆已棄。皇天德澤降，燋卷有生意。前雨傷卒暴，○【鄭卬曰】卒，蒼没切。今雨喜容易。○謂霢霂之雨也。不可無雷霆，間作鼓增氣。○間，居莧切。雷霆所以作，龍之氣也。佳聲達中霄，所望時一致。○謂遠邇俱蒙澤也。清霜九月天，○豳風：九月肅霜。髣髴見滯穗。○【王洙曰】詩甫田：遺秉滯穗，伊寡婦之利。郊扉及我私，○一作我耘。○【趙次公曰】顏延年贈王太常詩：郊扉常晝閉。○【王洙曰】詩大田：遂及我私。我圃日蒼翠。恨無抱甕力，○【王洙曰】莊子天地篇：子貢過漢陰，見一丈人，方將爲圃畦，鑿隧而入井，抱甕而出灌。庶減臨江費。○峽内無井，買江水而飲。今甫寓居于此，因雨而喜，恨無井可以抱甕，庶幾省臨江買水之費也。

別李秘書始典〔一〕寺所居

不見秘書心若失，○後漢黄憲傳：戴良見憲，未嘗不正容，及歸，罔然若有所失。謝靈運擬鄴中集徐幹詩：中飲傾〔二〕昔心，悵然若有失。及見秘書失心疾。○未見之也，心有所思，若失物然，及既見之也，故心疾頓除也。安爲動主理信然，○安爲動主，美李侯之閑居始興也。蓋静則神全，動則神耗，理信然也。我獨覺子神充實。○一作精神實。甫自傷奔走，健羡李侯之安居也。重聞西方之觀經，○觀，古亂切。○【王洙曰】文中子：佛，西方之教。○【杜田補遺】西方觀經者，即有西方無量壽佛經也。經云：如來今者教韋提希及未來世一切衆生，觀於西方極樂世界，以佛力故當得見彼清淨國土，如執明鏡日見面像，凡十六觀：日想爲初觀，水想爲第二觀，地想爲第三觀，樹想爲第四觀，八功德水想爲第五觀，總觀想爲第六觀，花座想爲第七觀，像想爲第八觀，遍觀一切色想爲第九觀，觀世音菩薩真實色身想爲第十觀，觀大勢至菩薩色身想爲十一觀，音觀想爲第十二觀，雜觀想爲十三觀，上品生想爲第十四觀，中品生想爲第十五觀，下品生想爲第十六觀。作是觀者，名爲正觀。若他觀者，名爲邪觀。老身古寺風泠泠。○風賦：泠泠清清。妻兒待我且歸去，○【王洙曰：「（米）又云我。」】我，一作來，陳作米。他日杖藜來細聽。

【校記】

〔一〕典，古逸叢書本作「興」。

〔二〕傾，元本作「顧」，古逸叢書本作「碩」。

寄狄明府博濟○【「博濟」，門類增廣集注杜詩依例爲「王洙云」。】

梁公曾孫我姨弟，○【王洙曰】狄仁傑封梁國公。母之姊妹之子，曰姨弟。不見十年官濟濟。○博濟，梁公曾孫，取甫爲兩姨兄弟。古人有十旬至宰相者，今博濟爲官十年，不見其濟濟，歎其淹滯也。大賢之後竟陵遲，浩蕩古今同一體。○大賢，指梁公。陵遲，衰替貌。賢者之後，多是不振，天意不可知，古今皆然，何獨於博濟而疑之乎！比看叔父四十人，有才無命百寮底。○【王洙曰：「沉下位也。」】底，謂居百寮之下也。今者兄弟一百人，幾人卓絶秉周禮。○魯，周之宗親，能守周禮。今博濟之族兄弟雖多，卓然守梁公禮法者寧有幾人？梁公之後陵遲，蓋有由也。

〇【王洙曰】左氏閔公元年傳：魯尤秉周禮。在汝更用文章爲，長兄白眉復天啓。〇美博濟有文章，乃諸弟中之白眉者，此天將啓梁公之後也。〇【王洙曰】蜀志馬良傳：良字季常，兄弟五人並有才名，鄉里爲之諺曰：「馬氏五常，白眉最良。」良眉中有白毛，故以稱之。左氏傳：天將啓之。汝門請從曾翁説，〇【王洙曰】曾翁，謂梁公也。太后當朝多巧詆。〇詆，一作計。狄公執政在末年，濁河終不污清濟。〇武后當朝，公卿多誹謗，巧言相詆毁，梁公執政，以剛正自守，不爲羣枉所撓，如清濟不污於濁河，清濁有別也。謝朓出尚書省詩：紛虹亂朝日，濁河污清濟。國嗣初將付諸武，公獨廷諍守丹陛。禁中決册請房陵，〇決册，一作册決。前朝長老皆流涕。〇【王洙曰。又，趙次公曰：「舊本一作滿朝，非。」】前，一作滿。〇【王洙曰】詳見狄仁傑本傳。太宗社稷一朝正，漢官威儀重昭洗。〇洗，桑洗切。武后欲以武三思爲太子，廢中宗爲廬陵王，居防〔一〕陵。梁公薦張柬之與桓彦範等決策禁中，誅諸武，迎中宗，使太宗社稷不泯，一朝反正，復見漢官威儀，唐祚不遷，皆狄公之力也。初，仁傑諫武后不宜立三思，而有「廟不祔姑」之語，武后亦爲之感動。前朝長老言之，爲流涕，皆以功高梁公。當時若不得梁公定大計，則唐之爲唐，未可知也。〇【王洙曰】光武本紀：人見司隸寮屬，喜不自勝，老吏或垂泣曰：「不圖今日復見漢官之威儀也。」時危始識不世才，誰謂荼苦甘如薺。〇梁公負不世之才，遭時憂危，以身獨任其事，雖云荼苦，不足以比梁公之勞苦，爲國家憂慮也。〇【趙次公曰】詩谷風：誰謂荼苦，其甘如薺。汝曹又宜列土食，〇【杜田補遺】尚書帝命驗曰：周公作雒，建大社於國中，其壝之土，東丹、南赤、西白、北驪、中央黄，將遣諸侯，鑿其方土，苴以白茅，以土封之，故曰列土。身爲門户多旌棨。○【杜田補遺】唐制：節度使，就第賜旌節三品以上，門立棨戟。胡爲飄泊岷漢間，干謁侯王頗歷抵。○抵，一作詆。汝曹，指博濟也。然既爲元勳子孫，宜列土而食，旌以棨戟，胡爲飄泛蜀漢之間，以干謁爲事哉？況歷詆公卿，求遂其私意，又非寬厚長者之所爲也。○【師古曰】甫意深責博濟宜守梁公之禮法，無逐奔競之風也。況乃山高水有波，秋風蕭蕭露泥泥。○【鄭卬曰】泥，奴禮切，濃貌。○【王洙曰】謝朓詩：零露方泥泥。虎之飢，下巉巖。○廣雅：巉巖，高貌。蛟之横，出清泚。○横，讀去聲。早歸來，黄土污人眼易眯。○【師古曰】況乃岷、漢中山水險阻，居官者率多麁暴，動即相殘，不啻虎蛟之吞噬，是以勉博濟之早歸，無爲當路者所污辱而疾之。○人，或作衣。○【歐曰】眯，莫禮切。○【師古曰。又，趙次公曰：「韻書云：物入目也。」杜陵詩史、分門集注、補注杜詩、集千家注批點杜工部詩集引作「歐曰」：「物入目中。」】眯，物入眼中也。○【師古曰】且物入眼，必不能容，思有以去之。如甫之依嚴武，尚幾爲所殺，況餘人乎！

【校記】

〔一〕防，古逸叢書本作「房」。

寄韓諫議

○注。○【師古曰】按地理志：岳州巴陵郡，在岳之陽，故曰岳陽。有君山、洞庭湖、湘江。韓注以諫爲職，直言諫天下事，代宗不悅，貶岳陽。注適意遊君山，棄人間事，將爲長往之計。甫思之，故作此以寄之。

今我不樂思岳陽，○思韓注也。身欲奮飛病在床。○【王洙曰】詩：不能奮飛。美人娟娟隔秋水，○【趙次公曰】美人，指韓注。甫時病渴寓夔，而注在岳，斯爲隔也。○【王洙曰】詩簡兮：彼美人兮，西方之人兮。○屈原九歌：望美人兮未來。濯足洞庭望八荒。○謂韓高傲，有物外之意也。鴻飛冥冥日月白，○鴻知去就，喻賢者以道去其君也。揚子問明篇：鴻飛冥冥，弋人何篡〔一〕焉。青楓葉赤天雨霜。○【趙次公曰】雨，讀去聲。○謂楚岸多楓，當秋零落，正是相思時節也。○【趙次公曰】鮑照詩：窮秋九月荷葉黄，北風驅雁天雨霜。○【王洙曰】謝靈運晚出詩：曉霜楓葉丹。玉京羣帝集北斗，○【王洙曰】玉京，帝居也。五方各有帝，惟北斗爲尊。○北辰居其所，而衆星拱之也。○【杜田補遺】靈樞金景内經：上界玉京。注：玉京，無爲天也。東西南北皆有八天，凡三十二天，蓋三十三帝之都也。○【薛夢符曰】晉天文志：北極五星，北辰最尊者也。北斗七星在太微北，七政之樞機，陰陽之元本也。或騎麒麟翳鳳凰。○步虚云：丹丘乘翠鳳，玄圃馭斑麟。武帝内傳：西王母之從官，或騎麒麟。芙蓉旌旗煙霧樂，○謂張樂於煙霧之中，旌旗之節光粲乎芙蓉也。

影動倒景搖瀟湘。○瀟湘乃岳陽之景，謂儀仗居日月之上，光影搖動湘江之水。蓋喻羣臣朝覲天子，託以羣帝朝斗言之也。謝玄暉新亭渚別范零陵詩：洞庭張樂地，瀟湘帝子遊。星宮之君醉瓊漿，○喻王子宴會羣臣也。○【王洙曰】招魂：華酌既陳，有瓊漿。瑤漿蜜勺，實羽觴。羽人稀少不在傍。○羽人，仙人也。喻韓注，言其骨不凡。或韓注不預朝覲宴會，足見其貶黜也。不在傍，言不在天子之左右也。復以赤松子、張良比之。○【趙次公曰】屈原遠遊：仍羽人於丹丘。似聞昨者赤松子，○【王洙注引顏師古注】劉向列仙傳：赤松子，神農時雨師，服水玉以教神農，能入水自燒。至崑崙山上，常止西王母石室中，隨風雨上下。炎帝少女追之，亦得仙，俱去。恐是漢代韓張良。詳〔二〕見本傳。昔隨劉氏定長安，帷幄未改神慘傷。國家成敗吾豈敢，色難腥腐餐楓香。○【王洙曰】高祖定天下，張良運籌帷幄，決勝千里。及功成，乃從赤松子遊。○【趙次公曰】曰「韓張良」者，蓋良之先事韓。○帷幄未改而良遽去，令人思之，故神慘傷。良之去，漢室成敗繫之。甫忝諫官，今不見用，故不敢以成敗自任。良從赤松子遊，絕穀學道引，餐松噉柏而已。○【師古曰】今韓注既隱岳陽，效張良之所爲，故甫云「色難腥腐餐楓香」也。○【趙次公曰】神仙傳：壺公令費長房噉溷，臭惡非常，長房色難之。公歎曰：「子不得仙。」周南留滯古所惜，○所，一作莫。○【王洙曰】惜太史公留滯周南之地。○【師古曰】韓注見貶於岳陽，何異於太史公，是以爲之痛惜也。南極老人應壽昌。○【趙次公曰。又，杜陵詩史引作「師古曰」。】甫以注隱南方，比之老人星，嘆其不見也。○天官書：狼北地有大星，曰「南極老人」。老人見，治安。不見，兵起。常以秋分時候之於南郊。○【趙次公曰】晉天文志：老人一星在弧南，見則主壽昌。○【王洙曰】春秋元命苞：老人星，治平則見，見則主壽昌。美人胡爲隔秋水，焉得置之貢玉堂。○【師古曰】謂欲得此美德之人，貢之玉堂，以輔天子，不宜隱於此也。所以甚惜注之不用也。

【校記】

〔一〕篡，元本、古逸叢書本作「慕」。

〔二〕詳，元本、古逸叢書本無。

奉送韋中丞之晉赴湖南

寵渥徵黄漸，○【趙次公曰】以黄霸比韋中丞也。○【王洙曰】本傳：霸爲潁川太守，户口歲增，治爲天下第一，徵守京兆尹。權宜借寇頻。○【趙次公曰】復以寇恂比之。○【王洙曰】本傳：潁川盗賊羣起，光武車駕南征，寇恂從至潁川，盗賊悉降，而竟不拜。郡百姓遮道曰：「欲從陛下復借寇君一年。」乃留恂長社，鎮撫吏民，受納餘降。湖南安背水，○韋中丞鎮湖南，崔異爲幕府官，以安集湖南之亂也。峽内憶行春。○謂韋雖赴湖南，而夔峽之民每思之也。東方朔外傳：郡守四馬駕車，一馬行春。王室仍多故，〇國語：威公問於史伯曰：「王室多故。」蒼生倚大臣。還將徐孺子，〇子，一作榻。處處待高人。〇【趙次公曰】謂韋中丞之待士，如陳蕃之設榻禮徐庶也。〇或謂：孺子，甫自比也。

謁先主廟〇此夔州劉備廟也。

慘淡風雲會，〇【王洙曰】古詩：靄靄風雲會。二十八將論：咸能感會風雲。乘時各有人。力侔分社稷，志屈偃經綸。〇【趙次公曰】言劉、葛之志屈而不得伸，所以偃化經綸之業也。〇【王洙曰】屯卦：君子以經綸。復漢留長策，中原仗老臣。〇【趙次公曰】先主欲復興劉氏而稱漢，以其所留之長策與後主也。所留長策者，謂欲取中原，仗諸葛老臣爾。雜耕心未已，〇【王洙曰】蜀志：後主建興十二年春，亮悉大衆由斜谷出，以流馬運，據武功五丈原，與司馬宣王對於渭南。亮每患糧不繼，使己志不伸，是以分兵屯田，爲久駐之基。耕者雜於渭濱居民之間，百姓安堵，軍無私焉。歐血事酸辛。〇【鄭卬曰】歐，於口切。〇【王洙曰】亮與宣王相持百餘日，其年八月，亮病卒于軍。霸氣西南歇，〇【王洙曰】按蜀志：譙周初勸進，曰：「西南有黄氣，願大王應天順民。」〇【趙次公曰】今葛亮已死，中原莫圖，則霸氣所以歇也。雄圖歷數屯。錦江元過楚，劍閣復通秦。〇【趙次公曰】錦江、劍閣，蜀國之土地也。過楚而通秦，則言本可以混一而不能焉，乃所以傷之也。舊俗存祠廟，空山立鬼神。○【王洙曰】立，一作泣。襄陽記：亮死所在，各求爲立廟，朝議以禮秩不聽，百姓遂因時節私祭之於道陌上。虛簷交鳥道，○【王洙曰。又，趙次公曰：「交，一作扶，非。」】交，一作扶。○鳥道，乃飛鳥之險道，言先主廟瞰乎山之高也。枯木半龍鱗。竹送清溪月，苔移玉座春。○【趙次公曰】玉座，先主神座也。閭閻女兒換，歌舞歲時新。○【趙次公曰】謂夔州之人祀事之禮也。絶域歸舟遠，荒城繫馬頻。如何對摇落，○【趙次公曰】從此已下，甫言其身之流落，因先主廟即諸葛之功以自比而感歎也。○【王洙曰】宋玉九辯：草木摇落而變衰。況乃久風塵。○風塵，喻寇亂也。孰與關張並，○孰，一作勢。○【趙次公曰】此蓋言諸葛與關羽、張飛之才器孰與並乎？言不可並也。○【王洙曰】按，關羽、張飛傳：初，劉備襲蜀，處士傅幹曰：「劉備寬仁有度，能得人死力。諸葛達治知變，正而有謀，而爲之相。關羽、張飛勇而有義，皆萬人之敵，而爲之將。此三人者，皆人傑也。以備之略，三傑佐之，何爲不濟也？」諸葛傳：先主與亮情好日密，關、張等不悦，先主曰：「孤有孔明，猶魚之有水，願諸君忽〔一〕復言。」功臨耿鄧親。○【趙次公曰。又，杜陵詩史、分門集注、補注杜詩引作「修可曰」。】甫評品以爲鄧禹之高勳、耿賈之洪烈可親近矣。應天才不小，○上注。得士契無隣。○【王洙曰】蜀志：先主復領益州牧，諸葛亮爲股肱，法正爲謀主，關羽、張飛、馬超爲爪牙，許靖、麋竺、簡雍爲賓友，及董和、董〔二〕權、李嚴等，本劉璋之所授用也，吴壹、費觀等，又璋之婚親也，彭羕，又璋之所擯也，劉巴，宿昔之所忌恨也，皆處之顯任，盡其器能。有志之士，無不競勸。

遲暮堪帷幄，飄零且釣緡。○【王洙曰】詩：其釣維何，維絲伊緡。向來憂國淚，寂寞灑衣巾。

【校記】

〔一〕忽，古逸叢書本作「勿」。

〔二〕董，古逸叢書本作「黄」。

秋野五首

秋野日荒蕪，○荒，一作疏。寒江動碧虚。繫舟蠻井絡，○【趙次公曰】楚在春秋爲蠻地。○【王洙曰】左思蜀都賦：岷山之精，上爲井絡。注：岷山爲東井星絡之維。卜宅楚村墟。○【王洙曰】夔，古楚附庸國。棗熟從人打，○【王洙曰】從，一作行。葵荒欲自鋤。○【王洙曰】自，一作旦。盤飧老夫食，分減及溪魚。

易識浮生理，難教一物違。○【王洙曰】謂物不可違其性也。水深魚極樂，林茂鳥知歸。吾老甘貧病，○【趙次公曰：「吾老，師民瞻本作衰老，是。」】吾，疑作衰。榮華有是非。秋風吹几杖，不厭此山薇。○薇，蕨也。○【王洙曰：「夷齊隱於首陽山，採薇而食之。」】昔伯夷、叔齊不食周粟，臥于首陽山，採薇而食之。

禮樂攻吾短，山林引興長。掉頭紗帽側，曝背竹書光。○【趙次公曰】謂竹簡之書也。風落收松子，天寒割蜜房。○【王洙曰】謂蜜蜂之房也。○【趙次公曰】左思蜀都賦：蜜房郁毓被其阜。稀疏小紅翠，駐屐近微香。○【趙次公曰】謂秋花之香也。

遠岸秋沙白，連山晚照紅。潛鱗輸駭浪，歸翼會高風。砧響家家發，樵聲箇箇同。飛霜任青女，○【王洙曰】青女，主霜雪之神。淮南子：青女降霜。賜被隔南宮。○【趙次公曰】公爲尚書員外郎，而旅寓于夔，故隔乎南宮之賜也。○【王洙曰】後漢樂崧直南宮，家貧無被，帝聞而嘉之，詔大官賜尚書以下食，并給帷被。

身許騏驎畫，年衰鴛鷺羣。大江秋易盛，空峽夜多聞。逕隱千重石，帆留一片雲。兒童解蠻語，○【鄭卬曰】解，侯買切，識也。不必作參軍。○【王洙曰】世說：郝隆爲南蠻參軍，上巳日作詩曰：「娵隅躍清池。」桓温問何物，答曰：「名魚爲娵隅。」温曰：「何爲作蠻語。」隆曰：

「千里投公，始得一蠻府，那得不蠻語也？」

簡吴郎司法

有客乘舸自忠州，遣騎安置瀼西頭。古堂本買藉疏豁，借汝遷居停宴遊。○【趙次公曰】借吴司法自舟中遷來以居，而我甘心停宴遊也。雲石熒熒高葉曉，○【王洙曰】曉，一作曙。風江颯颯亂帆秋。却爲姻婭過逢地，○【薛夢符曰。又，九家集注杜詩依例爲「王洙曰」】：「按爾雅：婦之父母、婿之父母，相爲姻婭。」【爾雅釋親：婿之父爲姻，婦之父爲婚，婦之父母、婿之父母相謂爲婚姻，兩婿相謂爲婭。】許坐曾軒數散愁。○【趙次公曰：「數，音所角切。」】數，色角〔一〕切，頻也。○【趙次公曰】古堂本甫之所有，既借吴郎住，却是姻婭家之屋宇，乃爲我過逢之地，仍許我坐於曾軒以消其憂也。

【校記】

〔一〕角，元本、古逸叢書本作「用」。

又呈吴郎

堂前撲棗任西鄰，○撲，普卜切，擊也。○【薛夢符曰】前漢王吉傳：吉居長安東，家有大棗樹，垂吉庭中。吉婦取棗以啖，吉知之，乃去婦。東家聞而欲伐樹，鄰里共止之，因請吉還婦。里中爲之語曰：「東家棗完，去婦復還。」無食無兒一婦人。○【趙次公曰：「因事實而告吳郎，蓋公舊嘗見有撲棗者，今告吳郎以任從之也……在公之樂易，則告吳郎以許西家之婦取棗於吾舍也……公在廟堂，其澤天下也可推矣！」】吳郎寓居瀼西，堂前棗熟，甫告之以任從西鄰寡婦取以充飢，推是心以治國平天下，無非仁政，乃所以嘉之也。不爲困窮寧有此，秖緣恐懼轉須親。○【趙次公曰】言探斯婦人之情，乃困窮所致。又告吳郎當念其恐懼，宜更親之。甫之仁厚可知矣。即防遠客雖多事，○【王洙曰】防，一作知。使插疏籬却甚真。○【王洙曰】使，一作便。○【趙次公曰】言雖任鄰婦取棗，然吳郎以遠方而來，當謹藩籬以防他寇，亦不害其爲真〔一〕也。已訴徵求貧到骨，正思戎馬淚盈巾。○盈，一作霑。

【校記】

〔一〕真，元本、古逸叢書本作「直」。

聽楊氏歌

佳人絕代歌，○絕代，謂當代絕無也。○【王洙曰】前漢外戚傳：李延年侍上起舞，歌曰：「北方有佳人，絶代而獨立。」獨立發皓齒。○傅毅舞賦：騰清眸，發皓齒。滿堂慘不樂，○謂其聲悲也。○【王洙曰】前漢刑法志〔一〕：滿堂飲酒，有一人向隅而悲泣，則一堂皆爲之不樂。響下清虚裏。○【王洙曰。又，趙次公曰：「清虚裏，一作浮雲裏，不取。」】清虚，一作浮雲。○謂其響透碧空也。江城帶素月，況乃清夜起。老夫悲暮年，○老夫，甫自謂也。壯士淚如水。○【王洙曰：「荆軻歌於易水之上，士皆淚垂。」杜田補遺曰：「荆軻歌云：『壯士一去兮不復還。』」】戰國策：荆軻別燕丹於易水之上，歌曰：「風蕭蕭兮易水寒，壯士一去兮不復還。」士皆垂泣。玉盃久寂寞，○謂侑盃之聲久而不聞也，以譏玄宗昔日與楊貴妃宴集，今則不復講矣。○【王洙曰】韓非子：紂爲象箸，犀玉之盃。金管述宫徵。○謂楊氏之歌妙乎宫徵也，以譏玄宗惑於聲音，製爲霓裳羽衣之曲，聞者悲愴，祿山之亂職此之由也。勿云聽者疲，愚智心盡死。○夫歌能感動人心，聽者忘疲，愚智心若死灰。古人謂「絲不如竹，竹不如肉」，信知聲者之道，得乎天賴之自然，殆非金石絲竹之可比也。○【王洙曰：「世之議樂者以『絲不如竹，竹不如肉』，言肉聲勝於絲竹，則金石固當有間矣。孟嘉語也。」】晉桓〔二〕温問孟嘉：「聽樂絲不如竹，竹不如肉。」答曰：「漸近自然。」古來傑出士，豈待一知己。吾聞昔秦音，○【趙次公曰：「秦青，一本作秦音，非。」】音，歐、王皆作青。傾側天下耳。○【王洙曰：「一云倒。」】側，王作倒。○豪傑之士不求人知，而人自知之。乃若秦音天下傾耳，無害其爲惡也。楊氏之歌，其秦音之比乎？○【杜田補遺。又，趙次公引「杜時可曰」，杜陵詩史、分門集注、集千家注批點杜工部詩集引作「修可曰」。】列子湯問篇：昔薛譚學謳於秦青，未窮青之伎，自謂盡之，遂辭歸。青弗正〔三〕，乃餞於郊衢，撫節悲歌，聲振林木，響遏行雲。譚乃謝求反，終身不敢言歸。○家語：孔子曰：「傾耳而聽之，不可得而聞。」

【校記】

〔一〕法，原作「罰」，據元本、古逸叢書本改。

〔二〕桓，原作「亘」，據元本、古逸叢書本改。

〔三〕正，元本、古逸叢書本作「止」。

秋日夔府詠懷奉寄鄭監審李賓客之芳一百韻

絶塞烏蠻北，○【王洙曰】巂州以西有烏、白蠻。孤城白帝邊。○【王洙曰】公孫述更魚復縣爲白帝城。飄零仍百里，消渴已三年。○【趙次公曰】公自中原入蜀，又自蜀南下，可謂飄零矣。以病寓居雲安，今又移居於夔，僅踰百里。○蓋以行役之勞而得肺渴之疾也。雄劍鳴開匣，○【趙次公曰：「烈士傳曰：眉間尺者，眉間闊一尺也。楚人干將、鏌鋣之子。楚王夫人常于夏納涼，而抱鐵柱，心有所感，遂懷孕。後産一鐵，楚王命鏌鋣鑄此精爲雙劍。三年乃成，劍一雌一雄。鏌鋣乃留雄，而以雌進楚王。劍在匣中，常有悲鳴。王問羣臣，羣臣對曰：『劍有雌雄，鳴者雌憶其雄也。』王大怒，即收鏌鋣殺之。」眉間尺乃爲父殺楚王。」【吳越春秋：吳王闔閭請干將作劍，干將之妻曰莫耶，干將采五山之精、六金之英，候天地，伺陰陽，百神臨視，而金鐵之精未流。夫妻乃剪髮投之鑪中，金鐵乃濡，遂成二劍，陽曰「干將」，而作龜文，陰曰「莫耶」，而作漫理，故謂之雌雄劍。○鮑照詩：雙劍將別離，先在匣中鳴。　羣書繫滿船。○【王洙曰】一作「所向皆窮轍〔一〕，餘生且〔二〕繫船」。○甫飄零夔府，餘無所有，唯琴劍書籍自隨而已故也。　亂離心不展〔三〕，衰謝日蕭然。筋力妻孥問，菁華歲月遷。登臨多物色，陶冶賴詩篇。○【王洙曰】登高臨遠，多有景物，所以象其變態者，有詩以陶成之耳。陶如陶者之埏埴，冶如工冶之錢鑄也。○【薛夢符曰】晉鍾嶸評阮嗣宗詩：無雕蟲之工，而詠懷之作可以陶冶靈性憂思〔四〕。○【趙次公曰】顔之推家訓：論文章至於陶冶性情，從容諷諫，亦樂事也。　峽束滄江起，巖排古樹圓。○【趙次公曰：「石樹字作古樹，是。」】古樹，一作石樹。○謂石楠也。　拂雲霾楚氣，○【鄭印曰】霾，謨皆切。○【泰伯曰】言南楚霧瘴之氣高拂乎雲也。　朝〔五〕海蹴吳天。○蹴，子六切。○【趙次公曰】言江流朝宗於海，其勢蹴踏吳國之天也。　煮井爲鹽速，○【王洙曰】蜀都賦：濱〔六〕以鹽池。注：新井縣井出地如涌泉，可煮以爲鹽。　燒畬度地偏。○【鄭印曰】畬，詩遮切。度，達各切。○楚俗燒榛種田曰畬，先以刀芟治林木曰斫畬。其刀以木爲柄，刃〔七〕向曲，謂之「畬刀」。按集有詩曰「畬田費火耕」，又曰「斫畬應費日」是也。劉禹錫有畬田行曰：何處好畬田，團團漫山腹。　鑽龜得雨卦，上〔八〕山燒臥木。　有時驚疊嶂，何處覓平川。　鸂鶒雙雙舞，獼猴疊疊懸。

碧蘿長似帶，錦石小如錢。春草何曾絶，〔九〕寒花亦可憐。○【師古曰】夔地頗暖，春草寒花四時不斷也。獵人吹戍火，○【趙次公曰：「火謂之戍火，則有屯戍在白帝城也。獵人至其上矣。」】謂行獵之人因取屯戍之火以早獵也。野店引山泉。○【王洙曰】夔峽無井，居民以竹筒引山泉而食之。○【師古曰】從此以上至「峽東滄江起」，皆序夔州之風物也。喚起搔頭急，○【趙次公曰】言寢睡之中，故人喚起，頭方煩癢，以簪搔之不停手，而頗急也。○或曰：喚起，鳥也。晨鳴之鳥，喚人睡起，因以得名。韓愈詩「喚起窗前曙」是也。○【王洙曰。又，趙次公引作「公自注」。】何遜詩：金粟裹搔頭。扶行幾屐穿。○屐，竭戟〔一〇〕切，履也。○【趙次公曰】言既睡起，爲人所扶而行，凡穿破幾屐，則見其行往來之頻矣。○【師古曰】或曰：扶，行杖也。扶杖遍歷而屐齒穿也。○【九家集注杜詩引「公自注云」：「諸阮云：『一生能著幾屐。』」又，王洙曰。】阮孚性好屐，客有詣孚，正見自蠟屐，因歎曰：「未知一生能著幾屐！」兩京猶薄産，○【王洙曰】謂有田在韋、杜也。○劉孝威詩：微生只薄産。四海絶隨肩。○【王洙曰】謂無故舊也。○曲禮：五年以長則臂〔一一〕隨之。幕府初交辟，○【趙次公曰】嚴武爲東、西川節度使，交相辟舉甫爲參謀。郎官幸備員。○【王洙曰】甫雖爲尚書員外郎，而不事事，故曰「備員」而已。瓜時猶旅寓，○猶，一作仍。○【趙次公曰：「瓜時，則五月、六月間也。」】瓜時，則五月、七月間也。○【王洙曰】左氏莊公八年傳：瓜時而往，及瓜而代。萍泛若寅緣。藥餌虚狼藉，秋風灑静便。○【趙次公曰】便，讀平聲。○安也。○【趙次公曰】謝靈運詩：還得静者便。開襟驅瘴癘，○【王洙曰】峽多嵐瘴，氣候蒸濕，薰成癘疫，憂愁鬱結者易爲所困，故開襟以驅之也。明目掃雲煙。高宴諸侯禮，佳人上客前。○謂藩鎮之諸侯以禮宴待之也。按集有曰「甫也諸侯老賓客」，又曰「佳人屢出董嬌嬈」，足知主人之愛客也。哀箏傷老大，華屋艷神仙。○【王洙曰】古詩：金屋列神仙。南内開元曲，常時弟子傳。法歌聲變轉，滿座淚潺湲。○甫自注曰：都督柏中丞筵，聞梨園子弟李仙奴歌。○【王洙曰】夢弼按：明皇雜録：天寶中，上命宮中女子數百人爲梨園弟子，皆居宜春北院。上素曉音律，時有李龜年洞知音律，禄山自范陽入覲，亦獻白玉簫管數百事，皆陳於梨園，自是音響殆不類人間。其後李龜年流廢江南，每遇良辰勝景，常爲人歌闋。座上聞之，莫不掩泣而罷酒。弔影夔州僻，○【王洙曰】言獨客夔州，旁無親舊，惟與形影相弔而已。○【趙次公曰】曹植責躬表：形影相弔。回腸杜曲煎。○【趙次公曰】甫，長安杜曲人也，故思故鄉而回腸煎熬也。○【王洙曰】司馬遷書：腸一日而九回。即今龍厩水，○甫自注曰：兩京龍厩門，苑馬門也。渭水流苑門内。莫帶犬戎羶。○【趙次公曰】甫不知中原消息，故深憂之。以今龍厩門邊之水，莫也〔二〕爲犬戎所羶污乎。○【王洙曰】犬戎，謂吐蕃陷京師也。耿賈扶王室，蕭曹拱御筵。○【趙次公曰】既憂吐蕃之羶污，是以喜肅宗中興，得將相之臣輔翼，有如耿弇、賈復、蕭何、曹參也。乘威滅蜂蠆，○謂乘其威以掃除蜂蠆之毒也。○【王洙曰】左氏傳僖公二十二年：臧文仲曰：「君其無謂邾小，蜂蠆有毒，而况國乎？」戮力效鷹鸇。○謂併其力以效鷹鸇之擊搏也。○【王洙曰】左氏傳文公十八年：太史克曰：「無禮於其君者，誅之，如鷹鸇之逐鳥雀。」舊物森猶在，○謂收復京師也。○【王洙曰】左氏哀元年傳：祀夏配天，不失舊物。凶徒惡未悛。○【王洙曰】悛，且緣切，止也。○謂史思明再起也。國須行戰伐，人憶止戈鋋。○【趙次公曰】鋋，時連切，矛也。○【王洙曰】言人厭兵革也。奴僕何知禮，恩榮錯與權。○【趙次公曰】奴僕，指言將帥多以武功起於微賤，而蒙寵養寇以要朝廷故也。○【王洙曰】公孫洪贊：衛青奮於奴僕。胡星一彗孛，○【王洙注作「前漢天文志」。】晉天文志：昴爲旄頭，胡星也。○彗孛，祅星也。黔首遂拘攣。○【師古曰】胡星，指言安史之亂。○而民皆拘束也。○【王洙曰】秦紀：始皇更名民曰「黔首」。哀痛絲綸切，○【王洙曰】前漢西域傳：武帝末年，遂棄輪臺之地，而下哀痛之詔。禮緇衣：王言如絲，其出如綸。王言如綸，其出如綍。煩苛法令蠲。○【王洙曰】高紀：與父老約法三章，除秦苛法。業成陳始王，○王，讀去聲。○【歐曰】此美肅宗之中興也。○【王洙曰】因時之變，陳王業之艱難，以警之也。詩豳風七月：陳王業也。兆喜出于畋。○此美肅宗之得將也。○【王洙注作「齊世家云云」。】六韜：文王將田，史編布卜[一三]，曰：「田於渭陽，將大得焉。非龍非彲，非虎非羆。兆得公侯，乃遺汝師。」乃田於渭陽，卒見太公，載與俱歸。宮禁經綸密，臺階翊戴全。○謂得臺輔經綸而翊贊之也。熊羆戴呂望，○上注。鴻雁美周宣。○【王洙曰：「美其能勞來旋定安集。」】此美肅宗如周宣王，能安集萬民也。○【趙次公曰】詩鴻雁：美宣王也。萬民離散不安其民[一四]，而能勞來安集之。側聽中興主，長吟不世賢。○【趙次公曰】言肅宗中興於唐，本乎得賢，而鄭與李乃所謂不世〔一五〕出之賢者，故吟詠而思之也。音徽一柱數，○數，色角切。道里下牢千。○甫自注曰：鄭在江陵，李在夷陵。○【師古曰】夢弼謂：音徽數〔一六〕，言得李、鄭音問之書頻數也。道里千，言鄭在江陵，李在夷陵，與甫相距凡千餘里，時不絶音問之書也。〔一七〕○【趙次公曰】一柱觀，在荆州。宋臨川王於羅公洲上立觀甚大，而惟一柱，所以言江陵也。下牢關在巫峽之南，所以言夷陵也。鄭李光時論，文章並我先。陰何尚清省，沈宋欻聯翩。○【趙次公曰】以四子比鄭、李也。陰則陰鏗，何則何遜，沈則沈佺期，宋則宋之問也。前如陰、何之文，以鄭、李比之，彼尚清省，未爲富艷。近如沈、宋之文，欻然追逐，與之相聯翩也。○或曰：沈、宋，謂沈約、宋玉也。律比崑崙竹，○言其爲文之協音律也。○【王洙曰】前漢律曆志：黄帝使伶倫自大夏之西、崑崙之陰取竹之嶰谷，斷兩節吹之，以爲黄鍾之宫。音知燥濕絃。○言其爲文得高下抑揚之宜也。○【杜田正謬。又，杜陵詩史、分門集注、補注杜詩、集千家注批點杜工部詩集引作「修可曰」。】韓詩外傳：趙王使人於楚，鼓瑟而遣之。使者曰：「可記其柱。」王曰：「天有燥濕，絃有緩急，柱有推移，不可記也。」劉孝標絶交論：撫絃音徽，未達燥濕。風流俱善價，○謂文章流傳，見重於世也。愜當久忘筌。○謂文章當於理而遺其粗〔一八〕迹也。○【趙次公曰】文賦：愜心者貴當。莊子：得魚而忘筌。置驛常如此，○【趙次公曰】以鄭監之好客，比之鄭莊也。○【王洙曰】前漢鄭當時，字莊，爲太子舍人。每五日沐洗，常置驛馬長安諸郊，請謝賓客。登龍蓋有焉。○【趙次公曰】以李賓客之待士比之李膺也。○【王洙曰】後漢李膺，字元禮，拜司隸校尉，以聲名自高。士有被其容接者，名爲「登龍門」。雖云隔禮數，○【趙次公曰】甫自謙以謂與之位貌隔也。○【王洙曰】左氏傳：名位不同，禮亦異數。不敢墜周旋。○【王洙曰】左氏傳：奉以周旋，不敢失墜。高視收人表，○言李、鄭門下務收人中之表儀者，蓋門無雜賓也。虛心味道玄。○言李、鄭心學探乎道之原也。馬來皆汗血，○【趙次公曰】言李、鄭之立朝，如汗血之馬，其才傑出也。○【王洙曰】前漢西域傳：大宛多善馬，馬汗血，其先天馬子也。鶴唳〔一九〕必青田。○【趙次公曰】言李、鄭比青田之鶴，其質不凡也。○【王洙曰】永嘉記：青田有雙白鶴，年年生子，長便去。羽翼商山起，○【趙次公曰】謂李之芳爲太子賓客，通主客之辭命，故比之商山四皓也。張良傳：羽翼已成，難動摇矣。蓬萊漢閣連。○【趙次公曰】謂鄭審爲秘書監，掌秘府之圖書，故比之蓬萊漢閣。後漢竇章傳：學者稱東觀爲道家蓬萊山。管寧紗帽静，○自此以下乃子美自述也。○【趙次公曰】魏志管寧傳：寧字幼安，魏青龍中，徵命不就，居海上，常著紗帽布裙，出入庭闈。江令錦袍鮮。○【王洙曰】陳書：江總爲尚書令，日與後主遊宴後亭〔二〇〕。○【趙次公曰】按總集有山水衲袍賦，其序曰：皇儲監國餘辰，勞謙終宴，有令以衲袍降賜，何以奉揚恩德。東郡時題壁，○【趙次公曰：「夷陵在西，江陵在東，則爲東郡者乎？」】東郡，謂鄭在江陵也。南湖日扣舷。○【鄭卬曰】扣，丘候切。舷，胡田切。【鄭卬曰：「南湖在夷陵。」】南湖，謂李在夷陵也。○【趙次公曰】按集，有寄題鄭監湖上亭，又有暮春陪李尚書過鄭監湖亭泛舟，又有重泛鄭監前湖是也。遠遊凌絶境，○【王洙曰】遠遊，履名也。古詩：足下雙遠遊。佳句染華牋。每欲孤飛去，○【趙次公曰】此已下言李、鄭之遊賞，甫欲往從之而不可得，但起故鄉之念也。徒爲百慮牽。生涯已寥落，○【趙次公曰】莊子養生主篇：吾生也有涯。國步乃迍邅。○【王洙曰：「（尚）一作乃。師民瞻取作尚。」】乃，一作尚。○【王洙曰】詩桑柔：國步斯頻〔三一〕，國步〔三二〕蔑資。易屯卦：迍如邅如。衾枕成蕪没，池塘作棄捐。○甫自注曰：平生多病，卜築遣懷。○【趙次公曰】因遭亂離，故寢食宴安之地皆蕪没棄捐也。別離憂怛怛，○怛，當割切。○【王洙曰】傷慘不安貌。伏臘涕漣漣。○歲時伏臘，俗所以奉先，甫寓絶域，故感伏臘而流涕也。○【杜田補遺。又，杜陵詩史、補注杜詩引作「師古曰」。】曆忌釋曰：伏者，何也？金氣伏藏之日也。四時代謝，皆以相生。立春，木代水，水生木。立夏，火代木，木生火。立冬，水代金，金生水。立秋，金代火，金畏火。故至庚日必伏，庚者，金也。○【師古曰】陰陽書言：從夏至逢第三庚，至立秋後初庚，爲上、中、下三伏。高堂隆〔三三〕魏臺訪議曰：何以用臘？聞天〔三四〕師曰：王者各以其行之盛祖，以其終臘。水始於申，盛於子，終於辰，故水行之君以子祖辰臘。火始於寅，盛於午，終於戌，故火行之君以午祖戌臘。木始於亥，盛於卯，終於未，故木行之君以卯祖未臘。金始於巳，盛於酉，終於丑，故金行之君以酉祖丑臘。土始於未，盛於戌，終於辰，故土行之君以戌祖辰臘。○【杜田補遺。又，杜陵詩史、補注杜詩引作「師古曰」。】應劭風俗通曰：臘者，獵也。因獵取獸以祭先祖也。或曰：獵，接也。新故交接，大祭以報功也。露菊班鄷鄗，秋菰影澗瀍。○【王洙曰：「（蔬）一作菰。」又，趙次公曰：「秋蔬，舊又作菰，非。」蓋公止自言園蔬在洛陽耳。」】菰，一作蔬。○【王洙曰】鄠、鎬在長安，澗、瀍在洛陽，皆甫生涯所在之鄉也。共誰論昔事，幾處有新阡。○新阡，謂土地〔三五〕改變也。○【王洙曰】風俗通：南北曰阡。○【趙次公曰】或曰：前漢「原涉名其母墓曰南陽阡」是也。富貴空回首，喧爭懶〔三六〕著鞭。○言安史之亂，民俗化之，紛爭不息，賴李、鄭二公有以警策之也。○【趙次公曰】晉書劉琨傳：琨與祖逖爲友，聞逖被用，與親故書曰：「吾枕戈待旦，志梟逆虜。嘗恐祖生先吾着鞭。」兵戈塵漠漠，江漢月娟娟。○甫寓夔對月而傷亂離也。局促看秋燕，○【王洙曰】燕至秋時如客欲歸而未得聘也。蕭疏聽晚蟬。雕蟲蒙記憶，○甫謂以詞賦之作蒙二公見知而記憶之也。○【王洙曰】揚子吾子篇：或問：「少而好賦？」曰：「然。童子雕蟲篆刻。」俄而曰：「壯夫不爲也。」烹鯉問沉綿。○【趙次公曰】甫謂以沉痾之疾蒙二公遺書而録問之也。○【王洙曰】古樂府：客從遠方來，遺我雙鯉魚。呼兒烹鯉魚，中有尺素書。卜羡君平杖，○言乏杖頭錢也。○【王洙曰】前漢嚴遵傳：遵字君平，卜筮於成都市，日閲數人，得百錢，則閉肆下簾。晉阮脩，字宣子，常步行，以百錢掛杖頭，至酒店便獨酣暢。○余謂此豈子美誤以君平爲阮宣乎？海陵卞圜又謂：今世圖畫所傳嚴君平挾蓍策，携笻竹杖，亦挂百錢於杖頭，故近岑參詠君平卜肆詩曰：「至今杖頭錢，地上時時有。」又豈更別有所據乎？偷存子敬氈。○言居貧無餘物也。○【王洙曰】晉王獻之傳：字子敬，夜卧齋中，有偷人入其室，盜物都盡，獻之徐曰：「青氈我家舊物，可特置之。」羣盜驚走。囊空把釵釧，米盡拆花鈿。○【趙次公曰】言皆賣易之也。甘子陰涼葉，○皆言所居之風物也。茅齋八九椽。陣圖沙北岸，○【王洙曰】桓温傳：初，諸葛亮造八陣圖於魚復平沙之上，壘石爲八行，行相去二丈。温見，謂之常山蛇勢也。○或曰：此古井田法也。市暨瀼西巔。○甫自注曰：市暨，夔人語。曰峽人名市井泊船處，謂之「市暨」。管郫縣江水横通山谷處，居人謂之瀼。羈絆心常折，棲遲病即痊。紫收岷嶺芋，○【王洙曰】收，一作蕵。〔二七〕○【趙次公曰】從此已下紀瀼西草堂所有也。○【王洙曰】前漢貨殖傳：岷山踆鴟，至死不飢。注：踆鴟，謂芋也。白種陸池蓮。○【王洙曰：「（家）一作池。」又，趙次公曰：「舊本陸家蓮，一作陸池蓮，師民贍本取之。豈言陸地所開之池乎？」】池，一作家。○晉陸筠詩：芙蓉金條懸玉璆。色好梨勝頰，○謂梨紅如頰也。穰多栗過拳。○謂栗大如拳也。敕厨唯一味，○謂食不敢重味也。求飽或三鱣。○鱣，張連切。説文：鯉也。兒去看魚笱，○【王洙曰】一作「俗異隣蛟室」。人來坐馬韉。○【王洙曰】人，一作朋。○【趙次公曰】言貧無坐席也。○【杜田補遺。又，杜陵詩史、分門集注、補注杜詩引作「杜定功曰」。】戰國策：蘇秦少與張儀爲友，秦在趙爲相，儀至趙，使人白秦，秦心激之，令儀於城東門外坐，以破馬韉進之麄食。儀憤，乃西入秦，昭王善之，拜爲相，歎曰：「馬韉之事乃至是乎！」縛柴門窄窄，○【王洙曰】謂織柴以爲門也。通竹溜涓涓。○【王洙曰】謂接筒以引水也。塹抵公畦稜，○【鄭卬曰】稜，魯鄧切。○【九家集注杜詩引作「公自注」。又，杜陵詩史、分門集注、補注杜詩、集千家注批點杜工部詩集引作「王洙曰」。】京師農人指田遠近，多云「幾稜」。○【耒曰】公畦，官園也。村依野廟壖。○壖，與堧〔二八〕同。○【鄭卬曰】而緣切。○【王洙曰】鼂錯傳：鑿廟堧垣。顔師古曰：堧者，内垣外遊地也。缺籬將棘拒，倒石賴藤纏。借問頻朝謁，何如穩晝眠。○【趙次公曰：「言嬾不出仕也。」】言久不出仕也。誰云行不逮，自覺坐能堅。霧雨銀章澀，○【趙次公曰】銀章久不服之，所以澀也。馨香粉署妍。○【趙次公曰】甫時爲工部員外郎，不在諸省中，徒想其官署之妍美耳。然省謂之蘭省者，以其諸官郎握蘭含香也，故云「馨香」，又謂之「畫省」，以粉飾之故，言粉署也。紫鸞無遠近，○【趙次公曰：「上句以譬高才之人，則不論遠近而往云云。紫鸞者，亦紫色之鸞也。」】鸞鳳一舉千里，不論遠近，以比鄭、李也。黄雀任翩翾。○【鄭卬曰】翾，許緣切。○小飛貌。○【趙次公曰：「下句則公自謙，如黄雀之小，徒任翱翔而已。」】黄雀翩翾，無以企及之，乃子美自喻也。困學違從衆，明公各勉旃。○【趙次公曰】言己之窮困局促如黄雀，而勉二公之爲功名也。聲華夾宸極，○【王洙曰】言李、鄭聲華足以夾輔宸極也。早晚到星躔。○【王洙曰】言李、鄭將見擢用爲台輔也。郎官象列宿，諸侯象四七，宰相法三台，皆星躔也。懇諫留匡鼎，○【趙次公曰】言李、鄭或抗章諫諍如匡衡也。○【王洙曰】前漢匡衡傳：諸儒語曰：「無説詩，匡鼎來。」張晏曰：「衡少字鼎。衡陳便宜，及有政議，傳經以對。」諸儒引服虔。○【趙次公曰】言李、鄭或執經講論，若服虔也。○【王洙曰】後漢儒林傳：服虔字子慎，以清苦建志入太學受業，善著文，作春秋左氏傳解。以孝廉舉。不過輸鯁直，○【王洙曰：「(逢)一作過。」又，趙次公曰：「不過，舊正作不逢，無義。〔二〕過，一作逢。會是正陶甄。宵旰憂虞軫，黎元疾苦駢。雲臺終日畫，青簡爲誰編。○【趙次公曰】不過用鯁直以進，當爲正陶甄之化耳。所以然者，上則軫肅宗宵衣旰食之憂，下則恤黎元疾苦之望，如此則可以畫像於雲臺，而書名於簡册。○然畫像紀功者果何人耶？而二公曾不與焉，故子美惜之也。○【趙次公曰】後漢馬援傳：顯宗畫建武中名臣烈〔二九〕將於雲臺。○【杜田補遺。又，杜陵詩史引作「余曰」，是誤讀杜田補遺注文所致。】又吴祐傳：父恢爲南海太守，殺青簡寫書。注：以火炙簡，取其易〔三〇〕青書，復不蠹，謂之「汗簡」也。行路難何有，○【王洙曰】古樂府有行路難篇。招尋興已專。由來具飛楫，暫擬控鳴弦。○【趙次公曰】言楫飛之疾如箭之急。○欲前往以求乎禪法也。身許雙峰寺，○【杜田補遺】釋氏要覽：曹溪在韶州雙峰寺下，昔晉武侯曹叔良宅，建爲寶林寺。雙峰寺即寶林寺也。門求七祖禪。○【杜田補遺。又，杜陵詩史、分門集注、補注杜詩引作「師古曰」。】按佛書：毗婆尸佛、尸棄佛、毗舍浮佛、拘留孫佛、拘那含牟尼佛、迦葉佛、釋迦牟尼佛，謂之「天竺七祖」。其所説七偈，乃禪源也。○【師古曰】自達磨至慧能，謂之「中華六〔三一〕祖」。由五祖而上，蓋梁、隋、開元以前人。六祖慧能皆入滅於唐睿宗先天元年，而子美於是年始生。六祖之道，至肅宗上元初方盛，故肅宗自曹溪請其衣鉢歸内供養。子美於盛時漂泊在蜀，以此考之，則六祖與子美蓋同時先後人也。故所求禪言「七祖」而不言「六祖」也。落帆追宿昔，衣褐向真詮。○【趙次公曰】言於彼處落帆，乃是宿昔之願，其衣褐之身，專爲依向真詮之法也。安石名高晉，○甫自注曰：鄭高簡得謝太傅之風。○【趙次公曰：「以安石比鄭。」】夢弼謂：此以謝安比鄭監之有盛名也。昭王客赴燕。○甫自注曰：李宗親，有燕昭之美。燕，周之裔也。○【趙次公曰：「以燕昭比李。」】夢弼謂：此燕昭比李之芳喜佳客也。途中非阮籍，○子美自喻也。○【王洙曰】晉阮籍傳：籍率意獨駕，不由徑路，車迹所窮，輒慟哭而反。查上似張騫。○查，與槎同。言二公之亨舊如張騫之乘槎上宵漢，非阮籍哭窮途之流也。或曰：廣德元年，遣李之芳等使吐蕃，爲虜所留二年，乃得歸。按集有哭之芳詩曰「奉使失張騫」，蓋此事也。甫作此詩在大曆二年，上距廣德二年之芳奉使之後凡三年矣。○【王洙曰】夢弼按：漢書：張騫以郎應募使西域，窮河源之遠，即無乘槎之説。惟張華博物志説近世有人居海上，每年八月見浮槎來，不失期。多齎一年糧，乘之十餘日，忽至一處，有城郭屋舍，宫中有婦人織。見丈夫牽牛渚次飲之，驚問曰：「何由至此？」其人問：「此是何處？」答曰：「君至蜀訪問嚴君平。」還後，以問君平。君平曰：「某年月日，有客星犯牛女。」即此人到天河是也。○【趙次公曰：「傳記雖不見是張騫，而公屢使，豈承用之熟邪？」】未嘗指言張騫。○宗懔作荆楚歲時記，乃引博物志，謂漢武帝令張騫窮河源，乘查而去，見一女織、一丈夫牽牛飲河，得楮機石。還爲東方朔所識。今予按宗懔所言既引博物志，而博物志不言張騫，則知宗懔之謬可不攻而自破矣。○【王洙曰：「前輩詩往往有『東君槎』者，相襲訛謬矣。縱出雜詩，亦不足據也。」又，趙次公曰：「傳記雖不見是張騫，而公屢使，豈承用之熟邪？」】前輩詩往往有言「張騫槎」者，乃相襲訛謬矣。然則子美其亦承襲乏訛歟？縱出雜詩，斷不足信也。披拂雲寧在，○莊子天運篇：雲者爲雨乎？雨者爲雲乎？風起北方，一西一東，孰居無事而披拂是。淹留景不延。○【師古曰】甫淹留江漢，年已老矣。風期終破浪，水怪莫飛涎。○【趙次公曰】言我之風期必破三峽之水，南下而歸故里，告爾水怪毋吐涎而爲孽也〔三二〕。南史：宗慤，字元幹，叔父少文，高尚不仕。慤年少，問其所志，答曰：「願乘高風，破萬里浪。」他日辭神女，傷春怯杜鵑。○【趙次公曰】甫既離夔，而於巫峽辭別神女之日，必在暮春。○【師古曰：「『雲安有杜鵑』，客情畏聽杜鵑也。」】是以倦聞杜鵑之啼也。淡交隨聚散，○【王洙曰】禮：君子之交淡如水。澤國遶回旋。○旋，一作還。本自依伽葉，○葉，夫涉切。○【師古曰】言寓居僧舍也。○【王洙曰】姓氏英賢録：王屮字簡栖，作頭陀寺碑。法師景行大迦葉，故以頭陀爲稱首。注：大迦葉，佛大弟子也。何曾藉偓佺。○藉，慈夜切。偓，音渥。佺，音詮。○【王洙曰】劉向列仙傳：偓佺者，槐里山采藥父也。好食松實，形體生毛，長數寸，能飛行，逐走馬。爐峰生轉眄，○眄，彌殄切，斜視也。○【趙次公曰】爐峰，即江州廬山也。○【鄭卬曰】廬山記：東南有香爐山，孤峰秀起，游氣氛氳。橘井尚高褰。○【趙次公曰】蘇耽橘井在郴州。○【王洙曰】神仙傳：蘇耽鑿井種橘，以救疫癘，以井水服橘葉〔三三〕即愈矣。東走窮歸鶴，○言奔走計窮，不能歸故鄉，曾鶴之不若也。○【王洙曰】遼東華表柱有鶴集其上，自言丁令威，曰：「有鳥有鳥丁令威，去家千年今始歸〔三四〕。城郭是今人民稀〔三五〕，何不學仙家〔三六〕纍纍。」南征畫〔三七〕跕鳶。○【鄭卬曰：「跕，的協切。」】跕，都牒切，○墮貌。○【王洙曰】馬援傳：南擊交趾，在浪泊、西里間。虜未滅之時，下潦上霧，毒氣熏蒸。仰視飛鳶，跕跕墮水中。卧念少游平生時語，何可得也！晚聞多妙教，卒踐塞前愆。○【鄭卬曰】塞，悉則切。○【王洙曰】妙教，釋教也。釋書謂能修其教者足以追塞宿業也。顧凱丹青列，○謂顧凱之畫列於壁而可觀也。○【王洙曰】晉書：顧凱之尤善丹青。餘見前。頭陀琬琰鐫。○謂頭陀之碑刻於石而可讀也。○【王洙曰】姓氏英賢録：王簡栖頭陀寺碑：頭陀者，沙門釋慧宗之所立也。敢寓言於雕篆，庶髣髴乎衆妙。○【杜田補遺】又釋氏要覽：頭陀者，梵言杜多，漢言抖擻，謂三毒之塵能忿汙心，此人能振掉除去，今稱「頭陀」，稱呼之訛也。善住意云：杜多者，抖擻貪欲、嗔癡、三界、内外之苦，不取不舍，不悋不著。非是不著，我説人名爲杜多也。衆香深黯黯，○【師古曰】衆香，謂如戒香、定香、慧香、解脱香之類是也。幾地肅芊芊。○【師古曰】幾地，謂釋氏自第一地至第十地脩行，言有漸也。勇猛爲心極，清羸任體孱。○【王洙曰】孱，鋤連切，弱也。金篦空刮眼，○【王洙曰】釋氏涅槃經：如良醫治目，即以金篦刮其眼膜。鏡象未離銓。○【王洙曰】鏡象，一作平等。○【師古曰】言鏡中之象未離乎粗迹，要當悟空達本，如得魚而忘筌，斯乃爲善〔三八〕學道也。

【校記】

〔一〕轍，元本、古逸叢書本作「轉」。

〔二〕且，元本、古逸叢書本作「日」。

〔三〕展，元本、古逸叢書本作「轉」。

〔四〕憂思，古逸叢書本作「北齊」。

〔五〕朝，元本、古逸叢書本作「潮」。

〔六〕濱，元本、古逸叢書本作「賓」。

〔七〕刃，元本、古逸叢書本作「刀」。

〔八〕上，元本、古逸叢書本作「七」。

〔九〕絶，元本作「緑」，古逸叢書本作「歇」。

〔一〇〕戟，元本、古逸叢書本作「戲」。

〔一一〕臂，元本、古逸叢書本作「肩」。

〔一二〕也，古逸叢書本作「使」。

〔一三〕布卜，元本、古逸叢書本作「布策」。

〔一四〕民，元本、古逸叢書本作「居」。

〔一五〕世，古逸叢書本作「出」。

〔一六〕數，元本、古逸叢書本無。

〔一七〕時不絶音問之書也，元本、古逸叢書本作「之遠也」。

〔一八〕粗，元本、古逸叢書本作「聲」。

〔一九〕淚，元本、古逸叢書本作「唳」。

〔一〇〕亭，古逸叢書本作「庭」。
〔一一〕斯頻，元本、古逸叢書本無。
〔一二〕國步，元本、古逸叢書本無。
〔一三〕隆，原作「除」，據古逸叢書本改。
〔一四〕天，杜陵詩史作「之」。
〔一五〕地，元本、古逸叢書本作「也」。
〔一六〕懶，原作「賴」，據古逸叢書本改。
〔一七〕蕀，古逸叢書本作「秧」。
〔一八〕蝡，古逸叢書本作「堧」。
〔一九〕烈，古逸叢書本作「列」。
〔二〇〕易，古逸叢書本作「膏」。
〔二一〕六，元本、古逸叢書本作「八」。
〔二二〕元本、古逸叢書本「爲孽也」下，尚有：「穀梁傳僖公元年江熙曰：『風味之所期，古猶今也。』」
〔二三〕葉，元本、古逸叢書本作「菓」。
〔二四〕歸，原作「威」，據古逸叢書本改。

〔三五〕稀，古逸叢書本作「非」。

〔三六〕家，古逸叢書本作「冢」。

〔三七〕晝，元本、古逸叢書本作「盡」。

〔三八〕善，古逸叢書本作「書」。

新定杜工部草堂詩箋斠證卷第三十八

大曆二年秋在夔州所在

送田四弟將軍將夔州柏中丞命起居江陵節度陽城郡王衛公幕

〇【王洙曰】一作「夔府送田將軍赴江陵」。

離筵罷多酒，起地發寒塘。〇【趙次公曰】言田公所起發之地在夔州寒塘也。迴首中丞座，〇【趙次公曰】辭中丞而行，猶回首顧戀也。御史中丞謂之「獨座」。馳牋異姓王。〇謂陽城郡王也。〇【趙次公曰】漢有異姓諸侯王。燕辭楓樹日，雁度麥〔一〕城霜。〇此紀時也。空醉山翁酒，遥憐似葛彊。〇【趙次公曰】以山翁比柏中丞，以葛彊比田將軍也。〇【王洙曰】晉山簡傳：襄陽兒童歌曰：「山公出何許？往至高陽池。舉鞭向〔二〕葛彊，何如并州兒？」强家在并州，簡愛將也。

【校記】

〔一〕麥，古逸叢書本作「凌」。

〔二〕向，古逸叢書本作「問」。

垂白

〇【王洙曰。又，趙次公曰：「舊本正作垂白，一作白首。師民瞻本取一作白首字爲題。」】一作白首。〇此甫自喻也。

垂白馮唐老，〇【王洙曰】前漢馮唐傳：唐以孝著爲郎中署長，事文帝。文帝輦過，問唐曰：「父老何自爲郎？」清秋宋玉悲。〇【趙次公曰】宋玉九辯：悲哉秋之爲氣也，蕭瑟兮草木搖落而變衰。江喧長少睡，樓迥獨移時。多難身何補，無家病不辭。〇【趙次公曰】公携妻孥入蜀，而今云「無家」，豈專以故鄉爲家者乎？甘從千日醉，〇【師古曰】張華博物志：昔劉〔一〕元石從中山酒家沽酒，酒家與之千日酒，歸數日尚醉，其家以爲死而葬之，酒家計千日往告之，發家方醒。〇鬼神志怪集：齊人田氏能爲千日酒，飲過一斗，醉臥千日乃醒。未許七哀詩。〇【王洙曰】七哀詩起於曹子建，其次則王仲宣、張孟陽也。〇【師尹曰】釋詩者謂痛而哀、義而哀、感而哀、悲而哀，耳目聞見而哀，口歎而哀，鼻酸而哀，謂一事而七者具也。子建之七哀，哀在於獨棲之思婦。仲宣之七哀，哀在於棄子之婦人。孟陽之七哀，哀在於已毀之園寢。〇唐雍陶亦有七哀詩，所謂「君若無定雲，妾作不動山。雲行出山易，山逐雲去難[一]，是皆以一哀而七者具也。

【校記】

〔一〕劉，古逸叢書本作「列」。

草閣

草閣臨無地，○【王洙曰】頭陀寺碑：飛閣逶迤，下臨無地。柴扉永不關。○【王洙曰】范彥龍詩：有客款柴扉。魚龍迴夜水，○【杜田補遺。又，杜陵詩史、分門集注、補注杜詩引作「（杜）田曰正謬。當爲一種。」】酈元水經：魚龍以秋日爲夜。龍秋分而降，蟄寢於淵，故以秋日爲夜也。星月動秋山。○【趙次公曰】漢武故事：東方朔云：星辰動搖，民勞之應。夕露清初濕，○【王洙曰：「（晴）一作清。」】清，一作晴。高雲薄未還。汎舟慚小婦，飄泊損紅顏。○【趙次公曰】古詩：小婦怯紅顏。

江月

江月光於水，高樓思殺人。○【鄭卬曰】思，息吏反。○沈休文月詩：高樓切思婦。董思恭

月詩：別客長安道，思婦高樓上。○【王洙曰】庾肩吾詩：樓上徘徊月，窗中愁殺人。天邊長作客，
○按唐韻作字在去聲，有兩音。藏祚切，一則箇切，造也。老去一霑巾。玉露溥〔一〕清影，銀河
没半輪。誰家挑錦字，燭滅翠眉嚬。○【王洙曰】一作滅燭。○【趙次公曰】晉列女傳：竇滔妻
蘇氏，名蕙，字若蘭，善屬文。滔苻堅時爲秦州刺史，被徙流沙。蘇氏思之，織錦爲迴文旋圖詩以贈滔。
○宛轉循環以讀之，詞德〔二〕悽惋。

【校記】

〔一〕溥，古逸叢書本作「團」。

〔二〕德，古逸叢書本作「極」。

社日二首

○【王洙曰】國語：共工氏之伯有九有也，其子曰后土，能平水土，故祀以爲社。○列山氏之有天下也，其子曰柱，能殖百穀，故祀以爲稷。蔡邕獨斷：社神蓋共工氏之子勾龍也，能平水土。帝顓頊之世舉以爲土正，天下賴其功。堯祠公爲社稷神，蓋厲山氏之子柱也，能殖百穀。帝顓頊之世舉以爲田正，天下賴其功。周棄亦播殖百穀，以稷五穀之長，因以「稷」名其神也。故封社稷，露之者必受霜露，以達天地之氣。樹之者尊而表之，使人望見則加畏敬也。

九農成德業，○【王洙曰：「少皥氏以九扈爲九農正。」】左氏昭公十七年傳：郯子來朝，昭子問

曰：「少皡氏鳥名，官何也？」郯子曰：「九扈爲九農正，扈民無淫者也。」杜預注：扈有九種，春扈鳻鶥，夏扈竊玄，秋扈竊藍，冬扈竊黄，棘扈竊丹，行扈唶唶，宵扈嘖嘖，桑扈竊脂，老扈鷃鷃，以九扈爲農之號，各隨其宜以教民事。蔡邕獨斷：神農作耒耜，教民耕農。至少昊之世，置九農之官。春扈氏農正鳻鶥，趣民耕種。夏扈氏農正竊玄，趣民芸除。秋扈氏農正竊藍，趣民收斂。冬扈氏農正竊黄，趣民蓋藏。棘扈氏農正，常謂茅氏竊丹，一曰掌人百果〔一〕。行扈氏農正唶唶，晝爲民驅鳥。宵扈氏農正嘖嘖，夜爲民驅獸。桑扈氏農正竊脂，趣民養蠶。老扈氏農正鷃鷃，趣民收麥。百祀發光輝。○【王洙曰】左氏傳：盛德必百世祀。報效神如在，○詩良耜：秋報社稷也。○【王洙曰】論語：祭如在。祭神如神在。馨香舊不違。○詩載芟：春藉田，祈社稷也。有飶其香，有椒其馨。南翁巴曲醉，○【趙次公曰】甫時寓夔，故稱「南翁」。○以醉而歌巴渝之曲也。北雁塞聲微。○【趙次公曰：「秋時雁北嚮矣。」】秋雁北向，其聲遠也。尚想東方朔，恢諧割肉歸。○恢，當作詼。或作談，非。○【鮑彪曰：「按十二諸侯年表：『秦德公二年初，作伏祠社，磔狗四門。』則祠社用伏日，此詩用伏日事，何疑？」】此謂以伏日祠社也。或疑割肉乃伏日，非社日事，蓋不讀史記年表耳。按十二諸侯表：秦德公二年，初作伏祠社，磔狗邑四門前。○【王洙曰】漢東方朔傳：伏日詔賜從官肉。太官丞日晏不來，朔獨拔劍割肉，謂其同官曰：「伏日當蚤歸，請受賜。」懷肉去。太官奏之，朔入謝上，自責曰：「受賜不待詔，何無禮也！拔劍割肉，壹何壯也！割之不多，又何廉也！歸遺細君，又何仁也！」上笑。○【趙次公曰】本贊：朔之詼諧，逢占射覆。

【校記】

〔一〕棘扈氏農正常謂茅氏竊丹一曰掌人百果，元本、古逸叢書本作「扈氏農正竊用日掌人百事」。

陳平亦分肉，○【王洙曰】陳平傳：平少時家貧，里中社平爲宰，分肉甚均。父老曰：「善！陳孺子之爲宰。」平曰：「嗟乎！使平得宰天下，亦如此肉矣。」太史竟論功。○陸機曰：社之日，至太史占事。今日江南老，他時渭北童。○【王洙曰】公生於渭北，而老於江南也。歡娱看絶塞，涕淚落秋風。○【趙次公曰】公言飄泊於夔，淚感秋風而落也。鴛鷺迴金闕，誰憐病峽中。○【王洙曰】鴛鷺，喻公卿也。○公謂迴首望帝闕，有誰念我病於此也。○【趙次公曰】或謂有自帝闕而迴者，誰念我也。○【王洙曰】蓋自傷也。

夔府書懷四十韻

昔罷西河尉，初興薊北師。○【王洙曰】甫召試集賢院，授河西尉，不拜，而安禄山反，陷于河北。不才名位晚，敢恨省郎遲。○【趙次公曰】甫爲尚書工部員外郎，避亂於蜀。嚴武再領兩川節度，辟甫爲參謀。扈聖崆峒日，○【趙次公曰】：「言初在鳳翔爲拾遺，與今日寓居夔州也。崆峒山、岷、洮，秦築長城之所起處，而渭州實當其名，古平涼也。肅宗初幸平涼，又治兵靈武，再過平涼，公爲左拾遺扈從乘輿矣。」】肅宗駐蹕平涼，甫爲左拾遺，扈從乘輿矣。端居灔澦時。○【趙次公曰：「灔澦石在瞿塘江中，言居夔州也。」】謂今寓居夔州，灔澦堆在瞿唐江中也。萍流仍汲引，○萍，與苹同。○【王洙曰：「萍之無根，任漂流也云云。仍爲人汲引，嚴公辟請也。」】謂如萍之飄流無定，賴嚴武薦之于朝，辟爲參謀也。樗散尚蒙慈〔一〕。○【鄭卬曰】散，蘇旱切。○【王洙曰：「樗散，莊子：樗櫟不材而壽者。公自言蹤迹萍流不材云云。而猶蒙恩，謂除京兆功曹不赴也。」】謂如樗之披散不材，蒙除京兆冑〔二〕曹。不就職也。遂阻雲臺宿，○【王洙曰。又，趙次公曰：「嚴靈寢，正文作嚴虛寢，當從正文。」】雲，一作靈。○【趙次公曰】甫謂以病不得歸直也。○【王洙曰】後漢鍾離傳：樂崧家貧，爲郎，常獨直臺上，無被，枕杫，食糟糠。帝每夜入臺，輒見崧，問其故，甚嘉之。自此詔太官賜尚書以下朝夕餐，給帷被皂袍及侍史二人。○【趙次公曰】雲臺，南宮臺名，乃顯宗畫二十八將之臺是也。常懷湛露詩。○【王洙曰】詩湛露：天子燕諸侯也。翠華森遠矣，○【趙次公曰】翠華，謂天子之旗也。白首颯凄其。○甫自傷也。詩綠衣：絺兮綌兮，凄其以風。拙被林泉滯，生逢酒賦欺。○北山移文：琴歌既斷，酒賦無續。文園終寂寞，○甫三獻大禮賦，玄宗奇之，亦若相如之見知漢武，終爲讒間所害，寂寞無聞也。○【王洙曰：「司馬相如拜爲孝文園令。」】前漢司馬相如傳：相如爲孝文園令，上讀子虛賦而善之，曰：「朕不得與斯人同時。」乃爲天子遊獵賦以諷諫。漢閣自磷緇。○甫言房琯不宜罷相，貶華州司功，何異揚雄之見累劉棻而爲污染乎？○【王洙曰】揚雄傳：少好詞賦，常作賦以擬相如，客有以文薦之，待詔承明庭，奏羽獵賦，除爲郎。及王莽篡位，欲絶符命之原，而甄豐之子尋、劉歆之子棻復獻之。莽誅豐父子，投棻四裔，辭所連及。時雄校書天禄閣上，治獄使來欲收雄，雄乃從閣上自投下。莽聞，請問其故，迺劉棻嘗從雄學作奇字，雄不知情，有詔勿問。病隔君臣議，慙紆德澤私。○【王洙曰：「公以病辭召。」又，趙次公曰：「公被召命，以病不行，不參預國論，徒荷私恩也。」】甫被召命，以病而辭，不參預國論，徒荷私恩也。揚鑣驚主辱，○謂躍馬而驚乎天子之蒙塵也。拔劍撥年衰。○【趙次公曰】甫忠義之心爲之憤怒，乃拔劍慷慨以撥遺衰年也。社稷經綸地，風雲際會期。○【王洙曰】後漢二十八將論：咸能感會風雲。血流紛在眼，○【王洙曰】謂方事戰争也。○武成篇：血流漂杵。涕泗亂交頤。○【鮑欽止曰：「公自喻不見用也。」】公自傷也。四瀆樓船泛，○言運漕給餽也。○【趙次公曰】漢有樓船將軍。中原鼓角悲。賊壕連白翟，○壕，城也。戰瓦落丹墀。○【王洙曰】後漢紀：光武救昆陽，會大雷風，屋瓦皆飛。先帝嚴靈寢，○【王洙曰。又，趙次公曰：「虚寢，舊正作靈寢，非。蓋空虚其寢，方對受遺，但未見所出。」】靈，一作虚。○【師古曰】謂肅宗收京修寢廟也。宗臣切受遺。○【師古曰】謂受遺詔立代宗也。恒山猶突騎，○【王洙曰。又，趙次公曰：「恒山以言河北安史之巢穴也。」】恒山，河北也。遼海競張旗。○【王洙曰】遼海，遼東也。○【趙次公曰】皆史思明之窟穴。田父嗟膠漆，○膠漆，所以爲弓。○【趙次公曰】誅求之多，則田父以供輸爲嗟也。行人避蒺藜。○【趙次公曰】鐵蒺藜，所以禦馬，所在皆布蒺藜於地，而行道之人避之而逃難也。總戎存大體，○【王洙曰】言代宗爲元帥也。降將飾卑詞。楚貢何年絶，○【王洙曰】左氏僖公四年傳：齊侯伐楚，管仲對楚子曰：「爾貢包茅不入，王祭不供，無以縮酒。寡人是徵。」堯封舊俗疑。○【王洙曰】：「堯有可封之俗。」又，趙次公曰：「董仲舒曰：『堯舜之俗，比屋可封也。』」楊終傳：堯舜之民，比屋可封。長吁翻北寇，○【趙次公曰】指安、史也。一望卷西夷。○【趙次公曰】今有吐蕃之禍，一望思欲席卷之也。不必陪玄圃，○【趙次公曰】喻言己身不必在朝列也。○【鄭卬曰】淮南墜形訓：崑崙之丘，或上倍之，是謂玄懸。或上倍之，乃維上天，登之乃神，是謂大帝之居。○【趙次公曰】葛仙翁傳：崑崙玄圃，仙人所居。超然待具茨。○言代宗跳幸陝，憂形睿志，何時再覩消兵偃武以修文也。○【王洙曰】按莊子徐無鬼篇：黄帝將見太隗乎具茨之山，至于襄城之野，七聖皆迷，無所問塗。適遇牧馬童子，問塗焉。○【王洙曰】：「在滎陽密縣東。」成玄英疏：具茨山，在滎陽密縣界，亦名泰隗山。今汝州有襄城縣，在泰隗山南，即黄帝問道之所也。凶兵鑄農器，○【趙次公曰】謂翹首太平也。○【王洙曰】凶，一作休。○【趙次公曰】家語致思篇：鑄劍戟以爲農器。講殿闢書帷。○謂鋭情經術也。廟算高難測，○【王洙曰】：「假意以譏時無參謀者。」譏廟堂之上無良策也。天憂獨在兹。○【趙次公曰】謂天子之憂每在此耳。按集有曰「獨使至尊宵旰食，諸君何以答升平」是也。形容真潦倒，答效莫支持。○汚潦無源而易涸。○【趙次公曰】故甫自喻老而無補也。○或曰：謂〔三〕天寶以後重吏事，謂容止蘊藉者爲潦倒。使者分王命，羣公各典司。恐乖均賦斂，不似問瘡痍。○【王洙曰】喪亂之後，公私窘急，所分之命，所典之司，未必至於薄税斂恤傷殘也。萬里煩供給，○謂自蜀至長安，有萬里之遠也。孤城最怨思。○【趙次公曰】孤城，指言夔州。公雖寓居，所見當爲之傷矣。緑林寧小患，○【詠曰】言荆楚復亂也。○【趙次公曰】後漢劉玄傳：諸亡命共攻離鄉聚，藏於緑林中。注：緑林山，在今荆州當陽縣東北。雲夢欲難追。○【趙次公曰】憂藩鎮跋扈。○【詠曰】恐其難擒也。○【王洙曰】韓信傳：信初之國，行縣邑，陳兵出入。有告信欲反，書聞，上患之，用陳平計，僞遊於雲夢，襲信，信遂見禽。○爾雅釋地：楚有雲夢。郭璞注：今南郡華容縣東南巴丘湖是也。夢弼〔四〕謂：禹貢：「雲土、夢作乂。〔五〕」則分雲夢而爲二矣。按司馬相如子虚賦：雲夢者，方九百里。則知此澤跨江南北，或單稱「雲」，或單稱「夢」。江南之「雲」，即今之玉沙、監利、景陵等縣是也。江北之「夢」，即今之公安、石首、建寧等縣是也。即事須嘗膽，○【王洙曰：「越句踐既脱會稽之難，思有以報吴，出入嘗膽。」】吴越春秋：越王念復吴讎非一日也，苦心勞身，夜以繼日。卧則攻蓼，足寒則漬之以水。冬日常抱冰，夏還握火，愁心苦志，懸膽於户，出入嘗之不絶於口。蒼生可察眉。○【趙次公曰】言蒼生欲爲資〔六〕之情，得於眉目之間，但當撫綏之，則不爲盗耳。○【王洙曰】列子説符篇：晉國有郄雍者，能視盗之貌，察其眉目之間而得其情。晉侯使視盗，千無遺一焉。議堂猶集鳳，○【趙次公曰】議堂者，議政之堂也。○左太冲詩：諸公集鳳凰。

正〔七〕觀是元龜。○【趙次公曰】言廟堂議政諸公如鳳之集，欲除上所陳之患，但以貞觀爲龜鏡可也。處處喧飛檄，○檄，兵書也。○【王洙曰】左太冲詩：邊城苦鳴鏑，羽檄飛京都。家家急競錐。○【孝祥曰】：「其賦斂之急如此。」】言賦斂急也。○左氏昭公六年傳：刀錐之末〔八〕，將盡争之。蕭車安不定，○【趙次公曰】前漢蕭育傳：哀帝時，南郡多盜賊。拜育爲南郡太守，上以育者舊名臣，乃以三公使車載育入殿中受策，曰：「南郡盜賊爲害，朕甚憂之。以太守威信素著，故委南郡太守之官，其爲民除害，安元元而已。」蜀使下何之。○【趙次公曰】公之詩意謂今日遣使在寡誅求、除盜賊之事而已，非若相如諭巴蜀父老也。○【師古曰】或曰：言朝廷遣人安撫之，猶不服，畢竟將何往？謂無逃也。○【王洙曰】前漢司馬相如傳：爲郎使蜀，因諭巴蜀父老。○賈誼鵩鳥賦：問于鵩兮，予去何之？釣瀨疏墳籍，○【師古曰】自此已下乃甫自述。○【趙次公曰】謂釣於水若嚴子陵也。○【王洙曰】後漢嚴光傳：光字子陵，隱身不仕，披羊裘釣澤中。後人名其釣處爲嚴陵瀨。○顧野王輿地記：七里瀨在東陽江下，與嚴陵瀨相接。有〔九〕嚴州桐廬縣南有嚴子陵漁釣處，今山邊有石，上平可坐十人，臨水，名爲「嚴陵釣壇」也。耕巖進弈棊。○【趙次公曰】謂耕于山，若鄭子真也。○【王洙曰】揚子問神篇：谷口鄭子真，不屈其志，而耕乎巖石之下，名震于京師。○雲陽宮記：鄭朴，字子真。揚雄方言：圍棊謂之弈。自關東、齊、魯之間皆謂之弈。地蒸餘破扇，冬暖更纖絺。○【趙次公曰】謂夔之風土多暄也。○【王洙曰】按集有覽物詩曰「形勝有餘風土惡」是也。豺遘哀登楚，○【趙次公曰】謂登乎王粲荆州之樓而悲時之亂也。○【王洙曰】王粲詩：西京亂無象，豺虎方遘患。麟傷泣象尼。○謂傷時而泣，如仲尼之感麟也。○【趙次公曰】公羊傳：魯哀公西狩獲麟，有以告孔子者，曰：「有麕而角者，何？」孔子曰：「孰爲來哉，孰爲來哉！」反袂涕下沾袍，曰：「吾道窮矣。」余聞孔子之生，其父母禱之於尼丘山，遂名丘，字仲尼。故傳記謂頭象尼丘山，謂之象尼。衣冠迷適越，○【趙次公曰】謂欲離夔南下，而未知所以如，以衣冠適楚則迷矣。莊子逍遥遊篇：宋人資章甫而適諸越，越人斷髮文身，無所用之。藻繪憶遊睢。○睢，音雖。○【趙次公曰】水名，在南都，昔之宋州。甫少年嘗遊，故云「憶」也。○【杜田正謬。又，杜陵詩史、分門集注、補注杜詩引作「薛夢符曰」。】按，陳孔璋爲曹洪與魏文帝書：過高唐者，效王豹之謳。遊睢、渙者，學藻繪之綵。李善注：睢、渙，二水名。其處人能織藻繢錦綺。○【薛夢符曰】陳留風俗傳：襄邑縣南有渙水，北有睢水。睢渙之間出文章，故有黼黻藻錦日月華蟲，以奉宗廟服御焉。述異記：睢、渙二水，波文皆五色，其人多文章，故名「繢水」。九州要記：睢渙之間出文章，天子郊廟服御出焉。所謂「厥篚織文」是也。賞月延秋桂，○【趙次公曰：「此正見公作詩之時。三秋皆秋桂也，作詩而非八月，不足以當之，故次公定此篇爲八月作也。延則延賞也。賞月延秋桂，直是以月中桂爲其當秋延賞，故曰秋桂也。」】三秋皆秋，桂非八月不足以賞之，故知此篇乃八月作也。爲其當秋，可延賞丹桂也。○【王洙曰】沈休文詩：山中咸可悦，賞逐四時移。春光發隴首，秋風生桂枝。傾陽逐露葵。○謂慕君也。○【王洙曰】曹子建表：若葵藿之傾太陽。太庭終返朴，○【趙次公曰】願望天下治平，返乎淳朴，如古太庭氏也。京觀且僵尸。○【趙次公曰】甫意欲席卷西夷，誅於兩觀也。○【王洙曰】左氏宣公十二年傳：古者明王伐不敬，取其鯨鯢，築武庫而封之，以爲大戮，於是乎有京觀。高枕虛眠晝，哀歌欲和誰。○戰國策：燕丹送荆軻至易水上，既祖取道，高漸離擊筑，荆軻和而歌。南宫載勳業，○【王洙曰】後漢二十八將論：永平中，顯宗追感前世功臣，乃圖畫二十八將於南宫雲臺。凡百慎交綏。○【師古曰】綏，乃車綏也。○【趙次公曰：「此兩句殊有深意，蓋謂戒諸大臣及諸將，若欲功名之成，圖像帝閣，當交綏爲慎，勿輕使志之不堅而後可也。」】深戒諸將如欲論功繪像，當以交綏爲戒，毋使名之不立也。

【校記】

〔一〕慈，元本作「恩」，古逸叢書本作「資」。

〔二〕胄，元本、古逸叢書本作「功」。

〔三〕謂，原作「魏」，據古逸叢書本改。

〔四〕夢弼，元本、古逸叢書本無。

〔五〕又，原作「又」，據古逸叢書本改。

〔六〕資，元本、古逸叢書本無。

〔七〕正，古逸叢書本作「貞」。

〔八〕末，元本作「不」，古逸叢書本作「利」。

〔九〕有，古逸叢書本作「考」。

巫峽弊廬奉贈侍御四舅别之澧朗

江城秋月落，山鬼閉門中。○魯語：木石之怪，夔、魍魎。韋昭注：木石，謂山也。○【趙次公曰】屈原九歌有山鬼篇。行李淹吾舅，○行李，通作行理。○【趙次公曰】左氏僖公三十年傳：主行李之往來。杜預注：行李，使人。○昭公十二年傳：行理之命，無月不至。杜預注：行理使人，通聘問者。則知李、理字異而義同，餘見前注。誅茅問老翁。○誅茅，謂卜居也。赤眉猶世亂，○以赤眉喻吐蕃之亂尚未息也。青眼只途窮。○公自比阮籍也。○【王洙曰】晉阮籍始終爲青白眼，見凡俗之士，以白眼對之，禮法之士，乃見青眼。率意獨駕，不由徑路，車迹所窮，輒痛哭而反。傳語桃源客，人今出處同。○【師古曰】桃源在今澧州，乃秦人避亂之所。○【趙次公曰】今侍御舅之澧、朗，因以問之。○【師古曰】甫以今世之亂，竄避荆楚，亦與秦人同出處也。

溪上

峽内淹留客，溪邊四五家。古苔生迮地，○【王洙曰。又，趙次公曰：「一作濕地，不工。」】迮，一作㴽。○【鄭卬曰】迮，側格切，迫也。秋竹隱疏花。塞俗人無井，○塞，先代切。○【王洙曰：「峽俗多引泉，或負水以自給。」】夔峽無井居，人以竹筒接引山泉。山田飯有沙。西江使船至，○使，所吏切。從命者。時復問京華。○【王洙曰：「心未嘗忘王室也。」】甫未嘗忘君也。

樹間

岑寂雙甘樹，婆娑一院香。交柯低几杖，垂實礙衣裳。滿歲如松碧，○【趙次公曰：「言歲寒如松也。」】謂如歲寒之松也。同時待菊黄。幾回霑葉露，乘月坐胡床。○搜神記：胡床，戎翟之器也。

八月十五夜月二首

滿目飛明鏡，○【趙次公曰】庾信磨鏡詩：明鏡如曉月。歸心折大刀。○【王洙曰】古樂府：藁砧今何在，山上復有山。何當大刀頭，破鏡飛上天。○【趙次公曰。又，杜陵詩史、分門集注引作「師古曰」。】唐吴兢樂府古題要解：砧者，鈇也。藁砧今何在，問夫何在也？重山爲出字，山上復有山者，言夫出也。大刀頭者，刀頭有環也。何當大刀頭者，何日當還也。破鏡者，月半缺也。破鏡飛上天者，言月半當還也。甫旅寓巫峽，秋見月，心念還歸，故有是句。○言雖有歸心，而大刀折，則未能還也。

轉蓬行地遠，○【趙次公曰：「公以蓬譬言其身也。」】甫自謂也。攀桂仰天高。○【趙次公曰：「言月中桂也。」】俗傳月中有桂，有兔擣藥。水路凝〔一〕霜雪，林棲見羽毛。此時瞻白兔，直欲數秋毫。○數，所矩切，計也。○【王洙曰】月中有白兔，以其明，無所不照，故可數秋毫也。

【校記】

〔一〕凝，元本、古逸叢書本作「疑」。

稍下巫山峽，猶銜白帝城。○【趙次公曰】稍下、猶御，皆言月也。氣沉全浦暗，輪側半樓明。刁斗皆催曉，○刁，丁聊切。○【趙次公曰】刁斗，軍營中擊之以警夜者也。蟾蜍且自傾。○【王洙曰】後漢張衡靈憲：月者，陰精之宗，積而成獸，象兔。羿請不死之藥於西王母，恒娥竊之以奔月，遂託身於月，是爲蟾蜍。○淮南精神訓：月中有蟾蜍，行〔一〕其行，薄蝕無光。張弓倚殘魄，不獨漢家營。○【趙次公曰】時與吐蕃交戰，則張弓於夜營，皆倚曉月之殘魄，不獨漢營爲然，唐營亦然也。

【校記】

〔一〕行，元本、古逸叢書本作「月失」。

十六夜翫月

舊挹金波爽，○【王洙曰】前漢郊祀志：月穆穆以金波。○謝玄暉夜發新林至京邑詩：金波麗鳷鵲。皆傳玉露秋。○月令：孟秋之月，白露降。關山隨地闊，○【秦曰】言故鄉遠也。河漢近人流。○【秦曰】言夔地高，去天近也。○河漢，天津也。○【王洙曰】魏文帝詩：仰看明月光，天漢回西流。谷口樵歸唱，孤城笛起愁。巴童渾不寢，○巴童，謂巴渝之童也。半夜有行舟。

十七夜對月

秋月仍圓夜，江村獨老身。捲簾還照客，倚杖更隨人。○朱超詩：惟餘故樓月，遠近必隨之。光射潛虬動，○虬，居幽切，無角龍也。明翻宿鳥頻。茅齋依橘柚，清切露華新。

翫月呈漢中王

夜深露氣清，江月滿江城。浮客轉危坐，○【王洙曰。又，趙次公曰：「浮客，一作遊客。師民瞻本亦只是遊客。然不知遊客字雖熟而無出處，若浮客，字自有所出。謝惠連詩：悽悽留子言，眷州眷浮客心。注：浮，行也。如此則：留子，留住之子；浮客，浮遊之客。今公蓋自言其身也。公自華州罷官歸秦，又歸同谷，入成都，自成都之梓、之閬，又自成都來夔，可謂浮客矣，故對歸舟。字則選詩『天際識歸舟』也。」】浮，一作游。○謝惠連詩：悽悽留子言，眷眷浮客心。歸舟應獨行。關山同一照，烏鵲自多驚。○【王洙曰】古樂府：月明星稀，烏鵲南飛。欲得淮王術，風吹暈已生。○【趙次公曰】以淮南王安比漢中王瑀也。○【王洙曰】淮南子冥覽訓：畫隨灰而月運闕。許慎注：以蘆草灰隨牖下月光，令圜畫，缺其一面，則月運亦闕於上也。○【杜田補遺】古樂府宋王褒〔一〕關山月詩：天寒光轉白，風多暈欲生。

【校記】

〔一〕褒，原作「哀」，據九家集注杜詩改。

驅豎子摘蒼耳

○【王洙曰】蒼耳，詩人謂之卷耳。○爾雅謂之枲耳，今或謂之耳當草。○【趙次公曰】或名羊負菜。○俗呼道人頭。

江上秋已分，林中瘴猶劇。○林，一作村。南地寒晚，秋氣已分，炎瘴猶煩劇也。畦丁告勞苦，無以供朝夕。○秋旱黍稷無收，故農民告無以供饌也。蓬莠獨不焦，野蔬暗泉石。○蓬莠野蔬不以旱而有損益，愈見繁盛，如蒼耳之類是也。卷耳況療風，○【王洙曰：「詩云：卷耳，主風濕周痺。」】本草：卷耳可以療風。童兒且時摘。〇【王洙曰】一作「童僕先時摘」。侵星驅之去，〇星未没，侵晨而往摘之也。爛熳任遠適。〇東西南北，隨其所有而求之也。放筐亭午際，〇亭，一作當。筐，竹器。放筐，謂罷採也。洗剥相蒙冪。〇冪，莫狄切。〇【趙次公曰：「指卷耳生于濕地，洗剥相蒙冪，洗其土，剥其毛。」】謂洗其土，剥其毛，以筐盛而巾覆之也。登床半生熟，〇謂薦之於俎，生熟相半，欲其脆也。下筯還小益。〇【趙次公曰：「小益，謂療風也。」】謂食之愈風，有補於人也。加點瓜薤間，依稀橘奴跡。〇橘，一作木。或雜食於瓜薤之間，其味酸甜，如橘奴然。〇【王洙曰。又，趙次公注引作「襄陽記」。】湘中記：李衡種橘於龍陽洲，謂其子曰：「吾有千頭木奴，歲可收絹千匹。」亂世誅求急，黎民糠籺窄。〇籺，胡骨切。窄，側〔一〕格切。〇【杜田補遺。又，杜陵詩史、分門集注、補注杜詩、集千家注批點杜工部詩集引作「薛夢符曰」。】陳平傳：平食糠覈。音義曰：覈，音紇，麥糠不破者。京師人麄食爲紇頭。〇或曰：籺，糏也。糏，碎米也。飽食復何心，〇當用兵之際，官吏重斂於民，黎民困苦，至有食糠籺者，其窘窄如此，甫何忍獨飽食，不〔二〕念吾民之飢耶。荒哉膏粱客。〇【杜田補遺】庖人用禽獸，春膳膏香，夏膳膏臊，秋膳膏腥，冬膳膏羶。公食大夫禮：以稻粱爲加膳。〇【薛夢符曰】唐柳芳氏族論：三世有三公者曰膏粱，有令僕者曰華腴。富家厨肉臭，戰地骸骨白。〇彼膏粱之士、〔三〕豪富之家，荒縱不撿，厨内〔四〕臭腐有餘，豈知戰地積骨不獲耕乎！〔五〕寄語惡年少，黄金且休擲。〇饑荒之際，下民有不得其食者，而惡年少有如荆軻者，以金抵蛙，豈不謬哉！甫之摘蒼耳以供食，其亦有意也歟？嵇康有曰「食蕨不顧〔六〕餘」，亦此意也。○【王洙曰】燕丹子曰：燕太子得勇士荆軻，將以報秦怨。與軻臨池戲，軻拾瓦擲蛙，太子命捧盤金以進。軻用金抵之，將盡，復進。軻曰：「非爲太子愛金，但臂痛耳。」○西京雜記：漢佞幸有韓嫣，常以金爲丸，所失者日有十餘。京師爲之語曰：「苦飢寒，逐金圓〔七〕。」

【校記】

〔一〕側，元本、古逸叢書本作「則」。

〔二〕食不，元本、古逸叢書本無。

〔三〕士，古逸叢書本作「客」。

〔四〕内，元本、古逸叢書本作「肉」。

〔五〕獲耕乎，元本、古逸叢書本作「葬者哉」。

〔六〕顧，元本、古逸叢書本作「須」。

〔七〕圓，古逸叢書本作「丸」。

詠懷古跡五首

支離東北風塵際，○【趙次公曰】言禄山之亂時在賊也。甫之在賊，或往河陽，或趨行在，或居秦亭，或居同谷，是爲「支離東北風塵」也。○【王洙曰】莊子人間世篇：支離其形者，猶足以養其身。

漂泊西南天地間。○【趙次公曰】謂流寓於蜀，往來東、西兩川，且在夔也。三峽樓臺淹日月，

○【趙次公曰】夔之上游則明月峽，下游則巴峽、巫峽也。五溪衣服共雲山。○【王洙曰】五溪，蠻夷所居。衣服言異制也。共雲山，言與之雜居也。○【薛夢符曰】馬援傳：援南征武陵五溪蠻夷。注引酈元注水經：武陵有五溪，謂雄溪、樠溪、西溪、潕〔一〕溪、辰溪，故謂五溪蠻，皆槃瓠之子孫，在今辰州界。

羯胡事主終無賴，○【王洙曰】謂祿山負恩，無所倚賴也。詞客哀時且未還。○【王洙曰】：「公自言傷時也。」甫感時自傷也。庾信平生最蕭瑟，暮年詩賦動江關。○【王洙曰】周書：庾信字子山，雖位望通顯，常有鄉關之思，乃作哀江南賦以致其意。其辭有曰：「壯士不還，寒風蕭瑟。」

【校記】

〔一〕潕，元本、古逸叢書本作「無」，杜陵詩史作「潕」。

搖落深知宋玉悲，○【王洙曰】宋玉九辯：悲哉秋之爲氣也，蕭瑟草木搖落而變衰。又曰：獨悲此秋凜〔一〕。風流儒雅亦吾師。悵望千秋一灑淚，蕭條異代不同時。江山故宅空文藻，○荆州庾信宅，即宋玉故宅地。○【王洙曰】庾信哀江南賦「誅茅宋玉之宅」是也。○餘見送李功曹之荆州詩注。雲雨荒臺豈夢思。○【趙次公曰】宋玉爲楚王賦陽臺，記興以言夢也。甫此言荒臺之

雲雨，豈是夢思乎？按宋玉高唐神女賦序：楚襄王與宋玉游雲夢之臺，望高唐之觀。玉曰：昔先王嘗游高唐，怠而晝寢，夢見一婦人曰：「妾巫山之女也，爲高唐之客，聞君遊高唐，願薦枕席。」王因幸之。去而辭曰：「妾在巫山之陽，高山〔二〕之阻，旦爲朝雲，暮爲行雨，朝朝暮暮，陽臺之下。」襄王使玉賦之。其夜王夢與神女遇。最是楚宮俱泯滅，舟人指點到今疑。○【趙次公曰】此言楚之所謂高唐觀、朝雲廟者無有矣，後人亦疑其當時之無〔三〕，亦未可知也。

【校記】

〔一〕秋凜，古逸叢書本作「凜秋」。

〔二〕山，古逸叢書本作「丘」。

〔三〕無，元本作「血」。

羣山萬壑赴荆門，生長明妃尚有村。○【按，宋本杜工部集注曰：「歸州有昭君村。」】則當是自注或真王洙注。又，杜陵詩史、分門集注引「王洙曰」：「歸州有昭君村。」】歸州有昭君村。○【趙次公曰】按，歸州圖經：王嬙字昭君，南郡秭歸人。○【杜田補遺】待詔掖庭，元帝後宫頗多，不得常〔一〕幸，乃使圖畫其形，按圖詔幸。宫人皆賂畫工，多者十萬，少者五萬。昭君自恃其貌，獨不與，反惡其形。及單于來朝，選美人配之，昭君以圖當行。及入辭，光彩射人，悚動左右，帝欲留之，而名字已去，臣下曰：「恐失信外國。」恨之不及，遂不復留。乃按窮其畫工杜陵毛延壽，爲人形老少必留其真，安陵陳敞、新豐劉白、龔寬並獨工狗馬衆藝，人形不逮延壽。下杜陵獄，皆同日棄市。一去紫臺連朔漠，〇【王洙曰】江淹恨賦：明妃去時，仰天太息。紫臺稍遠，關山無極。遥風忽起，白日西匿。隴雁少飛，代云寡色。望君子〔二〕兮何期，終蕪絶於異域。〇呂延濟曰：紫臺，宫名。雪賦：朔漠飛沙。獨留青冢向黄昏。〇【杜陵詩史、分門集注、補注杜詩引作「杜田補遺」，又，九家集注杜詩作「薛夢符曰」。】琴操：單于死，子達立。昭君謂之曰：「將爲漢？爲胡？」曰：「將爲胡。」於是昭君服毒而死，舉國葬之。胡中草多白，而此冢獨青。〇鄉人思之，爲之立廟，廟中有大柏，圍六丈五尺，松葉蓊蔚，出於故臺之上。及有搗練石在廟側溪中，即今香溪廟，今屬興山縣。〇【趙次公曰】唐李太白嘗有詩以吊之：生乏黄金枉圖畫，死留青冢使人嗟。畫圖省識春風面，環珮空歸月夜魂。千歲琵琶作胡語，〇【薛夢符曰】釋名：推手向前曰琵，却手向後曰琶。因以爲名。分明怨恨曲中論。〇怨，一作愁。〇【趙次公曰】石季倫明君詞：王明君本爲昭君，觸晉文帝諱改焉。匈奴盛請婚于漢，元帝以後宫良家子配焉。始，武帝以江都王女細君爲公主嫁烏孫王昆莫，使知音，馬上奏琵琶以慰其道路之思。其送昭君亦然。其造新聲之曲多哀怨，至今傳昭君怨。

【校記】

〔一〕常，元本、古逸叢書本作「帝」。

〔二〕子，古逸叢書本作「王」。

蜀主窺吳幸三峽，崩年亦在永安宮。○【王洙曰】蜀先主劉備以孫權襲關羽之故，東征三吳，爲吳將陸議〔一〕所破於秭歸，棄船由步道歸魚復，改縣爲永安，遂卒於永安宮。○水經：永安宮在魚復縣東之南鄉峽，其間平地可二十餘里，江山迴闊，入峽所無。城墉回〔二〕毀成荆棘矣。東與諸葛亮圖壘相近也。翠華想像空山裏，○【王洙曰】空，一作寒。○【趙次公曰：「翠華，天子之旗也。」】翠華，旗也。玉殿虛無野寺中。○【杜陵詩史、分門集注引「王洙曰」：「山有卧龍寺，先主祠在焉。」按，考宋本杜工部集，並無此條「自注」。當是僞王洙注。】甫自注曰：「山有卧龍寺，先主祠在焉。」古廟杉松巢水鶴，○【補注杜詩引作「黄希曰」】春秋繁露：白鶴知夜半。注：鶴，水鳥也。夜半水位感其生氣則益，喜而鳴。歲時伏臘走村翁。○【王洙曰：「言民猶祭祀。」】謂居民因時而祭祀也。武侯祠屋長鄰近，○【按，考宋本杜工部集注曰：「殿今爲寺廟，在宮東。」九家集注杜詩、杜陵詩史、分門集注、補注杜詩引「王洙曰」：「公自注云：殿今爲寺廟，在宮東。」是。】公自注曰：「殿今爲寺廟，在宮東。」一體君臣祭祀同。

【校記】

〔一〕議，古逸叢書本作「遜」。

〔二〕回，古逸叢書本作「四」。

諸葛大名垂宇宙，○淮南天文訓：虚郭生宇宙。許慎注：宇，四方上下也。宙，往古來今也。宗臣遺像肅清高。○謂廟貌遺像，視之肅然也。三分割據紆籌策，萬古雲霄一羽毛。○蜀志：三分我九鼎。其聲名勳業視萬古雲霄如一毛耳。伯仲之間見伊吕，○【趙次公曰】言孔明在伊、吕二公之間也。魏文帝典論：傅毅之於班固，伯仲之間耳。○【王洙曰】或曰：伯謂亮佐蜀，仲謂瑾佐吴也。指揮若定失蕭曹。○【王洙曰：「謂功垂成而亮薨。」】謂諸葛功垂成而遽卒也。○【趙次公曰】陳平傳：天下指揮則定矣。○蕭曹本贊：蕭何、曹參，位冠羣后，聲馳後世，爲一代宗臣。運移漢祚終難復，○【趙次公曰：「舊本福移字，師民瞻本作運移，是。」】運，一作福。○終，一作恢。志决身殲軍務勞。○【鄭卬曰】殲，子廉切，滅也。○【趙次公曰】魏〔一〕氏春秋：諸葛夙興夜寐，罰二十以上皆親覽焉。宣王曰：「亮將死矣。」

【校記】

〔一〕魏，元本、古逸叢書本作「王」，九家集注杜詩引趙次公注亦作「魏」。

九月一日過孟十二倉曹十四主簿兄弟

藜杖侵寒露，蓬門啓曙煙。力稀經樹歇，老困撥書眠。秋覺追隨盡，來因孝友偏。○【趙次公曰】言今來孟氏家，因重其兄弟孝友偏篤也。清談見滋味，爾輩可忘年。○【趙次公曰】昔漢禰衡始弱冠，孔融年四十，爲忘年交。

過客相尋

窮老真無事，江山已定居。地幽忘盥櫛，○【王洙曰：「地幽故得遂疏慵也。」】謂地辟而倦於梳沐也。客至罷琴書。○【王洙曰】謂惟以琴書爲樂也。掛壁移筐果，呼兒問煮魚。○【王洙曰】樂府詩：呼兒烹鯉魚。時聞繫舟楫，及此問吾盧。○【趙次公曰】甫言凡有舟楫過往，必來見我也。○【王洙曰】陶潛詩：吾亦愛吾廬。○筐果，魯作留果。

孟倉曹步趾領新酒醬二物滿器見遺老夫

楚岸通秋屐，○屐，竭戟切，屣也。胡床面夕畦。藉糟分汁滓，○藉，慈〔一〕力切。○【王洙曰】劉伶酒德頌：枕麴藉糟。○【趙次公曰】周禮「醴齊」注：醴〔二〕成而汁滓相將。○【王洙曰】後漢樊儵傳：歲獻甘醪。注：醪，醇酒汁滓相將也。甕醬落提携。飯糲添香味，○糲，力制切，米不精者。朋來有醉泥。○稗官小說：南海有蟲無骨，名曰泥。在水中則活，失水則醉，如一塊泥然。

後漢周澤傳：時人爲之語曰：「一日不齋醉如泥。」理生那免俗，○【王洙曰】竹林七賢傳：阮咸曰：「未能免俗。」方法報山妻。○【師古曰】酒醬乃生計日用之物，不免求所造之方法，以告其家人〔三〕也。

【校記】

〔一〕慈，元本、古逸叢書本作「分」。

〔二〕醴，元本、古逸叢書本作「不」。

〔三〕人，元本、古逸叢書本無。

課小豎鉏斫舍北果林枝蔓荒穢淨訖移床三首

○【王洙曰：「一曰『秋日閒居』。」】一作「秋月閒居三首」。

病枕依茅棟，荒鉏淨果林。○鉏，與鋤同。背堂資僻遠，在野興清深。山雉防求敵，○【趙次公曰】雉性强而善鬬。江猿應獨吟。○【趙次公曰】應，讀〔一〕平聲。洩雲高不去，○洩，以制切，舒散貌。陸機雲賦：雖彌天其未洩。隱几亦無心。○前注。

【校記】

〔一〕讀，元本、古逸叢書本作「自」。

衆壑生寒早，長林卷霧齊。青蟲懸就日，朱果落封泥。○【王洙曰】謂以泥封其接枝也。薄俗防人面，○【王洙曰】人，一作狸。○【趙次公曰】即俗云人面獸心之義也。全身學馬蹄。○【趙次公曰】莊子馬蹄篇：馬，蹄可以踐霜雪，毛可以御風寒，齕草飲水，翹足而陸，此馬之真性也。吟詩坐回首，○坐，晉作重。隨意葛巾低。

籬弱門何向，○【趙次公曰】言藩籬處損壞，門無定向也。沙虛岸只摧。○【王洙曰】只，一作自。日斜魚更食，客散鳥還來。寒水光難定，秋山響易哀。天涯稍曛黑，倚杖更徘徊。

峽口二首

峽口大江間，○【王洙曰】間，一作闊。西南控百蠻。○百，一作白。○【王洙曰】百蠻，謂施、黔五溪之蠻也。○西羌傳：冒頓破東胡，走月支，威震百蠻。杜篤論客：橫分單于，屠裂百蠻。注：百蠻，夷狄之揔稱。城欹連粉堞〔一〕，○【鄭卬曰】堞，達協切，城上垣也。岸斷更青山。開闢當天險，○【王洙曰】當，一作多。言天設之險，因開闢而後通爾。防隅一水關。○【王洙曰】峽口有關，斷以鐵鏁。亂離聞鼓角，秋氣動衰顔。○【趙次公曰：「鼓角，蓋城上防戍所擊吹者。以身當亂離之際聞之，所以感動衰顔也。」】身遭亂離，況復聞鼓角之聲，所以感動衰顔也。

【校記】

〔一〕堞，原作「蝶」，據古逸叢書本改。

時清關失險，世亂戟如林。去矣英雄事，荒哉割據心。○【王洙曰：「當公孫述、劉備之際，夔爲要衝。」】夔峽乃要衝之地。○【趙次公曰】時公孫述、劉備皆欲以英雄之勢而割據於一隅也。蘆花留客晚，楓樹坐猿深。疲薾煩親故，○【鄭卬曰】薾，奴結切。○莊子齊物篇：薾然忘疲，而不知其所歸。諸侯數賜金。○【杜陵詩史引作「薛蒼舒曰」。】甫自注曰：故人柏中丞，頻分月俸。○【鄭卬曰】數，所角切。○【趙次公曰】柏中丞爲節度，蓋古諸侯也。因言諸侯所貽之金，得稱賜金也。

村雨

雨聲傳兩夜，寒事颯高秋。挈帶看朱紱，○【王洙曰】挈，一作攬。○【王洙曰：「公任郎官，故朱紱。」】公爲尚書員外郎，服緋，故用赤紱也。開箱覩黑裘。○【趙次公曰】皆以雨之故，恐其色黰故也。世情只益睡，○【趙次公曰】亦因雨閟思及世情，惟睡而已。盗賊敢忘憂。○【王洙曰：「所憂者盗賊未平。」趙次公曰：「然時方盗賊，敢忘禍亂之憂乎？」】時吐蕃未平，故憂也。松菊新霑洗，茅齋慰遠遊。○時以松菊自遣爾。

寒雨朝行視園樹

柴門雜樹向千株，丹橘黄甘此地無。江上今朝寒雨歇，籬中秀色畫屏紆。○【王洙曰。又，趙次公曰：「舊本『籬中秀色』，又云『籬邊新色』。」師民瞻本作『籬邊秀色』，是。」】中秀，一作邊新。桃蹊李徑年雖古，梔子紅椒艷復殊。鏁石藤梢元自落，○古詩：翠藤繚石起。倚天松骨見來枯。○張籍詩：長松欲倚天。林香出實垂將盡，葉蔕離枝不重蘇。○【王洙曰】枝，一作柯。○重，儲用切。愛日恩光蒙借貸，○貸，吐戴切。○【王洙曰】左傳：冬日可愛。清霜殺氣得憂虞。衰顏動覓藜床坐，○英雄記：向詡晚病，嘗坐藜床。○【王洙曰】晉管寧家貧，坐藜床欲穿，爲學不倦。緩步仍須竹杖扶。○山海經：龜山多扶竹。郭璞注：笻竹也，高節實中，名「扶老竹」。散騎未知雲閣處，○三輔故事：秦二世起雲閣，欲與〔一〕山齊。啼猿僻在楚山隅。○【趙次公曰】今公以〔二〕别無官署，故言「未知雲閣處」，止在猿啼之地耳。

【校記】

〔一〕元本、古逸叢書本「與」下有「衆」字。

〔二〕以，元本、古逸叢書本作「欲」。

偶題

文章千古事，得失寸心知。○【趙次公曰】言文章垂不朽之事業，其得其失，蓋吾心自知之也。陸機文賦：吐滂沛乎寸心。作者皆殊列，名聲豈浪垂。○魏文帝典論論文曰：古之作者，寄身於翰墨，見情於篇籍，不假良史之辭，不託飛馳之勢，而名聲自傳於後。騷人嗟不見，○【趙次公曰】騷人，指屈原、宋玉也。文章之祖，起於離騷。嗟不見，則屈、宋遠矣。傷今不復見古人也。漢道盛於斯。○【趙次公曰】言惟漢有司馬遷、相如、劉向、王褒之徒。○【師古曰】文章渾厚森嚴也。前輩飛騰入，餘波綺麗爲。○【趙次公曰】文章至於綺麗，乃騷、雅之末流，故謂之「餘波」也。○江文通雜詩：高文一何綺，小儒安足爲。後賢兼舊利，○【王洙曰】：「（制）或作利。」】利，一作制。○【王洙曰】或作列。○【王洙曰：「舊例，一作舊制。」】別本作例。歷代各清規。○【趙次公曰】謂諸儒遞相祖述也。法自儒家有，心從弱歲疲。○【趙次公曰】公自謂也。吾之用心學文，自弱冠時疲苦至今也。永懷江左逸，○【王洙曰】江左，東晉元帝渡江所都。○【趙次公曰】嵇、阮、鮑、謝之徒，文尚俊逸，故甫永懷之也。多病鄴中奇。○【王洙曰】病，一作謝。鄴中，魏所都。文帝好文，而作者多尚奇怪。○故甫多疾之也。○【王洙曰】江文通詩：關西鄴下，既已罕同。河外江南，頗爲異法。騄驥皆良馬，騏驎帶好兒。○【趙次公曰】騏驎之子仍是騏驎，故云「帶好兒」。○亦甫自喻也。車輪徒已斵，○【王洙曰】莊子天道篇：桓公讀書於堂上，輪扁斵輪於堂下，曰：「以臣之事觀之，斵輪徐則甘而不固，疾則苦而不入，不徐不疾，得之於手而應於心，口不能言，有數存焉。於其間，臣不能以喻臣之子，臣之子亦不能受之於臣，是以行年七十而老斵輪。古之人，與其不可傳也死矣。然則君之所讀者，古人之糟粕已矣。」陸機文賦：是蓋輪扁所不得言，故非華説之所能精也。堂構惜仍虧。○【王洙曰】書大誥：若考作室，既底法，厥子乃弗肯堂，矧肯構。○夢弼謂：甫嘆弱冠疲苦學爲文，幸有子如宗文、宗武聰敏，惜乎妙致得之於心，不能言之於其子，如扁之斵輪，不能言其妙也。故有「騏驎帶好兒，車輪徒已斵」之句也。謾作潛夫論，○【王洙曰】後漢王符傳：隱居著書三十餘篇，以譏當時得失，不欲章顯其名，故號潛夫論。虛傳幼婦碑。○【王洙曰】語林：楊脩爲曹操主簿，至江南，讀曹娥碑，碑陰有八字，曰：「黄絹幼婦，外孫虀臼。」操不能解，脩知之，行三十里乃悟。令脩解，曰：「黄絹，色絲。色絲，絶字。幼婦，少女。少女，妙字。外孫，女子。女子，好字。虀臼，受辛。受辛，辤字。言絶妙好辤。」操意與合。語曰：「有智無智，校三十里。」緣情慰漂〔二〕蕩，○【王洙曰】文賦：詩緣情而綺麗。

抱疾屢遷移。○【趙次公曰】公雖自謙，亦自傷其不用也。○餘見年譜。經濟慙長策，飛棲假一枝。○【王洙曰】莊子逍遥遊篇：鷦鷯巢於深林，不過一枝。左太沖詩：巢林棲一枝，可爲達士模。塵沙傍蜂蠆，○【鄭卬曰】傍，蒲浪切，近也。江峽遶蛟螭。○【趙次公曰】：「言棲托於夔州之地如此。」謂夔峽寓居之景物也。○廣雅：有鱗曰蛟龍，無角曰螭龍。蕭瑟唐虞遠，○【趙次公曰】歎治古之不復見也。聯翩楚漢危。○【趙次公曰】傷争戰之未能安也。聖朝兼盗賊，○【趙次公曰】言前有安史，今有吐蕃是也。異俗更喧卑。○【趙次公曰】公北人而在南，故呼楚人爲異俗。喧卑，囂雜貌。鬱鬱星辰劍，○【革曰】甫自喻失所。○【王洙曰】：「張華夜登樓，望見牛斗間有異氣，乃鄷城寶劍也。」如寶劍之埋豐城也。晉張華傳：寶劍之精，上徹於天。蒼蒼雲雨池。○又如蛟龍之困於池中也。○【王洙曰】：「周瑜傳：蛟龍得雲雨，終非池中物。」蜀〔二〕志周瑜傳、晉載記劉元海傳〔三〕皆曰「蛟龍得雲雨，終非池中物」也。兩都開幕府，○【王洙曰】謂長安、洛陽二京元帥之幕府也。萬寓插軍麾。南海殘銅柱，○【趙次公曰】：「在南亦有侵犯者，如廣德二年西原蠻陷邵州，大曆二年桂州山獠反，是已。」謂如西原蠻陷邵州、桂州山獠是也。○【師古曰】甫恨無人立功如馬援也。東風避月支。○支，或作「氐」。○【師古曰】言避吐蕃之亂也。音書恨烏鵲，○【趙次公曰】恨烏鵲之不信也。○【王洙曰】西京雜記：乾鵲噪而行人至。號怒怪熊羆。○【趙次公曰】謂夔峽山居之所有也。稼穡分詩興，○【王洙曰】役於營生，不假詠吟也。柴荆學士〔四〕宜。○【王洙曰】謂習其風俗也。

故山迷白閣，○【趙次公曰】白閣，終南山之峰名。按集，有渼陂西南臺詩曰「顛倒白閣影」是也。秋水憶皇陂。○【趙次公曰】皇陂，即皇子陂也。○前注。不敢要佳句，○【鄭印曰】要，伊肖切。愁來賦別離。

【校記】

〔一〕漂，元本、古逸叢書本作「縹」。

〔二〕蜀，當作「吳」。

〔三〕晉載記劉元海傳，原作「晉戴記周元海傳」，據古逸叢書本改。

〔四〕土，元本、古逸叢書本作「士」。

雨晴

雨時山不改，○【王洙曰】：「（時）一作晴。」】時，一作晴，誤矣。晴罷峽如新。○【王洙曰。又，趙次公曰】：「言或雨或晴，山不變改。」】言陰晴在雨，不在山也。天路看殊俗，○【趙次公曰】枚乘詩：美人在雲端，天路杳無期。秋江思殺人。○思，讀去聲。有猿揮淚盡，○【王洙注引作荊州記】宜都山川記：巴東三峽猿鳴悲，猿鳴三聲淚霑衣。無犬送書頻。○【王洙曰：「犬爲陸機送書也。」】晉陸機傳：機有駿犬名黄耳，寓京師久無家問，機乃爲書，以繫犬頸，犬尋路南走，至其家，得報還洛。

故國愁眉外，長歌欲損神。

晚晴吴郎見過北舍

圃畦新雨潤，○【王洙曰。又，趙次公曰：「新雨，一作『佳雨』，非。蓋不必如是方爲奇也。」】

媿子廢鉏來。○鉏，與鋤同。

竹杖交頭柱，柴扉掃徑開。○【趙次公曰】范彦龍詩：有客掃柴門。

欲棲羣鳥亂，未去小童催。

明日重陽酒，相迎自醱醅。○醱，一作潑。

○【鄭卬曰】醱，普發切，酘〔一〕酒也。醅，芳杯切，酒未漉也。

【校記】

〔一〕酘，古逸叢書本作「酸」。

新定杜工部草堂詩箋斠證卷第三十九

大曆二年秋在夔所作

解悶十二首〇後四篇皆詠荔枝，以譏明皇、貴妃也。

草閣柴扉星散居，〇【師古曰】夔地多山少平居，人傍山，故星散也。〇【趙次公曰】庾信詩：寒園星散居。浪翻江黑雨飛初。山禽引子哺紅果，溪友得錢留白魚。〇【王洙曰。又，趙次公曰：「溪女，一作溪友，當以『女』爲正，蓋公嘗使『溪女』字。如云『負鹽出井此溪女』，豈亦用神仙張道陵降十二溪女有『溪女』兩字者乎？」】友，一作女。〇【師古曰】得錢不論其價，知魚賤也。

商胡離別下揚州，〇胡，一作客。憶上西陵故驛樓。〇【王洙曰。又，趙次公曰：「舊注本東遊作東流，西陵又作蘭陵。師民瞻本作東流，是。並取西陵字，亦是。」】西，一作蘭。爲問淮南米貴賤，老夫乘興欲東遊。○【趙次公曰：「舊注本東遊作東流，西陵又作蘭陵。師民瞻本作東流，是。並取西陵字，亦是。」】遊，一作流。○【趙次公曰】因商胡之行而問淮南米價，甫欲儘南下也。

一辭故國十經秋，○自大曆二年逆數至乾元元年，凡十年矣。每見秋瓜憶故丘。○【趙次公曰】秦東陵侯邵平種瓜長安青門外。甫長安杜陵人，故感秋瓜而懷故鄉也。今日東湖采薇蕨，何人爲覓鄭瓜州。○【王洙曰：「公自注：今鄭秘監審。」】甫自注：鄭秘監審。○【王洙曰。又，趙次公曰：「瓜州，一作袁州，非。」】余按：瓜，一作袁。○【師古曰】瓜州乃金陵之別號。審即甫之故人。○【趙次公曰】必審有瓜州之命，或舊曾守瓜州也。○李尤賦：念故丘之落瓜。

沈范早知何水部，○【趙次公曰】何水部，乃何遜也。早爲沈約、范雲所知。曹劉不待薛郎中。○【趙次公曰】若郎中薛據者，恨不與曹植、劉楨同時。獨當省署開文苑，○【師古曰：「子美以文章爲己任，故云。」】甫爲左拾遺，自以文章爲己任也。兼泛滄浪學釣翁。○甫有魚釣之樂也。或曰：按「省署開文苑，滄浪學釣翁」乃薛據之詩句，甫取據之詩廣之。○【趙次公曰】以美據前在省部、今在荊南，有江湖之樂，斯爲學釣翁矣。○【趙次公曰：「漁父所謂『滄浪之水』也。」】屈原漁父篇：漁父鼓枻而歌：滄浪之水清兮，可以濯吾纓。滄浪之水濁兮，可以濯吾足。

李陵蘇武是吾師，孟子論文更不疑。〇【王洙曰：「校書郎孟雲卿。」又，集千家注批點杜工部詩集引作「公自注」。】甫自注：校書郎孟雲卿。一飯未曾延俗客，數篇今見古人詩。

復憶襄陽孟浩然，清詩句句盡堪傳。〇唐摭言：襄陽詩人孟浩然，開元中爲王左丞〔一〕所知，有「微雲淡河漢，疏雨滴梧桐」之句。維待詔金鑾殿，一旦召之，商較古今風雅。忽遇明皇幸維所，浩然錯愕伏床下，維不敢隱，奏聞。奉詔誦詩，曰：「北闕休上書，南山歸弊廬。不才明主棄，多病故人疏。」明皇憮然曰：「朕未嘗棄人，自是卿不求進，奈何有此作？」因命歸終南山。即今耆舊無新語，謾釣槎頭縮項鯿。〇【王洙曰。又，趙次公曰：「師民瞻本改縮頸爲『縮項』，極是。」】項，一作頸。〇【分門集注引作「鄭卬曰」。又，杜陵詩史引作「王洙曰」。】鯿，卑連切。〇【趙次公曰】襄陽耆舊傳：漢中鯿魚甚美，常禁人捕，以槎斷水，因謂之「槎頭鯿」。襄沔雜記：宋元徽中，張敬兒爲刺史。齊高帝爲領軍，敬兒作六櫓〔二〕船，獻高帝槎頭縮項鯿一千八百頭。〇【趙次公曰：「浩然詩兩用之。冬至後過吳張二子檀溪别業云：鳥泊隨陽雁，魚藏縮項鯿。又，峴山作云：試垂竹竿釣，果是槎頭鯿。」】夢弼按：浩然集有曰「鳥泊隨陽雁，魚藏縮項鯿」，又曰「試垂竹竿釣，果得槎頭鯿」，兩用之也。

【校記】

〔一〕右丞，原作「左丞」，據古逸叢書本改。

〔二〕糟，原作「糟」，據中華書局本校補襄陽耆舊記改。

陶冶性靈存底物，○【王洙曰：「詩能陶冶情性。」趙次公曰：「言用何物以爲陶冶性靈者，惟有詩而已。」言用何物爲陶冶性靈者，惟有詩而已〔一〕。○【杜田補遺。又，杜陵詩史、分門集注、補注杜詩引作「修可曰」。】梁鍾嶸詩評：阮嗣宗詩，無雕蟲之工，而〔二〕詠懷之作可以陶性靈，發幽思。○【趙次公曰】顏之推家訓：論文章至於陶冶性情，從容諷諫，入其滋味，亦樂事也。按集又有秋日夔府詠懷曰「登臨多物色，陶冶賴詩篇」之句。新詩改罷自長吟。孰知二謝將能事，○【趙次公曰】孰者，稔孰之孰也。甫言稔孰知謝靈運、謝惠連將作此詩爲能事也。頗學陰何苦用心。○學，一作覺。○【趙次公曰】陰則陰鏗，何則何遜。苦用心，則不苟且爲之矣。

【校記】

〔一〕「言用」至「而已」，元本、古逸叢書本作：「言陶冶性靈者，惟有詩而已。」

〔二〕無雕蟲之工而，元本、古逸叢書本「無」作「其」。

不見高人王右丞，藍田丘壑蔓寒藤。〇蔓，一作謾。最傳秀句寰區滿，未絶風流相國能。〇【鄭卬曰：「本注云：相國縉。」】甫自注：右丞弟，今相國縉。〇【王洙曰】夢弼按：唐書王維傳：維字摩詰，開元中轉尚書右丞，以詩名盛於時。晚年得宋之問藍田别墅，墅在輞口，水周於舍下，竹洲花塢，與道友裴迪浮舟往來，彈琴賦詩，笑歌終日。常聚其田園，所爲詩號輞川集。代宗時，弟縉爲宰相。代宗好文，求維文，縉編綴得四百餘篇，上之。〇【趙次公曰】縉本傳：少好學，與兄維俱以名聞。〇嵇康琴賦：體制風流，莫不相襲。

先帝貴妃今寂寞，〇今，陳作俱。荔枝還復入長安。〇【王洙曰】楊貴妃傳：妃嗜荔枝，必欲生置〔一〕之，乃置騎傳送數千里，味氣未變，至京師。炎方每續朱櫻獻，〇【趙次公曰】月令：仲夏之月，天子以含桃先薦寢廟。此云「炎方續獻」，乃海南獻荔枝也。〇南裔志：龍眼、荔枝生朱提南廣縣，改爲僰道縣。注：荔枝樹高五六丈，常夏生，變赤可食。余按：蔡君謨荔枝譜：唐天寶中，妃子愛嗜涪州荔枝，歲命驛致之。故蘇子瞻荔枝歎云「永元荔枝出交州，天寶歲貢取之涪」是也。玉座應悲白露團。〇【杜田補遺。又，杜陵詩史、分門集注、補注杜詩引作「修可曰」。】唐史遺事：乾元初，明皇幸蜀回，適嶺南進荔枝，上感念貴妃，不覺悲慟迨絶。〇【杜田補遺。又，杜陵詩史引作「師古曰」。】高力士於御座設位享之，上稍蘇息。

【校記】

〔一〕置，古逸叢書本作「致」。

憶過瀘戎摘茘枝，○瀘，龍都切。○【王洙曰：「蜀中惟瀘、戎二州産茘枝。」師古曰：「瀘、戎，二州名。」】瀘、戎，州名也。○唐地理志：南海戎州貢茘枝。貴妃外傳：妃子生於蜀，嗜茘枝。南海茘枝勝於蜀産，故每歲馳驛以進。○【杜田補遺。又，杜陵詩史、分門集注、補注杜詩引作「師古曰」。】戎州圖經載郡國志：僰人住施、夷中，多以茘枝爲業，園植萬株樹，收百斛。故戎州有茘枝園户。青楓隱映石逶迤。京中舊見君顔色，○陳本作「京華應見無顔色」。○【趙次公曰】君，指言茘枝也。紅顆酸甜只自知。○【杜田補遺】扶南記：茘枝結實時，枝弱而蒂牢，不可摘取，以刀斧劙其枝，故以爲名。劙，音利。實如松花之初生者，殼若羅文，初青漸黄，肉淡如白玉，味甘多汁。○【杜田補遺。又，杜陵詩史、分門集注、補注杜詩引作「師古曰」。】茘枝譜：廣南及梓、夔間所出，大率早熟，肌肉薄而味甘酸，其精好者僅比閩中之下品。

翠瓜碧李沉玉甃，○【王洙曰】玉甃，井也。○易曰：井甃無咎。○【王洙曰】魏文帝書：浮甘瓜於清泉，沉朱李於寒水。赤梨〔一〕葡萄寒露成。可憐先不異枝蔓，此物娟娟長遠生。

〇【趙次公曰：「此物字，祖出左傳，而選詩之言庭樹曰：此物何足貴，但感别經時。則凡所主之物，曰『此物』。今應言茘枝也。瓜李梨葡萄借言一歲之果，言同是果實，可憐先與茘枝不異枝蔓，他處所有，而此物長於遠地，娟娟然生，所以嘆異茘枝之爲物也。此篇與後篇皆不犯『茘枝』字，而意義自明。」】此物，言茘枝也。可憐先與茘枝不異枝蔓，他處所有，而此物長於遠地，娟娟然生，所以歎異之也。

【校記】

〔一〕梨，古逸叢書本作「架」。

側生野岸及江蒲，〇【趙次公曰：「江蒲則自戎、僰而下，以畝爲蒲。今官私契約皆然，因以押韻。師民瞻本作江浦，非是。」】蒲，一作浦。〇【趙次公曰：「此篇山谷云：亦貢茘枝也。」】此亦言貢茘枝也。〇【趙次公曰】左思蜀都賦：筇竹緣嶺，菌桂臨崖。旁挺龍眼，側生茘枝。有緑葉之萋萋，結朱實之離離。不熟丹宫滿玉壺。〇【趙次公曰】丹宫、玉壺，本至尊之奉御。其移根不熟於丹宫而滿玉壺，所以求之於遠方也。〇三輔黄圖：漢武破南越，於上林苑中起扶茘宫，以植所得龍眼、茘枝、菖蒲，皆百餘本。土木南北異宜，時多枯瘁。茘枝自交趾移植百株于庭，無一生者。猶移不息，偶一株稍茂，終無華實。一旦萎死，遂〔一〕則歲貢焉。郵傳者疲斃於道路焉。雲壑布衣鮐背死，〇鮐，堂來切，魚名。詩行葦：黄耇鮐背。注：言老人背有鮐文也。〇【趙次公引作「魯直曰」。】後漢和帝紀：南海獻龍眼、荔枝，十里一置，五里一候，奔騰險阻，死者繼路。唐庚〔二〕上書諫，遂罷。勞人害馬翠眉須。○【王洙曰：「謝師厚云：王生當作人。」杜定功曰：「歐陽公本作『勞人害馬翠眉須』。」又，趙次公曰：「杜田補遺：武后所撰字，一生爲王，音人，故勞王當作『勞人』。其說是。又云歐本作『勞人害馬』，非。」】一作「勞生重馬翠眉疏」，今從歐陽本爲正。○【杜定功曰】翠眉，指貴妃也。○【杜田補遺。又，杜陵詩史、分門集注、補注杜詩引作「杜定功曰」。】貴妃嗜荔枝，必欲生致之，乃置驛曉夜傳送至京師，味猶未變。當是時，布衣賢士不能搜訪駟召，至於老死山谷之間。以貴妃須荔枝之故。○【杜田補遺】乃勞人害馬力求於數千里之外，子美所以作是詩也。

【校記】

〔一〕遂，古逸叢書本作「實」。

〔二〕庚，古逸叢書本作「羌」。

復愁十二首

人煙生處僻，○【王洙曰】生，或作遠。○【趙次公曰】曹子建詩：千里無人煙。虎跡過新蹄。野鶻翻窺草，○【王洙曰：「（雉）一作鶻。」】鶻，一作雉。村船逆上溪。

釣艇收緡盡，○緡，音昏，綸也。昏鴉接翅稀。○【王洙曰。又，趙次公曰：「一作『昏鷗』，大非是。」】鴉，一作鷗。月生初學扇，○班婕妤怨歌行：裁爲合歡扇，團團似明月。雲細不成衣。○【趙次公曰】李義府堂堂詞：鏤月成歌扇，裁雲作舞衣。

萬國尚防寇，故園今若何。○【趙次公曰】故園，指長安也。昔歸相識少，早已戰場多。○【趙次公曰：「言京都之地早時已自爲戰場，至於今也。豈不以安、史亂於前，而吐蕃亂於後邪？」】謂吐蕃未息也。

須覺省郎在，○【趙次公曰】謂爲尚書工部員外郎也。家貧農事歸。年深荒草徑，老恐失柴扉。

金絲縷箭鏃，○縷，一作鏤。皂尾製旗竿。○製，一作掣。一自風塵起，猶嗟行路難。○【王洙曰】金絲箭、皂尾旗，皆胡服也。○【趙次公曰】樂府有行路難篇。

貞觀銅牙弩，○【杜田補遺。又，杜陵詩史、分門集注、補注杜詩引作「師古曰：『唐六典注釋名曰云云。』」】釋名：弩，怒也，有弩勢也。其柄曰臂，似人臂也。鉤弦曰牙，似牙齒也。牙外曰郭，爲牙之規郭也。合名之曰機，如門户樞機，開闔有節也。○【杜田補遺】南越志：龍川唐時有銅弩牙流出水，皆銀黄雕鏤，取之以製弩。○【杜田補遺。又，杜陵詩史、分門集注、補注杜詩引作「師古曰」。】父老云：其地蓋越王弩營也。開元錦獸張。○【師古曰】謂設射侯也。花門小前好，○【王洙曰。又，趙次公曰：「師民瞻本却取一作『小箭好』，則無義矣。」】前，一作箭。○【師古曰】花門，乃回紇也。此物棄沙場。

胡虜何曾盛，干戈不肯休。閭閻聽小子，○聽，讀平聲。甘茂起下蔡閭閻，李斯自閭閻歷封侯。談笑覓封侯。○【趙次公曰】此篇公憤生事邀功、濫冒榮寵者矣。雖閭閻小人，亦説取封侯也。○揚雄解嘲：或立談而封侯。○【趙次公曰：「師民瞻本談話作談笑，亦通。」】談笑，魯作談話。

今日翔麟馬，○【趙次公曰：「師民瞻本翔麟作祥麟，非。」】翔，一作祥。○貞觀中，骨利幹遣使獻良馬十匹，太宗號十驥：一騰霜白，二皎雪驄，三凝霜驄，四懸光驄，五决波騟，六飛霞驃，七發電赤，八流金騆，九翔麟馬，十奔虹赤。○【趙次公引作「薛蒼舒曰」，杜陵詩史、分門集注、補注杜詩、集千家注批點杜工部詩集引作「薛夢符曰」。】唐書兵志：祥麟，厩名。續通典：仗内有飛龍、翔麟、鳳苑、鵷鸞、吉良、逸羣六廐。先宜駕鼓車。○【王洙曰：「漢文以千里馬駕鼓車。」】建武十三年，異國獻名馬，日行千里，詔以駕鼓車。○南史王融傳：融與宋弁論駿馬當駕鼓車。無勞問河北，諸將角榮華。○【王洙曰：「(覺)一作角。」又，趙次公曰：「角字，舊正作覺，非。」】角，一作覺，樊作搉。○【趙次公曰】言此馬不勞遺問，河北諸將角勝於榮華而已。

任轉江淮粟，休添苑囿兵。由來貔虎士，不滿鳳凰城。○【趙次公曰】責天下勤王而已，不在京城之兵多也。

江上已秋色，火雲終不移。○【趙次公曰：「火雲當已秋而不移，則餘熱猶在矣。」】夔地暖，秋暑尤盛也。巫山猶錦樹，南國且黄鸝。

每恨陶彭澤，無錢對菊花。○【王洙曰。又，趙次公引作「檀道鸞續晉陽秋」】梁昭明太子撰靖節徵士傳：陶淵明爲彭澤令，賦歸去來。嘗九月九日出宅邊菊叢中坐，久之，滿手把菊。忽值刺史王弘送酒至，即醉而歸。如今九日至，自覺酒須賒。○唐歲時節物，九月九日有茱萸、菊花酒、餻。

病減詩仍拙，吟多意有餘。莫看江總老，○【趙次公曰】本傳：尤工五言律詩。猶被賞時魚。○【王洙曰。又，杜陵詩史引作「師古曰」。】江總，陳後主狎客也。陳破歸隋，後復歸江南。○【師古曰】甫以身未歸故鄉，故托江總以自比，言總雖易主得歸，猶不若甫流落而有銀魚之賜。甫檢校工部，朱紱銀魚也。○唐車服志：唐百官賞緋紫，必兼魚袋，謂之章服，飾以金銀。

南極

○淮南子墬形訓：南極之山曰暑門。又時則訓：南方之極至委火炎風之野，萬二千里。

南極青山衆，西江白谷分。古城疏落木，荒戍密寒雲。歲月蛇常見，風飆虎或聞。○或，一作忽。飆，甫遙切。近身皆鳥道，殊俗自人羣。睥睨登哀柝，○【鄭卬曰】睥，匹詣切。睨，研計切。睥睨，城上女墻。○謂登白帝城，聞戍役擊柝以警夜也。蝥弧照夕曛。○【趙次公曰：「舊本矛弧，善本作蝥弧，是。左傳：取蝥弧以登。乃鄭之旗名也。方可對睥睨，若作『矛弧』，即是兩物，必不以對『睥睨』之一名矣。」】蝥，一作矛。○曛，許雲切，日入也。蝥，弧旗也。○【趙次公曰】謂旗影爲晚日所照也。左傳：取蝥弧以登。○後漢趙壹傳：羊陟與壹言談，至曛夕，極歡而去。亂離多醉尉，○【杜田補遺。又，杜陵詩史、補注杜詩引作「尹曰」。】南史何敬容傳：謝郁作書戒之曰：「君侯已得瞻望朝夕，出入禁門，醉尉終不敢呵斥，然不無其漸。」愁殺李將軍。○【王洙曰】李廣傳：廣當斬，贖爲庶人。與故潁陰侯屏居藍田南山中射獵，嘗夜從一騎出，從人田間飲，至亭，霸陵尉醉，呵止廣。廣騎曰：「故李將軍。」尉曰：「今將軍尚不得夜行，何故也！」宿廣亭下。

搖落○月令：季秋之月，草木黄落。宋玉九辯：草木摇落而變衰。

搖落巫山暮，寒江東北流。煙塵多戰鼓，風浪少行舟。鵝費羲之墨，○甫言字非逸少也。○【王洙曰】晉王羲之字逸少，性愛鵝。山陰有道士養好鵝，羲之往觀甚悦，固求市之。道士云：「爲寫道德經，當舉羣相贈。」羲之欣然寫畢，籠鵝而歸。貂餘季子裘。○【趙次公曰】甫言貧如蘇秦也。戰國策：蘇秦字季子，從燕之趙。趙封秦爲武安君，飾車乘，金璧錦繡，〔一〕以約諸侯。説秦王，書十上而説不行，黑貂之裘弊。長懷報明主，卧病復高秋。

【校記】

〔一〕繡，元本、古逸叢書本作「綃」。

季秋江村

喬木村墟古，疏籬野蔓懸。素琴將暇日，○【王洙曰：「(青)一作素。」】素，一作清。白首望霜天。登俎黄甘重，支床錦石圓。○【王洙曰】龜策傳：南方老人用龜支床。遠遊雖寂寞，難見此山川。

季秋蘇五弟纓江樓夜宴崔十三評事韋少府姪三首

峽險江驚急，樓高月迥明。一時今夕會，萬里故鄉情。星落黄姑渚，○十道志：忠州有黄姑渚。或謂古樂府「東飛伯勞西飛燕，黄姑、織女時相見」，黄姑即河鼓也。乃俗聲之轉爾。秋辭白帝城。老人因病酒，堅坐看君傾。

明月生長好，浮雲薄漸遮。悠悠照邊塞，悄悄憶京華。清動杯中物，○【王洙曰。又，九家集注杜詩、分門集注引作「鮑曰」。】陶淵明責子詩：天運苟如此，且盡杯中物。高隨海上楂。○楂，與查同。王子年拾遺記：堯時有巨查浮于西海，查上有光若星月，查浮四海，十二年一周天，名「貫月查」，又名「挂星查」。羽仙棲息其上。不眠瞻白兔，百過落烏紗。○【王洙曰：「烏紗，帽也。」】烏紗，皂帽也。

對月那無酒，登樓况有江。聽歌驚白髮，笑舞拓秋窗。○拓，他各切，手推物也。樽蟻添相續，○【王洙曰】曹子建七啓：盛以翠樽，酌以雕觴。浮蟻鼎沸，酷烈馨香。沙鷗並一雙。盡憐君醉倒，更覺片心降。○【王洙曰。又，趙次公曰：「舊正作片心，一作我心。當以『片心』爲正，方有功矣。」】片，一作我。○降，胡江切，服也。○【王洙曰】詩：我心則降。

送孟十二倉曹赴東京選

君行別老親，此去苦家貧。藻鏡留連客，○【尹曰】藻鏡，猶藻鑒也。○言孟倉曹赴選，客東京也。○【薛夢符曰】晉太康四年制：藻鏡銓衡。○江總僕射表：藻鑒官方，品裁人物。江山憔悴人。○甫自謂也。秋風楚竹冷，夜雪鞏梅春。○【趙次公曰】鞏洛，謂東京也。朝夕高堂念，應宜綵服新。○【趙次公引作「列女傳」。】高士傳：老萊子年七十，衣荊蘭之衣，爲嬰兒戲於親前。足跌而偃，因爲嬰兒啼。

憑孟倉曹將書覓土婁舊莊○土婁村，在今洛陽東。

平居喪亂後，不到洛陽岑。爲歷雲山問，無辭荊棘深。北風黄葉下，南浦白頭吟。○甫自謂也。十載江湖客，茫茫遲暮心。

耳聾

生年鶡冠子，○【杜田補遺。又，杜陵詩史、分門集注、補注杜詩、集千家注批點杜工部詩集引作「黄曰」。】袁俶真隱傳：鶡冠子，楚人，隱居深山中，衣弊履穿，以鶡爲冠，莫測其名，因服成號。著書言道。○【師古曰】劉向别録：鶡冠子，隱士，常居深山，耳聾，謂妻子曰：「吾勉爲巢、由洗清溪耳。」○【杜田補遺】後漢輿服志：武冠，俗謂之丈〔一〕冠。環纓無蕤，加雙鶡尾在左右，謂之鶡冠。五官、虎賁、羽林皆冠之。○【杜田補遺。又，杜陵詩史、分門集注、補注杜詩、集千家注批點杜工部詩集引作「師古曰」。】鶡者，勇雉也，其鬥無已，一死乃止。故趙武靈王爲冠，以表武士也。○【師古曰】余謂是謂所謂鶡冠，非武士所冠，蓋名同而實異耳。歎世鹿皮翁。○【王洙曰】劉向列仙傳：鹿皮翁，菑川人。少爲府小吏，機巧，舉手能成器械。岑公山上有神泉，人不能至也，乃上其巔，作祠舍留止。○食芝草，飲神水，且七十年。菑水未出，來下呼宗族家室，得六十餘人，令上山半。水盡漂一郡，没者萬計，小吏乃辭宗族，令下山。著鹿皮衣，遂去，復上閣。後百餘年，賣藥於市。眼復幾時暗，耳從前月聾。猿鳴秋淚缺，雀噪晚愁空。黄落驚山樹，呼兒問朔風。

【校記】

〔一〕丈，古逸叢書本作「大」。

小園〔一〕

由來巫峽水，本自楚人家。客病因留藥，春深買爲花。秋庭風落果，瀼岸雨頹沙。問俗營寒事，將詩待物華。

【校記】

〔一〕元本、古逸叢書本無此篇。

即事

天畔羣山孤草亭，江中風浪雨冥冥。○【王洙曰】屈原九歌：雷填填兮雨冥冥。一雙白魚不受釣，○松江白魚不孤遊，出必成雙，漁人以網取之，多得兩个。甫詩云「不受釣」，言其相隨故也。三寸黄甘猶自青。○【師古曰】甘以滿三寸者入貢，今三寸猶青，以未成孰，其加大可知。○南史：彭城王義康，元嘉中領太子太傅，取甘大三寸者供御。多病馬卿無日起，○【趙次公曰】：「以司馬長卿自況，則亦病消渴也。」【甫有肺疾，自比相如也。西京雜記：司馬長卿素有消渴疾，及還成都，遂發痼疾。窮途阮籍幾時醒。○甫以思歸自比阮籍也。○【趙次公曰】晉阮籍傳：任情不羈，率意獨駕，不由徑路，車迹所窮轍，慟哭而反。未聞細柳散金甲，○【趙次公曰：「時京畿猶有兵戎。」】謂干戈未息也。○【王洙曰】文帝紀：周亞夫爲將軍，次細柳。注：在昆明池南，今柳市是也。腸斷秦川流濁涇。○【王洙曰：「公有弟妹在秦川也。」王彥輔曰：「公有弟妹在秦州，故憂之也。」】甫憂弟妹在秦川也。

自瀼西荆扉且移居東屯茅屋四首

○【鄭卬曰】屯，徒渾〔一〕切。

白鹽危嶠北，赤甲古城東。○並見前注。平地一川穩，高山四面同。煙霜淒野日，秔稻熟天風。○秔，古行反。人事傷蓬轉，吾將守桂叢。○【王洙曰】劉安招隱篇：桂〔二〕叢生兮山之幽。

【校記】

〔一〕渾，元本、古逸叢書本作「溥」。

〔二〕古逸叢書本「桂」下有「樹」字。

東屯復瀼西，一種住清溪。來往皆茅屋，○皆，一作兼。淹留爲稻畦。市喧宜近利，○西居近市。○【王洙曰】易巽：近市利三倍〔一〕。○左氏傳：晏子對景公語。林僻此無蹊。○【王洙曰】曹植詩：欲還絶無蹊。若訪衰翁語，須令賸客迷。○賸，實證切，送也。陸機詩：遊賞愧賸客。

【校記】

〔一〕倍，原作「陪」，據古逸叢書本改。

道北馮都使，高齋見一川。子能渠細石，吾亦沼清泉。枕帶還相似，○【王洙曰。又，趙次公曰：「一作枕席，淺矣。」】帶，一作席。柴荆即有焉。斫畬應費日，○畬，以諸切，燒榛種田也。○【薛夢符曰】荆楚多畬田，先縱火熂爐，候經雨下種，歷三歲，土脉竭，不可復樹藝，但生草木，復熂旁山。熂音餼，熱火燎草也。爐音盧，火燒山界也。爾雅釋地：田一歲曰菑，二歲曰新田，三歲曰畬。○【趙次公曰。又，杜陵詩史、補注杜詩引作「薛夢符曰」。】唐劉禹錫適連州，有畬田行曰：「何處好畬田，團團縵田腹。鑽龜得雨卦，土山燒卧木。」又曰：「下種暖灰中，乘陽拆牙孽。蒼蒼一雨後，苕穎如雲發。」解纜不知年。○纜，維船索也。

牢落西江外，參差北户間。○參，初今切。差，初宜切。淮南時則訓：南方之極，自北户孫之外，至委火炎風之野，萬二千里。久遊巴子國，○【鄭卬曰】寰宇記：夔子國後爲楚滅，至秦人分〔一〕爲巴郡。卧病楚人山。幽獨移佳境，○【王洙曰】思賢賦：幽獨守此側漏。清深隔遠關。寒空見鴛鷺，回首憶朝班。○憶，一作想。

【校記】

〔一〕分，元本、古逸叢書本無。

題柏大兄弟山居屋壁二首

叔父朱門貴，○【王洙曰】郭景純詩：朱門何足榮。郎君玉樹高。○【王洙曰】晉謝玄傳：玄字幼度，小〔一〕穎悟，與從兄朗爲叔父安所器重。安嘗戒約子弟，因曰：「子弟亦何豫人事，而正欲使其佳？」玄答曰：「譬如芝蘭玉樹，欲使其生於庭階耳。」安悦。山居精典籍，文雅涉風騷。江漢終吾老，雲林得爾曹。哀弦繞白雪，未與俗人操。○操，協平聲。○【薛夢符曰。又，集千家注批點杜工部詩集引作「尹曰」。】禮記：絲聲哀。○【薛夢符曰】劉向新序：楚威王問於宋玉曰：「先生有遺行，何士民衆庶不譽之甚也？」玉曰：「客有歌於郢中者，其始曰下里、巴人，國中屬而和者數千人。其爲陽春、白雪，國中屬而和者數十人而已。是以曲彌高而和彌寡。」○【杜田補遺。又，門類增廣十注杜詩引作「集注」，杜陵詩史引作「尹曰」，分門集注、補注杜詩引作「薛夢符曰」。】琴録：琴曲有幽蘭、白雪，非知音者，未可與之操。

【校記】

〔一〕小，古逸叢書本作「少」。

野屋流寒水，山籬帶薄雲。靜應連虎穴，喧已去人羣。筆架霑窗雨，書籤映隙曛。蕭蕭千里足，○足，王作馬。○【王洙曰】詩：蕭蕭馬鳴。箇箇五花文。

暝

日下四〔一〕山陰，山庭嵐氣侵。○【王洙曰】謝靈運詩：日曛嵐氣侵。牛羊歸徑險，○【王洙曰】詩王風：日之夕矣，牛羊下來。鳥雀聚林深。正枕當星劍，○【趙次公曰】吴越春秋：子胥既渡，解劍以與漁父，曰：「此吾前君之劍，中有七星，價直百金。」〔二〕收書動玉琴。〔三〕半扉開燭影，欲掩見清砧。

【校記】

〔一〕四，元本、古逸叢書本作「西」。

〔二〕元本、古逸叢書本「金」字下尚有：「越絕書：越王取純鈎示薛燭曰：『觀其文，如列星之行。』」

〔三〕元本、古逸叢書本「收書」句有注：「晉嵇康琴賦：弦以園客之絲，徽之以荆山之玉。」

茅堂檢校收稻二首

香稻三秋末，平田百頃間。喜無多屋宇，幸不礙雲山。御裌侵寒氣，○【鄭卬曰】裌，古洽切，複衣也。嘗新破旅顏。紅鮮終日有，玉粒未吾慳。○王子年拾遺記：員嶠之山名環丘，上有方湖千里。多大鵠，高一丈，羣飛於湖際，銜採不周之粟於環丘之上。粟生，穟高五丈，其粒皎然如玉也。

稻米炊能白，秋葵煮復新。誰云滑易飽，老藉軟俱勻。種幸房州熟，○【趙次公曰：「房州熟、伊闕春，蓋稻名也。」】當是穀名〔一〕。苗同伊闕春。○【鄭卬曰】伊闕，縣名，在洛陽。無勞映渠盌，自有色如銀。○【杜田補遺。又，門類增廣十注杜詩引作「集注」，杜陵詩史、分門集注、補注杜詩引作「黄曰」。】廣雅：車渠石，次玉也。

【校記】

〔一〕當是穀名，元本、古逸叢書本無。

夜二首

白夜月休弦，燈光半委眠。○一作委半。號山無定鹿，落樹有驚蟬。暫憶江東鱠，○【王洙曰】晉張翰傳：翰字季膺〔一〕，吴人。入洛，齊王冏辟爲大司馬東曹椽。翰因見秋風起，乃思吴中菰菜、蓴羹、鱸魚鱠，遂命駕而歸。兼懷雪下船。○【王洙曰】王徽之，字子猷。常居山陰，夜雪初霽，月色清朗，獨酌，詠左思招隱詩。忽憶戴逵，逵時在剡，便乘小船詣之。經宿方至，造門不前而反。人問其故，徽之曰：「本乘興而行，興盡而反，何必見安道耶？」蠻歌犯星起，重覺在天邊。○【王洙曰】重，一作空。

【校記】

〔一〕膺，古逸叢書本作「鷹」。

城郭悲笳暮，村墟過翼稀。甲兵年數久，賦斂夜深歸。暗樹依巖落，明河遶塞微。斗斜人更望，月細鵲休飛。○【王洙曰】樂府詩：月明星稀，烏鵲南飛。

東屯月夜

抱疾漂萍老，防邊舊穀屯。春農親異俗，歲月在衡門。○【趙次公曰：「詩云：衡門之下，可以棲遲。」】毛萇詩傳：衡門，横木爲門。言淺漏〔一〕也。青女霜楓重，○【王洙曰：「青女，霜神名。」】淮南天文訓：青女降霜〔二〕。許慎注：天神也。黄牛峽水喧。泥留虎鬭跡，月挂客愁村。喬木澄稀影，輕雲倚細根。數驚聞雀噪，○數，色角切。暫睡想猿蹲。日轉東方白，風來北斗昏。天寒不成寐，○寐，一作寢。無夢有歸魂。○有，一作寄。

【校記】

〔一〕漏，古逸叢書本作「陋」。

〔二〕霜，元本、古逸叢書本作「霜雪」。

東屯北崦

○【鄭卬曰：「埯，於驗反。」】崦，衣檢〔二〕切。○與「崄」同。

盜賊浮生困，誅求異俗貧。空村唯見鳥，落日未逢人。步壑風吹面，看松露滴身。遠山回白首，戰地有黃塵。

【校記】

〔一〕檢，古逸叢書本作「炎」。

雲

龍以瞿塘會，○【王洙曰。又，趙次公曰：「舊本龍自正作龍以，師民瞻本取『龍自瞿唐會』。」】以，一作自。江依白帝深。終年常起峽，每夜必通林。收穫辭霜渚，分明在夕岑。高齋非一處，秀氣豁煩襟。

獨坐二首

竟日雨冥冥，○【趙次公曰】九歌：雷填填兮雨冥冥。雙崖洗更清。水花寒落岸，山鳥暮過庭。煖老須燕玉，○【趙次公曰】燕玉，謂婦人也。古詩：燕趙多佳人，美者顏如玉。待燕玉而煖，則孟子所謂「七十非帛〔一〕不煖」也。○【王洙曰】或謂：唐寧王有煖玉盃，以爲飲器。充飢憶楚萍。○【王洙曰】家語致思篇：楚昭王渡江，江中有物，大如斗，圓而赤，舟人取之。王使使聘于魯，問於孔子。孔子曰：「此萍實也。吾昔之鄭，過乎陳之野，聞童謡曰：『楚王渡江，得萍實，大如斗，赤如日，剖而食之甜如蜜〔二〕。』此是楚王之應也。」胡笳在樓上，哀怨不堪聽。○【王洙曰】晉劉琨在晉陽，嘗爲胡騎所圍。琨乃乘月登樓清嘯，賊聞之，皆悽然長歎。中夜奏胡笳，賊又流涕歔欷。向曉復吹之，賊棄圍而去。

【校記】

〔一〕帛，分門集注杜詩、九家集注杜詩皆作「人」。

〔二〕蜜，元本、古逸叢書本作「密」。

白狗斜臨谷，〔一〕○【杜田補遺】十道志：開州白狗峽，峽石隱起如狗〔二〕。水經注：秭歸白狗峽，如狗，形狀具足，故以名焉。黄牛更在東。○【杜田補遺。又，杜陵詩史、分門集注、補注杜詩引作「王洙曰」。】水經注：黄牛山在秭歸縣北四十五里，週迴五十里。○【杜田補遺。又，杜陵詩史、補注杜詩引作「王洙曰」。】盛弘之荆州記：黄牛山有重嶺疊起，其最大高崖間有石，色如人負刀牽牛，人黑牛黄。此崖江湍迂回，行信宿，猶望見行者。歌曰：「朝發黄牛，暮宿黄牛。一〔三〕朝一〔四〕暮，黄牛如故。」今黄牛峽山下有廟，曰「洛川王」。土人云「黄牛神」也。峽雲常照夜，江日會兼風。曬藥安垂老，○曬，所賣切，暴也。應門試小童。○【薛夢符曰】莊子讓王篇：原憲杖藜應門。亦知行不逮，○逮，一作遠。苦恨耳多聾。

【校記】

〔一〕谷，古逸叢書本作「北」。

〔二〕「開州」至「如狗」，元本、古逸叢書本無。

〔三〕一，古逸叢書本作「三」。

〔四〕一，古逸叢書本作「三」。

雨四首

微雨不滑道，斷雲疏復行。紫崖奔處黑，白鳥去邊明。秋日新霑影，○【趙次公曰】以雨之故，日影曚曨，爲霑影。寒江舊落聲。柴扉臨野碓，○【鄭卬曰】碓，都内切，舂也。半濕搗香秔。○【趙次公曰】秔，音庚，稻也。

江雨舊無時，天晴忽散絲。○【趙次公曰】古詩：密雨如散絲。暮秋霑物冷，今日過雲遲。上馬迴休出，看鷗坐不移。高軒當灩澦，○【王洙曰】高，一作層。○【鄭卬曰：「寰宇記：灩澦堆在夔州西南二百步蜀江中心。瞿唐峽口冬水淺，屹然露二百餘尺。夏水漲，没水中十丈，其狀如馬，舟人不敢進。」〕寰宇記：灩澦堆在夔州西南二百步蜀江中心，瞿塘峽口。潤色靜書帷。

物色歲將晏，天隅人未歸。朔風鳴淅淅，寒雨下霏霏。多病久加飯，○〔趙次公曰〕古詩：上言加餐飯。衰容新授衣。○〔趙次公曰〕詩豳風：九月授衣。時危覺凋喪，○〔王洙曰〕一作喪亂。故舊短書稀。

楚雨石苔滋，京華消息遲。山寒青兕叫，江晚白鷗飢。神女花鈿落，○鈿，音田。○〔薛夢符曰：「右按唐志：命婦之服，兩博鬢飾以寶鈿金花也。」〕飾以金華也。○〔趙次公曰〕神女廟在巫山，因雨之故，花鈿所以落也。鮫人織杼悲。○〔王洙曰〕鮫人，泉客也。織輕綃於泉室，出于市賣之。○〔趙次公曰：「鮫人以雨之故悲耳。」〕今值乎雨，所以悲也。○餘見前注。繁憂不自整，終日灑如絲。

戲寄崔評事表姪蘇五表弟韋大少府諸姪

隱豹深愁雨，○〔杜田補遺。又，杜陵詩史、分門集注、補注杜詩、集千家注批點杜工部詩集引作「杜定功曰」。】劉向列女傳：陶答子治陶三年，名譽不興，家富三倍。其妻諫曰：「南山有玄豹，霧雨七日而不下食者，欲以澤其毛而成文章，故藏而遠害也。今子治陶，家日富，國日貧，不祥。惟夫子乎！」○【王洙曰】謝玄暉詩：雖無玄豹姿，終隱南山霧。潛龍故起雲。○【趙次公曰】易乾卦：雲從龍。泥多仍徑曲，○揚子問神篇：龍蟠于泥。心醉阻賢羣。○【王洙曰】文中子：心醉六經。忍待江山麗，還披鮑謝文。○【王洙曰】鮑照、謝靈運也。○皆以能詩名。高樓憶疏豁，秋興坐氤氳。○豁，魯作闊。

傷秋

村辟來人少，山長去鳥微。高秋收畫扇，○【王洙曰】一作「藏羽扇」。久客掩柴扉。○柴，一作荆。○【王洙曰】范彥龍詩：有客款柴扉。懶慢頭時櫛，○倦於梳沐也。艱難帶減圍。○苦於奔走也。〔一〕將軍猶汗馬，○【趙次公曰】謂吐蕃未息也。天子尚戎衣。○天子，指代宗也。白蔣風飆脆，○飆，音標。○【鄭卬曰】說文：蔣，苽也。廣雅：蔣苽，其米謂之「雕胡」。殷檉曉夜稀。○【鄭卬曰】殷，烏閑反，赤黑色。檉，丑成切，柳也。爾雅釋木：檉，河柳。○【黃希曰】郭璞：今河旁赤莖小楊也。何年減豺虎，○減，一作滅。○【王洙曰】張孟陽詩：羣盜如豺虎。似有故園歸。

【校記】

〔一〕元本、古逸叢書本尚有一段文字：「梁書：沈約字休文。帝立，累遷光禄大夫。初，約久處端揆，有志臺司，而帝終不用。力求外出，以書陳情於徐勉，言已老病，百日數旬，韋帶常應移易，以手握臂，率計月小半分。欲謝事，求歸老之秩。」

秋峽

江濤萬古峽，肺氣久衰翁。不寐防巴虎，全生狎楚童。衣裳垂素髮，門巷落丹楓。嘗怪商山老，兼存翊贊功。○此以漢迎四皓美唐之君臣也。○【王洙曰】張良傳：高祖欲易太子，立〔一〕戚夫人子趙王如意。吕后恐，乃用張良計，迎四皓。四皓至，上大驚曰：「吾求公，避逃我。今公從吾兒遊乎，煩公幸卒調護太子。」上謂戚夫人曰：「我欲易之，彼四人者爲之羽翼已成，難動摇矣。」

【校記】

〔一〕立，原作「工」，據元本、古逸叢書本改。

秋興八首

玉露凋傷楓樹林，○【王洙曰】李密詩：金風蕩佳節，玉露凋晚林。巫山巫峽氣蕭森。○【趙次公曰】巫山以言山，巫峽以言水也。○【王洙曰】張景陽詩：氣象鬱蕭森。江間波浪兼天湧，塞上無〔一〕雲接地陰。叢菊兩開他日淚，○【王洙曰】兩，一作重。○【趙次公曰】此句涵畜，蓋甫於夔州見菊花者二年矣，方叢菊之兩開，皆是他日感傷之淚也。孤舟一繫故園心。寒衣處處催刀尺，白帝城高急暮砧。○【王洙曰】郭泰機詩：皎皎白素絲，織爲寒女衣。良工秉刀尺，棄我忽如遺。

【校記】

〔一〕無，古逸叢書本作「風」。

夔府孤城落日斜，每依北斗望京華。○【趙次公曰：「南斗，師民瞻作北斗。舊本南斗，非。」】北，一作南，非。蓋長安上直北斗，號「北斗城」也。○春秋説題辭：南斗爲吴。十道志：長安故城南似南斗形，北似北斗形。聽猿實下三聲淚，○【趙次公曰】宜都山川記：巴東三峽猿鳴悲，猿鳴三聲淚霑衣。奉使虛隨八月查。○按，張騫及西域傳：騫以郎應募使西域，窮河源之遠，即無乘查之説。惟張華博物志説近世有人居海上，每年八月見槎來，不失期，多齎糧，乘之十餘日，忽至一處，有城郭屋舍，宫中有婦人織，一丈夫牽牛渚次飲之，驚問曰：「何由至此？」其人問：「此是何處？」答曰：「君至蜀，訪問嚴君平。」還，後以問君平，君平曰：「某年月日，有客星犯牛、女。」即此人到天河時也。未嘗指言張騫。宗懔作荆楚歲時記，乃引博物志謂漢武令張騫乘槎而去。今余按宗懔所言既引博物志，而博物志不言張騫，則知宗懔之謬可不攻而自破矣。前輩詩多引張騫乘槎者，乃相襲訛謬矣。然則子美其亦承襲用之而訛歟？畫省香爐違伏枕，○甫爲尚書員外郎，而流寓於夔故也。漢官典職：尚書奏事於明光殿，省中畫古列女重行書贊。○【趙次公曰】蔡質漢官儀：尚書郎、女侍史執香爐燒燻，從入臺中。山樓粉堞隱悲笳，○堞，達協切，城上垣也。指言白帝山城樓，奏胡笳而悲也。請看石上藤蘿月，已映洲前蘆荻花。

千家山郭静朝暉，一〔一〕日江樓坐翠微。○【九家集注杜詩未標注家名，依其體例是爲「王洙曰」，杜陵詩史、補注杜詩未標注家名，分門集注引作「王洙曰」。】一〔二〕日，一作日〔三〕日。○謂樓在翠微山氣之間也。○【趙次公曰】爾雅：山未及上曰翠微。信宿漁人還泛泛，○【九家集注杜詩未標注家名，依其體例是爲「王洙曰」，又，杜陵詩史、分門集注、補注杜詩作「趙（次公）曰」。】詩：泛泛揚州。清秋燕子故飛飛。○故，一作正。陸機壯哉行：飛飛燕弄聲。匡衡抗疏功名薄，○甫以直言迕旨移華州掾，媿其不如匡衡也。○【王洙曰】匡衡傳：衡字稚圭，是時有日食地震之變，上問以政治得失，衡上疏，上悦其言，遷光禄太夫、太子少傅。劉向傳經心事違。○【趙次公曰】甫恨不得講經于朝如劉向也。○【王洙曰】劉向傳：向字子政，本名更生，擢諫議大夫。會初立穀梁春秋，徵更生受穀梁，講論五經於石渠。同學少年多不賤，五陵衣馬自輕肥。○【趙次公曰】言貴公子也。西都賦：北眺五陵。言長陵、安陵、陽陵、茂陵、平陵，高貴豪傑之家也。論語：乘肥馬，衣輕裘。○【薛夢符曰】范彦隆詩：裘馬悉輕肥。

【校記】

〔一〕一，元本、古逸叢書本作「日」。

〔二〕一，元本、古逸叢書本作「日」。

〔三〕日，元本、古逸叢書本作「一」。

聞道長安似弈碁，○【王洙曰】弈碁互有勝負也。左氏傳：甯子規〔一〕君，不如弈碁。百年世事不勝悲。○勝，讀平聲。王侯第宅皆新主，○【王洙曰】以喪亂之故而易主也。文武衣冠異昔時。○【王洙曰：「非故舊也。」】悲故舊也。直北關山金鼓振。○【趙次公曰】言夔州之北用兵，乃隴右、關輔之間擾攘也。征西車馬羽書遲，○馬，樊作騎。○【王洙曰。又，趙次公曰：「師民贍本作羽書馳。〔二〕】遲，一作馳。○言當時西有吐蕃，吐蕃之寇未息，羽檄交馳也。魚龍寂寞秋江冷。○【杜陵詩史、分門集注、補注杜詩引作「修可曰」】酈元水經：魚龍以秋日爲夜。龍秋分而降蟄，寢於淵，故以秋日爲夜也。按集又有「魚龍回夜水」之句，蓋皆秋時作也。故國平居有所思。○【趙次公曰】言故國平時之事，今有所思也。○古樂府鐃歌詞：有所思，乃在〔二〕海南。何用問遺君，雙珠玳瑁簪。

【校記】

〔一〕規，元本、古逸叢書本、九家集注杜詩皆作「視」。

〔二〕古逸叢書本多「海」上有「大」字。

蓬萊宮闕對南山，○對，一作望。承露金莖霄漢間。○三輔故事：承露盤高二十丈，大七圍，以銅爲之，上有仙人掌，承露，和玉屑飲之。○【王洙曰】西都賦：抗仙掌以承露，擢雙立之金莖。西望瑶池降王母，○此言西王母宴穆王於瑶池，喻言明皇之幸蜀也。列子穆王篇：周穆王命駕遠遊，升崑崙之丘，遂賓于西王母，觴于瑶池之上。東來紫氣滿函關。○此言肅宗收復長安也。○【王洙曰】列仙傳：老子西遊，關令尹喜望見有紫氣浮關，老子果乘青牛而過。○關尹内傳：關令尹，周大夫也。善於天文，登樓四望，見東極有紫色，喜曰：「應有聖人經過。」果見老子。雲移雉尾開宫扇，○【趙次公曰】崔豹古今注：殷高宗有雊雉之祥，服章多用翟羽。即緝雉羽爲扇翣，以障翳風塵也。日繞龍鱗識聖顔。○唐太宗有龍鳳之姿，天表之日〔一〕。一卧蒼江驚歲晚，○【趙次公曰】甫自謂也。幾回青瑣照朝班。○照，一作點。青瑣，省中門也。甫追思前爲左拾遺時隨班列而朝謁也。○【趙次公曰：「則想望省中諸公之朝也。」】或曰：想望省中諸公之朝也。

【校記】

〔一〕天表之日，古逸叢書本作「天日之表」。

瞿唐峽口曲江頭，萬里風煙接素秋。○甫寓夔峽，感秋而思曲江地之遊會也。花萼夾城通御氣，○【趙次公曰】花萼，明皇樓名。○夾城在修德坊，與昇道坊相接。芙蓉小苑入邊愁。○【趙次公曰：「以紀吐蕃之亂，嘗陷京師之故也。」】謂吐蕃陷京師也。○【趙次公曰】芙蓉苑，在敦化坊與立政坊相接。珠簾繡柱圍黄鵠，○謂曲江宫殿之簾帷，繡爲黄鵠之文也。○【王洙曰】西京雜記：昭陽殿織珠爲簾，風至則鳴如珩〔一〕佩之聲。○江總應詔詩：緑桷朱簾金刻鳳，雕梁繡柱玉蟠螭。鵠，通作鶴。錦纜牙檣起白鷗。○謂天子泛龍舟於曲江池，而驚起其白鷗也。迴首可憐歌舞地，秦中自古帝王州。○甫哀憐曲江苑囿遊幸之地，而爲兵革之傷殘也。○【王洙曰】謝玄暉鼓吹曲：江南佳麗地，金陵帝王州。

【校記】

〔一〕珩，原作「行」，據古逸叢書本改。

昆明池水漢時功，○【趙次公曰】武帝本紀：元狩三年，發吏穿昆明池。注引西南夷傳：有越嶲、昆明國，有滇池，方三百里。漢使求通身毒國，而爲昆明所閉，今欲伐之，故作昆明池象之，以習水戰。在長安西南，周回四十里。武帝旌旗在眼中。○西京雜記：昆明池中有戈船、樓船各數百艘，樓船上建樓櫓，戈船上建戈矛，四角悉垂幡旄、旍葆、麾蓋，照灼涯涘。織女機絲虛夜月，○漢宫闕記：昆明池有二石人，東西相望，以象牽牛、織女。○【王洙曰】西都賦：集乎豫章之宇，陰〔一〕乎昆明之池，左牽牛而右織女，似雲漢之無涯。○西京賦：豫章珍館，揭焉中峙。牽牛立其左，織女立其右。石鯨鱗甲動秋風。○【王洙曰】西京雜記：昆明池刻石爲魚，每至雷雨，魚常鳴吼，鬐尾皆動。漢世祭之，以祈雨有驗。波漂菰米沉雲黑，○菰，古胡切，謂池中之雕胡茂盛也。○【王洙曰】西京雜記：太液池邊皆是雕胡、紫籜、緑節之類。菰之有米者，長安人謂爲雕胡。菰之有首者，謂之緑節。○【九家集注杜詩引作「杜田補遺」，又，杜陵詩史、分門集注、補注杜詩作「修可曰」。】唐本草圖經：菰又謂之茭白，歲久者中心生白臺，如小兒臂，謂之菰手。其臺中黑者謂之茭鬱。至後結實，乃雕胡米也。露冷蓮房墜粉紅。○謂池中之荷花雕謝也。○【杜田正謬。又，杜陵詩史、分門集注、補注杜詩引

作「修可曰」。】爾雅釋草：荷，芙蕖。其華菡萏，其實蓮。郭璞注：别名芙蓉。江東呼荷蓮謂房也。闗

塞極天唯鳥道，〇【趙次公曰】言白帝城之塞。鳥道，則一帶皆高山也。江湖滿地一漁翁。〇甫

寓夔〔二〕峽，感秋而思昆明池之景物也。

【校記】

〔一〕陰，杜陵詩史作「臨」。

〔二〕夔，元本、古逸叢書本皆作「夢」。

昆吾御宿自逶迤，〇逶，於危切。迤，戈支切。通作委蛇，委曲自得貌。左氏傳：衛顓帝之

墟。杜預曰：帝丘，昆吾因之，故曰昆吾之墟。後漢志：東郡治濮陽，古昆吾國。杜預曰：古衛地。

〇【杜田補遺】揚雄傳：武帝廣開上林，南至宜春、鼎湖、御宿、昆吾。〇【九家集注杜詩引作「杜田補

遺」。又，杜陵詩史、分門集注、補注杜詩引作「鄭（卬）曰」。】晉灼曰：昆吾，地名也，有亭。顔師古注：御

宿苑在長安城南樊川西。〇【九家集注杜詩引作「趙次公曰」。又，杜陵詩史、分門集注、補注杜詩引作

「鄭（卬）曰」。】孟康曰：諸宫别觀，不許人往來。上宿其中，故曰御宿。〇三秦記：漢武帝果園一名樊

川，一名御宿，有大梨如升，落地則破，名含清梨。紫閣峰陰入渼陂。〇按，别本此句在上句之上。

〇【補注杜詩引「鄭卬曰」：「渼，莫彼切。今本作漾，如亮切，非是。」又，分門集注引「鄭卬曰」僅載：

「渼，莫彼切。」】渼，莫彼切。○渼陂在長安鄠縣，紫閣峰乃終南山連屬之峰也。紅豆啄餘鸚鵡粒，○〔一〕説文：鸚鵡，能言鳥也。鸚從鳥，嬰聲。鵡從鳥，毋聲。郭璞讚：鸚鵡惠鳥，棲林啄蘂。碧梧棲老鳳凰枝。○韓詩外傳：黄帝時鳳凰止帝東園，集帝梧桐，食帝竹實。佳人拾翠春相問，○問乃詩人雜佩以問之之問也。○【趙次公曰】費昶春郊望美人詩：芳郊拾翠人。仙侶同舟晚更移。綵筆昔遊〔二〕干氣象，白頭吟望苦低垂。○【趙次公曰】甫思昔壯遊渼陂，携綵筆以干覽其物象以留題。按集有渼陂行是也。今老矣，因〔三〕賦是詩。以望之故頭苦於低垂也。○庾信詩：綵筆既操，香牋〔四〕遂滿。

【校記】

〔一〕元本、古逸叢書本多「餘一作殘」四字。

〔二〕遊，古逸叢書本作「曾」。

〔三〕因，元本、古逸叢書本作「周」。

〔四〕牋，元本、古逸叢書本作「殘」。

遠遊

江闊浮高棟，○棟，晉作湅。雲長出斷山。塵沙連越嶲，○【趙次公曰】以吐蕃之兵未息也。○【薛夢符曰】唐地理志：劍南道，蓋古梁州之域。蜀郡、廣漢、犍爲、越巂、益州、牂柯、巴郡之地，總爲鶉首。風雨暗荆蠻。雁矯銜蘆内，○【王洙曰：「淮南子曰：鴈從風而飛，以愛氣力。銜蘆而飛，以避矰繳。」】淮南脩務訓：雁銜蘆而翔，以備矰弋。○崔豹古今注：雁自江南還河北，體微不能高飛，恐爲虞人所獲，嘗銜長蘆以防矰繳。猿啼失木間。○【王洙曰：「淮南子：猿狖顛墜而失木。」】淮南主術訓：猨狖失木而擒於狐狸，非其處也。弊裘蘇季子，歷國未知還。○【趙次公曰】甫以貧比蘇秦也。○【王洙曰】戰國策：蘇秦字季子，説秦王，書十上而説不行，黑貂之裘弊，資用乏絕。

從驛次草堂復至東屯茅屋二首

峽裏歸田舍，○【趙次公曰】公以張衡自比也。衡有歸田賦，其略曰：起塵埃以遐逝，與世事乎長辭。江邊借馬騎。○以貧之故也。非尋戴安道，○前注。似向習家池。○前注。峽險風煙僻，○陳作「山險風煙合」。天寒橘柚垂。築場看斂積，○【王洙曰】詩豳風：九月築場圃，十月納禾稼。一學楚人爲。○甫時寓夔峽也。

短景難高卧，衰年强此身。山家蒸栗暖，野飯射麋新。世路知交薄，門庭畏客頻。牧童斯在眼，○斯，一作須。田父實爲鄰。

晨雨

小雨晨光内，初來葉上聞。霧交纔灑地，風折旋隨雲。○折，一作逆。暫起柴門色，輕霑鳥獸羣。麝香山一半，○【趙次公曰】夔州圖經：麝香山，州東南一百二十里。山出麝香，故以爲名。○【鄭卬曰】寰宇記：秭歸縣麝香山，在縣東南一百一十里。亭午未全分。○【趙次公曰】雨氣昏蒙，一半明而一半未分也。四時纂要：在午曰亭午。○【王洙曰】天台賦：羲和亭午。

天池

○【王洙曰】：「山上池也。」】山上天然之池也。

天池馬不到，嵐壁鳥纔通。百頃青雲杪，曾波白石中。○曾，與層同。鬱紆騰秀氣，蕭瑟浸寒空。直對巫山峽，兼疑夏禹功。○疑其爲夏禹所鑿也。魚龍開闢有，○【趙次公曰】言其所有之最遠也。〔一〕菱芡古今同。○武陵記：兩角曰菱，三角四角曰芡，通謂之水粟。〔二〕聞道奔雷黑，初看浴日紅。○【王洙曰】淮南天文訓：日出於暘谷，浴於咸池。〔三〕飄零神女雨，○【王洙曰】高唐賦：妾在巫山之陽，旦爲朝雲，暮爲行雨。斷續楚王風。○【王洙曰】宋玉風賦：楚襄王遊於蘭臺之宮，有風颯然而至，王乃披襟而當之。欲問支機石，○【趙次公曰】荆楚歲時記：漢武帝令張騫窮河源，乘槎而去，至天河，見織女，取支機石與騫而還。如臨獻寶宮。○【集千家注批點杜工部詩集引作「王洙曰」】穆天子傳：天子西征，至于陽紆之山，河伯馮夷之所都，是爲河宗氏。伯乃與天子披圖視典，觀春山之寶玉。穆王自此而歸上昇。○夢弼謂：甫以比明皇之升遐也。九秋驚雁序，萬里狎漁翁。○【王洙曰】一作樵童。更是無人處，誅茅任薄躬。○茅，一作勞。

【校記】

〔一〕「魚龍」句下注，元本、古逸叢書本無。

〔二〕「菱芡」句下注，元本、古逸叢書本無。

〔三〕「初看」句下注，元本、古逸叢書本無。

贈韋贊善別

扶病送君發，自憐猶不歸。祇應盡客淚，復作掩荆扉。江漢故人少，音書從此稀。往還二十載，歲晚寸心遲。

新定杜工部草堂詩箋斠證卷第四十

大曆二年秋在夔州所作

大覺寺高僧蘭若

○【趙次公引作「公題下注」。門類增廣十注杜詩依例爲「王洙曰」。分門集注引作「楷曰」。】和尚去冬往湖南。○【集千家注批點杜工部詩集引作「修可曰」。】若，爾者切。○【杜田正謬。又，杜陵詩史、分門集注、補注杜詩、集千家注批點杜工部詩集引作「修可曰」。】釋氏要覽：蘭若者，梵言阿蘭若，唐言無諍。四分律：空静處。菩薩多論：閑静處。智度論：遠離處。大悲經：離諸匆務。故諸説不同，其實無諍也，因用以名寺。

巫山不見廬山遠，○【趙次公曰】謂〔一〕廬山惠遠也。松林蘭若秋風晚。○林，一作間。

一老猶鳴日暮鍾，諸僧尚乞齋時飯。○乞，去既切。香爐峰色隱晴湖，○【趙次公曰】遠法師廬山記：東南有香爐峰秀起，遊氣籠其上，氛氳若煙。種杏仙家近白榆。○白榆，星也。○【趙次公曰：「言其所居之高，近乎星辰也。」】言佛殿之高，近乎星辰也。○【王洙曰】神仙傳：董奉居廬山，爲人治病。重者種杏五株，輕者一株。今猶呼爲「董先生杏林」。○【趙次公曰】古詩：天上何所有，歷歷種白榆。飛錫去年啼邑子，○【趙次公曰】飛錫，謂和尚去冬往湖南也。邑子，謂同邑之子思之也。○錫杖經：佛告比丘：汝等應受持錫杖。所以者何？過去、未來、見在皆執故也。又名智杖，又名德杖，彰顯智行功德本故。大智度論：菩薩常用錫杖、經傳、佛像。○【杜田補遺。又，門類增廣十注杜詩引作「杜云」，杜陵詩史、分門集注、補注杜詩引作「杜定功曰」。】釋氏要覽又曰：昔高僧隱廬峰，遊五臺，出淮西，擲錫飛空而往。西天比丘持錫，有二十五威儀。凡至室中，不得著地，必挂於壁牙，故釋子稱遊行僧爲「飛錫」，安住僧爲「挂錫」也。獻花何日許門徒。○【趙次公曰：「門徒者，一門之徒屬，如七十二子爲孔門之徒。又後漢李固傳云：表舉薦達，例皆門徒。此皆一門徒屬之義。佛書所載，雖外道之黨類，亦謂之門徒。其在佛僧，則謂諸弟子之來從者爲門徒矣。」】門徒，謂從遊之諸弟子也。○未知和尚歸在何日，諸弟子當修供養以徯〔二〕之也。○【趙次公曰】後分經云：釋伽爲靜慧仙人時，獻五蓮花於燃燈佛前。○【王洙曰】高僧傳：僧戒行嚴潔，天女來獻花也。

【校記】

〔一〕謂，元本、古逸叢書本作「備」。

〔二〕徯，古逸叢書本作「傒」。

戲作寄上漢中王二首

○【九家集注杜詩、門類增廣十注杜詩、門類增廣集注杜詩依例爲「王洙曰」。集千家注批點杜工部詩集引作「公自注」。】王新誕明珠。

雲裏不聞雙雁過，○雁喻兄弟也。漢中王兄乃汝陽王璡，時璡已先卒，故甫有是句。掌中貪看一珠新。○看，一作見。○【趙次公曰：「言其新誕明珠也。」】謂王新誕一子也。秋風嫋嫋吹江漢，○嫋，奴鳥切，長弱貌。○【王洙曰】屈原九歌湘夫人篇：嫋嫋兮秋風。只在他鄉何處人。○【趙次公曰：「所以自述也。」】甫自謂也。

謝安舟楫風還起，○【王洙曰】晉謝安字安石，嘗與孫綽泛海，風起浪湧，諸人並懼，安吟嘯自若。○雖放情丘壑，然遊賞必以妓女從。梁苑池臺雪欲飛。○梁苑，即兔園也。○【王洙曰】謝惠連雪賦：歲將暮，時既昏，寒風積，愁雲繁。梁王不悦，遊於兔園。俄而微霰零落，雪下連翩。杳杳東山攜漢妓，○【趙次公曰】戲言漢中王也。謝安携妓東山之興尚杳杳然。泠泠脩竹待王歸。○以漢中王比梁孝王也。○【趙次公曰。又，門類增廣十注杜詩引作「杜云」。杜陵詩史、分門集注、補注杜詩、集千家注批點杜工部詩集引作「修可曰」。】脩竹，梁孝王園名也。○【杜田補遺。又，門類增廣十注杜詩引作「杜云」。杜陵詩史、分門集注、補注杜詩、集千家注批點杜工部詩集引作「修可曰」。】續漢書：梁孝王兔園多植竹，即所謂脩竹園。地志：孝王東苑方三百里，苑中有雁地〔一〕、脩竹園。

【校記】

〔一〕地，元本、古逸叢書本作「池」。

覃山人隱居

南極老人自有星，○【趙次公曰】老人星，一名南極，在井、柳之中，乃南方之星。今言覃山人本隱居此地，蓋自是南極之老人星也。○天官書：狼北地有大星，曰南極老人。見，治安。不見，兵起。常以秋分時候之於南郊。北山移文誰勒銘。○【王洙曰】齊書：周顒字彦倫，汝南人。初隱鍾山，後應詔出，爲剡縣令。孔稚圭字德璋，過鍾山草堂，作北山移文，其文云：馳驛煙路，勒銘山庭。徵君已去獨松菊，○【趙次公曰】漢、魏以來，起隱士，名之曰「徵君」。陶淵明亦曰「陶徵君」者，此也。○【王洙曰】歸去來辭：三徑就荒，松菊猶存。哀壑無光留户庭。○【王洙曰】商仲文詩：哀壑叩虚牡。予見亂離不得已，子知出處必須經。○【趙次公曰】上句以己微諷之之言也。我所以不仕而流落於外，正以亂離之故耳，而覃山人者何事而出哉？故又以能經出處譏之也。高車駟馬帶傾覆，○【趙次公曰】此戒之之言深矣。○古詩：高車駟馬誰家子，危走一失傷其身。○【王洙曰】解嘲：客徒欲丹朱吾轂，不知一跌赤吾之族。悵望秋天虛翠屏。

柏學士茅屋

碧山學士焚銀魚，白馬却走身巖居。古人已用三冬足，○【王洙曰】東方朔傳：臣年十三學，三冬文史足用。年少今開萬卷餘。○【王洙曰】今，一作曾。晴雲滿户團傾蓋，秋水浮堦溜决渠。富貴必從勤苦得，男兒須讀五車書。

贈李八秘書别三十韻

往時中補右，扈蹕上元初。○【趙次公曰】唐六典：補闕、拾遺，掌供奉、諷諫、扈從、乘輿。○【杜田補遺】按唐書：天寶十五載丁酉七月，肅宗即位於靈武，改至德元載。是時子美自賊中竄歸鳳翔，拜左拾遺，而扈從乘輿也。乾元元年己亥，移華州司功。乾元十一年，棄官，自秦入蜀。上元元年辛丑、二年壬寅，並在蜀郡。以此考之，「扈蹕上元初」非年號也。王定國謂扈蹕於上元之初元，乃至德元載爾。若在梓州，寄題草堂云「經營上元始，斷手寶應年」，自當是年號也。○趙傁又謂李秘書爲補闕，扈從於上即位改元之初，當是至德時，而作此詩，乃在代宗時，却稱主上之初元。未詳，當考。反氣凌行在，○【王洙曰】反氣，謂盜賊未息也。蔡邕獨斷：天子乘輿所在，曰行在。妖星下直廬。○【趙次公曰：「反氣，指言安禄山也。……妖星，亦指言賊。」】妖星，指禄山也。○承明廬，乃學士直宿之所。六龍瞻漢殿，○假漢以言玄宗自西京出奔也。○【王洙曰】易：時乘六龍以御天也。萬騎集姚墟。○言賊兵掠取河北也。帝王世紀：舜居在漢中西城縣。或言嬀墟，或作姚墟。後漢志：漢中郡，嬀墟在西北。玄朔回天步，○【趙次公曰：「此專言肅宗親治兵以平禍亂。」】謂肅宗即位靈武，整兵朔方郡。○回，言回翔也。○【趙次公曰】詩：天步艱難。神都憶帝車。○【王洙曰：「武后以東都爲神都，時天子尚在蜀，故言憶。」】謂神京憶玄宗幸蜀而未還也。一戎纔汗馬，○【王洙曰】書武成：一戎衣，天下大定。百姓免爲魚。○【王洙曰】左氏傳：微禹，吾其魚乎！通籍蟠螭印，○甫爲左拾遺，得通禁籍也。○【王洙曰】蟠螭，謂印鼻文也。前漢元帝紀音義：籍者，爲二〔一〕尺竹牒，記其年紀名字物色，縣之宮門。案省相應，乃得入也。○【薛夢符曰】又漢官儀：天子六璽，皆玉螭虎紐。差肩列鳳輿。○【趙次公曰：「此兩句方言李補闕之扈從。鳳輿指言乘輿。與諸侍從之臣肩相摩而羅列于其側也。」】甫以拾遺，得與李秘書齊肩，以待天子之鳳輦也。事殊迎代邸，○【趙次公曰：「兩句通義。肅宗以皇太子爲天下兵馬元帥，北收兵至靈武，裴冕等奉皇太子即皇帝位。與漢文帝從代王入爲天子，事體不同，故著殊字與異字也。」】肅宗以太子即位，故殊乎文帝之迎於代也。○【王洙曰】按漢書：高后崩，諸吕謀亂，欲危劉氏，丞相陳平、太尉周勃、朱虚侯劉章共誅諸吕，遂奉天子法駕，迎代王於代邸，立爲孝文皇帝。喜異賞朱虚。○【趙次公曰：「文帝既入，益封朱虚侯二千石，黄金一千斤。今既云『事殊迎代邸』，所以賞李秘書亦與朱虚侯異也。」詳此，李秘書豈唐之宗子乎？故又用朱虚侯形容之。】李公以宗室而爲秘書，復異乎朱虚侯之平諸吕也。○【王洙曰】按漢書：齊哀王弟章入宿衛於漢高后，封爲朱虚侯，以吕禄女妻之。後吕禄、吕産作亂，章與周勃、陳平誅之，章乃先斬吕禄。文帝益封朱虚侯二千户、黄金一千斤。寇盗方歸順，乾坤欲晏如。不才同補衮，○【王洙曰】謂爲拾遺也。詩烝民：衮職有闕，維仲山甫補之。奉詔許牽裾。○謂拾遺得以直言極諫也。○【王洙曰】魏志：辛毗字佐治，文帝欲徙冀州士家十萬户實河南，毗曰：「陛下欲徙士家，安得不與臣議？」帝不答，起入内。毗隨而引其裾。帝徙其半。鴛鷺叨雲閣，○鴛鷺，喻爲侍從而直乎臺省也。○【王洙曰】古詩：厠迹鴛鷺行。麒麟滯玉除。○【王洙曰。又，趙次公曰：「石渠，一又作玉除，宜以石渠爲正。」】玉除，一作石渠。○麒麟，神駿也，宜留滯於玉除。○【王洙曰】以比李秘書也。文園多病後，○【王洙曰】昔司馬相如有渴疾。爲孝文園令。○【趙次公曰】甫因以自比。中散舊交疏。○甫與高、李酣飲狂吟，不減嵇、阮之交，自飄泛後，交遊遂從此疏絶故也。晉嵇康傳：康拜中散大夫，所與交者惟阮咸、阮籍，遂爲竹林之遊。飄泊哀相見，平生意有餘。風煙巫峽遠，○【王洙曰】煙，或作塵。

臺榭楚宮虛。○【王洙曰。又，趙次公曰：「楚宮虛，一作除，宜以爲正。蓋上已押朱虛韻矣。」】虛，一作除。○巫峽、楚宮，皆甫飄泊之地也。觸目非論故，○言舊時人物不堪論也。○【王洙曰】阮步兵詩：物故不可論。新文尚起予。○【王洙曰】論語：起予者商也。清秋凋碧柳，別浦落紅蕖。○【趙次公曰：「兩句用紀與李秘書相見之時。」】此紀時也。消息多旗幟，經過歎里閭。戰連脣齒國，○謂史思明連結吐蕃入寇也。○【王洙曰】左氏傳僖四年：晉侯復假道於虞，以伐虢。宮之奇諫曰：「虢，虞之表也。虢亡，虞必從之。諺所謂『輔車相依，脣亡齒寒』者，其虞、虢之謂乎？」軍急羽毛書。○高祖紀：吾以羽檄徵天下兵。○【王洙曰】魏武奏事曰：若有急，則插羽於檄，謂之「羽檄」也。幕府籌頻問，○公自注曰：山、劍元帥杜相國初屈幕府，參籌畫，相公朝謁，今赴後期也。山家藥正鋤。○【杜陵詩史、分門集注、補注杜詩引作「王洙曰」。】公自注曰：秘書比卧青城山中。台星入朝謁，使節有吹噓。○【趙次公曰】台星，指杜公。杜公入朝，遂稱美李秘書，而薦之於天子也。西蜀災長弭，南翁憤始攄。對敭坑士卒，○敭，與揚同。○【王洙曰】書說命：敢對揚天子之休命。○今李秘書之行，子美期以對揚之際，宜坑成都叛卒。○【趙次公曰】庶使西蜀災弭，而南翁得以攄其憤懣也。南翁，子美自喻也。項籍傳：南翁稱曰：「楚雖三户，亡秦必楚。」注：南翁，南方之老人也。○史記白起傳：起善用兵，爲秦將。秦攻趙，趙軍敗，降起。起盡坑殺之。乾没費倉儲。○乾，音干。言叛卒不勦，後復乘隙，是國家有乾没之患，而坐廢糧廩也。○【王洙曰】漢書張湯傳音義曰：乾没，射成敗也。得利爲乾，失利爲没也。勢籍兵須用，功無禮忽諸。○今雖〔二〕用兵之際，觀其事勢，文武不可偏廢，亦須才士擢用，朝廷之禮宜無忽於文儒也。御鞍金騕褭，○【王洙曰：「漢書音義曰：騕褭者，神馬也。」】騕褭，駿足之神馬也。宮硯玉蟾蜍。○蟾蜍貯水以添硯也〔三〕。拜舞銀鉤落，○銀鉤，謂詔書字勢也。恩波錦帕舒。○【趙次公曰：「四句則朝廷所以寵賜相公之物。」】言李秘書入謁天子，蒙詔寵錫，恩光之盛也。此行非不濟，良友昔相於。○焦貢易林：患解憂除，良友相於。去棹依顔色，○棹，一作旆，一作帆，去聲。沿流想疾徐。○謂下峽不疾不速也。沈綿疲井臼，○【趙次公曰】甫言病久纏身，又疲於自操井臼之役也。○【王洙曰】後漢馮衍傳：兒女常自操井臼。○又西羌傳：傅育在武威，秩奉盡，妻子不免操井臼。倚薄似樵魚〔四〕。○倚薄，言依山水而居，故云「似樵漁」也。○【趙次公曰】謝靈運詩：拙疾相倚薄。乞米煩佳客，○【鄭卬曰。又，趙次公曰：「乞字，公自注：去聲。蓋音氣。自我求人謂之乞，則驅一切。自人與我謂之乞，則音氣也。」】乞，去既切，與人物也。鈔詩聽小胥。○【鄭卬曰】鈔，楚交切。○略也。杜陵斜照晚，潏水帶寒淤。○【鄭卬曰：「潏，以律切。」】潏，古穴切。○【王洙曰：「潏音決，水名也。」】水名。○【鄭卬曰】淤，衣居切。○濁泥也。○【王洙曰：「上林賦：豐、鎬、潦、潏之淤。杜陵潏水，公之故里。潏水在長安縣南十里，東自萬年縣界流入。」】漢書上林賦音義：潏水乃八川之一，出杜陵，今名流〔五〕水，自南山皇子陂西北流經昆明池，入渭，又行乎洲淤〔六〕之浦。杜陵、潏水，皆子美故里也。莫話清溪髮，○清溪，今子美客居之地也。蕭蕭白映梳。

【校記】

〔一〕二，元本、古逸叢書本作「一」。

〔二〕今雖，元本作「今維」，古逸叢書本作「合維」。

〔三〕元本「也」下尚有一段文字：「西京雜記：晉靈公冢甚瓌壯，孔竅中皆有金玉。其餘器物皆烓爛不可别，唯有玉蟾蜍大如拳，腹空，容五合水，光潤如新玉，取以盛其書滴。」古逸叢書本略同，「盛其書滴」作「盛水書滴」。

〔四〕魚，元本、古逸叢書本作「漁」。

〔五〕流，古逸叢書本作「沆」。

〔六〕淤，元本、古逸叢書本作「於」。

送李秘書赴杜相公幕

青簾白舫益州來，○舫，府望切，方〔一〕舟也。巫峽秋濤天地迴。石出倒聽楓葉下，○聽，讀平聲。○【王洙曰】石，謂灩澦堆之石也。櫓摇背指菊花開。○此紀時也。貪趨相府今晨發，恐失佳期後命催。○左氏傳：宰孔謂齊侯曰：「且有後命，無下拜。」南極一星朝北斗，

○【趙次公曰】南極，以言李公。在楚而往，是爲南極之星。北斗，指長安，上直北斗，因號「北斗城」也。○【黄鶴曰】晉志：老人一星在弧南，一曰「南極」。見則治平，主壽昌。○【王洙曰】北極，北辰最尊者也。天運無窮，三光迭耀，而極星不移，故曰「居其所而衆星拱之」也。五雲多處是三台。○【趙次公曰】三台，指杜相國鴻漸也。○孝德所感，故五色雲見。○【趙次公曰】：「晉天文志：三台，六星兩兩而居三公之位也。」【天官書】：斗魁六星，兩兩相比者爲三台。三台色齊，君臣和。不齊，爲乖。

【校記】

〔一〕方，元本、古逸叢書本作「舫」。

大曆二年九月三十日

爲客無時了，悲〔一〕秋向夕終。瘴餘夔子國，○【趙次公曰】：「魚復，古夔子國也。」【春秋】時夔子國乃漢魚復縣也。霜薄楚王宫。○【王洙曰】：「楚王遊蘭臺之宫。」趙次公曰：「按寰宇記：巫山縣有楚宫，云襄王所遊也。」【楚襄王遊於蘭臺之宫也。草敵虚嵐翠，花禁冷蘂紅。年年小摇落，○九辯：草木摇落而變衰。不與故園同。○故園，指長安舊居也。

【校記】

〔一〕悲，元本、古逸叢書本作「愁」。

十月一日

○歲時廣記：太清草木方云：十月一日，宜食麻豆鑽。荆楚歲時記：人皆食黍臛，則炊乾飯，以麻豆羹沃之。鑽，即黍臛也。又盧公範饋餉議：十月一日，上薦麥野雞餺飩。

有瘴非全歇，爲冬不亦難。○【趙次公曰】時已十月矣，而瘴氣尚未歇，所以爲冬候之難也。

夜郎溪日暖，○【王洙曰】馮緄傳：夜郎，西南夷之國。犍爲有夜郎溪。○十道志：珍州有夜郎山。

白帝峽風寒〔一〕。

蒸裹如千室，○【王洙曰】夔俗以蒸裹爲節物。

焦糖幸一柈。○【王洙曰：「〔糟〕一作糖。」】糖，一作糟。○【鄭卬曰】柈，與盤同。○焦，郎消切。

兹辰南國重，舊俗自相歡。

【校記】

〔一〕寒，原作「雲」，據元本、古逸叢書本改。

戲作俳諧體遣悶二首

○按集，公以「盤渦鷺浴底心性，獨樹花枝自分明」爲吳體，以「家家養烏鬼，頓頓食黄魚」爲俳諧體，又以「江上誰家桃樹枝，春寒細雨出疏籬」爲新句。雖若爲戲，不害其格力也。

異俗可吁怪，斯人難並居。

家家養烏鬼，○【鄭卬曰】養，讀去聲。○諸家詩話「烏鬼」之說有四焉，或以爲烏猪，或以爲烏野神，或以爲烏蠻鬼，或以爲鸕鷀，其説皆非也。余按詩詞事略謂三峽、荆楚間祀烏爲神，所謂「神鴉」也。○【杜田補遺。趙次公引作「杜時可曰」。】唐元稹字微之，貶江陵士曹，作百韻，有云「病賽烏稱鬼，巫占瓦代龜」，稹自繫曰：「南人染病則賽烏鬼，楚巫列肆悉賣瓦卜。」○則「烏鬼」之名，當以此爲是也。況巫、楚之人多信鬼，嘗〔一〕有捕〔二〕得殺人而祭之者。故子美有「可怪」、「難居」之句。頓頓食黄魚。○【鮑彪曰】郭璞注爾雅：鱣，大魚，似鱏而短鼻，口在頷下，體有甲無鱗，江東呼爲「黄魚」。舊識難爲態，○難，或作能。新知已暗疏。治生且耕鑿，只有不關渠。○【趙次公曰】態，乃交態也。難與之爲態，則其人之薄矣。屈原曰：樂莫樂兮新相知。而至於已暗疏，則其人薄又可知已。故且欲耕鑿，不復與薄俗相關也。

【校記】

〔一〕嘗，元本、古逸叢書本作「嚐」。

〔二〕捕，元本、古逸叢書本作「崩」。

西歷青羌坂，○坂，一作板，非也。○【鄭卬曰】水經注：江水逕巫峽，過青羌坂。南留白帝城。○前注。於菟侵客恨，○於，音烏。菟，音徒。○【趙次公曰】於菟，虎名也。○【王洙曰】左氏宣公四年傳：初，若敖娶於䢵，生鬬伯比。若敖卒，從其母畜於䢵，淫於䢵子之女，生子文焉。䢵夫人使棄諸夢中，虎乳之。邵子田，見之，懼而歸，以告夫人，遂使收之。楚人謂乳「穀」，謂虎「於菟」，故命之曰鬭穀於菟。以其女妻伯比，實爲令尹子文。粔籹作人情。○【鄭卬曰】粔，其吕切。籹，尼吕切。○【趙次公曰】粔籹，角黍也。○【趙次公引作「薛夢符曰」。九家集注杜詩引作「薛補遺」。杜陵詩史、分門集注、補注杜詩、集千家注批點杜工部詩集引作「薛蒼舒曰」。】宋玉招魂：粔籹蜜餌，有餦餭。注：粔籹，以蜜和米麪，煎作之。○方言：餳謂之「餦餭」，即乾飴也。世説：粔籹，膏環也，一云餅也。餳〔一〕，徒當切。瓦卜傳神語，○【王洙曰】楚巫擊瓦，觀其文理，分析以定吉凶，謂之瓦卜。畬田費火聲。○【王洙曰。又，趙次公曰：「師民瞻本取一作火耕，是。」】聲，一作耕。○畬，以諸切，又音奢。○【杜田補遺】楚俗，燒榛種田曰「畬」，先以刀芟治林木，曰「斫畬」。其刀以木爲柄，刃勾曲，謂之「畬刀」。是非何處定，高枕笑浮生。○【九家集注杜詩依例爲「王洙曰」。杜陵詩史、分門集注引作「王洙曰」。又，集千家注批點杜工部詩集引作「公自注」。】甫自注曰：頃歲自秦涉隴，從同谷縣出遊蜀，留滯於巫山也。○【趙次公曰】余謂公言風俗處處不同，孰非孰是，烏有定乎，但付之一睡而已。

【校記】

〔一〕餳，元本、古逸叢書本作「籹」。

暫往白帝復還東屯

復作歸田去，○【趙次公曰】言自白帝歸田也。猶殘穫稻功。築場憐穴蟻，○【趙次公曰】見公之不殘物也。拾穗許村童。○【趙次公曰】見公之不已吝也。落杵光輝白，除芒子粒紅。加餐可扶老，倉庾慰飄蓬。

刈稻了詠懷

稻穫空雲水，川平對石門。○【趙次公曰】寰宇記：歸州巴東縣有石門山。寒風疏草木，曉日散雞豚。野哭初聞戰，樵歌稍出村。無家問消息，作客信乾坤。○作，如字，又音佐。唐皮日休胥口即事詩：鴛鴦一處兩處，舴艋三家五家。會把酒船偎荻，共君作箇生涯。

瞿唐兩崖

三峽傳何處，雙崖壯此門。入天猶石色，穿水忽雲根。猱玃鬚髯古，○猱，乃高切。○【鄭卬曰】玃，厥縛切。○【黃希曰】爾雅：猱善援，玃善顧。蛟龍窟宅尊。○廣雅：有鱗曰蛟龍。羲和冬馭近，○【王洙曰】。又，趙次公曰：「舊本一作驂馭近，非。」】冬，一作驂。○【趙次公曰】以兩崖之高，故曰馭去之近也。○廣雅：日御曰羲和，月御曰望舒。山海經：東海之外有羲和之國，有女子名曰羲和，常浴日於甘淵。愁畏日車翻。○【趙次公曰】以冬日晷短，故畏其日車翻去也。○莊子徐無鬼篇：若乘日之車遊於襄城之野。○【趙次公曰】李尤九曲歌：歲年晚暮日已斜，要〔一〕得壯士翫日車。

【校記】

〔一〕要，古逸叢書本作「安」。

柳司馬至

有使歸三峽，相過問兩京。○【王洙曰】兩京，謂雍、洛也。函關猶出將，渭水更屯兵。設備邯鄲道，○【王洙曰】漢文帝謂慎夫人曰：「此北走邯戰道也。」○後漢注：邯鄲，縣名，屬趙國，今洺州縣〔一〕也。和親邏沙城。○邏沙，薛夢符作邏沙〔二〕，歐陽作邏些。○【鄭卬曰】邏，力佐切。沙，四箇切。○【杜田補遺。又，杜陵詩史、分門集注、補注杜詩、集千家注批點杜工部詩集引作「修可曰」。】邏沙，吐蕃城名也。○【趙次公曰】右言出將屯兵與夫設備和親，皆因吐蕃之故也。○【杜田補遺。又，杜陵詩史、分門集注、補注杜詩引作「修可曰」。】舊唐書吐蕃傳：吐蕃本南凉禿髮〔三〕之後。語訛，謂之吐蕃。其國都城號爲邏些城，屋皆平頭，貴人處於大氈帳，爲拂廬。○【杜田補遺。又，杜陵詩史、分門集注、補注杜詩引作「修可曰」。】新唐書吐蕃傳：吐蕃號君長曰贊普，居歧〔四〕布川，或邏〔五〕娑川，有城屋〔六〕廬舍。○【鄭卬曰】寰宇記：匈奴有邏沙城〔七〕。○余謂當從舊史爲正。幽燕唯鳥去，

○【趙次公曰】北去猶[八]不通，豈以安史之亂雖滅，而蕃鎮跋扈耶？商洛少人行。衰謝身何補，蕭條病轉嬰。○【王洙曰】劉公幹詩：余嬰沉痼疾。霜天到宮闕，戀主寸心明。○西征賦：猶有犬馬之戀主，切託慕於宮庭。

【校記】

〔一〕洛州，原作「洛州」，元本作「治州」，據古逸叢書本改。

〔二〕沙，杜陵詩史作「娑」。

〔三〕禿，原作「委」，據古逸叢書本改。

〔四〕歧，古逸叢書本作「跋」。

〔五〕邏，元本、古逸叢書本作「遊」。

〔六〕屋，古逸叢書本作「郭」。

〔七〕城，元本、古逸叢書本作「坡」。

〔八〕猶，元本作「棹」，古逸叢書本作「道」。

孟冬

殊俗還多事，○【趙次公曰】甫中原人而落巴夔，故指爲「殊俗」也。方冬變所爲。破甘〔一〕霜落爪，嘗稻雪飜匙。巫峽寒都薄，○【趙次公曰】楚地暖故也。烏蠻瘴遠隨。○【王洙曰。又，趙次公曰：「黔州在夔之南，則其瘴殆及夔矣，故言黔溪瘴遠隨。舊正作『烏蠻瘴遠隨』，非，蓋不必更遠言烏蠻也。」】烏蠻，一作黔溪。○一作烏沙。○【鄭印曰】梁益記：嶲州嶲山，其地接諸蠻部，有烏蠻、秋蠻。終然減灘瀨，暫喜息蛟螭。○【趙次公曰】水盛滿則蛟螭横，既冬水日落，可以暫息蛟螭之憂也。○廣雅：有麟曰蛟龍，無角曰螭龍。

【校記】

〔一〕甘，元本、古逸叢書本作「柑」。

悶

瘴癘浮三蜀，風雲暗百蠻。○【趙次公曰】此夔州詩，而言三蜀、百蠻，蓋夔在三蜀之下、百蠻之北，廣言之也。卷簾惟白水，隱几亦青山。○隱，於靳切，凴也。猿捷長相見，鷗輕故不還。無錢從滯客，有鏡巧催顏。

雷

巫峽中宵動，滄江十月雷。○【王洙曰】陸士衡詩：迅雷中宵激。龍蛇不成蟄，○【趙次公曰】十月雷非其時也，故驚起龍蛇之蟄，而變易天地之常也。○【王洙曰】易：龍蛇之蟄，以藏身也。

天地劃争迴。○【鄭卬曰】劃，呼麥切。却碾空山過，深蟠絶壁來。何須妬雲雨，霹靂楚王臺。○【趙次公曰】宋玉高唐賦言，神女旦爲朝雲，暮爲行雨，朝朝暮暮，陽臺之下。而今也，雷之不時，若妬神女之爲雲雨，而霹靂以震之也。

朝二首

清旭楚宫南，○【趙次公曰】清旭，清曉也。霜空萬嶺含。野人時獨往，○野人，甫自謂也。雲木曉相參。俊鶻無聲過，○鶻，胡骨切，又音骨。飢烏下食貪。病身終不動，摇落任江潭。○宋玉九辯：草木摇落而變衰。

浦帆晨初發，○【趙次公曰】帆，讀去聲。郊扉冷未開。○【趙次公曰】言方晨朝之際，想江浦之中，其帆起發，而郊居之家以冷而未開其扉也。林疏黄葉墜，野静白鷗來。礎潤休全濕，○休，罷也。○【趙次公曰】言礎石之潤，經夜稍乾而半濕矣。○【薛夢符曰】淮南説林訓：山雲蒸，柱礎潤。注：柱，下石䃡也。晴雲欲半迴。○【趙次公曰】言朝氣晴霽，則其宿雲半斂而迴去也。巫山冬可怪，昨夜有奔雷。○即前篇「滄江十月雷」是也。

寫懷二首

勞生共乾坤，○莊子大宗師篇：夫大塊勞我以生。何處異風俗。冉冉自趨競，○【師古曰】冉冉，無氣貌。人苟趨競於利，則其氣喪矣。○【趙次公曰】古樂府陌上行：盈盈公府步，冉冉府中趨。行行見羈束。○【師古曰】謂凡百所行，但易羈束不自由也。○【趙次公曰】古樂府詩：行行重行行。無貴賤不悲，無富貧亦足。○【趙次公曰】賤之所以悲者，以貴形之也，故無貴則賤者不悲。貧之所以不足者，以富形之也，故無富則貧者亦足。○【師古曰。又，王洙曰：「言貴賤貧富一委順之而已，所謂樂天知命者。」】君子當安乎富貴貧賤，樂天知命，而不憂也矣。萬古一骸骨，鄰家遞歌哭。鄙夫到巫峽，○鄙夫，甫謙辭也。三歲如轉燭。全命甘留滯，○昔太史公留滯周召〔一〕。忘情任榮辱。○一歸之於真也。朝班及暮齒，日給還脱粟。○【趙次公曰】甫嘗爲左拾遺，今又爲工部員外郎，則所謂「朝班」。公時年五十六矣，謂之「暮齒」。然日給惟一脱粟而已，蓋以貧故也。編蓬石城東，○【師古曰】編蓬爲室，以庇風雨也。採藥山北谷。○【師古曰】採藥爲餌，以療衰疾也。用心雪霜間〔二〕，不必條蔓緑。○【師古曰】言能守其節操，不爲紛華變易其心也。非關故安排，○【趙次公曰】莊子大宗師篇：仲尼謂顔回曰：「安排而去化，乃入於寥天一。」○郭象注：安於推移，而與化俱去，故乃入於寂寥，而與天爲一也。曾是順幽獨。○【王洙曰】謝靈運詩：

居常以待終，處順故安排。又曰：安排徒空言，幽獨賴鳴琴。達士如弦直，小人似鈎曲。○【師古曰】孟子曰：故者以利爲本。人當安時處順，不用注意安排。安排著，則是以利爲本。是以達理之士，其直如弦也。○【王洙曰】後漢童謡曰：「直如弦，死道邊。曲如鈎，封公侯。」曲直吾不知，負暄候樵牧。○【趙次公曰】負晚日之暄，以候樵牧之歸也。列子楊朱篇：昔者宋國有田夫，常衣緼以過冬。暨春東作，自曝於日，不知天下有綿纊狐狢。顧謂其妻曰：「負日之暄，人莫知者。以獻吾君，當有重賞。」

【校記】

〔一〕召，古逸叢書本作「南」。

〔二〕間，元本作「門」，古逸叢書本作「閒」。

夜深坐南軒，明月照我膝。驚風飜河漢，梁棟日已出。羣生各一宿，飛動自儔匹。吾亦驅其兒，營營爲私實。○【王洙曰。又，趙次公曰：「實，一作室，非。」】實，一作室。○【師古曰】甫以私居口體爲累，不免驅兒營治生計，以爲口實故也。王筠詩：我豈營私實。天寒行旅稀，歲暮日月疾。榮名忽中人，○【王洙曰】忽，一作感。○中，竹仲切。○【師古曰】謂暮年檢校工部尚書郎也。○宋玉九辯：薄寒之中人。世亂如蟣虱。○【杜定功曰】顏延年嘗有言，亂世人事如蟣虱，甚費梳爬。○回視鹿門君子，自顧我輩，何其卑凡可厭！○嵇康養生論：君子處世，如羣蝨處褌中。○柳宗元詩：中散蝨空爬。古者三皇前，滿腹志願畢。○【師古曰】三皇之前，其風淳朴，寡慾而自足。○莊子胠篋篇：昔者容成氏、大庭氏、伏羲氏、神農氏，當是時也，則至治已。胡爲有結繩，陷此膠與漆。○【師古曰】自結繩之後，巧俗日滋，如膠漆然。○易繫：上古結繩而治，後世聖人易之以書契。○【趙次公曰】莊子駢拇篇：三代而下，待繩約膠漆而固者，是侵其德也。禍首燧人氏，厲階董狐筆。○【王洙曰。又，杜陵詩史、分門集注、補注杜詩引作「師古曰」。】是以燧人火化，而爭欲之心起，董狐直筆，而是非之端生。○【師古曰】故甫所以有「首禍」、「階厲」之言也。○尚書大傳：燧人爲燧皇，以火紀。禮含文嘉曰：燧人始鑽木取火，炮生爲熟，令人無腹疾，遂天之意，故云燧人。左氏宣公二年傳：孔子曰：「董狐，古之良史也。書法不隱。」君看燈燭張，轉使飛蛾密。放神八極外，○王康琚招隱詩：放懷青雲外，絶迹窮山裏。俛仰俱蕭瑟。終契如往還，○【王洙曰】一作「終然契真如」。○【師古曰】言有燈則有蛾，有利則有爭，要當放神俛仰，無所疑滯，視死生如往還也。得匪合仙術。○【王洙曰：「（合）一云金。」趙次公曰：「舊本正作『合仙術』，當以『金仙術』爲正。」】一作「歸匪金仙術」。○【師尹曰】邢子才詩：安得金仙術，兩腋生羽翼。

可歎

天上浮雲如白衣，○如，一作似。斯須改變如蒼狗。古往今來共一時，人生萬事無不有。○【趙次公曰：「浮雲變態不常然，初白衣，而變爲蒼狗，事之無定如此。譬古今一時，而萬事之變不可名狀也。」】浮雲固變態不常之物，初如白衣而無情，猶之可也，至變爲蒼狗，則有情之甚矣。古今人事變更，不可名狀，有如此也。近者抉眼去其夫，○【王洙曰：「（夫）一云昧。」】夫，陳作昧〔一〕。河東女兒身姓柳。○【趙次公曰】河東柳氏之女疾其夫王季友貧醜，如抉眼中之物而去之。東北人方〔二〕言不喜見者，每曰「抉眼」。丈夫正色動引經，○美其通經也。鄷城客子王季友。○鮑欽止曰：江西觀察使李勉時，王季友兼監察御史，爲副使。今洪州使院有題名可考。羣書萬卷常暗誦，○謂其博涉也。孝經一通看在手。○美其孝友也。貧窮老瘦家賣屐，○屐，一作履。屐，竭戟切，履也。好事就之爲携酒。○好，讀去聲。憐其貧也。○【趙次公曰】揚雄傳：家貧嗜酒，好事者載酒肴從遊學。豫章太守高帝孫，○豫章，南昌故郡也。唐鄭惠元懿生安德郡公琳，琳生擇言，擇言生勉，勉自河南徙江西觀察使，乃三世孫也。引爲賓客敬頗久。○【趙次公曰】此下述季友，且言其逢主人李太守也。問道三年未曾語，小心恐懼閉其口。太守得之更不疑，人生反覆看亦醜。○【師古曰】然王季友通經孝友之士也，見愛於太守李侯，而見惡於其妻，亦足見人生反覆，萬事變更，如浮雲然，茲可歎也。明月無瑕豈容易，○謂如明月之珠不易得也。○【師尹曰】淮南汜論訓：明月之珠，不能無纇。○鄒陽傳：臣聞明月之珠、夜光之璧，以暗投人於道，莫不按劍相眄者。何則？無因而至前也。紫氣鬱鬱猶衝斗。○謂如豐城之劍，不可掩也。○【王洙曰：「紫氣衝斗，見張華傳。」】張華傳：華登樓，仰觀斗牛之間有紫氣。雷煥曰：「寶劍之精，上徹於天，在豐城。」時危可仗真豪俊，二人得置君側否。○二人，指李太守、王季友也。太守頃者領山南，○李勉常爲梁州刺史。邦人思之比父母。王生早曾拜顏色，高山之外皆培塿。○【鄭卬曰】培，都苟切。塿，路苟切。○【趙次公曰】培塿，小阜也。言王生之拜太守，顏色如仰高山，其餘人真培塿也。用爲羲和天爲成，○上爲，如字。下爲，于僞切。○【王洙曰：「堯：羲仲、和仲。」】堯典：咨！汝羲暨和，期三百有六旬有六日，以閏月定四時成歲。用平水土地爲厚。○【王洙曰】舜典：咨！禹，汝平水土。王也論道阻江湖，○王也可以論道。○【趙次公曰】而江〔三〕滯於江湖，阻於致身也。○【王洙曰】尚書周官：惟茲三公，論道經邦。李也疑丞曠前後。○李也可爲疑丞，而天子前後曠闕斯人也。○【王洙曰：「左輔右弼，前疑後丞。」】尚書大傳：古者天子必有四鄰，前曰疑，後曰丞，左曰輔，右曰弼。天子有問，無以對，責之疑。可志而不志，責之丞。可正而不正，責之輔。可揚而不揚，責之弼。其爵視卿，其祿視次國之君。死爲星辰終不滅，○【杜田補遺。又，杜陵詩史、分門集注引作「師古曰」。】莊子大宗師篇：傅說得之，以相武丁，奄有天下。乘東維，騎箕尾，而比於列星。○【杜田補遺。趙次公引作「杜時可曰」。又，杜陵詩史、分門集注引作「師古曰」。】夏侯湛畫贊：先生棄俗登仙，靈爲星辰。○【王洙曰：「見方朔爲歲星注。」】劉向列仙傳：東方朔爲郎，棄而避亂，置幘官舍，風飄之去。知者疑其歲星也。漢武故事：東方朔死，西王母謂武帝曰：「朔，木帝精也，爲歲星，下遊人間，非陛下臣也。」致君堯舜焉肯朽。吾輩碌碌飽飯行，風后力牧長迴首。○【師古曰】甫以王季友二公比之風后、力牧，可以論道，可以疑丞，以輔王室，故迴首以眷思之也。○【杜田補遺：「陶淵明集賢羣輔録：風后受金，能决理是非。力牧受準，與天老、五聖、知命、窺紀、地典，爲黄帝七輔。州選舉翼佐帝德，見論語摘輔象。」又，杜陵詩史、分門集注引作「師古曰」。】論語摘輔象曰：黄帝七輔，風后受金法，天老受天籙，五聖受道級，知命受糺俗，窺紀受變復，地典受州絡，力墨受準斥〔四〕。墨，或作牧。○【趙次公曰。又，杜陵詩史、分門集注、補注杜詩引作「師古曰」。】帝王世紀：黄帝夢大風吹天下，塵垢皆去。復夢人執千鈞之弩，驅羊數萬羣。帝歎曰：「風大號令。垢去土，后在也。豈有姓風名后者哉？千鈞之弩，異力能遠；驅羊萬羣，牧民爲善。豈有姓力名牧者哉？」乃得風后於海濱，力牧於大澤也。

【校記】

〔一〕昧，古逸叢書本作「眛」。

〔二〕人方，古逸叢書本作「方人」。

〔三〕江，元本、古逸叢書本作「淹」。

〔四〕斥，古逸叢書本作「斤」。

觀公孫大娘弟子舞劍器行○并序

大曆二年十月十九日，夔府別駕元特宅，○特，一作持。見臨潁李十二娘舞劍器，壯其蔚跂，問其所師，曰：「余公孫大娘弟子也。」開元三載，○一作五載。時甫纔三歲，當作十三〔一〕載。余尚童稚，記於郾城觀公孫氏舞劍器渾脱，瀏灕○瀏，音流，又〔二〕音柳。灕，音離。頓挫，獨出冠時。自高頭宜春、梨園二伎坊內人，○明皇雜録：天寶中，上命宮女數百人爲梨園子弟，皆居宜春北院。上素曉音律，時有馬仙期、李龜年、賀懷智皆洞曉音度。安禄山從范陽入覲，亦獻白玉簫管數百事，皆陳於梨園，自是音響殆不類人間有。中官白秀正自蜀使回，得琵琶以獻，其槽以邏逤檀爲之，温潤如玉，光輝可鑑，有金縷紅文，蹙成雙鳳。貴妃每抱是琵琶奏於梨園，音韻凄清，聽如雲外。而諸貴主洎虢國以下，競爲貴妃弟子，每授曲之終，皆廣有進獻。時有公孫大娘者，善劍舞，能爲鄰里曲及裴將軍滿堂勢、西河劍器渾脱，遺妍妙皆冠絶於時也。洎外供奉，曉是舞者，聖文神武皇帝初，公孫一人而已。玉貌繡衣，況余白首。今兹弟子，亦匪盛顔。既辨其由來，知波瀾莫二，撫事慷慨，聊爲劍器行。往〔三〕者吳人張旭善草書書帖，數常於鄴縣，○後漢郡國志：魏郡治鄴。見公孫大娘舞西河劍器，自此草書長進，豪蕩感激，即公孫可知矣。

昔有佳人公孫氏，一舞劍器動四方。觀者如山色沮喪，天地爲之久低昂。○【敏功曰：「言不自安也。」】言不安也。燿如羿射九日落，○【鄭卬曰：「燿，音鵠，灼也。」】燿，户沃切，又黄郭切，灼也。○【王洙曰】淮南本經訓：堯之時，十日並出，焦禾稼，殺草木。堯乃使羿上射十日，萬民皆喜。○山海經：黑齒之北曰暘谷，居水中，有扶木，九日居下枝，一日居上枝，皆戴烏。注：羿射十日，中其九。矯如羣帝驂龍翔。○【師尹曰】夏侯玄賦：如東方羣帝兮，驂龍駕而翺翔。來如雷電收震怒，罷如江海凝清光。○【王洙曰：「皆言舞劍器回旋疾徐變態也。」】右皆形容舞劍之狀也。絳唇朱袖兩寂寞，○【敏功曰】言公孫已没也。況有弟子傳芬芳。○【王洙曰：「（晚）又云脱。」】況，閣本作晚。臨潁美人在白帝，○【饒曰】白帝，夔州魚復縣。○【王洙曰：「李十二娘也。」饒曰：「李十二娘傳其術。」】李十二娘傳其術而來遊于此也。妙舞此曲神揚揚。與余問答既有以，感時撫事增惋傷。先帝侍女八千人，○【晁曰：「先帝，指玄宗也。」】先帝，指明皇也。公孫劍器初第一。五十年間似反掌，風塵澒洞昏王室。○【趙次公曰】指言禄山、思明之亂也。梨園弟子散如煙，○言失職而分散也。女樂餘姿寒映日。○【趙次公曰】指言李十二娘也。甫十月十九日見之，此所謂「映寒日」也。金粟堆南木已拱，○謂明皇化去，墓之松柏已拱矣。○【趙次公曰】金粟堆，在（四）長安明皇泰陵之北。唐舊書紀：玄宗親拜五陵，至睿宗橋陵，見金粟山岡有龍盤鳳翥之勢，謂侍臣曰：「吾千秋萬歲後，宜葬此。」○【王洙曰】左氏傳：秦伯謂蹇叔曰：「墓木拱矣。」○【趙次公曰】：「公觀曹將軍畫馬圖詩又曰『金粟堆南松柏裏，龍媒去盡鳥呼風』，蓋亦言泰陵也。」】按集又有「金粟堆頭松柏裏」是也。**瞿唐石城草蕭瑟。玳筵急管曲復終，樂極哀來月東出。**○陶潛閑情賦：悲樂極以哀來，終推琴而輟音。魏文善哉行：樂極哀情來，憀亮摧肝心。又與吴質書：南坡〔五〕之遊，白日既匿，繼以朗月，樂極哀來，愴然傷懷。**老夫不知其所往，足繭荒山轉愁疾。**○疾，一作寂。○【趙次公曰】甫於此見舞劍，復值兵亂，去留未定，今徒奔走荒山，而足胝如繭也。○淮南修務訓：申包胥曾繭重胝，至於秦庭。

【校記】

〔一〕三，元本、古逸叢書本作「二」。

〔二〕又，元本、古逸叢書本作「二」。

〔三〕往，元本、古逸叢書本作「昔」。

〔四〕在，元本、古逸叢書本無。

〔五〕坡，古逸叢書本作「皮」。

冬至

年年至日長爲客，忽忽窮愁泥殺人。○【鄭卬曰】泥，力計切。江上形容吾獨老，○【王洙曰】屈原漁父篇：放遊江濱，形容枯槁。天涯風俗自相親。○【王洙曰】涯，一作邊。陸士龍詩：脩路無窮迹，井邑自相循。百城各異俗，千里是良隣。歡舊難假合，風土豈虛親。杖藜雪後臨丹壑，鳴玉朝來散紫宸。○甫遠想紫宸殿賀冬公卿之退朝也。心折此時無一寸，○列子仲尼篇：吾見子之心矣，方寸之地虛矣。○【王洙曰】別賦：使人心折骨驚。路迷何處是三秦。○【王洙曰：「（見）一作是。」】是，一作見。○【王洙曰】應劭漢書音義：項羽立章邯爲雍王，司馬欣爲塞王，董翳爲翟王。三分王秦地，故曰三秦。

小至

○【薛夢符曰】沈約宋書：魏、晉冬至日受萬國及百僚稱賀，因小會，其儀亞於歲朝。甫稱「小至」，當謂是也。或曰：陽爲大，陰爲小。冬至陰極，故曰「小至」。

天時人事日相催，冬至陽生春又來。刺繡五文添弱綫，○【鄭卬曰】刺，七迹切。

○唐雜録：宮中以女工揆日之長短，冬至後日晷漸長，比常日增一綫之工。○【趙次公曰】史記：刺繡紋，不如倚市門。吹葭六琯動浮〔一〕灰。○【王洙曰。又，九家集注杜詩引作「師尹曰」。】續漢書：以葭莩灰實律之端。按曆者候之，氣至，則灰飛而管通。岸容待臘將舒柳，山意衝寒欲放梅。雲物不殊鄉國異，○【王洙曰】左氏僖公四年傳：凡分至啓閉，必書雲物。○【趙次公曰：「世説載：過江諸人，暇日出新亭飲宴。周侯中坐而嘆，曰：『風景不殊，舉目有江河之異。』」】吴越春秋：越王爲夫人曰：「豈料再還，重復鄉國，風景不殊，舉目有山川之異。」教兒且覆掌中盃。○【趙次公曰】鮑照三月詩：臨流意覆盃。

【校記】

〔一〕浮，古逸叢書本作「飛」。

舍弟觀赴藍田取妻子到江陵喜寄三首

汝迎妻子到荆州，○荆州，江陵府也。消息真傳解我憂。鴻雁影來連峽内，○【王洙曰】古詩：弟兄鴻雁序。鶺鴒飛急到沙頭。○鶺鴒，與「脊令」同。水鳥首尾動摇相應，故以喻兄弟也。○【王洙曰】詩常棣：脊令在原。嶢關險路今虚遠，○【趙次公曰：「舊注本作燒關，遂注云：

『漢高祖入蜀，張良辭歸，勸高祖燒絶棧道。』誤矣。〕】嶢，舊作燒，誤也。○【門類增廣十注杜詩、門類增廣集注杜詩引作「新添」〕：「關在上洛北，藍田南，武關之西。〕】嶢關在陝内，近藍田。○【杜田補遺：「燒關，當作嶢關，音堯。在峽右。漢書言：秦兵拒嶢關。注：在上洛北、藍田南、武關之西。」門類增廣十注杜詩、門類增廣集注杜詩引作「杜云」。杜陵詩史、分門集注、補注杜詩、集千家注批點杜工部詩集又引作「修可曰」。又，杜陵詩史、補注杜詩引作「尹曰」。〕】漢高帝紀：秦王子嬰遣將距嶢關。又：曹參從高祖西攻嶢關。音義曰：嶢關在上洛北、藍田南、武關之西。禹鑿寒江正穩流。○江賦：巴東之峽，夏后所鑿〔一〕。朱紱即當隨綵鷁，○鷁，倪歷切，水鳥也。甫爲尚書郎，故稱朱紱。○【趙次公曰：「淮南子曰：龍舟鷁首。高誘注曰：鷁，大鳥也。畫其象著船首。」】綵鷁謂〔二〕船頭畫，以驚水族。青春不假報黄牛。○【趙次公曰】黄牛，峽名。○謂當順流以迎覩也〔三〕。

【校記】

〔一〕「禹鑿」句下注，元本、古逸叢書本無。

〔二〕元本、古逸叢書本無「甫爲」至「謂」十二字。

〔三〕「青春」句下注，元本、古逸叢書本無。

馬度秦山雪正深，○【王洙曰】度，一作瘦。北來肌骨苦寒侵。他鄉就我生春色，

○【趙次公曰】甫自峽往荆，卜〔一〕以春時也。故國移居見客心。○【趙次公曰】故國，人情之所不忍離也。今自故國而移居，以不得已而來，則客心可見矣。賸欲携提如意舞，○賸，與剩同。○【王洙曰：「歡劇，一作剩欲。」】賸欲，或作歡劇〔二〕。○【王洙曰。又，趙次公曰：「一本有小注云：『王戎好作如意舞。』意公自注。」】晉王戎好作如意舞。○庾信詩：王戎如意舞，山簡接籬倒。山簡詠舞：腕動苕華玉，衫隨如意風。王子年拾遺記：孫和醉舞如意，誤傷鄧夫人頰〔三〕。喜多行坐白頭吟。巡簷○【王洙曰：「文君作白頭吟。」】西京雜記：相如將聘茂陵人女爲妾，卓文君作白頭吟以自絶。索近梅花笑，冷蘂疏枝半不禁。○【王洙曰】蘂，一作落。

【校記】

〔一〕卜，元本、古逸叢書本作「下」。

〔二〕劇，元本作「刑」，古逸叢書本作「極」。

〔三〕頰，元本、古逸叢書本作「額」。

庾信羅含俱有宅，○【杜田補遺。又，杜陵詩史、分門集注、補注杜詩引作「師古曰」。門類增廣十注杜詩、門類增廣集注杜詩引作「新添」】：「庾信因侯景之亂，自建康遁歸江陵，居宋玉故宅，宅在城北三里。」】庾信宅，即宋玉故宅也。○【趙次公曰】庾信哀江南賦「誅茅宋玉之宅」是也。○【杜田補遺】

餘見送李功曹之荆州詩。○【杜田補遺。又，門類增廣十注杜詩引作「新添」。杜陵詩史、分門集注、補注杜詩、集千家注批點杜工部詩集引作「黄曰」，杜陵詩史、補注杜詩又作「師古曰」。】余知古渚宫故事：羅含字君章，爲桓温别駕，以廨舍喧擾，於江陵城西三里小洲上立茅屋而居，布衣蔬食，晏如也。○【杜田補遺。又，杜陵詩史、補注杜詩引作「師古曰」。】後安成王在鎮，以其宅借録事劉朗之，見一丈夫衣冠甚偉，冰〔一〕衿而立，朗之驚問，忽然不見，人謂君章有神。○盛弘之荆州記：城西百餘里有樓俯臨川上，羅君章居之，因名爲羅公洲。樓下洲上，果竹交蔭，長楊傍映，交梧前疏，雖近城隍處，同丘壑。春來秋去作誰家。短墻若在從殘草，喬木如存可假花。卜築應如蔣許徑，○【王洙曰】三輔決録：蔣許字元卿，舍于竹下開三徑，唯故人求仲、牧仲從之遊。爲園須似邵平瓜。○【王洙曰】蕭何傳：邵平者，故秦東陵侯，種瓜長安城東，瓜美，世號「東陵瓜」。比年酒病開〔二〕涓滴，○【王洙曰】年，一作因。弟勸兄酬何怨嗟。

【校記】

〔一〕冰，古逸叢書本作「披」。

〔二〕開，元本、古逸叢書本作「聞」。

新定杜工部草堂詩箋斠證卷第四十一

大曆二年秋在夔州所作

別李義

神堯十八子，○【趙次公曰】神堯，皇帝唐高祖也。○【鮑彪曰】按唐書有二十二子，此云十八子者，太子建成、巢王元吉被誅，衛懷王元霸、楚哀王智雲早卒，去此四人而言也。十七王其門。○【鮑彪曰】太宗有天下，故有十七子封王也。道國洎舒國，○洎，巨[一]至，及也。○【王洙曰】道王名元慶，第十六子也。舒王名元名，第十八子也。○唐宗室世系表：道王元慶生恂，恂[二]生徽，宗正卿。徽生鍊，亦宗正卿。鍊生實，京兆尹。不言有他子名義者，豈實初名義，後改之實，貞元末爲京兆尹，距廣德、永泰間四十年，固及與子美遊也。實惟親弟昆。○實，一作督。○【趙次公曰：「道國，道王也。名元慶，乃第十六子。舒國，舒王，名元名，乃第十八子也。而曰『實惟親弟昆』，若言同一母所生。而史載元慶則劉婕妤所生，元名則小楊嬪所生。其母同者，乃宇文昭儀生元嘉及第十九子靈夔。所謂『實惟親弟昆』者，又與史不合。然則公當時親所傳聞，與史不合，必有能辨之者。」】劉婕妤生道王，小楊嬪生舒王，是爲親弟昆。中外貴賤殊，○【師古曰】義宗姓爲內，甫異姓爲外，故云「殊」也。余亦忝諸孫。○【趙次公曰】義乃道國之裔孫，甫則舒國之外孫也。丈人嗣王業，○【趙次公曰】丈人，指李義之父，嗣王業，則繼嗣前王之業也。之子白玉温。○【趙次公曰】之子，謂義也。美其温潤如玉也。道國繼德業，請從丈人論。○【趙次公曰】申言丈人乃道國之後，其能繼其德業者，請從李義之父言之也。丈人領宗卿，○【王洙曰】宗卿，乃宗正卿也。○元慶九子，誘爲嗣，王臨淮，坐贓削爵，更以次詢之子徽嗣，終宗正卿。肅穆古制敦。○【馬曰】肅穆，敬和貌。敦，謂敦厚宗族也。先朝納諫諍，○【馬曰：「先朝，指太宗也。」】美太宗能納諫也。直氣橫乾坤。子建文章壯，○章，一作筆。美李義之父能文也。○【趙次公曰】魏陳思王曹植，字子建，文帝同母弟也。○帝嘗令王七步中作詩，不成者行大法，應聲便爲詩，曰：「煮豆特〔三〕作羹，漉菽以爲汁。萁在釜下然，豆在釜中泣。本自同根生，相煎何太急。」帝有慚色。河間經術存。○美李義之父通經也。漢河間獻王德，景帝子也。立博士，修禮樂。武帝時來朝，獻雅樂，對三雍宮詔策所問，推道術而言。温克富詩禮，骨清慮不喧。洗然遇知己，談論淮湖奔。憶昔初見時，小襦繡芳蓀。○襦，音儒。○【趙次公曰】說文：短衣也。○蓀，音孫，香草也。右皆美李義也。長成忽會面，慰我久病魂。三峽春冬交，江山雲霧昏。正宜且聚集，○甫自言病肺，峽中春冬之交霧瘴氣，易染成疾，不可冒霧行役也。恨此當離樽。莫怪執盃遲，我衰涕唾煩。○【趙次公曰】舉杯屬我，獨執之遲，蓋以涕唾煩故也。重問子何之，西上岷江原。○【王洙曰】自夔入蜀，逆流而上也。○家語：江水始出岷山。願子少干謁，蜀都足戎軒。○戎軒，謂兵車也。誤失將帥意，不如親故恩。○將帥，指嚴武與郭英乂。○【王洙曰】甫失武意，幾爲所殺，又爲英乂所不容，故言此以諷之。少年早歸來，梅花已飛飜。努力慎風水，豈惟數盤飱。○數，色各切〔四〕，頻也。猛虎臥在岸，蛟螭出無痕。○猛虎、蛟螭，喻蜀中多盜賊也。王子自愛惜，○王子，謂王侯之子。○【王洙曰】指李義也。○戒之欲其謹護也。老夫困石根。○【王洙曰】謂不得其所也。生別古所嗟，發聲爲爾吞。○【王洙曰】謂聲出而復吞也。

【校記】

〔一〕巨，古逸叢書本作「同」。

〔二〕二「恂」，古逸叢書本作「詢」。

〔三〕特，古逸叢書本作「持」。

〔四〕切，元本、古逸叢書本作「反」。

送高司直尋封閬州

丹雀銜書來，暮棲何鄉樹。○【趙次公曰】尚書中候：赤雀銜丹書入豐，止于昌前，昌拜稽首受之。○顧野王瑞應圖：赤雀者，王者動作應天時，則銜書來。○【王洙曰】文王之時，赤雀銜書集于周社。驊騮事天子，辛苦在道路。○【趙次公曰】列子周穆王篇：穆王肆意遠遊，命駕八駿之乘，右服驊騮，而驅馳千里。司直非冗官，荒山甚無趣。借問泛舟人，胡爲入雲霧。○丹雀、驊騮二物，皆王者嘉瑞。○【師古曰】喻高司直宜瑞聖世，不宜在荒山，今入雲霧，尋封閬州，故云甚無趣也。與子姻婭間，○【師古曰】姻婭，連襟也。○爾雅釋親：婿之父爲姻，兩婿相謂爲婭。○【王洙曰】詩：瑣瑣姻婭。既親亦有故。○【師古曰】非惟親戚，亦與甫有故舊也。萬里長江邊，邂逅一相遇。○【趙次公曰：「邂逅相遇，詩之全語。」】詩云。長卿消渴再，○【趙次公曰】甫有肺氣，故比之長卿。○【王洙曰：「長卿，相如也。病渴。」】西京雜記：司馬相如字長卿，素有消渴疾。及還成都，遂發痼疾。公幹沉綿屢。○【趙次公曰】甫以久病，故比之公幹。○【王洙曰】劉楨字公幹，魏東平人，有詩曰：余嬰沉痼疾，竄身清漳濱。清談慰老夫，開卷得佳句。時見文章士，欣然談〔一〕情素。○戰國策：蔡澤曰：「公孫鞅事孝公，竭智謀，示情素。」王褒聖主得賢臣頌：陳愚心，抒情素。伏枕聞別離，○詩：寤寐無爲，轉展伏枕。疇能忍漂寓。良友苦短促，溪行水奔注。熊羆咆空林，○【師古曰】喻盜賊也。游子慎馳騖。○騖，亡遇切。此戒之也。西謁巴中侯，○【趙次公曰】巴中侯即封閬州也。○譙周巴記：初平六年，趙穎分巴爲二郡，欲得巴舊〔二〕名，故郡以墊江爲治，安漢以下爲永寧郡。建安六年，劉璋分巴東，以永寧爲巴東郡，以墊江爲巴西郡。○唐志：閬州，本隆州巴西郡。艱難如跬步。○跬，犬〔三〕蘂切。○【師古曰】半步也。巴、蜀路險難行也。主人不世才，○【王洙曰】主人，謂巴中侯也。先帝常特顧。○先帝，謂玄宗也。拔爲天軍佐，崇大王法度。淮海生清風，○【師古曰】巴中侯被遇玄宗，擢爲禁軍副將，帥淮南，持軍整肅也。○惜乎唐史氏逸其事而不書！南翁尚思慕。○【趙次公曰】南翁者，南方之老人。○【師古曰】甫自稱，以留滯於南州也。公宮造廣厦，木石乃無數。○【師古曰】諭肅宗再造王室，人材之多也。初聞伐松柏，○聞，一作開。猶卧天一柱。○【趙次公曰】此言廊廟之具，非封閬州不足以當之。神異經：崑崙有銅柱，其高入天，所謂「天柱」也。我瘦書不成，○【王洙曰。又，趙次公曰：「〔我病〕一作我瘦，非。書不成，豈干瘦事？」】瘦，一作病。成字讀亦誤。○讀，一作字。爲我問故人，○【趙次公曰】故人，指封閬州也。勞心練征戍。○一序作「送高司直尋赴閬州」。○【師古曰】或曰：公宮造廣厦，言天子再造王室，人材雖多，一柱尚未用，蓋言房琯見貶閬州，訓練征戍之兵。故人，指房琯。甫托高司直以勞問之也。

【校記】

〔一〕談，古逸叢書本作「淡」。

〔二〕舊，古逸叢書本作「東」。

〔三〕犬，元本、古逸叢書本作「大」。

壯遊

○【師古曰】此篇叙壯年經遊之迹。○【趙次公曰】自「東下姑蘇臺」至「剡溪蘊秀異」，謂遊吴、楚之地。自「放蕩齊趙間」至「忽如攜葛彊」，謂遊齊、趙之地。○【師古曰】按唐書：甫少貧不自振，客遊吴、越。還，自舊鄉以進士舉，不中第，遂遊齊、趙間，凡八九年，復歸京師也。

往昔十四五，○【王洙曰】：「（往昔）又云往者。」】昔，魯作者。○甫生於開元元年之癸丑，此云「十四五」，則丙寅、丁卯年間也。○【王洙曰】阮籍詩：昔年十四五，志尚好詩書。鮑照詩：十五諷詩書，篇翰靡不通。出遊翰墨場。○出，一作入。○【趙次公曰】謝靈運詩：粲粲翰墨場。斯文崔魏徒，○【王洙曰】。又，集千家注批點杜工部詩集引作「公自注」。】崔鄭州尚，魏豫州啓心。○唐科名記：崔尚擢久視二年進士。寶刻叢章：北海崔器曰：開元〔一〕鉅鹿大魏公奉古、小魏公啓心前後牧淄。以我似班揚。○似，一作比。○【王洙曰：「班固、揚雄。」】謂崔、魏以甫文似班固、揚雄者也。七齡思即壯，○當開元七年己未也。開口詠鳳凰。○西京雜記：揚雄著太玄經，夢鳳凰集玄之上，頃之而滅。九齡書大字，○當開元九年辛酉也。有作成一囊。○唐李賀常帶一錦囊，每有所得，即收拾囊中。性豪業嗜酒，○孔叢子：平原君强伯高酒曰：昔有遺諺，堯、舜千鍾，孔子百觚，子路百榼。子高曰：此言生於嗜酒者也。嫉惡懷剛腸。○【杜田補遺。又，門類增廣十注杜詩引作「杜云」，杜陵詩史、分門集注、補注杜詩引作「修可曰」。】嵇康與山濤書：剛腸嫉惡，輕肆直言。脱略小時輩，○【王洙曰】恨賦：脱略公卿。結交皆老蒼。飲酣視八極，俗物都茫茫。東下姑蘇臺，○【王洙曰】吴世家：越伐吴，敗之姑蘇。○【趙次公曰】越絶書：闔閭起姑蘇臺，高見三百里。吴地記：因山爲名，在今蘇州。已具浮海航。到今有遺恨，不得窮扶桑。○【王洙曰】山海經：黑齒之北曰暘谷，有扶桑。○【趙次公曰】十洲記：扶桑在碧海中，樹長數千丈，三千餘圍，兩樹同根，更相依倚，故名扶桑。王謝風流遠，○【王洙曰：「王戎、謝安也。」】王導、謝安，乃晉之名族也。闔廬丘墓荒。○【王洙曰】闔廬，吴公子光也。吴越春秋：闔廬死，葬於國西，穿土爲川，積壤爲丘。冢地四周深丈餘，桐棺三重，傾水銀爲池，池廣六十步，黄金珠玉爲鳧雁之屬。專諸之劍三千〔二〕，魚腸之劍在焉。葬之三日，白虎居其上，故名虎丘。劍池石壁仄，○公子光將弑王僚，鑄劍曰吴鈎，故云劍池。長洲芰荷香。○【趙次公曰】吴都賦：帶朝夕之清池，佩長洲之茂苑。○吴地記：長洲在姑蘇南、太湖北，闔廬所遊獵處也。○【鄭卬曰】寰宇記：蘇州長洲縣，乃吴長洲苑者也。嵯峨閶門北，○【杜田補遺。又，門類增廣十注杜詩引作「杜云」，杜陵詩史、分門集注、集千家注批點杜工部詩集引作「修可曰」。】吴越春秋闔廬内傳：闔廬委計於子胥，子胥立閶門者以象天門，通閶闔風。欲西破楚，楚在西北，故立閶門以通天氣。○【王洙曰】陸機吴越行：吴越自有始，請自閶門起。閶門何峩峩，飛閣跨通波。清廟映回塘。○回，一作池。○【杜田補遺。又，門類增廣十注杜詩引作「杜云」，杜陵詩史、分門集注、補注杜詩、集千家注批點杜工部詩集引作「修可曰」。】清廟，乃吴文帝孫和廟也。子皓改葬和，號明陵。又分吴郡、丹陽爲吴興郡，置太守，四時奉祠，立寢堂，號曰「清廟」。○按錢塘記：郡曹〔三〕華信義，立此〔四〕塘以防海水，旬日而成，今杭州縣是也。每趨吴泰伯，○【王洙曰】史記吴世家：太伯、弟仲雍皆周太王太子王季歷之兄。季歷賢而有聖子昌，太王欲立季歷以及昌，太伯、仲雍二人乃往荆蠻，文身斷髮，示不可用，以避季歷，自號勾吴。皇覽：太伯冢在吴縣北梅里聚，去城十里。撫事淚浪浪。○浪，叶盧當切，水聲也。甫撫循前事而垂淚，蓋懷古也。枕戈憶勾踐，○【王洙曰】越王勾踐遁逃會稽之耻，坐則嘗膽，卧則枕戈，思有以報吴也。渡浙想秦皇。○【王洙曰】秦始皇本紀：行至雲夢，浮江渡海，至錢塘，臨浙江。晉灼曰：江水至會稽山陰爲浙江。蒸魚聞匕首，○【王洙曰】刺客傳：專諸，吴堂邑人。吴公子光欲殺吴王僚，得專諸，善待之。於是具酒請王僚，使專諸置匕首魚炙之腹中而進之。既至王前，專諸擘魚，因以匕首刺王僚。僚死，光自立爲王，是爲闔廬。○吴越春秋：專諸從太湖學炙魚三〔五〕月，得其味。公子光具酒請王僚，酒酣，使專諸置魚腸劍炙魚中進之。既至王僚前，專諸乃擘炙魚，因推匕首以刺王僚。除道哂要章。○哂，矢悲〔六〕，笑也。○【王洙曰】朱買臣傳：買臣家貧，隨上計吏至長安，上書待詔公車。會嚴助薦之，武帝拜會稽太守，詔歸郡。初，買臣常從會稽守邸者寄食。拜爲太守，買臣衣故衣，懷其印綬，步歸郡邸。直上計時，會稽吏方相與羣飲，不視買臣。買臣入室中，守邸與共食。食且飽，少見其綬，守邸怪之，前引其綬，視其印，會稽太守章也。守邸驚駭，陳列庭中拜謁，買臣徐出。有頃，長安廄吏乘駟馬車來迎，買臣遂乘傳去。會稽聞太守至，發民除道。入吴界，見其故妻、妻夫治道，買臣駐車，令後車載其夫妻到太守舍，置園中給食之。居月餘，妻自經死。○唐白樂天寄元微之詩：外物竟關身底事，謾排門戟繫腰章。越女天下白，○越女，謂西施也〔七〕。鏡湖五月涼。○鏡湖，在今會稽東門外，謂其湖水明如鏡也。廣雅：鑑謂之鏡，固可通名〔八〕。按輿地記：山陰南湖縈帶郊郭，白水翠岩互相映發，若鏡若圖。○【杜田補遺。又，門類增廣十注杜詩引作「杜云」，杜陵詩史、分門集注、補注杜詩引作「杜定功曰」。】或引梁任昉述異記：鏡湖，世傳軒轅黄帝鑄鏡湖邊，因名鏡湖。今有軒轅磨鏡石尚存，石上常潔，不生蔓草。剡溪蘊秀異，欲罷不能忘。○【鄭卬曰】剡，時冉切，縣名。○在會稽之東南二百八十里。晉戴逵時在剡，王徽之雪夜乘舟詣之，未及造門，興盡而反。歸帆拂天姥，○【鄭卬曰】姥，莫古切。天姥，山名，在今剡縣南八十里。○【王洙曰】謝靈運登海嶠詩：暝投剡中宿，明登天姥岑。○按集有贈太常張卿均曰「適越空顛躓」，蓋此時也。中歲貢舊鄉。○甫自越而歸，以鄉舉貢于京師也。氣劘屈賈壘，○【鄭卬曰】劘，莫婆切，削也。○屈原、賈誼，昔之能賦者也。甫以賦自恃，將謂其氣可以削劘屈、賈之壘。○【趙次公曰】蓋以程文喻軍壘之戰，有勝負故也。目短曹劉墻。○【王洙曰：「曹子建、劉公幹文章也。」】曹植、劉楨，昔之能詩者也。○甫以詩自高，將謂其目可以近窺曹、劉之墻。○【王洙曰】論語：賜之墻也及肩。忤下考功第，○【鄭卬曰】忤，五故切，逆也。○甫以首言忤考功意而見黜也。○【王洙曰】唐武德初，以考功郎監試貢舉進士。至開元二十六年戊寅春，以考功郎輕，徙禮部以春官侍郎主之。○甫下考功第，當在開元二十五年前也。按集有贈鮮于詩「學詩獨孺子，鄉賦忝嘉賓〔九〕。不得同晁錯，吁嗟後郄詵」，詩意略同。獨辭京尹堂。放蕩齊趙間，○按集，甫在夔有上後園山脚詩「昔我遊山東，憶戲東嶽陽。窮秋立日觀，矯首望八荒」，蓋謂此時也。甫父閑嘗爲兖州司馬，甫从之〔一〇〕又有登兖州城樓詩是也。裘馬頗清狂。春歌叢臺上，○【王洙曰】叢臺，故趙王臺也。高三千尺，在今潞〔一一〕州邯鄲城中。鄒陽傳：全趙之時，武刀〔一二〕鼎士，袨服叢臺之下也。冬獵青丘旁。○冬，或作久。○【趙次公曰】青丘，齊地名，在海東三百里。司馬相如子虛賦：齊王秋田乎青丘，彷徨乎海外，吞若雲夢者八九，於其胸中曾不芥蔕。○【鄭卬曰】又，齊景公有馬千駟，畋於青丘。青丘，千乘縣名也。○字或作清。後漢郡國志：兖州分東郡，治濮陽，有清丘。注引左氏傳宣十三年：盟清丘。杜預注：縣東南。呼鷹皂櫪林，○【王洙曰。又，趙次公曰：「皂櫪，一作紫櫪。未知孰是？」】皂，一作紫。○櫪，晉作櫟。齊地。逐獸雲雪岡。○亦齊地也。射飛曾縱鞚，○射，食亦切。○【王洙曰】鮑照詩：幽并重騎射，少年〔一三〕好馳逐。獸肥春草短，飛鞚越平陸。○古冬狩行：縱鞚飛鳴銅〔一四〕，引臂驚幽猿。引臂落鶖鶬。○鶖音秋，秃鶖也。鶬音倉，麋鴰也。又云九頭，皆惡鳥也。蘇侯據鞍喜〔一五〕，〇【王洙曰。又，集千家注批點杜工部詩集引作「公自注」。】舊注：監門胄曹蘇預。〇【薛夢符曰】余按南史：顔峻好騎馬遊里巷，遇知舊，輒據鞍索酒，得必傾盡，欣然自得。忽如攜葛彊。〇甫以葛彊比蘇侯，時蘇侯與甫同獵也。〇【趙次公曰】晉山簡鎮襄陽，每出遊多之習氏池上，輒醉而歸。時有兒童歌曰：「山公出何許，往至高陽池。時時能騎馬，倒著白接籬。舉鞭問葛彊，何如并州兒？」彊家在并州，簡愛將也。餘見題注。快意八九年，西歸到咸陽。〇甫少歷遊吳、越、齊、趙，復歸長安也。餘見題注。秦獻公元年，城櫟陽，徙都之。注：今萬年是也。又孝公十二年，作爲咸陽，築冀闕，徙都之。韋昭云：秦所都，武帝更名渭城。應劭云：今長安也。按關中記：孝公都咸陽，今渭城是也。在渭北。始皇都咸陽，今城南大城是也。名咸陽者，山南曰陽，水北亦曰陽。其地在渭水之北，又在九嵕諸山之南，故曰咸陽。許與必詞伯，〇詞伯乃詞人之長，謂如李邕、王翰之儔，咸推許其有才也。賞遊實賢王。〇【王洙曰。又，趙次公曰：「（賞遊）一作貴遊，非。」】賞，一作貴。〇謂如與汝陽王璡相善也。按集，有哀汝陽王璡曰「晚年務置醴，門引申白賓」，又贈汝陽王璡曰「淮王門下客，終不愧孫登」是也。曳裾置醴地，〇【王洙曰】漢楚元王傳：元王交敬禮申公。穆生不嗜酒，元王常爲穆生設醴。注：醴，甘酒也。〇【趙次公曰】鄒陽傳：鄒陽諫吳王：「臣聞何王之門不可曳長裾乎？」奏賦入明光。〇【趙次公曰】明光，宮名。〇新唐書：天寶十三載，甫三上大禮賦。考玄宗紀：十三載正月丙午，至自華清。三月壬申，朝獻太清宮，上聖祖玄元皇帝號，未嘗郊廟行三大禮。十載春正月乙酉朔、壬辰，朝獻太清宮。癸巳，享太廟。甲午，有事于南郊。則甫奏賦當在十載也。三輔黃圖：明光宮，王城内，近桂宮。天子廢食召，羣公會軒裳。○軒裳，謂軒車簪裳也。○【王洙曰】甫奏三賦，帝奇之。待制集賢院，宰相試文章，授河西尉，不拜，改右衛率府胄曹。○【趙次公曰】按集有莫相疑行詩曰「憶獻三賦蓬萊宮，自怪一日聲烜赫。集賢學士如堵墻，觀我落筆中書堂」是也。脱身無所愛，痛飲信行藏。○時辭官放恣，以酒爲樂也。按集有官定後戲贈曰「不作西河尉，凄凉爲折腰。老夫怕奔走，率府且逍遥」是也。黑貂不〔一六〕免弊，○貂，丁聊切〔一七〕，鼠屬。謂貧困於時，而衣遂弊也。○【王洙曰：「蘇季不用於秦，而黑貂裘弊。」】戰國策：蘇秦説李充，充送秦黑貂之裘、黄金百鎰，以入於秦。書十上而説不行，黑貂之裘弊。斑鬢兀稱觴。○兀，五忽切，高也。斑鬢，謂髮半白。兀坐舉酒觴以自遣也。○【王洙曰】秋興賦：斑鬢颯以承弁。閑居賦：稱萬壽以獻觴。杜曲晚耆舊，○【王洙曰】晚，一作换。○甫家于杜曲。四郊多白楊。○【何曰】白楊乃墳上之木也。○廣志：白楊，一名「高飛木」，葉大於柳。古今注：白楊，葉圓。李密詩：四郊何所有，白楊與高冢。坐深鄉黨敬，○黨，一作曲。日覺死生忙。○日，一作自。○【趙次公曰】謂鄉曲故老死者日多，今復推甫爲長上故也。朱門任傾奪，○【王洙曰】任，一作務。赤族迭罹殃。○【劉曰】朱門，權貴也。赤族，誅三族也。○玄宗末年信任非人，權貴争權，互相傾奪，赤族者比比皆是。○【王洙曰】揚子解嘲：客徒欲朱丹其轂，不知一跌赤吾之族。國馬竭粟豆，○是時太平日久，帝侈心自恣，舞馬衣文采，飼以粟豆。○【王洙曰】按，漢有太常，三輔粟豆。官雞輸稻粱。○【王洙曰】是時五坊有供奉鬭雞，又有鬭雞使。○百姓輸納稻粱以供養雞也。舉隅見煩費，○【王洙曰】甫但舉一隅，足見當日煩費可知也。引古惜興亡。○【王洙曰】援古以驗今，則興亡之理可痛惜也。河朔風塵起，○【王洙曰：「禄山起於河朔。」】謂禄山承隙而反于范陽也。岷山行幸長。○【王洙曰】謂玄宗西走幸蜀也。○岷山，蜀之名山，遠長也。兩宮各警蹕，○兩宮，謂肅與玄也。古今注：警蹕，所以戒行徒也。秦制，出軍者皆警戒，入國者皆蹕止故也。萬里遥相望。○望，協讀平聲。○【王洙曰】謂肅宗即位靈武。○與玄宗相間，有陜、蜀之異也。古詩：兩宮遥相望。崆峒殺氣黑，○謂吐蕃寇於西山也。少海旌旗黄。○謂禄山返於范陽也。禹功亦命子，○謂堯傳之舜，舜傳之禹，則命其子啓。○【杜田補遺：「蓋啓與有扈戰于甘之野，正指太子爲元帥。」又，門類增廣十注杜詩引作「杜云」，杜陵詩史、分門集注、補注杜詩引作「修可曰」。】啓嘗與有扈戰于甘之野，喻玄宗命肅宗以平賊也。涿鹿親戎行。○涿，竹角切。涿鹿，郡名也。行，户郎反。戎行，兵伍也。○【杜田補遺。又，門類增廣十注杜詩引作「杜云」，杜陵詩史、分門集注、補注杜詩、集千家注批點杜工部詩集引作「修可曰」。】昔黄帝與蚩尤戰于涿鹿之野，以喻肅宗親征也。翠華擁英岳，○【趙次公曰：「英岳，或作吴岳，並未見。」】英，一作吴。○【王洙曰：「翠華，天子羽葆也。」】翠華，乃天子旌旗之飾也。○正異云：吴岳在扶風。下圜云：在隴州。螭虎啗豺狼。○【趙次公曰】螭虎，喻王師之勇。豺狼，比盗賊也。爪牙一不中，○中，竹冲切，當也。將爲國之爪牙，哥舒翰爲將守潼關，賊攻破之，房琯爲將，與賊戰陳濤斜，爲賊所敗，豈非爪牙之不中耶？胡兵更陸梁。○是使禄山得以陸梁不順而僭即帝位也。後漢西氏〔一八〕論：轂馬揚埃，陸梁於三輔也。大軍載草草，○大，一作天。禄山既得志，官軍愈沮縮。○【韓曰】草草，辛苦貌。凋瘵滿膏肓。○【韓曰：「謂民困疲之甚。」】言困病之甚，如病在膏肓，爲難治也。○【薛夢符曰】左氏成公十年傳：秦使醫緩視晉侯疾，曰：「肓之上，膏之下，攻之不可達，針之不可及，藥不至焉，不可爲也。」備員竊補衮，○【趙次公曰】甫自謂幸備員〔一九〕爲左拾遺也。○詩蒸民：衮職有闕，維仲山甫補之。平原君傳：毛遂備員而行。按集有曰「衮職曾無一字補」，意同。憂憤心飛揚。○謂心中爲國憂憤，飛揚而不定也。上感九廟焚，○焚，一作毁。下憫萬民瘡。○萬民，一作蒼生。斯時伏青蒲，○【王洙曰】史丹傳：元帝欲易太子，丹候上獨寢，直入卧内，頓首伏青蒲上，泣涕而諫。應劭注：以青規地，曰青蒲。自非皇后不得至此。廷争守御床。○【王洙曰：「衛瓘託醉跪帝床前，以手撫床曰：『此座可惜！』」】晉衛瓘爲司空，甚得朝廷聲譽。惠帝爲太子，朝臣咸謂純質不能親政事，瓘每欲陳啓廢之，而未敢發。後會宴陵臺，瓘託醉，因跪帝牀前，以手撫床，曰：「此座可惜！」帝悟，因謬曰：「公真大醉邪！」君辱敢愛死，○【王洙曰】范雎傳：主憂臣辱，主辱臣死。檀弓篇：申生不敢愛其死。赫怒幸無傷。○甫幸備員〔二〇〕拾遺，憂國之心，上則感九廟之焚毁，下則憫萬民之瘡痍，遂伏青蒲，或守御床以諫，謂房琯雖敗，不宜廢棄。甫傷君憂辱，盡忠以諫，不愛其死，奈何天子赫怒，出甫爲華州司功，幸保其首領，無傷而已。○【王洙曰】詩皇矣：王赫斯怒。○余考之史氏，至德元載冬，房琯敗陳濤斜，免相。二載夏，甫上疏陳，帝怒，詔三司雜問。宰相張鎬曰：「甫抵罪，絶言者路。」御史大夫韋陟言甫論琯，不失諫臣大體。甫坐琯，出爲華州司功。聖哲體仁恕，○【師古曰】自此已下，復叙肅宗收復京師也。寓縣復小康。○寓，與宇同。哭廟灰燼中，鼻酸朝未央。○【王洙曰】時素服哭廟，朝羣臣於未央宮也。○公孫述傳：可爲酸鼻。高唐賦：孤子寡婦，寒心酸鼻。小臣議論絶，久病客殊方。○久，一作老。小臣，甫自謂也。帝既收復，甫時已見斥棄官，迤邐入蜀，不復議論朝廷事矣。鬱鬱苦不展，○【趙次公曰】言不得志也。羽翮困低昂。○言無復飛騰也。秋風動哀壑，碧蕙捐微芳。○【趙次公曰：「一作損，非。」】捐，一作損。○秋風，殺氣也，以喻嚴刑。蘭蕙，香草也，以比君子。秋風翦碧蕙，使之捐棄芬芳，喻君子見黜而不用也。之推避賞從，○從，才用反，隨行也。甫意謂隨肅宗中興，今日收復，賞不及己，故比之介推也。○【王洙曰：「介之推從晉亡，賞不及，亦不言。後避賞入山。」】左氏僖二十四年傳：晉侯賞從亡者，介之推不言禄，禄亦弗及，遂隱而死。晉侯求之，不獲，以綿上爲之田，以志吾過。○劉向列仙傳：介子推，晉人也。隱居無名，晉公子重耳異之，與出，居外十餘年，勞而不辭。及還，介山伯子常晨來呼推曰：「可去矣。」推辭禄，與母入山中，從伯常遊。後文公遺數千〔三〕人以玉帛求之，不出。漁父濯滄浪。○浪，音郎。滄浪，水名，在荆州。甫自謂潔己而退，如漁父也。○【王洙曰】屈原漁父篇：漁父鼓枻而歌曰：「滄浪之水清兮，可以濯吾纓。滄浪之水濁兮，可濯吾足。」○【鄭卬曰：「浪字雖重，意殊不妨。」】余按此篇兩押浪字，字雖同，而義則異爾。榮華敵勳業，歲暮有嚴霜。○【王洙曰】彼有立功業者，榮華其身，不能謙損，如萬物當霜暮，斯有嚴雪之憂也。吾觀鴟夷子，才力出尋常。○【趙次公曰】是以范蠡既霸越，不居盛名，泛舟五湖，號鴟夷子。其高舉遠引，乃出尋常之才格也。○按劉向列仙傳：范蠡字少伯，徐人也。事周師太公，好服桂飲水。爲越大夫，佐勾踐破吳。後乘扁舟入海，變名姓適齊，爲鴟夷子。没〔三〕後百餘年，見於陶，爲陶朱君，財累億萬，號朱公。復棄之，蘭陵賣藥〔三〕，人世世見之。顔師古漢書音義：鴟夷者，言若盛酒之鴟夷，多所容受，而可卷懷，與時張弛也。羣兇逆未定，側佇英俊翔。○今國家未定，羣兇尚熾，要當任賢使能，乃俾英雋遠遁而去，豈其所宜哉？杜甫之微意，乃諷朝廷之疏賢也。

【校記】

〔一〕古逸叢書本「元」下有「時」字。

〔二〕千，元本、古逸叢書本作「手」。

〔三〕曹，元本、古逸叢書本作「有」。

〔四〕此，元本、古逸叢書本作「北」。

〔五〕三，元本、古逸叢書本作「二」。

〔六〕悲，古逸叢書本作「忍切」。

〔七〕元本、古逸叢書本「謂西施也」下尚有一句：「越絶書：越王勾踐得採薪二女西施、鄭旦，以獻吴王。」

〔八〕按，元本、古逸叢書本無「廣雅」云云一句。

〔九〕元本、古逸叢書本無「詩學詩獨孺子鄉賦忝嘉賓」十一字。

〔一〇〕从之，元本、古逸叢書本作「之文」。

〔一一〕潞，古逸叢書本作「邢」。

〔一二〕刀，古逸叢書本作「力」。

〔一三〕年，元本、古逸叢書本作「任」。

〔一四〕銅，古逸叢書本作「鏑」。

〔一五〕喜，元本、古逸叢書本作「臺」。

〔一六〕不，元本、古逸叢書本作「寧」。

〔一七〕切，元本、古逸叢書本作「反」。

〔一八〕氐，古逸叢書本作「羌」。

〔一九〕員，原作「圓」，據古逸叢書本改。

〔二〇〕員，原作「圓」，據古逸叢書本改。

〔二一〕千，古逸叢書本作「十」。

〔二二〕沒，古逸叢書本作「皮」。

〔二三〕古逸叢書本「藥」下有「後」字。

君不見簡蘇徯

君不見道邊廢棄池，君不見前者摧折桐。百年死樹中琴瑟，○中，竹仲反。以譬士終有用也。○【王洙曰：「蔡邕取爨下桐爲琴。」】後漢蔡邕傳：邕字伯喈，吴人有燒桐以焚者，邕聞火烈之聲，知其良木，因請而裁爲琴，果有美音，而其尾猶焦，故名曰「焦尾」焉。○劉昞〔一〕嘗曰：蔡邕焦尾，歷晉、宋傳寶焉。枚乘七發：龍門之桐，百尺無枝，鬱結而輪囷，根扶疏以分離，其根半死半生，冬則烈風之所散，夏則雷霆之所激。○【趙次公曰】庾信擬連珠有曰：日南枯蚌，猶含明月之珠；龍門死樹，尚抱咸池之曲。一斛舊水藏蛟龍。○以譬士當守所養也。昔有人於廢池中得一魚，爲鮓，味極美，以遺張華。華曰：龍肉，以苦酒漬之，即成琥珀。○【王洙曰】荀子勸學篇：積水成淵，蛇龍生焉。丈夫蓋棺事始定，○謂丈夫之志，不死則不已也。○【王洙曰】古詩：蓋棺事乃已。君今幸未成老翁。○君指蘇徯也。○【趙次公曰】魏文帝與吴質書：已成老翁，但未白頭耳。何恨憔悴在山中，深山窮谷不可處，霹靂魍魎兼狂風。○【王洙曰】兼，一作并。○勉之之辭也。

【校記】

〔一〕貺，元本作「貽」。

贈蘇徯

異縣昔同遊，各云厭轉蓬。○【王洙曰】言甫與徯飄泛無定，如蓬之隨風轉徙也。古詩：他鄉各異縣，爲客若轉蓬。別離已五年，尚在行李中。○行李，使者也。李，通作理，字異而義同。○【王洙曰】左氏僖公三十年傳：行李之往來，共其困乏。杜預注：行李，使人。○【趙次公曰】襄公八年傳：亦不使一介行李告于寡君。杜預注：行李，行人也。○昭公十二年傳：行理之命，無月不至。杜預注：行李，使人通聘問者。管子五行篇：黄帝得后土而辨于北方，故使爲李。又曰：冬，李也。注：李，獄官也。乃知古昔多以李爲理矣。戎馬日衰息，乘輿安九重。○【趙次公曰】以車駕嘗因吐蕃陷京師而幸陝，今稍平定後還長安，爲九重之安矣。○宋玉九辯：君之門以九重。有材何棲棲，○【趙次公曰】論語：丘何爲是棲棲者與？將老委所窮。○言京師已復，宜見召用，尚使抱材棲棲無所定處，窮通委之於命也。爲郎未爲賤，其奈疾痛攻。○【趙次公曰】甫爲尚書郎，未爲卑賤，其奈病肺何？○廣德二年春，嚴武鎮蜀，奏公尚書郎、劍南參謀。按集有曰「爲郎從白首」，又曰「已老尚書郎」，又曰「爲慙白首郎」，皆謂是也。子何面黧黑，○黧，音黎，黑而黄也。子，指蘇徯也。李斯傳：禹鑿龍門，手足胼胝，面目黧黑。不得豁心胸。巴蜀倦剽劫，下愚成土風。○【王洙曰：「崔旰之亂也。」】言崔旰之亂，相習以成風俗，而民力倦困也。幽薊已削平，荒徼尚彎弓。○【王洙曰：「禄山節鎮處也。時思明未平。」】幽薊，指禄山雖平，而史思明尚彎弓於徼也。斯人脱身來，豈非吾道東。○【趙次公曰】斯人，指傒也。時脱身而來巴蜀，故云「吾道東」矣。○【王洙曰】後漢鄭玄傳：玄字康成，從扶風馬融質諸疑義，問畢辭歸。融喟然謂門人曰：「鄭生今去，吾道東矣。」乾坤雖寬大，所適裝囊空。○言其貧也。肉食哂菜色，○哂，矢忍切，笑也。○【王洙曰】傷乎世情以肥瘠爲輕重也。○【趙次公曰】左氏傳：肉食者無墨〔一〕。少壯欺老翁。○或曰：甫託言以諷嚴武。武與甫有舊契，偶失武意，幾爲所殺。况乃主客間，古來偪側同。○蓋以甫爲客依武之故也。○【趙次公曰】按集又有偪側行篇。君今下荆揚，獨帆如飛鴻。二州豪俠場，人馬皆自雄。○言荆楚豪俠尚氣，輕薄自雄以欺客也。一請甘飢寒，再請甘養蒙。○【王洙曰：「欲其晦跡以自全耳。」】故甫以一請再請戒之養蒙，欲其韜晦遠客，無露其圭角也。○【趙次公曰】易：蒙以養正。

【校記】

〔一〕無墨，古逸叢書本作「鄙」。

別蘇徯赴湖南幕〇【赴湖南幕，九家集注杜詩、分門集注作「王洙曰」。】

故人有遊子，棄擲傍天隅。〇【王洙曰】李陵詩：遊子暮何之，各在天一隅。佗日憐才命，居然屈壯圖。〇【趙次公曰】佗日，言前日也。嘗愛憐蘇之才命，以爲必超騰矣，而今居然猶壯圖之屈也。十年猶塌翼，〇【王洙曰】陳琳檄書：忠義之佐，垂頭塌翼。絶倒爲驚呼。〇【王洙曰】晉琅邪王澄每聞衛玠言，輒嘆息絶倒，故時人爲之語曰：「衛玠談道，平子絶倒。」消渴今如在，提携愧老夫。〇【趙次公曰】甫自言有消渴之疾，不能提携蘇徯爲愧也。豈知臺閣舊，先拂鳳凰雛。〇先，陳作洗。焦貢易傳：鳳生五雛，長于南嶽。建康實録：鳳皇將九雛，再見于豐城。〇【王洙曰】蜀龐統號「鳳雛」。〇晉陸雲幼時，闞鴻見而奇之，曰：「此貌若非龍駒，將是鳳雛。」得實翻蒼竹，棲枝把翠梧。〇馬融廣德頌：棲鳳皇於高梧。注引韓詩外傳：黄帝時，鳳皇止帝東園，集帝梧桐，食帝竹實也。北辰當宇宙，〇喻代宗當宁〔一〕而立也。南嶽據江湖。〇南嶽謂衡山也。〇【趙次公曰】以蘇徯往赴湖南幕客，故指其地而言也。國帶風塵色，〇【趙次公曰】謂時干戈未息也。兵張虎豹符。〇應劭漢書音義：銅虎符，第一至第五，國家當發兵，遣使者至郡合符，符合乃聽受之。數論封内事，〇數，色各〔二〕切，屢累〔三〕也。揮發府中趨。〇【趙次公曰】言蘇徯爲幕客，則數論其湖南封内之事，而能發揮之也。古樂府陌上桑篇：盈盈公府步，冉冉府中趨。贈爾秦人策，〇爾，一作汝。〇【王洙曰】左氏文公十三年傳：秦伯使士會行，繞朝贈之以策：「子無謂秦無人，吾謀適不用爾。」杜預注：策，馬撾也。莫鞭轅下駒。〇【王洙曰】灌夫傳：上怒内史曰：「公平生數言魏其、武安長短，今日廷論，局促效轅下駒。」

【校記】

〔一〕宁，元本、古逸叢書本作「宇」。

〔二〕各，元本、古逸叢書本作「角」。

〔三〕累，元本、古逸叢書本作「舉」。

反照

反照開巫峽，寒空半有無。已低魚復〔一〕暗，〇復，音腹。寰宇記：夔州奉節縣，本漢魚復縣。左氏文公十年傳「魚人逐楚師」是也。不盡白鹽孤。〇【王洙曰】白鹽，山名。〇前注。荻岸如秋水，〇【趙次公曰】荻花密布，如秋水之𩙿波也。松門似畫圖。〇松門山色如畫圖之丹青也。

十道志：松門在夔州。謝靈運入彭澤詩：牽葉入松門。牛羊識童僕，既夕應傳呼。○【趙次公曰】詩：日之夕矣，牛羊下來。

【校記】

〔一〕復，原作「腹」，據古逸叢書本改。

向夕

畎畝孤城外，江村亂水中。深山催短景，喬木易高風。鶴下雲汀近，雞栖草屋同。琴書散明燭，長夜始堪終。

曉望

白帝更聲盡，陽臺曉色分。高峰寒上日，○【師尹曰：「一作『高峰初上日，疊嶺未收雲』。」】寒，一作初。疊嶺宿霾雲。○【師尹曰：「一作『高峰初上日，疊嶺未收雲』。」】宿霾，或作未收。地拆江帆隱，○【趙次公曰：「地拆，言江闊也。」】地拆，謂天闊也。天清木葉聞。荆扉對麋鹿，應共爾爲羣。

錦樹行

今日苦短昨日休，歲云暮矣增離憂。○【師古曰。又，王洙曰：「時不我與，而不知老之將至也。」】日短、歲暮，皆傷老之將至，而歲不我與也。霜凋碧樹作錦樹，○作，荆公作行。○【師古曰。又，王洙曰：「木葉經霜而紅，故若錦然。」】樹以霜厭，葉紅色如錦也。萬壑東逝無停留。○【王洙曰】聖賢之傷時者，莫不寓意於此。孔子所以有「川上」之歎也。荒戍之城石色古，東郭老人住青丘。○【趙次公曰】東郭，乃夔州也。○【師古曰】東郭、青丘，亦夔州之地名，非洛陽之青丘。○【趙次公曰】老人，甫自稱也。飛書白帝營斗粟，○【師古曰】謂有所請求也。琴瑟几杖柴門幽。青草萋萋盡枯死，天馬跂足隨犛牛。○一作「天與跂足」。犛，莫褒切，又陵之切，字或作「犛」，又音茅。○【趙次公曰】草枯則無以充天馬之飼，與犛牛無異矣。犛牛，蠻中牛也。○【師古曰。又，王洙曰：「天馬隨犛牛，喻君子而隨小人。」】以喻君子失所而混居小人之中也。○上林賦：「獑胡貘〔一〕犛。」張揖曰：「旄〔二〕牛，其狀如牛而四節毛犛黑色，出西南徼外。」爾雅釋畜：「犣牛，旄牛也。」髀、膝、尾間皆有長毛。自古聖賢多薄命，○【王洙曰：「伯夷之餓死，孔子之棲棲，顔回之夭，孟軻之坎坷，皆薄命之聖賢也。」】謂如夷、齊之餓死，孔、孟之不遇是也。姦雄惡少皆封侯。○王本作「封公侯」。○【王洙曰：「漢祖之起，所取侯者，皆屠沽、刀筆之人。」】謂如樊噲之屠狗，灌嬰之販繒，皆是也。

故國三年一消息，終南渭水寒悠悠。○【師古曰】南山、渭水，皆關中之景物，已皆禄山所陷也。五陵豪貴反顛倒，○五陵，前注。鄉里小兒狐白裘。○禮記：狐白裘，錦衣以裼〔三〕之。呂氏春秋：天下無粹白之狐，而有粹白之裘，取諸〔四〕衆白也。晏子春秋：景公被狐白裘坐於堂。○【薛夢符曰】春申君傳：孟嘗君獻秦昭王狐白裘，直千金，天下無雙。生男墮地要膂力，○【趙次公曰】傅玄豫章行：苦相身爲女，卑陋難具陳。男兒當門户，墮地自生神。雄心志四海，萬里望風塵。女育無歡慶，丈夫多好新。○又，傅歷九秋篇：男兒墮地稱殊，女弱雖存若無。一生富貴傾家國。○【趙次公曰：「師民瞻本作『生女富貴傾家國』，則與上下句皆言男子之事不接矣。」】一生，作生女。○外戚傳：李延年侍上，歌曰：「北方有佳人，絶世而獨立。一顧傾人城，再顧傾人國。傾城與傾國，佳人難再得。」上召見之，由是得幸。莫愁父母少黄金，天下風塵兒亦得。○【師古曰】皆歎亂世貴者反賤，賤者反貴。如小人徒有膂力以取富貴，傾動國家。○【趙次公曰】異乎佳人以容貌而傾乎人國者。○【師古曰。又，王洙曰：「天下風塵，則奸邪得志。」】蓋以天下風塵故也。

【校記】

〔一〕貘，元本、古逸叢書本作「摸」。

〔二〕旄，元本、古逸叢書本作「氂」。

〔三〕裼，古逸叢書本作「禓」。

〔四〕諸，元本、古逸叢書本作「言」。

赤霄行○【蘇曰】或曰：按新唐書：甫性褊躁傲誕，嘗醉登嚴武牀，瞪視之，曰：「嚴挺之乃有此子。」武亦暴猛，外若不忤，中銜之。一日，欲殺甫及梓州刺史章彝，集吏於門，武將出，冠鈎于簾三，左右白其母，奔救，得止。獨殺彝。後世之論，因謂武殺公，於是有赤霄行之作。○今考公詩，武未開府，彝已交印入覲。以詩求之，日月昭然。說者又謂房太尉琯亦忤武，憂怖成病。武母以小舟送甫下峽。二公幾不免，李白作蜀道難以危之。其說皆妄也。嘗謂公與琯、武素厚，公因琯廢，武因琯顯，武恨不能報琯，故以報琯之心報公，辟公爲劍南參謀。武死而公哭之哀也。武豈殺公者哉？公巴東詩曰：「留滯一老翁，書時記朝夕。」新史氏之言當失之也。○【趙次公曰】或曰：此篇乃遭侮而感歎之作也。○今並録之，以啓蒙後學有識察焉。

孔雀未知牛有角，○角，協音谷。渴飲寒泉逢觝觸。○【師古曰】孔雀與牛非其類，猶君子小人非其類，不虞君子反爲小人中傷也。赤霄玄圃須往來，翠尾金花不辭辱。○【杜田補遺。又，杜陵詩史、分門集注、補注杜詩引作「師古曰」。】埤雅：博物志：孔雀尾有金翠，雌者不冠，尾短無金翠。人採其尾以飾扇，拂生翠，則金翠之色不減。南人取其尾，握刀蔽于叢竹潛藏之處，伺過，急翦之，若不即斷，回首一顧，無復光彩也。江中淘河嚇飛燕，○嚇，虛訝切，口距人也。又，郝格切，怒也。○【杜田補遺】又，杜陵詩史、分門集注、補注杜詩引作「師古曰」。】爾雅釋鳥：鵜，鴮鸅。郭璞注：今之鵜鶘也。好羣飛，沈水食魚，故名「洿澤」，俗呼「淘河」。○【杜田補遺】陸機疏：維鵜在梁，詩。鵜，水鳥，澤中有魚，便羣共貯〔一〕水，滿其湖〔二〕而棄之，令水竭，乃共食魚，故名「淘河」。本草：鵜鶘，一名「淘河」。胸前有兩塊肉，云昔人竊肉入河所化，故名「逃河」。○【趙次公曰】莊子秋水篇：惠子相梁，莊子往見之，曰：「鴟得腐鼠，鵷雛過之，仰而視之，曰：『嚇！』今子欲以子之梁國而嚇我邪？」銜泥却落羞華屋。○【趙次公曰】飛燕從江上來，爲淘河所疑，意謂燕爭其食而嚇怒之，歸華屋之上，負此羞恥，銜泥而却落也。○【師古曰】譬猶小人居朝，反爲洿辱也。皇孫猶曾蓮勺困，○【王洙曰】蓮，音輦。勺，音灼。孝宣帝紀：初爲皇曾孫，高材好學，亦喜遊俠，鬭雞走馬，常困於蓮勺鹵中。音義曰：爲人所困辱也。蓮勺縣有鹽池，縱廣十餘里，其鄉人名爲鹵中。鹵者，鹹地也。在櫟陽縣東。衛莊見貶傷其足。○【王洙曰】衛，一作鮑。左氏成公十七年傳：春，齊靈公伐鄭。高無咎、鮑牽處守。及還，將至，閉門而索。孟子訴之曰：「高、鮑將不納君。」秋，刖鮑牽而逐高無咎。齊人來召鮑國而立之。鮑國相施氏忠，故齊人取以爲鮑氏後。仲尼曰：鮑莊子之智不如葵，葵猶能衛其足也。老翁慎莫怪少年，葛亮貴和書有篇。○【趙次公曰】老翁，甫自指言也。少年，則所見辱之子也。陳壽所上諸葛亮集，目録凡二十四篇，而貴和第十一。○此甫所以託言不能和則必召辱矣。丈夫垂名動萬年，記憶細故非高賢。○【師古曰】語云：君子坦蕩蕩，小人長戚戚。○【師古曰。又，王洙曰：「言不可録小怨而棄大德也。〔一〕】此甫所以不記録其小怨也。不然，何以見君子之大德？〇【趙次公曰】漢文帝與匈奴書：朕與單于捐細故。顔師古曰：細故，小事也。

【校記】

〔一〕貯，古逸叢書本作「抒」。

〔二〕湖，古逸叢書本作「胡」。

前苦寒行二首

漢時長安雪一丈，〇金匱曰：武王伐紂，都洛邑，未成，雨雪十餘日，深丈餘。王莽天鳳二年，大雨雪，關東尤甚，深者一丈。牛馬毛寒縮如蝟。〇【杜田正謬。又，門類增廣十注杜詩引作「杜云」；杜陵詩史引作「修可曰」，又引作「師古曰」；分門集注引作「杜修可曰」。】西京雜記：元封二年，大寒，雪深五尺，野鳥獸皆死，牛馬皆踡縮如蝟。三輔人民凍〔一〕死者十有二三。〇【杜田正謬。又，門類增廣十注杜詩引作「杜云」，杜陵詩史引作「師古曰」，分門集注引作「杜修可曰」。】鮑照出自薊北門行：疾風衝塞起，沙礫自飛揚。牛馬縮如蝟，角弓不可張。楚江巫峽冰入懷，虎豹哀號又堪記。〇【師古曰】楚峽地暖，從來無雪，今乃如冰入懷，虎豹之類哀號。此又堪記其異也。秦城老翁荆揚客，〇【王洙曰】甫，杜陵人，乃秦地也。〇今客於南楚。慣習炎蒸歲絺綌〔二〕。〇【師古曰】歲暮而猶衣葛衣也。玄冥祝融氣或交，手持白羽未敢釋。○【師古曰】玄冥，冬神。祝融，夏神。冬夏之交，常持羽扇，是以知楚峽之暖也。○裴啓語林：諸葛武侯持白羽扇，指揮三軍。

【校記】

〔一〕凍，元本、古逸叢書本作「陳」。

〔二〕綌，原作「絺」，據元本、古逸叢書本改。

去年白帝雪在山，今年白帝雪在地。○在地則甚於在山矣。凍埋蛟龍南浦縮，寒刮肌膚北風刮〔一〕。○刮，陳作劄。楚人四時皆麻衣，○楚地暖而無雪也。楚天萬里無晶輝。三足之烏足恐斷，○春秋元命包：陽成於三，故日中有三足烏者，陽精也。張衡靈憲：日，陽精之宗，積而成烏，烏有三趾，陽之類數奇也。○【趙次公曰】淮南精神訓：日中有蹲〔二〕烏。許慎注：踆，猶蹲也。謂三足烏。羲和送將安所歸。○一刊作「迭送將安歸」。○【趙次公曰】羲和，日御也。以雪寒而烏足斷，則羲和御日車失其所歸矣。皆以形容雪寒之意也。○廣雅：日御曰羲和，月御曰望舒。

【校記】

〔一〕刮，元本、古逸叢書本作「利」。

〔二〕蹲，古逸叢書本作「踆」。

寄裴施州

廊廟之具裴施州，宿昔一逢無比〔一〕流。金鍾大鏞在東序，○【師古曰】東序，殷學也。金鍾、大鏞，乃禮樂之器。言能文之以禮樂也。冰壺玉衡縣清秋。○【王洙曰】冰壺、玉衡，言其器宇之清澈也。自從相遇感多病，○感，一作減，一作咸。三歲爲客寬邊愁。堯有四岳明至理，○【王洙曰：「堯建四岳，以共治天下。」】四岳，羲仲、羲叔、和仲、和叔，堯掌四岳之官也。漢二千石真分憂。○【師古曰】甫以堯之四岳、漢之二千石比裴施州也。漢有二千石，有中二千石。其實一千四百四十石，不滿二千石也，中二千石其實二千一百六十石故也。○【王洙曰。又，杜陵詩史、分門集注引作「師古曰」。】漢宣帝曰：「與我共理者，惟良二千石乎！」幾度寄書白鹽北，○白鹽崖，在夔州之魚復。苦寒贈我青羔裘。○【王洙曰。又，趙次公曰：「青羔裘，舊本一作青絲裘，非。蓋以青羔之皮爲身，而以錦爲袖也。」】羔，或作絲。○【師古曰】甫旅寓白鹽之北，屢得裴使君惠書與羔裘也。霜雪迴光避錦袖，○【師古曰】言裘之美也。龍蛇動篋蟠銀鉤。○龍蛇，一作蛟龍。○【趙次公曰】言書之妙也。今藏裴使君銀鉤於其中，所以龍蛇動於篋也。紫衣使者辟復命，○【趙次公曰：「辭復命，舊本作辟復命，無義。師民瞻本作辭字，方有義也。」】辟，陳作辭。○【師古曰】言朝廷必遣使者辟召之也。再拜故人謝佳政。將老已失子孫憂，後來況接才華盛。○【趙次公曰】言我將老而免憂子孫，無它，以後來之人相接有裴使君諸子才華之盛美矣。

【校記】

〔一〕比，古逸叢書本作「此」。

奉酬薛十二丈判官見贈

忽忽峽中睡，悲風方一醒。○風，一作秋。○【師古曰】甫有渴疾，故忽忽不樂，遇秋風而稍蘇故也。西來有好鳥，爲我下青冥。羽毛盡白雪，慘淡飛雲汀。既蒙主人顧，舉翮唳孤亭。特以比佳士，○好鳥，指西王母使也。○【師古曰】王母常與漢武會，先有青鳥爲使。甫以薛判官有仙姿，故以況之。○劉向列仙傳：西王母，神人。人面蓬頭，髮戴勝，虎爪豹尾，善笑，穴居，名西王母。在崑崙山上。漢武故事：上於承華殿忽見一青鳥從西方集殿前，上問東方朔：「何鳥也？」朔曰：「西王母必降。」又博物志：王母來見武帝，有三青鳥，如烏大，夾王母。三鳥，王母使也。及此慰揚舲。○舲，音靈。舟有窗者。○【高曰】揚舲，謂行舟也。清文動哀玉，○【趙次公曰】言佳士之文，清如鳴玉之哀聲也。○徐陵賦：哀玉發于新聲。見道發新硎。○言佳士之知道，若新硎之發於刃也。○【王洙曰】莊子養生篇：庖丁曰：「臣之所好者，道也，進乎技矣。臣之解牛，刀若新發於硎，恢恢乎遊刃有餘地矣。」欲學鴟夷子，○劉向列仙傳：范蠡字少翁，佐勾踐破吴，乃乘輕舟入海，變名姓適齊，爲鴟夷子皮。○【王洙曰】貨殖傳顔師古注：鴟夷者，若盛酒之鴟夷，多所容受，而可卷懷，與時張弛也。○餘見壯遊詩注。待勒燕山銘。○【王洙曰】竇憲勒功燕然山，紀漢威德。班固爲之銘。誰重斬斜〔一〕劍，○一作「誰重斷蛇劍」，乃高祖之劍，恐非人臣所用，誤矣。朱雲傳：臣請賜尚方斬馬劍，斷佞臣張禹，以厲其餘。致君君未聽。○聽，讀平聲。○【趙次公曰】此言利器如漢朱雲所用之劍而未施，有致君之術業而君未用也。志在麒麟閣，○【趙次公曰】三輔黄圖：宣帝思股肱之美，乃圖霍光等於麒麟閣。無心雲母屏。○【王洙曰】後漢鄭弘傳：弘爲太尉時，舉第五倫爲司空，班次在下。每正朔朝見，弘曲躬自卑。帝問其故，遂聽置雲母屏風，分隔其間。由此爲故事。○吴録云：鷺父亮爲尚書令，而鷺爲中書令，每朝會，制以雲母屏風隔其座。○【師古曰】夢弼謂：昔范蠡號鴟夷子，鴟夷子乃韋囊也，可以盛酒，舒卷隨宜〔二〕者似之。甫勉薛判官莫學鴟夷子泛湖，當如竇憲立功，勒銘於燕然山，畫麒麟閣，無徒若鄭弘爲帝寵眷，賜以雲母屏隔坐而已。卓氏近新寡，○【王洙曰】司馬相如傳：相如初遊臨邛，富人卓王孫令相如奏琴，時卓王孫有女文君，新寡好音，相如以琴心挑之，文君夜亡奔相如。豪家朱門扃。○門，一作户。相如才調逸，銀漢會雙星。○【晏曰】雙星，謂牛郎、織女也。○昔相如娶卓氏女文君，蕭史聘秦女弄玉，楚襄王遇巫山神女，人各有偶。今甫與妻子間隔，故自傷之。風土記：七夕，河鼓、織女二星神當會見，天漢中有奕奕正白氣，有光耀五色，以此爲候。

○【趙次公曰】續齊諧記：桂陽成武丁忽謂其弟曰：「七月七日，織女渡河，諸仙悉還宮，吾亦被召，與爾別矣。」弟問：「織女何事渡河？」答曰：「暫詣牽牛。」世人至今云「織女嫁牽牛」也。又云：「吾更後三千年當還耳。」客來洗粉黛，○孟光傳：始傳粉墨，乃更爲椎髻，著布衣操作而前。日暮拾流螢。○【趙次公曰】晉車胤傳：貧不常得油，夏月囊螢火以照書。不是無膏火，勸郎勤六經。老夫自汲澗，野水日泠泠。我歎黑頭白，君看銀印青。○此言「銀印青」，當如言「帶日恩」與「荔枝青」同。按漢百官公卿表：凡吏秩比二千石以上，皆銀印青綬。又衛史大夫位上卿，銀印青綬。顏師古引漢書舊儀：銀印背龜紐，其文曰章，謂刻曰「某官之印」也。卧病識山鬼，○【王洙曰】屈原九章有山鬼篇。○莊子曰：山有夔。魯語：木石之怪，夔、魍魎也。爲農知地形。○【王洙曰】謂辨〔三〕五種，相〔四〕高下，視肥瘠也。誰矜坐錦帳，○【王洙曰】漢百官志：郎官給錦帳。苦厭食魚腥。○楚人重魚故也。東南兩岸坼，○晉作岸。○【孫曰】兩，謂峽江也。橫水注江溟。碧色忽惆悵，○【王洙曰】忽，一作苦。風雷搜百靈。空中石白虎，○【王洙曰】石，一作有。赤節引娉婷。○娉，匹遥切。婷，徒寧切。自云帝里女，○【王洙曰：「一云季」。又，趙次公曰：「一作帝季女，則又皇家之女矣。」】里，一作李。○帝女，謂秦女也。○【王洙曰】劉向列仙傳云：秦繆公有女字弄玉，隨鳳凰飛去。噀雨鳳凰翎。○噀，正作潠，又作㖩。蘇困切，含水噴也。○【趙次公曰。又，杜陵詩史、分門集注、補注杜詩引作「師古曰」。】欒巴噀酒成雨，故云「噀雨」。襄王薄行跡，○【王洙曰：

「見宋玉高唐賦云。」】宋玉高唐神女賦序：楚襄王與宋玉遊雲夢之臺，望高唐之觀。玉曰：「昔先王嘗遊高唐，怠而晝寢，夢見一婦人，曰：『妾巫山之女也，爲高唐之客，聞君遊高唐，願薦枕席。』王因幸之。去而辭曰：『妾在巫山之陽，高丘之岨〔五〕，旦爲朝雲，暮爲行雨。朝朝暮暮，陽臺之下。』」襄王使玉賦其事。王夜夢與神女遊。莫學冷如丁。○【王洙曰：「丁令威也。去家一千年始一歸也。」】羣玉雜俎：遼東華表柱有鶴集其上，自云丁令威，曰：「有鳥有鳥丁令威，去家千年今始歸。城郭是兮人民非，何不學仙冢纍纍。」千秋一拭淚，夢覺有餘聲。○覺，古效切，寤也。人生相感動，金石兩青熒。○青熒，光明貌也。丈人但安坐，休辨渭與涇。○【王洙曰】言無分清濁也。龍蛇尚格鬬，○言戰争未息也。灑血暗郊坰。○言殺戮之多也。爾雅釋地：邑外謂之郊，林外謂之坰。吾聞聰明主，治國用輕刑。○【王洙曰：「尚德也。」】謂尚寬也。銷兵鑄農器，○謂偃武〔六〕。家語：顏回曰：「願得明王聖主而輔相之。鑄劍戟爲農器，放牛馬於原藪。」今古歲方寧。文王日儉德，俊乂始盈庭。○書無逸：文王卑服，即康功田功。日昃不暇食用，咸和萬民。○【王洙曰】詩大雅：濟濟多士，文王以寧。榮華貴少壯，○古長歌行：少壯不努力，老大乃傷悲。豈食楚江萍。○【王洙曰。又，杜陵詩史、分門集注、補注杜詩引作「師古曰」。】揚子雲嘗曰：至誠則金石爲開。○【師古曰】甫言薛丈以至誠相感動，能移此以感人主，使之輕刑消兵，務從節儉，搜求賢俊，如是則天下不期治而自治，薛丈於此可以掇取榮華於年少之日，豈但如甫客寓荆楚而食萍實也哉！○【王洙曰】家語：

楚昭王渡江，得一物，色赤，以問孔子。孔子曰：「此萍實也，可剖而食之。吾昔過陳，聞童謡曰：『楚王渡江得萍實，大如斗，赤如日，剖而食之甜如蜜。』」

【校記】

〔一〕斜，元本、古逸叢書本作「邪」。

〔二〕宜，元本、古逸叢書本作「官」。

〔三〕謂辨，元本、古逸叢書本無。

〔四〕相，古逸叢書本作「翊」。

〔五〕岨，古逸叢書本作「阻」。

〔六〕元本、古逸叢書本「武」下有「孔」字。

新定杜工部草堂詩箋斠證卷第四十二

大曆二年在夔州所作

晚晴

高唐暮冬雪壯哉，○【趙次公曰：「師民瞻本改舊本高堂作高唐，是。蓋夔州所作，宜使巫山之高唐也。」】唐，舊作堂，今從師民瞻本爲正。○高唐觀在夔州。舊瘴無復似塵埃。○【王洙曰】峽中每嵐瘴起，如塵埃之蔽天。崖沉谷没白皚皚，○【鄭卬曰：「莫開切。」】皚，魚開切。○説文：雪霜白貌。劉歆遂初賦：漂積雪之皚皚。班彪北征行：涉積雪之皚皚。江石缺裂青楓摧。南天三旬苦霧開，○【王洙曰】舞鶴賦：嚴霜苦霧。赤日照耀從西來。○江逌賦：龍回轡號，赤日飛光。六龍寒急光徘徊，○【王洙曰：「六龍，日御也。」】日乘車，駕以六龍，羲和馭之。○春秋命曆序：皇伯登扶桑，日之陽，駕六龍以上下。餘見前注。照我衰顏忽落地，口中吟詠心中哀。未怪及時少年子，揚眉結義黃金臺。○【王洙曰】鮑照詩：豈伊白璧賜，將起黃金臺。○【王洙曰：「燕昭築黃金臺，以禮郭隗。」】述異記：燕昭王爲郭隗築臺，今在幽州燕王故城中，土人呼爲賢士臺，又呼爲招賢臺。王隱晉書：段匹磾討石勒，進屯故安縣，故燕太子丹金臺。上谷圖經：黃金臺，易水東南十八里，燕昭王置金於臺上，以延天下之士。二説不同，故具列之。春秋後語：燕昭王曰：「安得賢士，以報齊讎？」郭隗曰：「王能築臺於碣石山前，尊隗爲師，天下賢士必自至也。」王如其言作臺，以黃祟〔一〕之，號曰黃金臺。於是樂毅自魏往，鄒衍自齊往，劇辛自趙往。洎乎吾生何飄零，○洎，一作泊，或作汩〔二〕。洎，巨至〔三〕切，及也。支離委絶同死灰。○【王洙曰：「支離，言不爲時所用也。莊子：心可使如死灰？」】莊子人間世篇：支離流者〔四〕，支離其形，猶足以終其天年，況支離其德乎？又逍遥遊篇：形固可使如槁木，而心固可使如死灰〔五〕乎？

【校記】

〔一〕祟，古逸叢書本作「飾」。

〔二〕汩，元本、古逸叢書本作「汨」。

〔三〕至，元本、古逸叢書本作「室」。

〔四〕支離流者，元本、古逸叢書本無。

〔五〕灰，元本作「峽」。

復陰

方冬合沓玄陰塞，昨日晚晴今日黑。○合沓，相繼貌。謂冬來陰氣盛，欲作雪也。萬里飛蓬映天過，○甫自言飄蓬也。孤城樹羽揚風直。○【趙次公曰：「白帝城上屯戍之旗也。」】謂屯兵建旌旗也。江濤簸岸黄沙走，○簸，一作欺。雲雪埋山蒼兕吼。○兕，序姊切。爾雅釋獸：兕似牛，一角，青色，重千斤。君不見夔子之國杜陵翁，○【王洙曰】夔州，古夔子國。○後漢志：秭歸，本歸國。杜預曰：夔國。酈道元水經注：秭歸，故歸也。地理志：歸子國也。牙齒半落左耳聾。○甫自傷衰老而遇苦寒也。

後苦寒行二首

南紀巫廬瘴不絶，○巫、廬二山，南國之綱紀也。唐一行以天下山河分爲兩戒，南戒自岷山嶓冢，負地絡之陽，東及太華，連商山、熊耳、外方、桐柏。自北〔一〕洛南逾江、漢，攜武當、荆山，至于衡陽。○【杜田補遺：「詩：滔滔江漢，南國之紀。説者以江漢爲南紀，非。南紀乃分野名。唐天文志：東循嶺徼，達甌、閩中，是謂南紀。所以限蠻夷。」】東猶嶺徼，達東甌，至閩中，是爲南紀。所以限蠻夷也。

太古以來無尺雪。○【王洙曰】南地多瘴癘，謂〔二〕之〔三〕炎方，温而無雪。蠻夷長老怨苦寒，崑崙天關凍應折。○【師尹曰】古詩：崑崙杳無際，天關煙氣昏。玄猿口禁不能嘯，白鵠翅垂眼流血，安得春泥補地裂。○【趙次公曰：「神異經：崑崙有銅柱焉，其高入天，所謂天柱。圍三千里，周圍如削。銅柱下有回屋，辟方百丈。所謂天關，豈天柱乎？」】崑崙山爲天柱，崆峒山爲天關。○地以凍裂，故欲得春泥以補之，甫託意言賊割裂州郡也。

【校記】

〔一〕北，元本作「此」，古逸叢書本作「上」。

〔二〕謂，元本、古逸叢書本無。

〔三〕之，古逸叢書本作「也」。

晚來江門失大木，○【王洙曰】門，一作間。○或作邊。猛風中夜吹白屋。○白屋，謂以白茅覆屋也。天兵斬斷青海戎，○哥舒翰築城青海上，吐蕃攻破之，移築龍駒鼻〔一〕，吐蕃不敢近青海。殺氣南行動坤軸，○【師尹曰】河圖括地象：地下有三千六百軸，互相牽制。不爾苦寒何太酷。○【王洙曰】疑殺戮太過也。巴東之峽生凌澌，○澌，音斯，流冰也。彼蒼迴斡人得知。

○斡，一作軒。彼蒼迴軒，謂春至也。甫意殺氣盛，故大寒，且知春至而喜也。

【校記】

〔一〕鼻，古逸叢書本作「島」。

夜歸

夜來歸來衝虎過，山黑家中已眠卧。傍見北斗向江低，○夔在西南，故傍見北斗低也。仰看明星當空大。○大，唐佐切。○【王洙曰：「明星夜半則見。」】謂夜將闌也。庭前把燭嗔兩炬，○嗔，一作唤。嗔其風急也。峽口驚猿聞一箇。白頭老罷舞復歌，○罷，讀曰疲。杖藜不睡誰能那。

寄柏學士林居

○林居，魯作草堂。

自胡之反持干戈，○禄山，胡人也。天下學士亦奔波。○避亂逃散，如波之奔也。書序：天下學士逃難解散。跋涉奔波，憂樂之晝〔一〕也。歎彼幽棲載典籍，○謂雖亂不釋卷也。蕭然暴露依山阿。○【王洙曰】暴露，謂無所庇也。青山萬里静散地，○里，王作重。謂林居之地也。白雨一洗空垂蘿。亂代飄零余到此，○余，作餘者誤也。古人成敗子如何。○古人遭亂代，成敗如是，今子爲之奈何，勉之之辭也。荆揚春冬異風土，○【王洙曰】風土記：荆揚之間，春寒而冬煖。巫峽日夜多風雨。○前注。赤葉楓林百舌鳥，○百舌，反舌也，江東謂之信鳥。黄泥野岸天雞舞。○【王洙曰】泥，或作花。○爾雅「天雞」有二。○【薛夢符曰】一釋虫曰：螒，天雞。注：小蟲，黑身赤頭，一名沙雞，又曰樗雞。○一釋鳥曰：鶾，天雞。注：鶾雞赤羽。逸周書曰：文鶾若彩雞，成王時蜀人獻之。楊文公談苑曰：公詩兩用「天雞」，皆指鳥也。盜賊縱横甚密通〔二〕，○密邇，近貌。形神寂寞甘苦辛〔三〕。幾時高議排金門，各使蒼生有環堵。○金門，乃金馬門。○【王洙曰：「使民各安其居也。」】言柏學士非久擢用，使天下再〔四〕獲安居也〔五〕。

【校記】

〔一〕畫，古逸叢書本作「盡」。

〔二〕通，元本、古逸叢書本作「邇」。

〔三〕苦辛，元本、古逸叢書本作「辛苦」。

〔四〕再，古逸叢書本作「甫」。

〔五〕也，元本、古逸叢書本作「地」。

寄從孫崇簡

嵯峨白帝城東西，南有龍湫北虎溪。○龍湫，乃龍潭也。吾孫騎曹不記馬，○記，一作騎。○【杜田補遺。門類增廣十注杜詩引作「杜云」。又，杜陵詩史、分門集注、補注杜詩、集千家注批點杜工部詩集引作「修可曰」。】世説：王子猷爲桓沖騎曹參軍。桓問曰：「卿何曹？」答曰：「不知何曹。時見牽馬來，似是馬曹。」又問：「所管幾馬？」曰：「何由知數？」又問：「馬死多少？」曰：「未知生，焉知死。」業學尸鄉多養雞。○【趙次公曰】劉向列仙傳：祝雞翁，洛人也。居尸鄉北山下，養雞百餘年，皆有名字千餘頭，暮棲樹上，晝放散之，欲引，呼名即種別而至。龐公隱時盡室去，○【趙次公曰】漢逸民傳：龐德公居峴山之南，夫妻相敬如賓。荆州劉表延請，不屈，遂攜其妻子登鹿門山，采藥不反。武陵春樹他人迷。○【趙次公曰】陶淵明桃花源記：晉太康中，武陵人捕魚，忽逢桃花林，夾岸前行，窮其源，豁然開朗，土地平廣，阡陌交通，黄髮垂髫，怡然自樂。見漁人，便要還家，設酒作食。停數日，辭去。既出，遂迷，不復得路。與汝林居未相失，近身藥裹酒長攜。牧叟樵童亦無賴，○無賴，謂無所持賴也。莫令斬斷青雲梯。○託言勿相疏絶也。○【趙次公曰】謝靈運登石門山詩：惜無同懷客，共登青雲梯。○郭璞遊仙詩：靈溪可潛盤，安事登雲梯。

奉送蜀州柏二别駕將中丞命赴江陵起居衛尚書太夫人因示從弟行軍司馬位

中丞問俗畫熊頻，〇【王洙曰】漢制：刺史車畫熊於軾。愛弟傳書綵鷁新。〇鷁，五歷切，水鳥也。司馬相如子虛賦：浮文鷁，揚旌枻。注：畫鷁象於船首，以壓水神。馬融廣成頌：鶬鴰鸕鷁。注：鷁，白鶂也。遷轉五州防禦使，〇【趙次公曰】唐書方鎮表：夔州兼峽、忠、歸、萬五州防禦使，隸荆南節度，乃乾元二年。起居八座太夫人。〇【王洙曰】後漢以六曹尚書并一令、一僕射，謂之「八座」。魏以五曹尚書、二〔一〕僕射、一令爲「八座」。宋與魏同。隋以六尚書、左右僕射，合爲「八座」。唐與隋同。〇續漢書：光武又分增三公曹爲二曹，其一曹主歲終書課諸州郡事，改常侍曹爲吏曹，主選舉祠祀，民曹主繕功，作鹽池苑〔二〕囿，客曹主護駕羌胡朝賀，二千石曹主詞訟中都官，水火盜賊。三公爲六曹，并令僕二人，謂之「八座」。〇【王洙曰】文帝紀注：列侯妻稱夫人。列侯死，子復爲列侯，乃得稱太夫人。子不爲列侯，則否。〇前漢音義：列侯之妻稱夫人，列侯之母稱太夫人。

楚宫臘送荆門水，白帝雲偷碧海春。〇紀時也。與報惠連詩不惜，〇【趙次公曰】公以惠連比從弟也。謝惠連，乃謝靈運之弟也。每云「每有篇章，對惠連輒得佳〔三〕語」。知吾斑鬢總如銀。

【校記】

〔一〕二，元本、古逸叢書本作「三」。

〔二〕苑，元本、古逸叢書本作「官」。

〔三〕往，古逸叢書本作「佳」。

昔遊

昔與高李輩，○【王洙曰。又，集千家注批點杜工部詩集引作「公自注」。】高適、李白。晚登單父臺。○晚，一作間。單，常演切。父，所矩切。○【王洙曰】宓子賤嘗爲單父宰。○按地理志：單州碭〔二〕郡有單父縣，古魯邑〔二〕。臺在其東二十里。魯訔曰：在今密州。按集有遣懷詩曰「昔我遊宋中，惟梁孝王都。……憶與高李輩，論交入酒壚。兩公壯藻思，得我色敷腴。氣酣登吹臺，懷古視平蕪」是也〔三〕。寒蕪際碣石，○碣石，海傍山也。際，接也。臺下青蕪與碣石相連接也。萬里風雲來。○【琪曰】言其地廣遠也。○【師古曰】甫昔與高適、李白同登是臺，眺望山東之地，沃野萬里，遂叙其地豐富如此。自祿山反於山東，風俗雕弊，傷今不如昔也。桑柘葉如雨，○【師古曰】桑柘，所以養蠶，葉潤澤如雨也。飛藿共徘徊。○藿，乃葵藿。○【師古曰】人食嘉蔬，以藿爲賤。藿生子〔四〕，隨飛徘徊，蓋言蔬菜厭飫有餘之故。○今則食薇蕪無敢飽也。説文：藿，豆葉也。清霜大澤凍，禽獸有餘哀。○大澤可以田獵，霜降之後，草木零落，於是出田以獵禽獸。有餘，蓋言萬物之盛多也。是時倉廩實，洞達寰區開。○【王洙曰】區，一作嬴，一作宇。猛士思滅胡，將帥望三台。○是時家給人足，遍天下道路開通，無有壅塞。○【王洙曰：「時任蕃將務邊功。禄山擊契丹無寧歲。時邊帥有帶平章事者，安禄山以求宰相不得而遂反。」】以上皆敘玄宗開元初山東富實，遂啓滅胡之謀，時任蕃將僥倖邊功，禄山得以乘隙進用，將兵伐契丹，既而有功，遂領范陽節度，求平章事故也。○按天官書：斗魁下六星，兩兩相比者爲三台。三台色齊，君臣和。春秋含孳曰：三公象五岳，法三能。能，與台同。君王無所惜，駕馭英雄材。○魏劉邵人物志：草木之精秀者爲英，獸之羣特者爲雄，故人云文武茂異者，取名於此。是故聰明秀出者謂之英，膽氣過人者謂之雄也。幽燕盛用武，供給亦勞哉。○玄宗既寵禄山，加以出師無乂〔五〕寧歲，餽運勞費，而天下始不聊生矣。吴門轉粟帛，泛海陵蓬萊。肉食三十萬，○一作四十。淮南墬形訓：食肉者勇敢而悍。獵射起塵埃。○吴楚出粟帛，近接於海，遂轉再泛海陵，歷蓬萊山，以供出幽燕之師。○【王洙曰：「時韋堅於望春樓下鑿潭以通漕。大置南海珍貨，舟尾相銜數十里不絶。上御樓觀之。」】時韋堅爲度支使，運置南海珍貨，船尾相銜，百姓苦之。○是以禄山將三十萬兵，椎牛宴饗，獵射大澤，講習武備，爲反叛計。一旦以討楊國忠爲名，遂舉兵叛。向者山東富庶之邦，盡爲塵埃矣。隔河憶長眺，○今隔河憶昔日同高、李登臺眺望，無復有舊時風物矣。青歲已摧頹。○蓋歎年之衰老也。少年謂之青春，故云「青歲」。不及少年日，無復故人盃。○故人，指高、李也。賦詩獨流涕，亂世想賢才。有能市駿骨，○有，一作若。莫恨少龍媒。○亂世思賢必得真賢，如市駿骨必得良馬。龍媒，良馬也。○【趙次公曰】劉向新序：燕昭王即位，卑身厚幣以招賢者。郭隗曰：「臣聞古之人君有以千金求千里馬者，三年不得。涓人言於君曰：『請求之。』君遣之，三日，得千里馬。馬已死，買其骨五百金，反以報。君怒曰：『所求者生馬，安用死馬？』涓人對曰：『死馬且市之五百金，況生馬乎？天下必以王爲能市馬，馬今至矣。』於是不朞年而千里馬至。今王誠欲必致士，請從隗始。隗且見事，況賢於隗者乎？」於是昭王築臺而師之。商山議得失，○【王洙曰】謂四皓爲漢安太子也。○詳見〔六〕前注。蜀主脱嫌猜。○【趙次公曰：「先主既用孔明，關、張之徒不平，日毁之。先主曰：『孤之有孔明，猶魚之得水。』」】蜀主劉備信任孔明，如魚水然，了無猜嫌也。○餘見前注。吕尚封國邑，○【王洙曰】吕尚輔武王定天下，封國於齊營丘。傅説已鹽梅。○【趙次公曰】傅説相高宗〔七〕，命之曰：「若作和羹，爾惟鹽梅。」○【師古曰】余謂凡此四句皆用賢也，傷今之不然。景晏楚山深，水鶴去低徊。○景晏，日暮也。鶴，水鳥也。日暮則鶴知歸，況於人乎？龐公任本性，携子卧蒼苔。○【王洙曰：「後漢龐德公也，與妻子隱於鹿門山。上之數公，皆能乘時以有爲者也。甫自悲不得其時，則莫若效龐公之潔己爾。」】龐德公携妻子隱鹿門，甫自傷不遇，不能爲四皓、孔明、吕尚、傅説之所爲，惟效龐公携妻子卧蒼苔，以適其性，斯其時也。○餘見前篇注。

【校記】

〔一〕碣，古逸叢書本作「碭」。

〔二〕魯邑，古逸叢書本作「單邑」。

〔三〕「按集」至「是也」，元本、古逸叢書本無。

〔四〕子，元本、古逸叢書本作「葉」。

〔五〕乂，元本作「又」，古逸叢書本作「有」。

〔六〕見，古逸叢書本作「是」。

〔七〕傳説相高宗，元本、古逸叢書本作「示」。

虎牙行

○【杜田補遺】光武紀：田戎、任滿，據荆門山，在南，上合下開，其狀似門。虎牙山在北，石壁紅色，間有白文，類牙，故以名之。此二山，楚之西塞，在峽州夷陵縣東南。○【鮑彪曰】盛弘之荆州記：郡西泝江六十里，南岸有山名曰荆門，北岸有山名曰虎牙，二山相對，楚之西塞也。○虎牙石壁紅色，間有白文如牙齒狀。荆門上合下開，達〔一〕山南，有門形，故因以爲名。○【杜田補遺】郭璞江賦：虎牙峥〔二〕樹以屹崪，荆門闕竦而盤礴。注：虎牙、荆門二山，夾岸相對，而江流其中也。

秋風欻吸吹南國，○【趙次公曰：「舊本作秋風。師民瞻本作北風，是。蓋下皆冬意。」】秋，一作北。○欻吸，晉作欻欻，許忽反。○【趙次公曰：「江文通雜擬：欻吸鵾鷄悲。注：猶俄頃也。今公用於風，則謝脁和蕭子良高松賦：卷風飆之欻吸，積霰雪之巉皚。」】江淹雜體詩：欻吸鵾〔三〕雞悲。又，蕭子良高松賦：卷風飆之欻吸。天地慘慘無顏色。洞庭揚波江漢迴，虎牙銅柱皆傾側。○【杜田補遺】秋風吹南國，而洞庭揚波以回江漢，故虎牙、銅柱皆爲之傾側也。○【趙次公曰】按水經：銅柱，灘名，今在涪陵之下。○或曰：銅柱即馬援立於虎溪者是也。巫峽陰岑朔漠氣，○謂寒氣盛也。峰巒窈窕溪谷黑。杜鵑不來猿狖寒，○狖，余救切。猨屬，長尾而昂鼻也。山鬼幽憂雪霜逼。楚老長嗟憶炎瘴，○【王洙曰】以陰岑霜雪之慘，故思南方之暖，皆傷時也。三尺角弓兩斛力。○謂短弓以沍寒之勁也。壁立石城橫塞起，金錯旌竿滿雲直。○【王洙曰】言時多戍兵也。○餘見前注。漁陽突騎獵青丘，○【王洙曰：「祿山之反，皆漁陽突騎。」】謂祿山兵犯洛都也。○光武紀：上谷太守耿況、漁陽太守彭寵各遣其將吳漢、寇恂等將突騎來助擊王郎。注：突騎，言能衝突軍陣。子虛賦：且齊東陼距海，南有瑯琊，秋田乎青丘。服虔曰：青丘國，在海東三百里，齊地也。山海經：青丘之山，其陽多玉，其陰多青雘。有獸如狐，九尾。有鳥如鳩，佩之不惑也。犬戎鎖甲闈丹極。○【趙次公曰：「舊本聞丹極。師民瞻本作圍丹極，是。……以犬戎鎖甲言之，則當圍於丹極。」】闈，一作聞。○【王洙曰】謂吐蕃陷京師也。犬戎，指吐蕃也。丹極〔四〕，謂帝居也。

○按集有曰「仙仗離丹極」是也。八荒十年防盜賊，征戍誅求寡妻哭，遠客中宵淚霑臆。○【王洙曰：「夫征役在外，故多寡妻。」】當是時夫征役在外，唯寡妻守家。○復苦誅求，是以甫淚沾臆而傷之也。宋玉九辯：去鄉離家來遠客。

【校記】

〔一〕達，古逸叢書本作「逹」。

〔二〕崢，古逸叢書本作「嶸」。

〔三〕吸鵾，元本作「吸鵾」，古逸叢書本作「鵾鵾」。

〔四〕極，古逸叢書本作「拯」。

晚

杖藜尋晚巷，○一作巷晚。炙背近墻暄。○【趙次公曰】列子楊朱篇：昔宋國有田夫，謂其妻曰：「負日之暄，人莫知者，以獻吾君，將有重賞。」○【王洙曰】晉嵇康書：野人有快炙背而美芹者，欲獻之至尊，雖有區區之意，亦已疏矣。人見幽居僻，○王充論衡：幽居靜處，恬淡自守。吾知養拙尊。朝廷開府主，耕稼學山村。歸翼飛棲定，○【王洙曰】曹子建詩：歸鳥赴喬林，翩翩厲羽翼。寒燈亦閉門。

荆南兵馬使太常卿趙公大食刀歌〇大食，國名。

太常樓船聲嗷嘈，〇【王洙曰】西京雜記：漢武鑿昆明池以習水戰，有戈船、樓船各數百艘。樓船上建樓櫓，戈船上建戈矛，四角悉垂幡旄旌葆麾蓋，照燭涯涘。官有樓船將軍。〇漢武秋風辭：攜佳人兮不能忘，泛樓船兮濟汾河。問兵刮寇趨下牢〔一〕。〇趨，陳作超。上牢、下牢〔二〕，楚地名。十道志：三峽口地曰峽州。上牢、下牢，楚、蜀分畛。牧出令奔飛百艘，〇【薛夢符曰】艘，蘇曹切，船也。〇【趙次公曰】昔劉備遣關羽乘船數百艘會江陵，孫權緣江萬艘。〇説文：艘，船之〔三〕總名。王粲從軍詩云：連舫逾萬艘。猛蛟突獸紛騰逃。〇時永王璘反荆楚，朝廷以趙公爲兵馬使削平寇亂於荆南。〇【趙次公曰】州牧縣令各以舟師會于下牢，兵威可畏，雖猛蛟突獸亦爲之逃竄也。白帝寒城駐錦袍，〇白帝城，即魚復縣地。時趙公駐兵于此。〇【王洙曰】按地志：公孫述築城，更名白帝城。先主章武元年屯白帝，遂爲重鎮。先主征吳於夷陵，遁還，屯於巴東白帝城，改曰永安，遂卒於永安。〇後主建興十五年，吳將全琮來攻，不克。後漢志：南郡巫山西有白帝城。十道志：白帝城，公孫述稱白帝，據西方爲白德也。玄冬示我胡國刀。壯士短衣頭虎毛，〇短衣，楚製也。〇【趙次公曰：「蓋頭者以虎頭爲飾也。」】頭虎毛，謂首蒙虎皮也。〇趙公命將士持此刀以示甫也。憑軒拔鞘天爲高。〇【鄭卬曰】鞘，所交切。〇刀銜也。拔刀於鞘，天亦爲之聳避，蓋言其刀之長也。翻風轉日木怒號，○【鄭卬曰】號，讀平聲。○大叫也。皆言刀有可畏之狀也。冰翼雪淡傷哀猱。○翼，張貌。○【趙次公曰：「冰翼雪淡，言刀瑩薄嚴冷之狀。」】冰翼雪淡，言刀色之白。○猱性畏刀，故云「傷哀猱」也。爾雅疏：猱，一名猿，善攀援樹枝。鐫錯碧甖鸊鵜膏，○【鄭卬曰】鸊，步歷切。鵜，田黎切。○水鳥也。鐫錯碧甖，謂碎其甖以磨礱其刀，鸊鵜之膏可以塗刀，令勿生鏽也。○【王洙曰】揚雄方言：鸊鵜，野鳧也。甚小，好没水中，膏可以潤刀劍，南人謂之「鸊鵜」。爾雅：鷉須鸁。注：鷉，鸊鷉，似鳧而小，膏中瑩(四)刀。鋩鍔已瑩虛秋濤。○【王洙曰：「(鋩鍔)一云銛鋒。」】一作「銛鋒以瑩靈秋濤」。○【趙次公曰：「狀刀之瑩，色如濤。」】言刀色之澄徹如秋水也。○王褒頌：巧冶鑄干將之璞，清水淬其鋒，越砥歛其鍔。鬼物撇捩辭坑壕，○【鄭卬曰】撇，正蔑切。捩，練結切。○撇捩，疾避貌。○【趙次公曰：「鬼物本隱藏於坑壕，見刀乃撇捩而辭遁焉。坑壕，城下之所。」】言鬼神見之亦辭坑壕而退避也。蒼水使者捫赤絛，○今以趙公之刀比蒼水使者之刀也。○【王洙曰】搜神記：秦時有人夜渡河，見一人丈餘，舉橫刀而立，叱之，乃曰：「吾蒼水使者也。」○【趙次公曰】又吴越春秋：禹登衡岳，血白馬以祭，夢見赤繡衣男子，稱玄夷蒼水使者，曰：「聞帝使文命于斯，故來候之。」龍伯國人罷釣鰲。○使龍伯國人見是刀，亦當罷釣而避之也。○【王洙曰】列子湯問篇：龍伯之國有大人，一釣而連六鰲者，合負而歸，因灼其骨。帝怒，滅龍伯之國。芮公迴首顏色勞，○王内翰曰：芮公，荊南節度使也。謝任伯云：以唐書考之，芮公恐是衛伯玉也。或曰：芮公即趙所封。「迴首顏色勞」，謂眷愛此刀也。分鬮救世用賢豪。○鬮，王荆公作壼。趙公玉立高歌起，○玉立，謂玉之立也。攬環結佩相終始。○謂如佩玉而歌與舞，而相爲終始。萬歲持之護天子，得君亂絲與君理。○【王洙曰】左氏隱公四年傳：衆仲曰：以德和民，不可以亂，猶理絲而棼之也。龔遂傳：臣聞治亂世猶治亂繩，不可急也，惟緩之，然後可治。○【趙次公曰】續漢書：方儲爲郎中，章帝使文郎居左，武郎居右，儲正立中，曰：「臣文武兼備，在所施用。」上嘉其才，以繁亂絲付儲使理，儲拔刀一一〔五〕斷之，曰：「反經任勢，臨事當然。」亦見機辯録。又北齊文宣帝亦以刀理亂絲。蜀江如綫針如水，荆岑彈丸心未已。○趙公以是刀可爲天子理治亂民，雖獲彈丸之封，其心未已，因言蜀江如綫，其水如針，足知荆岑之地爲至小，未足以賞趙公之大功也。王粲登樓賦：取荆山之高岑。岑，謂崟也。○【王洙曰：「言有以一丸泥封大散關也。」】王元説隗囂曰：「按秦舊迹，表裏河山。元請以一圓〔六〕泥爲大王封函谷關。」賊臣惡子休干紀，○左氏傳：季孫盟臧氏，曰：「無或如臧孫紇干國之紀。」魑魅魍魎徒爲爾，○【王洙曰】左氏宣公三年傳：王孫滿曰：「昔夏之方有德也，鑄〔七〕鼎象物，百物爲之備，使民知神姦。故民入山澤山林，不逢不若，魑魅魍魎，莫能逢之。」注：魑，山神，獸形。魅，怪物。魍魎，水神也。妖腰亂領敢欣喜。用之不高亦不庳，○【鄭卬曰】庳，音婢，又音卑。○潘岳射雉賦：揆懸刀，騁絶技，如輊如軒，不高不埤。注云：弩，牙外曰郭，下懸刀〔八〕，其形然也。埤，與庳古字通用。不似長劍須天倚。吁嗟光禄英雄弭，○光禄，即趙公也。昔宋玉雖能仗劍，尚賴天勢之高，不若此不高不低，自使英雄之弭戢也。○【杜田補遺。又，杜陵詩史、分門集注、補注杜詩、集千家注批點杜工部詩集引作「修可曰」。】余知古荆楚故事曰：襄王與唐勒、景差、宋玉等遊於雲陽之臺。王謂左右曰：「能爲大言者乎？」唐勒曰：「壯士怒兮絶天柱，北斗戾兮太山夷。」景差曰：「狡〔九〕士猛毅，撼掠覆載〔一〇〕，鋸牙鋸〔一一〕雲聲其〔一二〕大，吐舌萬里唾一世。」玉曰：「方地爲輿，圓天爲蓋。彎弓挂扶桑，長劍倚天外。」王曰：「善。」○【趙次公曰】又，宋玉賦：方地爲輿，圓天爲蓋，長劍耿介倚天外。大食寶刀聊可比。○趙公平荆楚之亂，人畏其威，亦若此刀能使魑魅魍魎遁逃也。丹青宛轉騏驎裏，○一作麒麟。光芒六合無泥滓。○【王洙曰：「言終用此刀澄清六合，畫像麒麟閣。」】言趙公必用此刀立大功，畫像於麒麟閣，而使六合清静，無泥滓混濁，所以美之也。○六合，謂天地四方也。

【校記】

〔一〕牢，原作「犖」，據古逸叢書本改。

〔二〕牢，原作「犖」，據古逸叢書本改。

〔三〕元本、古逸叢書本闕「之」字。

〔四〕瑩，元本、古逸叢書本作「潤」。

〔五〕一，古逸叢書本作「三」。

〔六〕圓，古逸叢書本作「丸」。

〔七〕鑄，元本、古逸叢書本作「附」。
〔八〕刀，元本、古逸叢書本無。
〔九〕狡，古逸叢書本作「校」。
〔一〇〕撼掠覆載，古逸叢書本作「摧罘罳」。
〔一一〕鋸，古逸叢書本作「截」。
〔一二〕聲其，古逸叢書本作「晞甚」。

大曆三年戊申在夔州所作

大〔一〕歲日

楚岸行將老，巫山坐復春。〇【王洙曰】巫山屬夔州。病多猶是客，謀拙竟何人。〇【王洙曰】顔延年詩：存没竟何人。閶闔開黄道，〇【趙次公曰：「閶闔，上帝門也。天子門，亦謂之閶闔。」】三輔黄圖：宫之正門曰閶闔。閶闔，天門也。宫門名閶闔者，以象天門也。衣冠拜紫宸。〇【趙次公曰：「紫宸，正殿名，在東内大明宫。」】紫宸，殿名。縈光懸日月，〇【趙次公曰】瞻天顔也。

天子之容，謂之日月之光。賜予出金銀。○成鎬故事：宰相拜表罷，賜百官絹，品第有差。愁寂鴛行斷，○【趙次公曰】公嘗爲左拾遺，今流落於外，故云「鴛行斷」也。古詩：厠迹鴛鷺行。參差虎穴鄰。○【趙次公曰】言在夔州，與虎狼之穴相近也。西江元下蜀，○【趙次公曰】楚人指蜀江爲西江，以其從西而下也。北斗故臨秦。○【趙次公曰。又，杜陵詩史、分門集注、補注杜詩引作「修可曰」。】長安上直北斗，謂之「北斗城」。言瞻望其所不能及，故自歎也。散地逾高枕，○【趙次公曰】指言夔州是閑散之地也。生涯脱要津。○【趙次公曰】脱要津，謂不在鴛鷺之行也。○莊子養生篇：吾生也有涯。○【趙次公曰】古詩：先據要路津。天邊梅柳樹，相見幾迴新。○【趙次公曰】言夔州去中國之遠，爲天之一邊。今在夔凡三年，故云「幾迴新」也。

【校記】

〔一〕大，宋本杜工部集、九家集注杜詩、杜陵詩史、分門集注、補注杜詩皆作「太」。

元日示宗武

○玉燭寶典：正月爲端〔一〕月，其一日爲元日，亦云上日，亦云正朝。

汝啼吾手戰，吾笑汝身長。○【趙次公曰：「手戰，則老病也。」】啼而手戰，以病之故。○笑其身長，喜其長成也。處處逢正月，迢迢滯遠方。飄零還柏酒，○酒，一作葉。○【趙次公曰。又，九家集注杜詩引作「集注」，杜陵詩史、分門集注、補注杜詩引作「尹曰」。】崔寔四民月令曰：元日進椒柏酒。椒是玉衡星精，服之令人身輕能老。柏是仙藥。進酒次第從少起，以年少者爲先。○【王洙曰】周庾信正旦蒙趙王賚酒詩：柏葉隨銘至，椒花逐頌來。梁庾肩吾歲盡詩：聊用柏葉酒，且奠五辛盤。衰病只藜床。○【王洙曰】昔魏〔二〕管寧家貧，坐藜床欲穿，爲學不倦。訓諭青衿子，○詩鄭國風：青青子衿。毛萇傳：青，領也。學子之所服。鄭氏箋：禮：父母在，衣純以青。〔三〕名慚〔四〕白首郎。〔五〕○【王洙曰】謂爲尚書員外郎而老也。前漢馮唐傳：唐以孝著，爲郎中署長。帝輦過，問唐曰：「父老何自爲郎？」王仲宣詠史詩：馮公豈不偉，白首不見招。又，漢武故事：武帝嘗輦至郎署，因見顔駟鬢眉皓白，衣而不完，上問曰：「公何時爲郎？何其老也。」賦詩猶落筆，獻壽更稱觴。○【王洙曰】吳質牋：致酒樂飲，賦詩稱觴。○閒居賦：稱萬壽以獻觴。不見江東弟，高歌淚數行。○【九家集注杜詩、集千家注批點杜工部詩集引作「公自注」。又，杜陵詩史、分門集注、補注杜詩引作「王洙曰」：「弟豐在江左，無消息。」】公自注：第五弟漂泊江左，近無消息。

【校記】

〔一〕端，元本、古逸叢書本作「瑞」。

〔二〕魏，元本、古逸叢書本無。

〔三〕「訓諭」句下注，元本、古逸叢書本無。

〔四〕名慚，古逸叢書本作「慚爲」。

〔五〕「名慚」句，元本無。

又示宗武

覓句新知律，攤書解滿床。試吟青玉案，○【王洙曰】張平子四愁詩：美人贈我錦繡段，何以報之青玉案。莫羨紫羅囊。○羨，一作帶。○【王洙曰】晉〔一〕謝玄暉少好佩紫羅香囊，叔父安患之，而不欲傷其意，因戲賭取，焚之，遂止。假日從時飲，○假，古雅切。一音架，非。明年共我長。○【趙次公曰】言今來身材如此，至明年更長，則與我長矣。○焦仲卿詩：新婦初來時，小姑如我長。應須飽經術，已似愛文章。十五男兒志，○【王洙曰】論語：子曰：吾十有五而志于學。三千弟子行。○【王洙曰】史記孔子世家：以詩書禮樂教弟子，蓋三千焉。曾參與游夏，達者得升堂。○【趙次公曰】曾參則責以孝行，游、夏則責以文字〔二〕。子曰：由也升堂矣。今言三子〔三〕，皆達於孔子之道而升堂，所以明戒之也。

【校記】

〔一〕晉，元本、古逸叢書本無。

〔二〕字，古逸叢書本作「章」。
〔三〕元本、古逸叢書本「子」下有「者」字。

遠懷舍弟穎觀等

陽翟空知處，○【王洙曰】陽翟屬潁川郡。○【師古曰】。又，趙次公曰：「潁在陽翟也。」舍弟所在也。荆南近得書。○【師古曰】荆南，甫所居也。積年仍遠别，多難不安居。江漢春風起，冰霜昨夜除。雲天猶錯莫，花蕚尚蕭疏。○【趙次公曰】以興兄弟之離隔也。○【師古曰】玄宗篤友愛，起花蕚樓，取「棠棣之華，鄂不韡韡」，乃燕兄弟之詩之意也。對酒都疑夢，吟詩正憶渠。舊時元日會，鄉黨羡吾廬。○【王洙曰】陶淵明詩：吾亦愛吾廬。

續得觀書迎就當陽居止正月中旬定出三峽

自汝到荆府，書來數唤吾。○數，所角反，屢也。頌椒添諷詠，○前注。禁火卜歡娱。○娱，一作呼。○【趙次公曰】序言〔一〕「正月中旬定出峽」，於寒食必相聚矣。○【王洙曰】荆楚歲時記：去冬至一百五日，即有疾風甚雨，謂之「寒食」。禁火三日。琴操：晉文公與介子綏俱遁，子綏割腓股以啖文公。文公復國，子綏無所得，作龍蛇之歌而隱。文公求之，不得出，乃焚左右木〔二〕，子綏抱木而死，文公哀之。今人五月五日不得舉火。子綏即子推也。又云五月五日，與今有異，皆因流俗所傳。據左氏傳、史記並無介子推被火焚之事。案周禮：司烜氏，仲春以木鐸修火禁于國中。注：爲季春將出火也。今寒食節氣是春之末，清明〔三〕三月之初。然則禁火蓋周之舊制。○後漢周舉博〔四〕學，遷并州刺史。太原一郡，舊俗以介子推焚骸，有龍忌之禁，至其亡月，咸言神靈禁舉火，由是士民每中冬輒一月寒食，莫敢煙〔五〕爨，老少不堪，歲多死者。舉既到州，乃作弔書置〔六〕子推廟，言盛冬去火〔七〕，殘損民命，非賢者意。以宣示愚民，使還預温食，由是風俗頗革。新序曰：晉文公反國，介之推無爵，去之介山上，文公求之不得，乃焚山，推遂死。耿恭傳：龍星，木之位也。春見東方，心爲大火，火盛，故禁火。俗傳云子推此日被火而焚也〔八〕。○【王洙曰】又魏武明罰令、陸翽鄴中記並云：寒食斷火起于子推。○又見桓譚新論及汝南先賢傳，此皆流傳之訛耳。自唐及本朝故事，清明後賜新火，亦周人出火之事也，明矣。舟楫因人動，形骸用杖扶。天旋夔子峽，○【王洙曰】魚復，古夔子國。○羽獵賦：壁壘天旋。春近岳陽湖。○【王洙曰：「岳陽湖在巴陵。」鄭卬曰：「即巴陵洞庭湖。」】唐地理志：洞庭湖在岳州之巴陵縣。發日排南喜，傷神散北吁。○【趙次公曰】言起發之日，安排往〔九〕南而喜。神所傷者，北望長安而不得歸也。飛鳴還接翅，○【趙次公曰：「飛鳴，以鶺鴒言之也。」】以鶺鴒自況也。○【王洙曰】詩常棣：鶺鴒在原，兄弟急難。小宛：題彼鶺鴒，載飛載鳴。行序密銜蘆。○行，户郎切。以鴻雁自況也。○【王洙曰】傳曰：兄弟之齒雁行。○【王洙曰：「淮南子曰：鴈從風而飛，以愛氣力。銜蘆而飛，以避繒繳。」】古今注：雁自江南還河北，體肥不能高飛，恐爲虞人所獲，常銜長蘆以避繒繳。俗薄江山好，時危草木蘇。馮唐雖晚達，終覬在皇都。○覬，音冀，見也。○【趙次公曰】甫自比馮唐老而爲郎也。○前注。

【校記】

〔一〕言，元本、古逸叢書本作「其」。

〔二〕左右木，古逸叢書本作「山求之」。

〔三〕古逸叢書本「明」下多「是」字。

〔四〕博，古逸叢書本作「傳」。

〔五〕煙，古逸叢書本作「炊」。

〔六〕置，元本、古逸叢書本作「致」。

〔七〕元本、古逸叢書本「火」下有「大」字。

〔八〕「風俗」至「焚也」，元本、古逸叢書本作：「風俗禁火，俗傳云子推此日初火而禁也。」

〔九〕往，元本、古逸叢書本作「住」。

將別巫峽贈南卿兄瀼西果園四十畝

苔竹素所好，萍〔一〕蓬無定居。○無，一作不。○【王洙曰】海賦：萍〔二〕流而蓬轉。遠遊長兒子，○兒，一作見。幾地別林廬。雜蘂紅相對，他時錦不如。具舟將出峽，巡圃念攜鋤。正月喧鶯末〔三〕，兹辰放鷁初。○【王洙曰】漢書音義：鷁，水鳥。畫其像於舟首，以厭水怪也。雪籬梅可折，風榭柳微舒。託贈卿家有，因歌野興疏。殘生逗江漢，○逗，謝作逼。何處狎樵漁。

【校記】

〔一〕萍，元本、古逸叢書本作「苹」。

〔二〕萍，元本、古逸叢書本作「苹」。

〔三〕末，元本、古逸叢書本作「末」。

送大理封主簿五郎親事不合却赴通州主簿前閬州賢子余與主簿平章鄭氏女子垂欲納采鄭氏伯父京書至女子已許他族親事遂停

禁臠去東床，○【王洙曰】晉武帝爲晉陵公主求婚，謂王珣曰：「主婿但如劉真長、王子敬便足。」珣對曰：「謝混雖不及真長，不減子敬。」袁山松欲以女妻混，珣曰：「卿莫近禁臠。」初，元帝始鎮建臠，公私窘罄，每得一豚，以爲珍膳，項上一臠尤美，輒以薦帝，時呼爲「禁臠」。故珣因爲戲。混竟尚主。王羲之傳：太尉郗鑒使門生求女婿於王導，導令就東床徧觀子弟。門生歸，謂鑒曰：「王氏諸子並俊，然聞信至，咸自矜持，惟一人在東床坦腹食，獨若不聞。」訪之，乃羲之，遂以女妻之。趨庭赴北堂。注：○【趙次公曰】北堂，母之堂也。○【王洙曰】論語：鯉趨而過庭。詩鄘風：焉得諼草，言樹之背。注：背，北堂也。風波空遠涉，琴瑟幾虚張。○【趙次公曰】甫自注：幾，音洎。洎，巨〔一〕至切，及也。琴瑟，以比夫婦之和也。○【王洙曰】詩：妻子好合，如鼓瑟琴。渥水出騏驥，○【王洙曰：「漢武元鼎四年，馬生渥洼水中。李斐曰：南陽新野有暴利長，當武帝時遭刑，屯田敦煌界。數於此水旁見群野馬中有奇者，與凡馬異，來飲此水。利長先作土人持勒靽於旁，後馬翫習久之，乃令人代土人持勒靽，收得其馬，獻之。欲神異此馬，云從水中出。師古云：渥，音握。」】漢武元鼎四年，馬生渥洼水中。崑山生鳳凰。○【趙次公曰：「古本莊子載：老子曰：吾聞南方有鳥，其名爲鳳，所居積石千里。則崑山可以言生鳳凰矣。」】淮南冥覽訓：鳳凰之翔〔二〕，至德也。過崑崙之疏圃，飲砥柱之湍瀨。兩家誠款款，中道許蒼蒼。頗爲秦晉匹，○【王洙曰】左氏襄公二十七年傳：趙孟曰：「晉、楚、齊、秦，匹也。晉之不能於齊，猶楚不能於秦也。」從來王謝郎。○【王洙曰】晉江左以王、謝爲貴族，嘗相通婚。青春動才調，○青春，謂少年也。白首缺輝光。○公自傷鄭氏不遂也。玉潤終孤立，○【王洙曰】晉樂廣字彦輔，女婿衛瓘〔三〕，見廣〔四〕而奇之，曰：「此人之水鏡。」衛玠字叔寶，見者以爲玉人。故議者以爲婦翁水〔五〕清，女婿玉潤。明珠得暗藏。○【王洙曰】鄒陽傳：明月之珠，以暗投人於道，莫不按劍相眄。餘寒折花卉，恨别滿江鄉。

【校記】

〔一〕巨，元本、古逸叢書本作「臣」。

〔二〕翔，元本、古逸叢書本作「朔」。

〔三〕瓘，古逸叢書本作「玠」。

〔四〕見廣，古逸叢書本作「廣見」。

〔五〕水，元本、古逸叢書本作「冰」。

人日二首

元日到人日，○【趙次公注引西清詩話。又，杜陵詩史、分門集注、補注杜詩引作「修可曰」。】東方朔占書：歲後八日，一日雞，二日犬，三日豕，四日羊，五日牛，六日馬，七日人，八日穀。其日晴，所主之物育，陰則灾。○又月令占候圖：元首至八日，占禽獸。一日雞，天清氣明，人安國泰。二日狗，無風雨，即大熟。三日猪，天晴朗，君安。四日羊，氣色和暖，即無灾，臣順君命。五日馬，晴朗，四望無怨氣，天下豐稔。六日牛，日月光明，即大熟。七日人，從旦至暮，日色晴明，夜見星辰，人民安，君臣和會。八日穀，如晝晴，夜見星辰，五穀豐熟。○【王彦輔曰。又，九家集注杜詩依例爲「王洙曰」。】董勛問禮俗曰：「正月一日爲雞，二日爲狗，三日爲猪，四日爲羊，五日爲牛，六日爲馬，七日爲人。則正旦畫雞於門，七日鏤人户上，良爲此也。」余以意求之，正旦畫雞於門，謹始也；七日鏤人户上，重人故也。未有不陰時。○【趙次公注引西清詩話。又，杜陵詩史、分門集注、補注杜詩引作「修可曰」。】甫意謂天寶亂後，人物歲歲俱〔一〕災，豈春秋書「王正月」之意耶？冰雪雞〔二〕難至，春寒花較遲。雲隨白水落，風振紫山悲。○山海經：白水出蜀而東南入江。廣漢縣綿竹。注云：地道記有紫巖山，綿竹之所出焉。○【趙次公曰】或曰：白水、紫山，非是地名。蓬鬢稀疏久，無勞比素絲。

【校記】

〔一〕俱，元本、古逸叢書本作「風」。

〔二〕雞，元本、古逸叢書本作「鶯」。

此日此時人共得，一談一笑俗相看。尊前柏葉休隨酒，○【趙次公曰】四民月令：元日進椒柏酒。勝裏金花巧耐寒。○耐，與奈同。○【王洙曰】歲時記：正月七日爲人日，以七種菜爲羹。翦綵爲人，或鏤金薄爲人，以貼屏風，亦戴之鬚鬢。又造花勝相遺也。佩劍衝星聊暫拔，○【王洙曰】晉輿服志：漢自天子至百官，無不佩劍。其後惟朝帶劍。張華傳：寶劍之精，上徹斗牛。

匣琴流水自須彈。○【趙次公曰】列子湯問篇：伯牙鼓琴，志在流水。鍾子期曰：「洋洋兮若江河。」早春重引江湖興，直道無憂行路難。○【趙次公曰】言以直道行之，無他〔一〕而不可往也。○【趙次公曰】：「行路難，古曲名。」】古樂府有行路難篇。

【校記】

〔一〕他，古逸叢書本作「地」。

月

萬里瞿塘峽，○【王洙曰】峽，一作月。春來六上弦。○【趙次公曰】指言在夔凡見六上弦也。時時開暗室，故故滿青天。爽合風襟靜，高當淚臉懸。○【趙次公曰】甫以羈旅在外，感時傷舊也。南飛有烏鵲，○【王洙曰】古詩：月明星稀，烏鵲南飛。夜久落江邊。

江梅

梅蕊臘前破，梅花年後多。絶知春意早，最奈客愁何。雪樹能同色，江風亦自波。故園不可見，○故園，指杜陵之舊居也。巫岫鬱嵯峨。○【王洙曰】潘安仁詩：崇崗鬱嵯峨。

庭草

楚草經寒碧，庭春入眼濃。舊低收葉舉，〇【趙次公曰】言舊低引附而收斂之葉，以春而舉也。新掩卷牙重。〇【趙次公曰】言新掩蔽而韜捲之牙，以春而重也。步履宜輕過，開筵得屢供。看花隨節序，不敢彊爲容。

月

并照巫山出，〇【趙次公曰：「并照字，當作并點。舊本照字淺近，著一點字，可謂新奇也。」】照，一作點。新窺楚水清。羈棲愁見裏，〇【王洙曰】一作愁裏見。二十四迴明。〇【趙次公曰】指言在夔歷望夜，凡二十四迴也。必驗升沉體，如知進退情。〇【趙次公曰】月初出曰升，既落曰沉，升則進之道，沉則退之道也。不違銀漢落，〇【趙次公曰：「河漢落，則月將落矣。月隨銀漢而落，伴玉繩而低，乃望夜之月也。」】謂月將没，與天河同落也。〇【杜田補遺】抱朴子：河漢者，天之水也。隨天而轉，入地下過。〇【王洙曰】鮑明遠詩：不〔一〕移銀漢落。亦伴玉繩横。〇【趙次公曰】

玉繩，星名。○【王洙曰】謝靈運詩：玉繩低建章。

【校記】

〔一〕不，古逸叢書本作「夜」。

大曆三年春〔一〕末下荆州所作

大曆三年春白帝城放船出瞿塘峽久居夔府將適江陵漂泊有詩凡四十韻

老向巴人裏，○【趙次公曰】。又，門類增廣十注杜詩引作「杜云」，杜陵詩史、分門集注、補注杜詩引作「修可曰」。【劉璋分三巴，以夔爲中巴地也。今辭楚塞隅。○荆州記：魯陽縣，其地重險，楚之北塞也。入舟翻不樂，解纜獨長吁。○【趙次公曰】楚塞，指白帝城。不樂而長吁者，有萍梗流離之傷矣。窄轉深啼狖，○【趙次公曰】言舟行轉於窄峽之中，而聞狖啼之音深矣。○【鄭卬曰】狖，余救切。○猨屬。虛隨亂浴鳧。○亂，一作落。○【趙次公曰】言虛舟逐浴鳧之羣而行也。石苔凌几杖，空翠撲肌膚。○【師古曰】言舟行，垂空翠蔓戛人肌膚也。疊壁排霜劍，○【趙次公曰】指言巫山，其立如劍。奔泉濺水珠。杳冥藤上下，濃淡樹榮枯。神女峰娟妙，○【鄭卬曰】荆州記：巫山有神女峰。昭君宅有無。○【趙次公曰】蓋年歲久遠，不知昭君宅何在也。○【鄭卬曰】寰宇記：歸州，巴東，有王昭君宅。曲留明怨惜，○【王洙曰：「怨惜，一作怨別。」又，趙次公曰：「怨惜，一作怨別，非是。蓋『怨惜』兩字方對『歡娛』。神女賦：寐而夢之，寤不自識。罔兮不樂，悵而失志。則失歡娛之謂也。」】惜，一作怨〔二〕。○【趙次公曰】樂府曲有昭君怨。○【王洙曰】石季倫昭君詞曰：王明君者，本爲王昭君，以觸晉文帝諱，改爲明。匈奴盛請於漢元帝，以後宮良家子明君配〔三〕焉。昔公主嫁烏孫，令琵琶馬上作樂，以慰其道路之思。其送明君亦爾也。其造新之曲，多哀怨之聲也。夢盡失歡娛。○【趙次公曰】夢，謂楚襄王夢遇神女也。此已初叙其離夔州入船〔四〕所歷之景、弔古之事如此。○【王洙曰】宋玉高唐神女賦序：楚襄王與宋玉遊雲夢之臺，望高唐之觀。玉曰：「昔先王嘗遊高唐，怠晝寢，夢見一婦人，曰：『妾巫山之女也，爲高唐之客。聞君遊高唐，願薦枕席。』王因幸之。」襄王使玉賦其事。王夜夢與神女遇，其狀甚麗。寐而夢之，寤不自識。〔五〕擺闔盤渦沸，○【王洙曰】郭景純江〔六〕賦：盤渦谷轉。欹斜激浪輸。風雷纏地脉，冰雪曜天衢。鹿角真走險，狼頭如跋胡。○甫自注：鹿角、狼頭，二灘〔七〕名。○【王洙曰】余按：左氏文公十七年傳：鹿鋌〔八〕而走險。詩豳風：狼跋其胡。惡灘寧變色，高卧負微軀。○【趙次公曰】今遇惡灘，寧不變色乎？高卧則事有不測，爲負微軀矣。書史全傾撓，裝囊半壓濡。生涯臨臬兀，○【師古曰】臬兀，不安貌。死地脱須臾。不有平川決，○【王洙曰。又，趙次公曰：「平川決，一作快。師民瞻本唯取決字，是。蓋孟子云：沛然若決江河也。」】決，一作快。○【師古曰】言夔地險，稍出江陵則平矣。焉知衆壑趨。乾坤霾漲海，○【杜定功曰】言水之渺茫闊遠矣。雨露洗春蕪。鷗鳥牽絲颺，○【趙次公曰：「鷗鳥牽絲颺，羽如絲也。」】鷗，水鳥。謂其羽如絲之白而颺漾也。驪龍濯錦紆。落霞沉緑綺，○【王洙曰】謝玄暉晚望詩：餘霞散成綺，澄江静如練。殘月壞金樞。○【王洙曰】木玄虚海賦：大明鑣轡於金樞之穴。注：大明，月也。金樞，西方月没之處，穴窟也。泥筍苞初荻，沙茸出小蒲。○【王洙曰】謝靈運詩：新蒲含紫茸，初篁苞緑籜。鴈兒争水馬，○【薛夢符曰】水馬生水中，善行如馬。○【杜田補遺。又，杜陵詩史、補注杜詩引作「師古曰」。】陳藏器本草：水馬生池中，頭如馬形，長五六寸，蝦類也。○【師古曰】今所在池塘亦有之，差小耳。俗亦呼爲「水馬」。燕子逐檣烏。○【趙次公曰】船檣上刻爲烏形，燕如逐之也。絶島容煙霧，環洲納曉晡。○【師古曰】言洲回環而舟不進也。前聞辨陶牧，○【杜田補遺。又，杜陵詩史、補注杜詩引作「師古曰」。】王粲登樓賦：北彌陶牧，西接昭丘。注：陶，鄉名。○【集千家注批點杜工部詩集引作「蘇曰」】江陵縣西有陶朱家。○【杜田補遺】爾雅釋地：郊外謂之牧。轉眄拂宜都。○【王洙曰】十道志：劉備改夷陵爲宜都。縣郭南畿好，○【王洙曰】路入松滋縣。津亭北望孤。○【趙次公曰】公懷長安矣。勞心依憩息，朗詠劃昭蘇。意遣樂還笑，衰迷賢與愚。○【趙次公曰】人情歷艱險則悲憂，逢平曠則笑樂，當是時，雖〔九〕身之老、志之哀矣，豈復論賢愚哉！飄蕭將素髮，汩没聽洪鑪。○莊子大宗師篇：以天地爲大鑪。丘壑曾忘返，文章敢自誣。○言老而有丘壑之興，不敢以文章自誣也。此生遭聖代，誰分哭窮途。○【趙次公曰。又，門類增廣十注杜詩引作「杜云」。】晉阮籍率意獨駕，不由徑路，車迹所窮，輒慟哭而反。卧疾淹爲客，蒙恩早厠儒。庭〔一〇〕争酬造化，○【趙次公曰】公謂其爲左拾遺，嘗論宰相房琯不宜罷廢，是爲「廷諍」；以報君王顧遇之恩，故爲「酬造化」也。〔一一〕樸直乞江湖。○【鄭卬曰】乞，去既切。○【趙次公曰】肅宗以公言房琯，出爲華州司功。屬關輔饑亂，遂入蜀。今在夔，又欲之楚也。灧澦險相迫，滄浪深可逾。浮名尋已已，嬾計却區區。○【趙次公曰】公以直諫忤旨而流落江湖，迫灧澦，逾滄浪，於是無意於浮名，而遂其閑散矣。喜近天皇寺，先披古畫圖。○此寺有晉〔一二〕王右軍書、張僧繇畫孔子十哲形像。○【薛夢符曰。又，杜陵詩史引作「師古曰」。】按渚宫故事：張僧繇避侯景之亂來奔，湘東王繹承制拜右將軍。僧繇工畫，爲南郡之冠。常於天皇寺柏堂圖盧舍那佛像，夜有奇光發自屋壁。又於堂内圖孔子十哲，識者謂右軍絶筆。湘東記室鮑潤岳曰：「釋門之内，寫素王之容。雖神異無方，豈可夷夏同貫？」僧繇笑曰：「吾誠偶然，安知不利於後？」聞者莫曉其意。及後周滅二教，梁爲附庸，荆楚祠宇莫不盡撤，惟天皇寺有宣尼像，遂爲國庠。時人歎其先覺。又嘗於此寺畫龍，不時點睛，道俗請之，捨錢數萬。落筆之後，雷雨晦冥，忽失龍所在。唐閻立本尤工畫，嘗至荆州，視僧繇舊迹，曰：「定虛得名耳。」明日，又往觀之，曰：「猶是近代佳手。」明日，又往，曰：「名下無虛士。」坐卧觀之，留宿其下十餘日而不能去。應經帝子渚，○【杜定功曰】屈原九歌湘夫人篇：帝子降兮北渚。注：帝子，謂堯二女娥皇、女英，隨舜不返，没於湘水之渚也。○爾雅釋水：小洲曰渚。○【王洙曰】江文通詩：江渚有帝子。同泣舜蒼梧。○【趙次公曰】公之懷〔二三〕舜深矣。○【王洙曰】檀弓篇：舜葬于蒼梧之野。○劉向列女傳：舜陟方死於蒼梧，二妃死於江、湘之間。朝士兼戎服，君王按湛盧。○【王洙曰】吴越春秋：越王允常聘歐冶子作名劍五枚，純鈎、湛盧、豪曹、魚腹。秦客薛燭善相劍，越王以湛盧示之，燭曰：「善哉！銜金鐵之英，吐銀錫之精。寄氣託靈，有遊世之神。服此劍，可以折衝伐敵。人君有逆謀，則去之它國。」允常王乃以湛盧獻〔二四〕吴。吴公子光弒吴王僚，湛盧去如楚。旄頭初俶擾，○【王洙曰】時始爲亂也。漢官儀：舊選羽林爲旄頭，披〔二五〕髮先驅。晉天文志：昴爲旄頭，胡星也。鶉首麗泥途。○【趙次公曰】謂廣德元年吐蕃陷長安也。○【王洙曰】晉志：自東井十六度至柳八度，爲鶉首，秦之分野，屬雍州。甲卒身雖貴，書生道固殊。出塵皆野鶴，○【王洙曰】晉嵇紹在稠人中昂昂然若野鶴之在雞羣。歷塊匪轅駒。○【王洙曰】王褒頌：過都越國如歷塊。灌夫傳：局促效轅下駒。○【趙次公曰】夢弼謂：遭喪亂則甲卒有貴爲節度，貴爲將帥，而書生亦有爲之者，而書生之道自與甲卒殊矣，故有「野鶴」、「轅駒」之譬也。伊吕終難降，韓彭不易呼。○【趙次公曰：「伊尹、吕望，此書生之善用兵者。終難降，則不肯降志于甲卒之徒也。或曰：降則天之降才，維岳降神，既已死矣，終難降生也。」】言伊尹、呂望不肯降志矣。○【趙次公曰】文人不來，武人得勢也。五雲高太甲，○【師古曰】以太甲比代宗也。瑞應圖：天子有孝德，則五色雲見。六月曠摶扶。○【鄭卬曰】摶，徒官切。○【師古曰】曠，廢也。○【趙次公曰：「言賢材之不得用也。」】傷賢材之廢斥也。○【王洙曰】莊子逍遥遊篇：鵬之徙于南冥也，水擊三千里，摶扶摇而上者九萬里，去以六月息者也。曠〔六〕摶，闊也。扶摇，旋風也。迴首黎元病，爭權將帥誅。○【師古曰】言崔旰、楊子琳之亂，巴、蜀之人困於征役也。山林託疲薾，○薾，乃結切。○【王洙曰】莊子齊物篇：薾然疲役，而不知其所歸，可不哀邪。未必免崎嶇。○【趙次公曰】公自傷尤深矣。○崎嶇，傾側貌。

【校記】

〔一〕春，古逸叢書本無。

〔二〕怨，元本、古逸叢書本作「别」。

〔三〕醜，元本、古逸叢書本作「配」。

〔四〕船，元本、古逸叢書本作「楚」。

〔五〕自「所歷」至「自識」，元本、古逸叢書本無。

〔六〕江，原作「汪」，據元本、古逸叢書本改。

〔七〕灘，原作「儺」，據元本、古逸叢書本改。
〔八〕鋌，原作「鏈」，據古逸叢書本改。
〔九〕雖，古逸叢書本作「歎」。
〔一〇〕庭，古逸叢書本作「廷」。
〔一一〕此條注文古逸叢書本置於「樸直乞江湖」句之下。又，元本、古逸叢書本之後尚有一段文字：「後漢張綱曰：『吾廷争是非，屏棄邪佞，非欲作自己名目，端酬造化，有補王室而益黎氓者，死亦無憾，何況生焉？』」
〔一二〕晉，元本、古逸叢書本作「大」。
〔一三〕懷，元本、古逸叢書本作「思」。
〔一四〕獻，古逸叢書本作「弑」。
〔一五〕披，元本、古逸叢書本作「散」。
〔一六〕曠，原作「踠」，據古逸叢書本改。

巫山縣汾州唐使君十八弟宴别兼諸公携酒樂相送率題小詩留于屋壁

卧病巴東久，今年强作歸。故人猶遠謫，○【趙次公曰】故人，指唐使君也。兹日倍多違。接宴身兼杖，聽歌淚滿衣。○聽，讀平聲。諸公不相棄，擁別惜光輝。

春夜峽州田侍御長史津亭留宴得筵字

北斗三更席，西江萬里船。杖藜登水榭，揮翰宿春天。白髮煩〔一〕多酒，明星惜此筵。○【趙次公曰】夜將盡而曉，則明星行暗矣，於是筵終，爲可惜也。始知雲雨峽，○【趙次公曰】高唐賦：「巫山之陽，高丘之岨〔二〕，旦爲行雲，暮爲行雨。」忽盡下牢邊。○【王洙曰】：「下牢，地名也。」下牢，乃夷陵之大關津也。○十道志：「三峽口地曰峽州，上牢〔三〕、下牢〔四〕，楚、蜀分畛〔五〕。」

【校記】

〔一〕煩，元本、古逸叢書本作「須」。

〔二〕岨，元本、古逸叢書本作「阻」。

〔三〕牢，原作「犖」，據古逸叢書本改。

〔四〕牢，原作「犖」，據古逸叢書本改。

〔五〕畛，元本、古逸叢書本作「野」。

新定杜工部草堂詩箋斠證卷第四十三

大曆三年下荆州所作

送王十五判官扶侍還黔中得開字

〇秦置黔中郡，漢高更名武陵郡。

大家東征逐子回〔一〕，〇【趙次公曰】大家，指言王判官母，以班氏比之也。〇【王洙曰】後漢曹世叔妻，班彪之女，名昭，字惠姬。和帝數召入宮，令皇后、貴人師事焉，號曰大家。子穀爲陳留長、垣縣長，大家隨至官，作東征賦以叙行李。風生洲渚錦帆開。〇【王洙曰】隋煬帝以錦爲帆。〇爾雅：水中可居曰洲，小洲曰渚。青青竹笋迎船出，〇蓋紀時也。白白江魚入饌來。〇【王洙曰。又，趙次公曰：「旦旦」舊本作日日，其字於魚皆爲泛。然旦旦字是。按水經酈道元注：江水過江陽縣南下。云姜詩坐取水溺死，婦至孝上通，泉出其舍側，旦旦常出鯉魚一雙以膳焉。有此旦旦兩字，爲切矣云云。師民瞻所傳任昌叔本作『白白江魚』，云韓詩外傳稱魚爲白白。今此書世有之，未嘗有此稱也。」又，杜陵詩史、分門集注引「余曰」：「邵氏聞見録云：子美『日日江魚入饌來』。後得古本，日日作白白，不但於句甚偶，其思致亦不同。」】白白，一作旦旦。〇【杜田補遺：「楚國先賢傳：孟宗母好食筍，冬月無之，宗入林中哀號，筍爲之生。後漢姜詩并妻龐氏並至孝，母好飲江水，嗜魚鱠，又不能獨食。夫婦常力作鱠，呼鄰母共之。舍側忽有湧泉，味如江水，每旦輒出雙鯉，以供母膳。王判官侍母還黔中，故有此句。」又，杜陵詩史、分門集注、補注杜詩、集千家注批點杜工部詩集引作「修可曰」。】或謂王判官侍母舟行，暗用泣笋、卧冰事以美其孝感。〇此失之太鑿矣。離别不堪無限意，艱危深仗濟時才。黔陽信使應稀少，〇【鄭卬曰】寰宇記：黔州黔陽郡。莫怪頻頻勸酒盃。

【校記】

〔一〕元本、古逸叢書本「大家」句下有一段注文：「家，姑音，見顔師古注。姑者，尊長之稱，如婦之於姑之義也。」

宿青溪驛奉懷張員外十五兄之緒

漾舟千山内，日入泊枉渚。〇【王洙曰：「荒，一作枉。」】枉，一作荒。〇【蘇曰】枉渚，曲渚也。○爾雅：小洲曰渚。我生本飄飄，今復在何許。○【王洙曰：「言未有所定止也。」】言此行不知駐足於何所也。○【趙次公曰】阮籍詠懷詩：良辰在何許。石根青楓林，猿鳥聚儔侣。○【師古曰。又，王洙曰：「言猿鳥猶能聚其儔侣，而人不能致于安適，則甫之羈困可見矣。」】猿與鳥尚得以其類聚，甫今别張員外，中夜懷之，曾猿鳥之不若乎？月明遊子静，畏虎不得語。○【趙次公曰】古詩：相望一水間，脉脉不得語。中夜懷友朋，○曹植美女篇：中夜起長歎。○【趙次公曰】詩：畏我友朋。乾坤此深阻。浩蕩前後間，佳期付荆楚。○【師古曰】甫離蜀中移居夔州，今又自夔下峽，欲之荆南，夜宿青溪驛，而作是詩也。

敬寄族弟唐十八使君

與君陶唐後，○【王洙曰】甫自撰萬年縣君京兆杜氏墓志，其先系統於伊祁，分姓於唐杜。春秋左氏傳：穆叔謂之世禄，其在兹乎？漢高紀贊：范宣子亦曰：祖自虞以上爲陶唐氏，在夏爲御龍氏，在商爲豕韋氏，在周爲唐杜氏。注：唐、杜，二國名。○後漢志：京兆杜陵。杜預曰：古唐杜氏。盛族多其人。聖賢冠史籍，枝派羅源津。○【師古曰】盛族之後，枝派蕃大，故多産聖賢也。在今氣磊落，巧僞莫敢親。介立實吾弟，○【師古曰】介立，謂爲人孤介，不受污穢也。濟時肯殺身。○【王洙曰】論語〔一〕：有殺身以成仁。物白諱愛〔二〕玷，○【王洙曰】詩抑篇：白圭之玷，尚可磨也。行高無污真。得罪永泰末，○永泰，代宗年號也。放之五溪濱。○【師古曰】公所以明唐弟以介特不徇時輩，爲讒佞中傷，代宗之時逐斥於五溪。○【鄭卬曰】按，五溪在辰州、武陵之間，壺頭山後也。○【王洙曰】馬援傳：五溪蠻，謂雄、樠、酉、潕〔三〕、辰是也。鸞鳳有鎩翮，○【王洙曰。又，鄭卬曰：「鎩，所介切。」】鎩，所拜切。○又，山戛切。○【王洙曰：「殘也。」】説文：戮也。○【王洙曰】顔延年詠嵇中散詩：鸞翮有時〔四〕鎩〔五〕。先儒曾抱麟。○【趙次公注引作「出公羊傳」。】家語：叔孫氏採薪獲麟，孔子往觀之，曰：「麟也，胡爲來也！」反袂拭面，涕泣沾襟。雷霆霹長松，骨大郤生筋。一失不足傷，念子孰自珍。○【師古曰】自古賢士困厄，無代無之，猶長松雖遭霹靂，猶有再生之理，一失又何足傷也！○孰，與熟同。泊舟楚宫岸，戀闕浩酸辛。除名配清江，○【鄭卬曰】唐志：清江縣，屬施州，本漢江巫縣也。今夔州巫山縣。厥土巫峽鄰。登陸將首途，筆札枉所申。歸朝跼病肺，叙舊思重陳。○【師古曰】甫病渴，無復還朝，唯樂與朋舊叙懷故也。○【王洙曰】劉越石詩：棄置勿重陳，重陳令心傷。春風洪濤壯，○【師古曰】時唐公泊舟于楚岸以見甫，復惠以書。甫以病肺之故，雖欲歸朝，蹐跼而不得申意，欲乘春泛舟而往，得一見唐公，以慰其寥索也。○【王洙曰】顔延年詩：春江壯風濤。谷轉頗彌旬。○【趙次公曰】郭璞江賦：盤渦谷轉。我能汎中流，搪突鼉獺嗔。○搪，徒郎切。突，陁没切。觸也。或曰：言爲小人所怒也。○【趙次公曰：「孔融汝南優劣論：頗有蕪菁，唐突人參。」】孔融傳：唐突宮掖。長年以省柂，○【王洙曰：

「省，視也。」】省，悉井切，視也。○【王洙曰：「長年，則川人謂操舟者。」】楚以船頭把篙相水道爲長年，正梢者爲三老。○【王洙曰】視梅，則將行矣。慰此貞良臣。

【校記】

〔一〕論語，原作「語論」，據元本、古逸叢書本改。

〔二〕愛，古逸叢書本作「受」。

〔三〕潕，古逸叢書本作「撫」。

〔四〕時，元本作「閑」。

〔五〕鎩，原作「鏘」，元本作「將」，據古逸叢書本改。

泊松滋江亭

紗帽隨鷗鳥，扁舟繫此亭。○繫，吉詣切。江湖深更白，松竹遠還青。○【王洙曰】還，一作微。一柱全應近，○【王洙曰：「一柱觀，在江陵。」】一柱觀，在荆州。高唐莫再經。○【王洙曰：「高唐觀，在巫峽。」】高唐觀，在夔州。今宵南極外，○【王洙曰】極，一作斗。○【趙次公曰】公將盡楚而往，故云「南極外」也。甘作老人星。○公自言其老也。○【王洙曰】晉志：老人一星在弧南，亦曰南極星。

行次古城店泛江作不揆鄙拙奉呈江陵幕府諸公

老年常道路，遲日復山川。白屋花開裏，○【王洙曰】漢書音義：白屋，謂庶人以白茅覆屋也。孤城麥秀邊。○郡國志：荆州當陽縣東南有麥城。○【王洙曰】宋世家：箕子朝周，過故殷虛，感宫室毁壞生禾黍，箕子傷之，作麥秀之詩曰：「麥秀漸漸兮，禾黍油油兮。」濟江元自闊，下水不勞牽。風蝶勤依槳，○【趙次公曰：「蝶有欲泊槳上之理。」】言避風之蝶欲依槳而立也。春鷗懶避船。王門高德業，○【集千家注批點杜工部詩集引作「公自注」。】時陽城郡王衛伯玉爲江陵節度使。○按集有江陵節度使陽城郡王新樓等詩。幕府盛材賢。行色兼多病，蒼茫泛愛前。

乘雨入行軍六弟宅

○【黄鶴曰】六弟，即杜位也。○爲江陵行軍司馬。

曙角凌雲罷，春城帶雨長。水花分塹弱，巢燕得泥忙。令弟雄軍佐，凡才污省郎。○【趙次公曰】甫爲尚書郎而自謙也。萍漂忍流涕，衰颯近中堂。

宴胡侍御書堂

〇【王洙曰。又，集千家注批點杜工部詩集引作「公自注」。】李尚書之芳、鄭秘監審同集。歸字韻。

江湖春欲暮，牆宇日猶微。闇闇書籍滿，輕輕花絮飛。翰林名有素，墨客興無違。〇【趙次公曰】指言李尚書、鄭秘監、胡侍郎皆翰林之手也。〇墨客，甫自謂也。〇【王洙曰】漢揚雄作長楊賦，藉翰林以爲主人，子墨爲客卿以諷。今夜文星動，〇晉書天文志：東、壁二星主文章，天下圖書之秘府也。吾儕醉不歸。〇【王洙曰】左氏傳：吾儕小人。又：況吾儕乎。詩：不醉無歸。

書〔一〕堂飲既夜復邀李尚書下馬月下賦絶句

湖水林風相與清，殘尊下馬復同傾。久拚野鶴如雙鬢，遮莫鄰雞下五更。〇遮，之夜切。〇【趙次公曰：「遮莫，則唐人語。」】遮莫，蓋俚語，猶言儘教也。自唐以來有之。〇李白詩：遮莫枝根長百丈。元稹詩：遮莫寸陰斜。皆用此詩。更，歷也。〇【王洙曰】顏之推家訓：五更謂甲夜、乙夜、丙夜、丁夜、戊夜，皆以五爲節也。

【校記】

〔一〕書，元本、古逸叢書本作「草」。

南征

春岸桃花水，○【師古曰】峽以二〔一〕月桃花發時春水生，謂之「桃花水」。水漲則可以下峽。甫自蜀南征吳、楚，故趁桃花水也。雲帆楓樹林。○【趙次公曰。又，杜陵詩史、分門集注引作「師古曰」。】楚岸多楓木。○【王洙曰】屈原招魂：湛湛江水兮上有楓。偷生長避地〔二〕，○【王洙曰：「論語：賢者避世，其次避地。」】論語：賢者避地。適遠更霑襟。○家語：孔子獲麟，泣涕沾衿。老病南征日，○【趙次公曰】公言其將適楚也。君恩北望心。○【趙次公曰】公既有京兆功曹之命，爲領〔三〕君恩矣。所以北望長安也。百年歌自苦，○【王洙曰】古詩：人生不滿百，常懷千歲憂。未見有知音。○揚雄傳：師曠之調鍾，俟知音者之在後也。

【校記】

〔一〕二，古逸叢書本作「三」。

〔二〕元本、古逸叢書本「偷生」句下，尚有一句注文：「李陵書：陵豈偷生之士，惜死之人哉？」

〔三〕領，古逸叢書本作「頒」。

地隅

江漢山重阻，風雲地一隅。○【王洙曰】李陵詩：風波一失所，各在天一隅。年年非故物，○【趙次公曰】謂其遷徙不常，眼中所見非故舊之物也。○古詩：所遇無故物，焉得不速老。處處是窮途。○前注。喪亂秦公子，○謂王粲也。○【王洙曰】謝靈運擬魏公子鄴中詩序：王粲家本秦川貴公子孫，遭亂流〔一〕寓，自傷情多。悲涼楚大夫。○【王洙曰】：「屈原、宋玉皆楚大夫。」謂宋玉也。○九辯：悲哉秋之爲氣也，蕭索兮草木摇落而變衰。平生心已折，○【王洙曰】別賦：心折骨驚。行路日荒蕪。

【校記】

〔一〕亂流，元本、古逸叢書本作「爲客」。

歸夢

道路時通塞，江山日寂寥。○【趙次公曰】以時當用兵，道路或通或塞，故江山氣象日日蕭索也。偷生惟一老，伐叛已三朝。○朝，直遥切。○【王洙曰】明皇、肅宗、代宗。雨急青楓暮，○【趙次公曰】楚岸多楓林也。雲深黑水遥。○【師古曰】甫客居荆楚，懷望長安尚遥，歸未得也。○【趙次公曰】黑水在鄂、杜之間，去長安爲近。○酈元水經：黑水出張掖雞山，南流至燉煌，過三危山，南流入南海。夢魂歸未得，○【王洙曰：「一云『夢魂歸亦得』。」又，趙次公曰：「舊本正作『夢歸歸未得』，非。當以今（『夢魂歸亦得』）爲正，蓋連『不用楚辭招』，方有分付。」】一作「夢歸歸未得」，一作「夢魂歸亦得」。不用楚辭招。○【趙次公曰：「宋玉哀屈原憂愁山澤之間，魂魄飛散，作招魂之辭以招之。公今正以爲方藉夢魂而歸故鄉，更不煩相招也。」】甫方藉夢魂而歸故鄉，更不待辭而招也。○【王洙曰】宋玉招魂序：玉哀憐屈原忠而斥棄，愁懣〔一〕山澤，魂魄放佚，故作招魂，欲以復其精神，以諷懷王也。

【校記】

〔一〕懣，古逸叢書本作「懑」。

奉送蘇州李二十五長史丈之任

星拆台衡地，○【趙次公曰】昔中台星拆，而張華見誅。今此云「星拆」，則李長史必是台輔貴人，而有此事，惜乎無所考也。○晉張華傳：少子韙，以中台星拆，勸華遜位。曾爲人所憐。○【王洙曰】前漢五行志：成帝時，歌謡曰：「邪徑敗良田，讒言亂善人。桂樹花不實，黄爵巢其顛。故爲人所美〔一〕，今爲人所憐。」桂，赤色，漢家象。華不實，無繼嗣也。公侯終必復，○【王洙曰】左氏閔公元年傳：畢萬筮仕於晉，遇屯之比。辛廖占之，曰：「吉，公侯之卦也。公侯之子孫，必復其始。」經術竟相傳。○【趙次公曰：「賢與玄成皆以經術歷位丞相。」】韋賢進授昭帝詩，尊爲丞相。○【王洙曰】少子玄成復以明經，歷位至丞相。食德見從事，○【王洙曰】易訟卦：六三，食舊德，貞厲，終吉。或從王事，無成。克家何妙年。○【趙次公曰】言李丈自妙年已克家矣。○【王洙曰】易蒙〔二〕卦：九二，子克家。一毛生鳳穴，○【趙次公曰】山海經：丹穴之山有鳥焉，其狀如雞，五彩而文，曰鳳鳥。見則天下康寧。○【薛夢符曰】南史：謝鳳子超宗，元嘉末補新安王子鸞國常侍。王母殷淑儀卒，超宗作誄奏之。帝大嗟賞，謂謝莊曰：「超宗殊有鳳毛。」○世説：晉王劭姿容似父，作侍中，公服從門入，桓公望之，曰：「大奴故自有鳳毛。」大奴，劭小字也。三尺獻龍泉。○【王洙曰】越絶書：楚王召風湖〔三〕子，令之吴、楚，見歐冶子、干〔四〕將，使之鑄劍三〔五〕枚，一曰龍泉。後漢肅宗賜諸尚書劍，特以寶劍自手書其名，以尚書韓稜淵深有謀，故得楚龍泉。○注引晉太康記：汝南西平縣有龍泉，水可淬冰〔六〕劍，特堅利。汝南即楚分野。○【王洙曰】漢高帝提三尺取天下。赤壁浮春暮，○【趙次公曰】赤壁，乃李長史所經之地。○而亦紀時也。荆州記：蒲圻縣沿江一百里，南岸名赤壁。姑蘇落海邊。○【趙次公曰】言李丈往任蘇州矣。州以有姑蘇臺而得名。○【王洙曰】越絶書：闔閭起姑蘇臺，高見三百里。客間頭最白，惆悵此離筵。

【校記】

〔一〕美，古逸叢書本作「羡」。

〔二〕蒙，古逸叢書本作「家人」。

〔三〕湖，古逸叢書本作「胡」。

〔四〕干，元本、古逸叢書本作「王」。

〔五〕三，元本、古逸叢書本作「二」。

〔六〕冰，古逸叢書本作「刀」。

暮春江陵送馬大卿公恩命追赴闕下

自古求忠孝，〇【王洙曰】後漢韋彪議曰：「求忠臣必於孝子之門。」晉蘇峻稱兵，卞壼率郭默等與峻戰於陵西，六軍敗績。壼時登〔二〕背創，猶未合，力疾苦戰，遂死。二子眕、盱見父没，相隨赴賊，同時見害。眕母裴氏撫二子尸哭曰：「父爲忠臣，汝爲孝子，夫何恨乎！」翟湯聞之，歎曰：「父死於君，子死於父，忠孝之道，萃於一門。」〇又，謝琰爲會稽内史，至郡不爲武備。孫恩入寇，琰軍敗績。張猛於後斫琰馬，琰墮地，與二子肇、峻俱被害。後劉裕生擒猛，送琰小子混，混刳肝生食之。詔以琰父子隕於君親，忠孝萃於一門。名家信有之。○名家，一作於今。吾賢富才術，此道未磷緇。○磷，力珍切，薄也。○【王洙曰】論語：磨而不磷，涅而不緇。玉府摽孤映，霜蹄去不疑。激揚音韻徹，籍甚衆多推。○【王洙曰】陸賈傳：聲名籍甚。注：狼籍甚盛。潘陸應同調，孫吴亦異時。○【趙次公曰】言潘岳、陸機、孫子、吴起，時雖有異，而調則同也。北宸徵事業，○【趙次公曰】北宸，謂帝居也。南紀赴恩私。○南紀，指江陵也。○【王洙曰】詩：滔滔江漢，南國之紀。卿月昇金掌，○【趙次公曰】：「卿月，指馬大卿也。」喻馬大卿行赴金闕也。○【王洙曰】洪範：卿士惟月。○【趙次公曰】：「金掌者，金銅仙人捧露盤之掌也。」三輔故事：建章宮仙掌承露銅盤，高二十丈。王春度玉墀。○【趙次公曰】言馬大卿以春時詣天子之丹墀也。薰風行應律，○【趙次公曰】：「言方夏初，即有殊恩之命矣。」言夏初行，將承天子之寵也。○【王洙曰】樂記：八風從律而不姦。湛露即歌詩。○【趙次公曰】詩湛露：天子燕諸侯也。天意高難問，人情老易悲。樽前江漢闊，後會且深期。

【校記】

〔一〕登，元本、古逸叢書本作「發」。

暮春陪李尚書李中丞過鄭監湖亭泛舟得過字

海內文章伯，湖邊意緒多。玉樽移晚興，桂楫帶酣歌。春日繁魚鳥，江天足芰荷。鄭莊賓客地，〇【趙次公曰】以鄭莊比鄭監也。〇【王洙曰】前漢鄭當時字莊，爲太子舍人，嘗置驛馬長安諸郊，請謝賓客，夜以結〔一〕日。衰白遠來過。

【校記】

〔一〕結，元本、古逸叢書本作「繼」。

蠶穀行

天下郡國向萬城，無有一城無甲兵。〇【王洙曰】時盜賊充斥，天下皆用兵也。焉得鑄甲作農器，〇【趙次公曰。又，杜陵詩史、分門集注、補注杜詩引作「修可曰」。】家語：顏回願得明王聖主輔相之，敷其五教，導之以禮樂，使民城郭不修，溝池不越，鑄劍戟以爲農器。一寸荒田牛得耕。牛盡耕田蠶亦成，不勞烈士淚滂沲，男穀女絲行復歌。〇【趙次公曰】烈士見平田必不得耕，又蠶無所成，則涕淚滂沲。今也見牛耕而男穀，蠶成而女絲，則喜而行歌焉。

短歌行贈王郎司直

○樂府解題：短歌行，古詞。魏武帝：對酒當歌，人生幾何。晉陸士衡：置酒高堂悲臨觴。皆言及時行樂也。

王郎酒酣拔劍斫地歌莫哀，○【趙次公曰。又，杜陵詩史、分門集注、補注杜詩引作「修可曰」。】昔東方朔酒酣據地而歌。我能拔爾抑塞磊落之奇才。豫樟翻風白日動，○【趙次公曰】以美木比王郎也。○【王洙曰】吴都賦：木則楩柟豫樟。鯨魚跋浪滄溟開，○【趙次公曰】又以大魚比之也。○【杜田補遺】崔豹古今注：鯨，海魚也。大者長千里，小者數丈。鼓浪成雷，噴沫成雨，水族驚畏。且脱佩劍休徘徊。西得諸侯棹錦水，○【王洙曰】錦水，蜀江也。○華陽國志：錦江，織錦濯其中則鮮明，濯他江必弊，故曰錦江。欲向何門趿珠履。○趿，先答切，進足也。○【王洙曰】鄒陽傳：何王之門不可曳長裾乎！○【王洙曰：「春申君〔一〕客三千，皆躡珠履。」】春申君傳：趙平原君使人於春申君，春申君舍之於上舍。趙使欲夸楚，爲玳瑁簪，刀劍室以珠玉飾之，請命春申君客。春申君客三千餘人，其上客皆躡珠履以見趙使，趙使大慙。仲宣樓頭春已深，○【王洙曰】王粲，字仲宣，來荆州依劉表。有樓在荆州。○【趙次公曰】仲宣乃世之名人，嘗登樓而賦，因以名之。○【師古曰】王司直得蜀州刺史，刺史，古之諸侯，甫欲依之爲門下客，如王粲之依劉表故也。青眼高歌望吾子，○【趙次公曰：「今言青眼，則以賢者待王郎矣。」】吾子，指王司直。○望其青顧也。○【王洙曰：

「阮籍能爲青白眼，以重輕人。」】晉阮籍性至孝，母終，能爲青白眼，見禮俗之士，以白眼對之。及嵇喜來弔，籍作白眼，喜不懌而退。喜弟康聞之，乃齎酒挾琴造焉，籍悦，乃見青眼。眼中之人吾老矣。○【師古曰】甫素善司直，司直必念其衰老而養遇之。甫與司直飲，司直酒酣舞劍爲樂，謂甫云：「吾能拔爾奇才，使爾見用當世，如豫章木之翻風，如鯨魚之跋浪。」故甫承其意，而有末章之覬望也。○魏文帝詩：回頭四向望，眼中無故人。○【趙次公曰】陸機詩：感念桑梓城，仿佛眼中人。

【校記】

〔一〕春申君，杜陵詩史、分門集注、補注杜詩作「孟嘗君」，依九家集注杜詩、集千家注批點杜工部詩集作「春申君」。

喜雨

南國旱無雨，○【趙次公曰】南國，指荆楚也。今朝江出雲。入空纔漠漠，洒迥已紛紛。巢燕高飛盡，林花潤色分。晚來聲不絶，應得夜深聞。

和江陵宋大少府暮春雨後同諸公及舍弟宴書齋

渥洼汗血種，○以比宋少府也。○【王洙曰】漢武元鼎四年秋，馬生渥洼水中，作寶鼎天馬之

歌。大初四年，獲汗血馬來，作西極天馬之歌。注：大宛舊有天馬種，蹋石汗血，一日千里。天上麒
麟兒。○又以比諸公也。○【王洙曰】南史徐陵傳：陵字孝穆，年數歲，家人携以候沙門釋寶志。寶志
磨其頂曰：「天上石麒麟也。」才士得神秀，書齋聞爾爲。棣華晴雨好，○甫自喻也。○【王洙
曰】詩常棣：燕兄弟也。常棣之華，鄂不韡韡。綵服暮春宜。○美舍弟也。○【王洙曰：「老萊子斑
衣。」】高士傳：老萊子孝，奉二親，身著五色斑斕之衣，戲於親側，欲之喜焉。○或曰：美諸公也。
○【趙次公曰】論語：暮春者，春服既成。朋酒日歡會，○【王洙曰】詩豳風：朋酒斯饗。毛萇傳：兩
樽曰朋。老夫今始知。

宇文晁尚書之甥崔彧司業之孫尚書之子重泛鄭監前湖○審〔一〕。

郊扉俗遠長幽寂，野水春來更接連。錦席淹留還出浦，葛巾欹側未迴船。樽
當霞綺輕初散，○【王洙曰】謝玄暉詩：餘霞散成綺。棹拂荷珠碎却圓。○【趙次公曰】梁元帝
詩：荷珠漾水銀。不但習池歸酩酊，○【王洙曰】晉山簡鎮襄陽，多之習氏池上，輒醉，時有兒童歌
曰：「山翁出何許？往至高陽池。日夕倒載歸，酩酊無所知。」君看鄭谷去夤緣。○【趙次公曰】以

鄭子真美鄭監也。○漢興，有園公、綺里季、夏黄公、甪里先生。其後，谷口鄭子真修身自保。河平二年，王鳳以禮聘子真，子真不詘而終。○【王洙曰：「鄭子真耕於谷口。」】雲陽宫記：鄭朴，字子真。揚子法言問神篇：谷口鄭子真不屈其志，而耕乎巖石之下，名震于京，豈其卿？

【校記】

〔一〕審，古逸叢書本無。

奉賀陽城郡王太夫人恩命加鄧國太夫人

○【趙次公曰：「一本題下注：『陽城王衛伯玉也。』」】陽城王衛伯玉也。

衛幕銜恩重，○【杜田正謬】衛幕，謂衛青之幕也。○【趙次公曰】以衛青比衛伯玉，因其同姓也。○【薛夢符曰】李廣傳：衛青征匈奴，絶大漠，大克獲。帝就拜大將軍於幕中，故曰「幕府」。幕府之名始於此也。潘輿送喜頻。○【王洙曰】潘安仁閒居賦：太夫人乃御板輿，升輕軒，遠覽王畿，近周家園。濟時瞻上將，○【趙次公曰】申言郡王節度江陵，爲上將也。錫號戴慈親。富貴當如此，尊榮邁等倫。郡依封土舊，闕〔一〕與大名新。○【趙次公曰】言郡封雖是陽城郡，而夫人之國加爲鄧國，是爲「新」矣。紫誥鸞回紙，○紫誥，謂以紫泥封詔也。○【薛夢符曰】晉載記石季龍傳：觀上安詔書，五色紙在木鳳之口，轆轤迴轉，狀若飛翔焉。古樂府曲：驛報紫泥書。清朝燕賀人。○朝，陟遥切，旦也。○【王洙曰】淮南子：湯沐具而蟣蝨相弔，大厦成而燕雀相賀。遠傳冬笋味，○【王洙曰】楚國先賢傳：孟宗字恭武，至孝。母好食笋，冬月無之，宗入林中哀號，笋爲之生。更覺綵衣春。○【趙次公曰】高士傳：老萊子孝奉二親，行年七十，作嬰兒戲，身著五色班斕之衣，常取食上堂，或詐跌仆，因卧地爲小兒啼，或弄禽於親側，欲之喜焉。弈葉班姑史，○【王洙曰】以班姑比太夫人，則太夫人必能翰墨矣。後漢列女傳：曹世叔妻，班彪之女，名昭，字惠姬。博學高才，兄固著漢書，其八表及天文志未竟而卒，和帝詔昭就東觀藏書閣踵而成之。帝數召入宫，令皇后、諸貴人師事焉，號曰大家。芬芳孟母隣。○【趙次公曰】劉向列女傳：鄒孟軻母號孟母，其舍近墓，孟子之〔一〕嬉遊爲墓間之事。乃去，舍市傍，其嬉遊爲賈人衒賣之事。復徙，舍學宫之傍，其嬉遊乃設俎豆揖遜進退。孟母曰：「真可以居吾子也。」遂居焉。義方兼有訓，○【王洙曰】左氏隱公三年傳：愛子，教之以義方，弗納於邪。詞翰兩如神。委曲承顔體，騫飛報主身。可憐忠與孝，雙美映麒麟。○【王洙曰：「麒麟，閣名也。上畫忠臣像。」】言忠孝之狀貌，圖於麒麟閣上也。三輔黄圖：宣帝思股肱之美，乃圖畫霍光等於麒麟閣。

【校記】

〔一〕關，古逸叢書本作「國」。

〔二〕之，元本、古逸叢書本作「其」。

王兵馬使二角鷹

悲臺蕭瑟石巃嵸，○瑟，一作颯。○【鄭卬曰】巃，力空切。嵸，即空切。巃嵸，嵳峩貌。○【王洙曰：「潘岳西征賦：巃嵸逼迫。」】潘岳西征賦：太一巃嵸，哀壑杈枒浩呼洶。○浩，一作浪。呼，刊〔一〕作污。○【鄭卬曰】杈，初牙切。枒，五加切。○【師古曰】杈枒，不齊貌。中有萬里之長江，○【師古曰】悲臺、哀壑、長江，先言荆楚風景，故述角鷹之所出也。迴風滔日孤光動。○滔，陳作陷。角鷹翻倒〔二〕壯士臂，○【師古曰】鷹之有角，亦若馬有肉騣，始爲奇特也。○風土記：鷹出南鳶。埤雅：鷹鷂，二年之色也，頂有毛角微起，今通謂之「角鷹」。將軍玉帳軒翠氣。○翠，或作昂。將軍，指王兵馬也。○【師古曰】言青油幕軒揚其翠氣也。○【杜田補遺。又，杜陵詩史、分門集注引作「修可曰」，又引作「師古曰」。】揚雄甘泉賦：乘雲閣而上下兮，紛蒙蘢以混成。曳虹彩之流離兮，颺翠氣之宛延。顔師古曰：宮室曠大，自然有翠紫之壯氣。二鷹猛腦徐侯穟，○【趙次公曰：「王介甫善本作『絛徐墜』，於理或然。」】王荆公作絛徐墜。○一作絲徐穟，皆非。○【師古曰】是詩謂王〔三〕兵馬與徐侯穟皆趙芮公之猛將，故子美以二鷹猛腦況之也。目如愁胡視天地。○【師古曰】愁胡，謂思胡地。○【師尹曰】晉孫楚鷹賦：其爲相也疏尾闊臆，高鬐頹顱，深目蛾眉〔四〕，狀似愁胡。○隋魏彦深鷹賦：立如植木，望似愁胡。杉雞竹兔不自惜，○【師古曰】言不保其性命也。○【師尹曰】臨海異物志：杉雞，黄冠青綬，常在杉樹下。又，竹兔，小如野兔，食竹葉。虎溪野羊俱辟易。○溪，一作孩。辟，頻亦切。辟易，退却貌。○【趙次公曰】項羽傳：楊喜追羽，羽還叱之，喜人馬俱驚，辟易數里。鞲上鋒稜十二翮，○【師古曰】鞲，以皮捍其臂也。○馬后傳：蒼頭衣緑鞲。注：鞲，臂衣〔五〕也。以縛左右手，於事便也。○【師尹曰】傅玄鷹賦：左目若側，右視如傾。勁翮二六，機連體輕。將軍勇鋭與之敵。將軍樹勳起安西，崑崙虞泉入馬蹄。○【薛夢符曰】：「虞泉，乃虞淵。唐高祖諱淵，故云。」泉，本作淵，避諱而改。○【師古曰】安西都護，崑崙、虞泉皆在西也。○周禮司勳：王功曰勳。○【薛夢符曰】：「楚辭：回靈光於虞淵。注：虞淵，日所入也。」淮南天文訓：日入于虞淵。白羽曾肉三狻猊，○【鄭卬曰】狻，先丸切。猊，五兮切。○獸名。○【師古曰】三狻猊，喻西域三部。王兵馬起于安西，嘗擒西域胡酋，其敢决頗似是鷹，故美之也。○【王洙曰】：「白羽者，箭也。狻猊，獅子也。」司馬相如上林賦：彎蕃弱，滿白羽。注：羽，箭也。爾雅釋獸：狻猊如虦猫，食虎豹。郭璞注：師子也。○穆天子傳：狻猊日走五百里。虦，音棧。敢决豈不與之齊。荆南芮公得將軍，亦如角鷹下翔雲。○【王洙曰】下翔，一作入朔。惡鳥飛飛啄金屋，安得爾輩開其羣，驅出六合梟鸞分。○【趙次公曰】惡鳥乃可憎之鳥，啄富貴之屋，當得角鷹以逐之。○【師古曰】假惡鳥以喻史思明殘黨，猶犯長安，陷天子之金闕，故甫欲得王兵馬如角鷹，驅其羣，以清六合，使君子、小人各得其所，而不相雜揉，故曰「梟鸞分」。梟，食母之鳥也。○鸞，太平之瑞鳥也。

【校記】

〔一〕刊，古逸叢書本作「二」。
〔二〕倒，古逸叢書本作「到」。
〔三〕古逸叢書本「王」下多「與」字。
〔四〕眉，元本、古逸叢書本無。
〔五〕衣，古逸叢書本作「衣衣」。

惜别行送向卿進奉端午御衣之上都

肅宗昔在靈武城，指揮猛將收咸京。○【趙次公曰】天寶十五載九月，裴冕奉皇太子即皇帝位于靈武，是爲肅宗。明年九月，復京師。向公泣血灑行殿，○【趙次公曰：「向卿無所考其名。」】向公，未詳，當考。○或曰：向公即芮公衛伯玉也，乃傳寫刀筆之誤，以芮爲向，恐或是也。詩：鼠思泣血。佐佑卿相乾坤平。逆胡冥寞隨煙燼，○謂禄山死也。卿家兄弟功名震。麒麟閣畫鴻雁行，○行，平郎切。○【王洙曰】言兄弟俱畫像於麒麟閣也。紫極出入黄金印。尚書勳業超千古，雄鎮荆州繼吾祖。○【趙次公曰】或曰：尚書鎮荆州，言李之芳也。繼吾祖，甫自謂杜預也。預在晉嘗爲鎮南大將軍、都督荆州諸軍事。○【師古曰】然説者又曰：尚書，指向卿之父珣，鎮荆南。昔向秀繼杜預節鎮于此，故云「繼吾祖」也。時珣遣子向卿奉端午御衣之上都，故有是卿〔一〕也。○今並録之，以俟有識。裁縫雲霧成御衣，○上林賦：裁纖羅，垂霧縠。拜跪題封賀端午。○端午，即重午也。向卿將命寸心赤，青山落日江潮白。○【趙次公曰】言向卿行歷之景物也。卿到朝廷説老翁，漂零已是滄浪客。○浪，音郎。○【師古曰】滄浪客，乃屈原，甫自喻也。○【趙次公曰】屈原放逐江、湘，漁父見而笑曰：「滄浪之水清兮，可以濯吾纓。滄浪之水濁兮，可以濯吾足。」

【校記】

〔一〕卿，古逸叢書本作「行」。

夏日楊長寧宅送崔侍御常正字入京

○得深字爲韻〔一〕。

醉酒揚雄宅，○以揚雄比楊長寧也。按，揚雄其先封於晉之揚而得姓，其地在河東揚縣，則揚乃從手之揚，而甫誤以爲從木之楊矣。○【王洙曰】揚雄傳：雄字子雲，有田一壥，有宅一區。少而好學，家素貧，嗜酒，人希至其門。時有好事者，載酒肴從遊學。升堂子賤琴。○【王洙曰】吕氏春秋：宓子賤治單父，彈鳴琴，身不下堂，而單父治。不堪垂老鬢，還對欲分襟。天地西江遠，○【趙次公曰】言江陵送别之處也。星辰北斗深。○言望長安之遠也。○【趙次公曰】長安之城上直北斗。○前注。烏臺俯麟閣，○【趙次公曰】烏臺，美崔侍御也。麟閣，美常正字也。○【王洙曰】前漢朱博傳：御史府中列柏樹，常有野烏數千，棲宿其上，晨去暮來，號曰「朝夕烏」。○唐陳子昂傳：武后時召見金華殿，占對慷慨，擢麟臺〔二〕正字。長夏白頭吟。○紀叙别之時也。西京雜記：相如將聘茂陵人女爲妾，卓文君作白頭吟以自絶，乃止。○【王洙曰】古樂府白頭吟，疾人以新間舊，不能至於白首，故以爲名。

【校記】

〔一〕韻，元本作「匀」，古逸叢書本作「均」。

〔二〕臺，古逸叢書本作「閣」。

夏夜李尚書筵送宇文石首赴縣聯句

○【王洙曰】宇文，李尚書之外甥。○【王洙曰】：「石首，縣名。」】石首，荆州西邑也。

愛客尚書重，之官宅相賢。甫。○【王洙曰】魏舒傳：少孤，爲外家甯氏所養。甯氏起宅，相宅者云：「當出貴甥。」外祖母以盛氏甥小而慧，意謂應之。舒曰：「當爲外氏成此宅相。」○又北史：邢晏稱其甥李繪曰：「如對珠玉，宅相之寄，當在此甥。」酒香傾座側，帆影駐江邊。之芳。翟表郎官瑞，○【王洙曰】蕭望之爲郎，有數十雉常隨車翔集。○爾雅釋鳥：鸐，山雉。邢昺疏：山雉，一名鸐。郭璞云：尾長者，今俗呼「山雞」是也。鳧看令宰仙。彧。○【王洙曰】王喬爲葉令，有神術，每月朔望常以舄爲雙鳧，自東南飛來，自〔一〕縣詣臺朝。本傳。雨稀雲葉斷，夜久菊〔二〕花偏。甫。數語欹紗帽，高文擲綵牋。之芳。興饒行處樂，離惜醉中眠。彧。單父長多暇，○【鄭卬曰】單，常演〔三〕切。父，方矩切。○【王洙曰：「單父，宓子賤所治。」】呂氏春秋：宓子賤治單父，彈鳴琴，身不下堂，而單父治。河陽實少年。甫。○【王洙曰：「河陽，潘岳所治。」】晉潘岳傳：字安仁，少號爲奇童，才名冠世。舉秀才，爲河陽令。客居逢自出，○【王洙曰】以外甥也，故云「自出」。○左氏傳：康公我之自出。爲别幾凄然。之芳。○莊子大宗師篇：凄然似秋。

【校記】

〔一〕自，古逸叢書本作「曰」。

〔二〕菊，元本、古逸叢書本作「燭」。

〔三〕演，元本、古逸叢書本作「濱」。

多病執熱奉懷李尚書○之芳。

衰年正苦病侵凌，首夏何須氣鬱蒸。○【王洙曰】謝靈運詩：首夏猶清和，敲〔一〕蒸鬱凌冥。大水淼茫炎海接，◯【鄭卬曰】淼，弭沼切。奇峰硉兀火雲昇。◯【王洙曰】硉，郎兀切。◯硉兀，高貌。◯【王洙曰】陶潛四時詩：夏雲多奇峰。◯【趙次公曰】郭璞江賦：巨石硉兀以前却。◯【王洙曰】淮南子：旱雲煙火。思霑道暍黃梅雨，◯【鄭卬曰】暍，於歇切，傷暑也。◯【趙次公曰】思道暍之人以黃梅一雨霑之，此武王扇暍之意。公之仁心可見也。◯四時纂要：梅熟而雨，曰「梅雨」，江東呼爲「黃梅雨」。敢望宮恩玉井冰。◯【趙次公曰】唐制：百官賜冰。而甫嘗爲左拾遺，當預賜冰之列。今既遠矣，故有是句。漢志：瑯琊有冰井，厚尺餘。◯【王洙曰】魚豢魏略：明帝九龍殿前玉井綺欄。◯山海經：崑崙墟面有九井，以玉爲檻。陸機洛陽記：冰室在宣陽門內，常有冰。天子用賜三公衆官。戴延之述征記：冰井在陵雲臺〔二〕北，古來藏冰處也。不是尚書期不顧，◯【王洙曰】前漢陳遵傳：遵封嘉威侯，居長安。遵嗜酒，每大飲，賓客滿堂，輒關門，取客車轄投井中，雖有急，終不得去。嘗有部刺史奏事，過遵，值其方飲，刺史大窮。候遵霑醉時，突入見遵母，叩頭自〔三〕白「當對尚書有期會」狀，母廼令從後閤出去〔四〕。應休璉與滿公琰書曰：當此之時，仲孺不辭同產之服，孟公不顧尚書之期。山陰野雪興難乘。◯【王洙曰】世說：王子猷居山陰，夜大雪，眠覺，開室，命酌酒。四望皎然，因起彷徨，詠左思招隱詩，忽憶戴安道。時戴在剡，即便夜乘小船就之。經宿方至，造門不前而返。人問其故，王曰：「吾本乘興而行，興盡而返，何必見戴。」

【校記】

〔一〕敲，古逸叢書本作「歊」。

〔二〕臺，古逸叢書本作「屋」。
〔三〕自，古逸叢書本作「向」。
〔四〕去，元本作「夫」。

水宿遣興奉呈羣公

魯鈍仍多病，逢迎遠復迷。耳聾須畫字，髮短不勝篦。○勝，讀平聲。澤國雖勤雨，○【杜田補遺。又，杜陵詩史、分門集注、補注杜詩引作「修可曰」。】穀梁傳：春正月，不雨。言不雨者，勤雨也。注：思雨之勤也。炎天竟濺泥。小江還積浪，○【趙次公曰】江雖小而積浪，則以炎天水漲也。弱纜且長堤。○【趙次公曰】繫纜於長堤也。歸路非關北，○【俯曰】甫北人，未得歸鄉故也。行舟却向西。暮年漂泊恨，今夕亂離啼。○今夕，一作夕客。童稚頻書札，○【王洙曰】古詩：遺我一書札。盤飧詎糝藜。○【王洙曰】家語：孔子藜羹不糝。我行何到此，物理直難齊。○【王洙曰】莊子有齊物篇。高枕翻星月，嚴城疊鼓鼙。○城，謂荆州之城也。風號聞虎豹，水宿伴凫鷖。○【王洙曰】蜀都賦：晨凫旦〔一〕至，候雁銜蘆，雲飛水宿，弄吭〔二〕清渠。異縣驚虛往，○【王洙曰】古詩：它鄉復異縣。同人惜解携。○【王洙曰：「易：出門同人。」】

趙次公曰：「其字則易卦名。」周易有同人卦。蹉跎長泛鷁，○【俯曰】泛鷁，行舟也。○【趙次公曰】畫綵鷁於舟，以驚水神也。展轉屢鳴雞。○展轉不寐而聞雞唱〔三〕曉也。嶷嶷瑚璉器，○【鄭卬曰】嶷，魚力切。○詩生民：克岐克嶷。○【王洙曰：「子貢瑚璉器。」】論語：子貢問曰：「賜也何如？」子曰：「汝器也。」曰：「何器也？」曰：「瑚璉也。」陰陰桃李蹊。○【王洙曰】李廣傳：桃李不言，下自成蹊。餘波期救涸，○望諸公之周急也。○【王洙曰】左氏昭十二年傳：波及晉國者，君之餘也。莊子外物篇：莊周家貧，以貸粟於監河侯，曰：「周視車轍中有鮒魚焉，豈有斗升之水而活哉？」費日苦輕齎。○【趙次公曰】言爲客之久，有費時日，其〔四〕所輕齎，苦於貿易而罄盡矣。支〔五〕策門闌邃，○【昱曰：「一本杖作支。」】支〔六〕，一作杖。肩輿羽翮低。○【趙次公曰】支策、肩輿，言出詣於人也。自傷甘賤役，誰愍彊幽棲。巨海能無釣，○【王洙曰：「任公子投竿東海。」】莊子外物篇：任公子爲大鈎巨緇，五十犗以爲餌，蹲乎會稽，投竿東海，旦旦而釣。浮雲亦有梯。○謝靈運登石門詩：惜無同懷客，共登青雲梯。郭景純遊仙詩：靈谿可潛盤，安事登雲梯。勳庸思樹立，語默可端倪。贈粟囷應指，○【王洙曰】吴志魯肅傳：肅字子敬，臨淮東城人，性好施與。周瑜爲居巢長，將數百人過候肅，并求資糧，肅家有兩囷米，各三千斛，肅乃指一囷與周瑜。登橋柱必題。○【王洙曰】成都記：昇仙橋，司馬相如初西去，題其柱曰：「不乘赤車駟馬，不復過此橋。」後果以傳車至其處。橋在望鄉臺東南一里，管華陽縣。○【趙次公曰】夢弼謂：右觀甫之自序〔七〕所負如此，蓋不以有求於人而遂屈也。丹心老未折，○古樂府詩：丹心悵不舒。○【王洙曰】別賦：心折骨驚。時訪武陵溪。○【王洙曰】武陵桃源，乃秦人避亂之地。○前注。

【校記】

〔一〕旦，古逸叢書本作「且」。
〔二〕吭，古逸叢書本作「吪」。
〔三〕唱，古逸叢書本作「鳴」。
〔四〕言爲客之久有費時日其，元本、古逸叢書本無。
〔五〕支，元本、古逸叢書本作「楮」。
〔六〕支，元本、古逸叢書本作「楮」。
〔七〕序，古逸叢書本作「矜」。

昔遊

○此篇與憶昔行命意略同。憶昔行有云：「辛勤不見華蓋君。」又云：「艮岑青輝慘么麽。」

昔謁華蓋君，深求洞宮脚。○一作「綠袍昆王脚〔一〕」。華蓋山在伊、洛間，王喬上昇於此。神仙傳：有三十六洞天。昔周王子喬養道于華蓋山，凡三十餘年，後得道昇仙，號曰華蓋君。天降玉棺於堂上，喬遂沐浴卧其中，由是尸解。甫以所居之地爲洞天之宫。山足曰脚。玉棺已上天，○玉，一作人。○【王洙曰】後漢方術傳：王喬者，河東人。顯宗世爲葉令，天下玉棺於堂前，吏人推排，終不摇〔二〕動。喬曰：「天帝獨召我邪？」乃沐浴服飾，寢其中，蓋便立覆。昔葬於城東，土自成墳。其夕，縣中牛皆流汗喘乏，而人無知者。百姓乃爲之立廟，號葉君祠。白日亦寂寞。○寂，一作冥。暮昇艮岑頂，○岑，一作峰。○【王洙曰：「艮岑，東北之岑也。」】艮，東北之卦也。巾几猶未却。○甫謂我昔嘗謁拜王喬之祠於華蓋，其人以玉棺昇天矣，白日唯祠宫寂然，暮昇東北之岑，覩其傍葬處，几席猶存也。弟子四五人，入來淚俱落。○奉道弟子凡四五人，見甫語及艱難以來不知親戚故舊或存或没，皆爲之淚下也。余時遊名山，發軔在遠壑。○軔，音刃。軔，正車之木，將行則發之。○【王洙曰】屈原離騷：朝發軔於蒼梧。良覿違夙願，○甫時擬作廬、霍之遊，發軔將以行也。是以乖〔三〕違夙願，不及展〔四〕此良會，隱居于此也。含凄向寥廓。○凄，一作悽。言望天而爲抱悽愴之情也。林昏罷幽磬，竟夜伏石閣。王喬下天壇，微月映皓鶴。○甫夜宿此祠宫，如覩王喬之下天壇，此寓言也。○【王洙曰】劉向列仙傳：王子喬，周靈王太子晉也。好吹笙，作鳳鳴。遊伊、洛間，道士浮丘公接上嵩山。後告桓良曰：「告我家，七月七日待我緱氏山頭。」果乘白鶴駐山顛，舉手謝時人而去。晨溪嚮虚駃，○駃，古穴〔五〕切，速也。謂溪流嚮空壑〔六〕，其勢速也。歸徑行已昨。○【趙次公曰：「蓋昨夜既伏石閣而宿，今晨之歸往，見溪嚮虚處流駛，乃昨所行者矣。」】甫早起沿溪而行，故已得昨來之徑也。豈辭青鞋胝，○【趙次公曰】青芒鞋，乃行山之具。胝，足病也。○甫不以青芒鞋之艱難爲辭，任使足生胝也。帝王世紀：禹治洪水，手足胼胝。○【趙次公曰】按集有曰「若耶溪，雲門寺，青鞋布襪從此始」，其意同也。惆悵金匕藥。○【王洙曰】惆悵，一作悵望。○甫不憚芒鞋之勞，將願〔七〕就求金匕藥以延暮年也。昔葛仙翁以金匕挑藥，與費長房服之，以延年也。又神仙傳：程偉好黄白，連時不成，妻乃出囊中藥，以少投其匕，煎〔八〕水銀，須臾成銀。東蒙赴舊隱，尚憶同志樂。○【王洙曰】東蒙，魯地山名。○甫與元逸人常隱此山，故憶之也。○【趙次公曰】按集有曰「故人昔隱東蒙峰，已佩含景蒼精龍」是也。伏事董先生，○伏，一作休，非是。○【王洙曰】董先生，謂董京威，即衡陽董鍊師也。行吟常宿白社之中，時乞市肆，得碎繒，結以自覆。○甫常師事之也。於今獨蕭索。胡爲客關塞，道意久衰薄。○甫自與董鍊師既別之後，世態蕭條，至今日客寓關塞，道竟衰薄，無復昔時之鋭志於鍊養矣。妻子亦何人，○漢武帝曰：「吾得如黄帝，棄妻子如屣耳。」又，費長房棄妻子，從壺公。丹砂負前諾。○甫謂妻子累人，使吾負求丹砂之志矣。○【王洙曰：「晉葛洪求勾漏令，以鍊丹砂。」】晉葛洪字稚川，究覽典籍，尤好神仙導養之法。辭辟不就，以年老欲鍊丹，以祈霞〔九〕壽，聞交趾出丹，求爲句漏令，帝從之。雖悲鬒髮變，○【王洙曰：「一云鬢髮變。」趙次公曰：「一作髮鬢鬒，非。」】一作髮變鬒〔一〇〕。○鬒，真忍〔一一〕切，密也。○【趙次公曰】詩鄘風：鬒髮如雲。○【王洙曰】謝元暉詩：有情知望鄉，誰能鬒不變。未憂筋力弱。杖藜望清秋，○【王洙曰】杖，一作扶。有興入廬霍。○人生天地間，不能逃寒暑之變，故形〔一二〕體衰，鬚髮白，唯道家得鍊養呼吸之術，所以能却老延年。甫雖傷髮稀變鬒，尚賴筋力未羸，猶可扶藜杖入廬、霍二山，學神仙術以延暮年，無負丹砂之舊約矣。謝靈運初發石首城詩：息心〔一三〕廬霍期〔一四〕。

【校記】

〔一〕脚，元本、古逸叢書本作「朋」。
〔二〕摇，古逸叢書本作「攝」。
〔三〕乖，元本、古逸叢書本作「自」。
〔四〕展，元本作「后」，古逸叢書本作「迨」。
〔五〕穴，元本、古逸叢書本作「亦」。
〔六〕壑，古逸叢書本作「虚」。
〔七〕願，古逸叢書本作「原」。
〔八〕煎，古逸叢書本作「前」。
〔九〕霞，元本、古逸叢書本作「遐」。
〔一〇〕鬒，元本、古逸叢書本作「白」。
〔一一〕忍，古逸叢書本作「君」。
〔一二〕形，元本、古逸叢書本無。

〔三〕心，古逸叢書本作「必」。

〔四〕期，元本無。

江陵望幸

○【王洙曰】時大駕在蜀。

雄都元壯麗，○【王洙曰】漢高紀：宮室非壯麗不足以重威。望幸欻威神。○【趙次公曰】欻，許勿切。○【王洙曰】顔延年車駕幸京口詩：春方動宸極，望幸傾〔一〕王州。魯靈光殿賦：景福乎帝之威神。地利西通蜀，○【趙次公曰】江自西而來，舟車所通，故謂之「西江」。天文北照秦。○【杜定功曰】謂長安在荆渚之北。○而上直乎北斗也。風煙含越鳥，○【王洙曰】謝玄暉詩：風煙有鳥路。舟楫控吴人。未枉周王駕，○【趙次公曰】列子周穆王篇：肆意遠游，命駕八駿之乘，驅馳千里。○抱朴子：周穆王南征，君子化爲猿鶴，小人化爲蟲沙。終期漢武巡。○漢武元封五年，南巡，至于盛唐，望祀虞舜于九嶷。注：盛唐，南郡也。甲兵分聖旨，○【趙次公曰】言車駕之出，則禁兵隨衛也。居守付宗臣。○【王洙曰】左氏傳：君行則居守。早發雲臺仗，○仗，或作路。恩波起涸鱗。○前注。

【校記】

〔一〕傾，古逸叢書本作「候」。

遣悶

地闊平沙岸，舟虛小洞房。使塵來驛道，城日避烏檣。○烏檣，謂船檣上刻爲烏形也。○【趙次公曰】以泊船之處近城，斜日爲城所障，不照及乎烏檣也。暑雨留蒸濕，江風借夕凉。○【趙次公曰】暑雨之際，留住〔一〕蒸濕，而得江風借之以夕凉也。行雲星隱見，○【趙次公曰】雲合則星隱，雲過則星見也。疊浪月光芒。○【趙次公曰】前浪、後浪，月光皆照也。螢鑒緣帷徹，○【趙次公曰。又，九家集注杜詩依例爲「王洙曰」。】螢火可以照物，故云「螢鑒」。蛛絲罥鬢長。○【鄭卬曰】罥，音畎，挂也。哀箏猶凭几，○【鄭卬曰】凭，皮孕切。鳴笛竟霑裳。○【趙次公曰】初聞哀箏，猶含淚凭几聽之而已，至聞鳴笛，則情不禁矣，於是乎淚竟霑裳也。倚着如秦贅，○着，直略切，附也。○【鄭卬曰】贅，之芮切。○聚肉也。○【君平曰】甫自謂流寓他鄉，如秦人之贅婿也。○【王洙曰】賈誼傳：秦人家貧，子壯則出贅。顏師古曰：言其不出妻家，亦猶人身體之有贅，非應所有也。過逢類楚狂。○【王洙曰：「楚狂接輿。」】論語微子篇：楚狂接輿歌而過孔子，曰：「鳳兮鳳兮，何德之衰。」氣衝看匣劍〔二〕，○【王洙曰：「張華見劍氣衝牛斗。」】晉張華傳：初，斗牛之間常有紫氣。雷煥曰：「豐城寶劍之精上徹於天耳。」穎脱撫錐囊〔三〕。○【王洙曰】平原君傳：平原君曰：「士之處世，譬如錐之處囊中，其末立見。」毛遂曰：「使遂蚤得處囊中，乃脱穎而出，非特末見而已。」妖孽關東臭，兵戈隴右瘡。○【趙次公曰：「兩句皆當時之事實，真衹是吐蕃與盜賊耳。」】皆傷時也。

時清疑武略，世亂蹋文場。○【趙次公曰】當時清，則以武略疑而不用。及世亂，則文場蹋而不得騁也。餘力浮於海，○【王洙曰】論語：道不行，乘桴浮於海。端憂問彼蒼。○【王洙曰】詩秦風：彼蒼者天。百年從萬事，故國耿難忘。○【趙次公曰】言百年之內，任從事緒之多，而惟有故鄉不能忘也。

【校記】

〔一〕住，古逸叢書本作「注」。

〔二〕匣劍，元本、古逸叢書本作「劍匣」。

〔三〕錐囊，原作「囊錐」，據元本、古逸叢書本改。

江陵節度使陽城郡王新樓成王請嚴侍御判官賦七字句同作

樓上炎天冰雪生，○【趙次公曰】當炎天而樓上生冰雪，則其高可知矣。高飛燕雀賀新成。○【王洙曰】淮南説林訓：大厦成而燕雀相賀。碧窗宿霧濛濛濕，朱栱浮雲細細輕。杖鉞褰帷瞻具美，〇後漢趙彥傳：宗資爲中郎將，杖鉞將兵，督州郡。〇【王洙曰】又，賈琮傳：琮爲鄭州刺史。舊典：傳車驂駕，垂赤帷裳，近於州界。及琮之部，升車言曰：「刺史當遠視廣聽，以糾察美惡。何故反垂帷裳以自掩塞乎？」乃命御者褰之。百城聞風，自然竦震。投壺散帙有餘清。〇【王洙曰：「祭遵投壺雅歌。」】後漢祭遵爲將軍，對酒設樂，必雅歌投壺。〇禮記〔一〕投壺經：頸脩七寸，腹脩五寸，口徑二寸半，容斗〔二〕五升。矢以柘，若棘，長二尺八寸，投之。勝者飲不勝者，以爲優劣也。自公多暇延參佐，江漢風流萬古情。〇【王洙曰】晉庾亮傳：亮鎮武昌，諸佐吏殷浩之徒乘秋夜共登南樓。俄而亮至，將起避之。亮徐曰：「諸君少住，老子於此，興復不淺。」便據胡床與浩等談論竟坐〔三〕。陶侃〔四〕曰：亮非唯風流，兼有爲政之實也。

【校記】

〔一〕投壺禮記，元本、古逸叢書本無。

〔二〕斗，元本、古逸叢書本作「中」。

〔三〕坐，古逸叢書本作「夕」。

〔四〕陶侃，元本、古逸叢書本作「黄氏」。

又作此奉衛王

西北樓成雄楚都，遠開山岳散江湖。〇【趙次公曰】言樓之所臨者高，所望者遠矣。二儀清濁還高下，○二儀，天地也。○【王洙曰：「陽清爲天，陰濁爲地。」】淮南天文訓：清揚者薄靡而爲天，重濁者滯凝而爲地。三伏炎蒸定有無。○陰陽書：從夏至第三庚爲初伏，第四庚爲中伏。立秋後，初庚爲末伏。故謂之「三伏」。前注。推轂幾年惟鎮静，○【王洙曰】推，吐回切。○推轂，喻言人之有才不能自達，必待有以薦舉之，如車之行，助推其轂而使之進耳。○【趙次公曰】以言衛王奉命爲將也。○【王洙曰：「馮唐傳：推轂遣將。」】馮唐傳：古者命將，跪而推轂，曰：「閫以内，寡人制之。閫以外，將軍制之。」曳裾終日盛文儒。○美衛王之禮賢也。○【王洙曰】鄒陽傳：何王之門不可曳長裾乎？白頭授簡焉能賦，媿似相如爲大夫。○【王洙曰：「雪賦：受簡於司馬大夫。」】謝惠連雪賦：梁王遊於兔園，授簡於司馬大夫，曰：「爲寡人賦之。」○【王洙曰】藝文志：登高能賦，可爲大夫。

新定杜工部草堂詩箋斠證卷第四十四

大曆三年下荆州所作

江漲

江發蠻夷漲，○【王洙曰】蜀水之源出於夷地。山添雨雪流。大聲吹地轉，高浪蹴天浮。魚鼈爲人得，蛟龍不自謀。○【趙次公曰】按集溪漲詩亦曰「蛟龍亦狼狽，而况鼈與魚」。輕帆好去便，吾道付滄洲。○【王洙曰】公以道不行，有乘桴之意也。

毒熱寄簡崔評事十六弟

大火運金氣，○【王洙曰：「（暑）一作火。」又，趙次公曰：「大火，一作大暑。以運金氣言之，當以大火爲正。蓋此一句止言七月之候也。」】火，一作暑。荆揚不知秋。○【趙次公曰】詩豳風：七月流火。月令：孟秋之月，盛德在金。大火流而運金氣，所以爲七月矣。既已七月，而荆、揚楚地，是爲炎方，秋熱最〔一〕毒，故獨不知秋也。林下有塌翼，○【趙次公曰：「鳥以熱而難飛也。」】謂鳥不禁熱而其翼垂塌也。水中無行舟。○謂日酷水涸，而舟不行也。千室但掃地，○謂家門掃地而卧也。閉門人事休。○謝絶人事，不相往來，艱於衣冠故也。老夫轉不樂，旅次兼百憂。蝮虵暮偃蹇，○蝮，芳福切。○【王洙曰】毒蛇也。○山海經：蝮虵，色如綬文，大者百餘斤，呼爲「反鼻蛇」。○爾雅釋蟲：蝮虺，博三寸，首大如擘。本草引張文仲云：蝮，蛇形，乃不長，頭扁口尖，人〔二〕有犯之，頭足貼著。空床難暗投。○夔多毒蛇，暮凉則夜出，或偃蹇床席間，不敢暗投，宜察之以燭也。炎宵惡明燭，○宵，夜也。然燭明則蚊蚋噆人肌膚，故惡之也。况乃懷舊丘。○思長安也。開襟仰内第，○内第，謂房室也。仰卧於内，憚於應接也。執熱露白頭。束帶負芒刺，接居成阻脩。○是以束帶在身，如負芒刺，接隣而居，翻成脩遠，以熱之故也。何當清霜飛，會子臨江樓。載聞大易義，○美崔公之通于易也。諷詠詩家流。○美崔公之長於詩也。藉藉異時輩，○謂其胸中有含蓄也。檢身非苟求。皇皇使臣體，○【趙次公曰】詩：皇皇者華。○君遣使臣也。信是德業優。○【趙次公曰】指崔評事之優乎爲使也。楚材擇杞梓，○楩楠杞梓，楚地所産。崔公楚人，朝廷將擇〔三〕用之也。○【杜田補遺。又，杜陵詩史、分門集注、補注杜詩引作「薛夢符曰」。】左氏傳：令尹子木問聲子曰：「晉大夫與楚孰賢？」對曰：「晉卿不如楚。其大夫則賢，皆卿才也。如杞梓皮革，自楚往也。唯楚有才，晉實用之。」漢苑歸驊騮。○【趙次公曰：「驊騮，所以美崔。言漢苑，則漢有天馬之苑。」】漢武得大宛馬，皆驊騮之美。驊騮，喻崔公宜歸廟朝之上也。短章達我心，理爲識者籌。○甫欲崔公宜歸朝，以短章聞于朝廷，庶幾達寫我心。甫之爲崔公籌畫大計，俾奏于上。○【趙次公曰：「識者，蓋指評事也。」】蓋以崔公有識君子，故與之言也。

【校記】

〔一〕最，元本、古逸叢書本作「取」。

〔二〕人，古逸叢書本作「身」。

〔三〕擇，古逸叢書本作「擢」。

江邊星月二首

驟雨清秋夜，金波耿玉繩。○【趙次公曰】金波，謂月也。玉繩，謂星〔一〕也。前漢郊祀志：月穆穆以金波。○【王洙曰】又，謝玄暉詩：金波麗鳷鵲，玉繩低建章。天河元自白，江浦向來澄。映物連珠斷，○【王洙曰：「史：五星如連珠。」】前漢律曆志：太初元年，日月如合璧，五星如連珠。緣空一鏡升。○公孫乘月賦：隱圓巖而似鉤，蔽脩堞而分鏡。○【王洙曰】古詩：破鏡飛上天。餘光隱更漏，○隱，一作憶。況乃露華凝。

【校記】

〔一〕星，古逸叢書本作「漢」。

江月辭風纜，江星別露船。雞鳴還曉色，鷺浴自清川。歷歷竟誰種，○【趙次公曰】見星之多〔二〕，故問其所種之榆也。○【王洙曰】古詩：天上何所有，歷歷種白榆。悠悠何處圓。○【趙次公曰】見月未圓，故問之以何處逢其圓也。○【王洙曰】沈約詠月：清光信悠哉。客愁殊未已，他夕始相鮮。○【趙次公曰：「若客愁既止，已則始悦其鮮明矣。」】言客愁深，既止〔二〕見星月，方悦其鮮〔三〕明也。

【校記】

〔一〕多，杜詩趙次公先後解、杜陵詩史、分門集注皆作「夕」。

〔二〕既止，古逸叢書本作「也」。

〔三〕鮮，古逸叢書本作「難」。

舟月對驛近寺

更深不假燭，月朗自明船。金刹青楓外，〇刹，初轄切。〇【杜田補遺。又，杜陵詩史、分門集注引作「洪覺範曰」。】幡柱也。朱樓白水邊。城烏啼眇眇，〇【王洙曰】左氏傳：叔向曰：「城上有烏，齊師其遁也。」野鷺宿娟娟。皓首江湖客，鈎簾獨未眠。

舟中

風餐江柳下，雨卧驛樓邊。〇【趙次公曰】宋鮑照詩：風餐委松宿〔一〕，雲卧恣天行。結纜排魚網，〇【趙次公曰】言繫纜之處有魚網相排〔二〕也。連檣並米船。〇【王洙曰】檣船上帆竿也。今朝雲細薄，昨夜月清圓。飄泊南庭老，〇【趙次公曰】南庭者，南方之庭，猶北地謂之北庭〔三〕也。秖應學水仙。〇清泠傳：馮夷，華陰潼卿隄首人。服八石得水仙，是爲河伯〔四〕。

【校記】

〔一〕宿，元本、古逸叢書本作「柏」。

〔二〕排，元本作「扮」，古逸叢書本作「絆」。

〔三〕北庭，元本、古逸叢書本作「漂泊」。

〔四〕伯，元本無，古逸叢書本作「神」。

遣懷

昔我遊宋中，惟梁孝王都。○【王洙曰】宋中，即大梁也。○【鄭卬曰】禹貢豫州域，秦改爲梁國。魏惠王都大梁，漢文帝封子武爲梁孝王，亦於睢陽置宋州。○其地乃天下要衝。○【王洙曰】漢書文三王傳：梁孝王武，七國反，梁王城守睢城。梁最爲大國，居天下膏腴地，北界秦山，西至高陽。名今陳留亞，○謂大梁形勝之名，與陳留郡相上下也。陳留郡在大梁之東，漢爲陳留郡，唐亦爲陳留郡。○【王洙曰】今爲汴州也。劇則貝魏俱。○謂大梁政事之劇，與貝、魏二州相等也。○【王洙曰】貝、魏二州在河北爲最大也。邑中九萬家，高棟照通衢。舟車半天下，主客多歡娛。○【趙次公曰】主則土著之人，客則流寓者也。白刃讎不義，黃金傾有無。殺人紅塵裏，報答在斯須。○言邑中豪富多尚游俠，殺人復讎，無〔一〕異秦地也。前漢酷吏尹賞傳：長安中姦猾浸多，閭里少年羣輩殺人，受賕〔二〕報仇，相與探丸爲彈，得赤丸者斫武吏，得黑丸者斫文吏，白者主治喪。城中薄暮〔三〕塵起，剽劫行者，死傷横道。憶與高李輩，論交入酒壚。○【師古曰】甫昔與高適、李白嘗飲此酒壚也。壚，謂埋罌於地。前漢相如〔四〕滌器，文君當壚。兩公壯藻思，○【饒曰】藻思，謂文思也。得我色敷腴。○敷腴，顔色悦〔五〕澤貌。古隴西行：好婦出迎〔六〕客，顔色正敷腴。氣酣登吹臺，○【王洙曰】吹臺，乃梁孝王歌吹之臺，今謂之繁臺。○【鄭卬曰】在開封縣南五里。○酈元注水經：陳留縣有蒼頡、師曠城，上有列仙吹臺。梁王增築以爲吹臺也。懷古視平蕪。○平蕪，謂草色淺齊也。芒碭雲一去，○碭，音唐，又音宕〔七〕。○【趙次公曰】芒碭，山名。○【王洙曰】漢高帝紀：高祖隱於芒碭山澤之間，吕后與人俱求，常得之，曰：「季所居上常有雲氣，故從往，常得季。」雁鶩空相呼。○鶩，音木，又亡遇切。鳧屬。雲去，言人已去，空餘雁鶩相呼而已。○【師古曰】謂懷古也。○西京雜記：梁孝王築兔園，園中有雁池，今在睢陽。先帝正好武，○【師古曰】謂玄宗好事邊功也。寰海未凋枯。○【王洙曰】言天下全盛之時也。猛將收西域，長戟破林胡。百萬攻一城，獻捷不云輸。○是時或收西域，或破林胡，以百萬之兵攻取一山城。○【趙次公曰】然一時豈無勝負，但〔八〕常獻捷徼功於天子而已，未嘗言其敗亡而不勝也。組練棄如泥，○左氏傳：組甲三百，被練三千。馬融曰：組甲，以組爲甲。被練爲甲裏也。尺土負百夫。○【王洙曰】負，一作勝。○【趙次公曰：「爭一尺之土，以百夫爲償，則不惜人之命！」】謂玄宗賞賚不貲，雖爭得一尺之土，以百夫爲償〔九〕，則所得不償所失，豈不負乎人之命歟！拓境功未已，○拓，音託，取也。元和辭大爐。○大爐，喻天地。元〔一〇〕之氣已辭大爐，言政失其和，則陰陽之氣不應，災異所由生也。○【趙次公曰】莊子大宗師篇：以天地爲大爐。亂離朋友盡，○【趙次公曰】朋友，指高、李也。合沓歲月徂。

○【王洙曰】合沓，相繼貌。吾衰將焉託，存殁再嗚呼。蕭條益堪媿，獨在天一隅。○【王洙曰】一作「蕭條疾益甚，媿獨天一隅」。乘黄已去矣，○【趙次公曰】乘黄，喻高、李也。凡馬徒區區。○【王洙曰：「凡馬，喻常才。」】甫自喻也。不復見顔鮑，○【趙次公曰】又以詩人顔延年、鮑明遠比高、李也。○或〔二〕曰：顔延年遷始安太守。道經汨潭，爲祭屈原文以致其意。○【王洙曰】鮑明遠爲荆州參軍掌書記，作蕪城賦以譏宋臨海王。繫舟卧荆巫。○【趙次公曰：「荆州與巫峽也。」】甫時繫舟於荆楚、巫峽之岸，以寓居也。臨餐吐更食，常恐違撫孤。○謂死後無人撫恤諸孤，恐違此心願也，故臨餐不能食矣。

【校記】

〔一〕無，元本、古逸叢書本作「之」。

〔二〕賕，元本作「脉」，古逸叢書本作「金」。

〔三〕暮，元本、古逸叢書本無。

〔四〕前漢相如，元本、古逸叢書本作「前相如傳」。

〔五〕恍，古逸叢書本作「充」。

〔六〕近，古逸叢書本作「迎」。

〔七〕宕，元本、古逸叢書本作「岩」。

〔八〕但，古逸叢書本作「伹」。

〔九〕儐，古逸叢書本作「賓」。

〔一〇〕一元，古逸叢書本作「二三」。

〔一一〕或，元本、古逸叢書本作「黄」。

舟中出江陵南浦奉寄鄭少尹審

更欲投何處，飄然去此都。形骸元土木，○【趙次公曰】晉嵇康傳：有風儀，而土木形骸，不自藻飾。舟楫復江湖。社稷纏妖氣，○【王洙曰】左太冲賦：姦回贔屭，兵纏紫微。干戈送老儒。百年同棄物，萬國盡窮途。○【王洙曰。又，門類增廣十注杜詩引作「杜云」。】阮籍傳：車迹所窮，輒慟哭而反。雨洗平沙靜，天銜闊岸紆。鳴螿隨浮〔一〕梗，○【趙次公曰：「螿，音將，蟬也。」】螿，即良切，蟬屬。○【趙次公曰】螿得梗而託之，故隨汎梗而鳴焉。○【黄希曰】爾雅：蜺，寒蜩〔二〕。郭璞注：寒螿也，似蟬而小，青赤。別燕起秋菰。○【趙次公曰】菰，雕葫也。燕集於菰叢之間，時當秋，則別之而起去也。棲託難高臥，○【趙次公曰】言其身方有棲託，難於高臥而自安矣。飢寒迫向隅。○【王洙曰】漢刑法志：一夫向隅而泣，則滿堂爲之不樂。寂寥相呴沫，○呴，況付切。沫，音末。○【王洙曰】莊子大宗師篇：泉涸，魚相與處於陸，相呴以濕，相濡以沫，不如相忘於江湖。浩蕩報恩珠。○【王洙曰。又，趙次公注引作「三輔決録、搜神記」。】潘岳關中記：漢武帝於渭水北作昆明池，有人釣魚綸絶，而魚夢於帝，求去其鉤。明日，帝戲于池，見魚銜鉤，帝取其鉤放之。後復遊池，魚銜珠以報帝。淮南子覽冥訓：隋侯之珠。注：隋侯，漢東國姬姓諸侯。隋侯見大蛇傷斷，以藥傅之。後蛇於江中銜大珠以報之。溟漲鯨波動，○古今注：鯨，大魚也，鼓浪成雷，噴沫成雨。衡陽雁影徂。○淮南〔三〕時則訓：季秋之月，候雁來賓。南征問懸榻，○【王洙曰】後漢陳蕃遷樂安太守，郡人周璆，高潔之士，前後郡守招命莫肯至，唯蕃致焉，字而不名，特爲置一榻，去則懸之。○【趙次公曰】蕃又爲豫章太守，不接賓客，唯徐穉來，特〔四〕設一榻，去則懸之。東逝想乘桴。○【王洙曰】論語：道不行，乘桴浮於海。濫竊商歌聽，○樂記：商者，五帝之遺聲。商人試之，故謂之「商」。明乎商之音者，臨事而屢斷。○【趙次公曰】淮南道應訓：甯戚欲干齊桓公，無以自達，於是飲牛車下，望見桓公郊迎客而悲，擊牛角而疾商歌。桓公聞之，命後車載歸。時憂卞泣誅。○【趙次公曰。又，王洙曰：「楚人卞和以玉璞三獻不遇，楚王遂再刖其足。」】韓非子：楚人和氏得玉璞，奉獻厲王。王使人相之，石也。王以爲詐，則刖之左足。及武王即位，又獻之。王又以爲詐，而刖其右足。文王即位，乃抱其璞哭於楚山之下三日三夜。王聞之，使人問曰：「子奚哭之悲？」曰：「吾悲夫寶玉而題之以石，貞士而名之以詐。」王使人理之，得寶焉。命曰「和璧」〔五〕。經過憶鄭驛，○【趙次公曰】用鄭莊同姓以比鄭審也。○前注。斟酌旅情孤。○【趙次公曰】言鄭審必能測度我旅情之孤也。

【校記】

〔一〕浮，元本、古逸叢書本作「汎」。

〔二〕蝈，古逸叢書本作「蜩」。

〔三〕淮南，元本、古逸叢書本作「淮南子」。

〔四〕特，古逸叢書本作「時」。

〔五〕和璧，古逸叢書本作「和氏璧」。

官亭夕坐戲簡顔十少府

南國調寒暑，○【趙次公曰】庾信夜聽擣衣詩：調聲不用吟。西江浸日車。○【趙次公曰】日乘車，駕以六龍，羲和御之，而薄於虞淵。客愁連蟋蟀，○蟋蟀，蛬也，今之促織。亭古帶蒹葭。○蒹葭，萑葦也。不返青絲鞚，○【趙次公曰】鞚，馬勒也。虛燒夜燭花。老翁須地坐，○【趙次公曰：「地主字，史中亦多。」】坐，或作主，誤也。細細酌流霞。○【趙次公曰。又，杜陵詩史、分門集注、補注杜詩引作「修可曰」。】抱朴子：蔓頭都〔一〕言到天上，過紫府，金牀玉几，晃晃昱昱。仙人以流霞一杯飲之，輒不飢渴。以帝前失儀而謫河東，號爲「斥仙人」。

【校記】

〔一〕蔓頭都，當作「頃曼都」。

秋日荊南述懷三十韻

○公安，荊州東南邑也。〔一〕

昔承推奬分，媿匪挺生材。遲暮宮臣忝，○【王洙曰】陸士衡詩：矯逢厠宮臣。艱危衮職陪。○【趙次公曰】甫自言當肅宗時拜左拾遺，掌供奉諫諍也。○【杜田補遺】又，杜陵詩史、補注杜詩、集千家注批點杜工部詩集引作「師古曰」。【】按唐六典注：補闕、拾遺，武后垂拱中置。取詩「衮職有闕，仲山甫補之」之義以名官也。揚鑣隨日馭，○【鄭卬曰】鑣，悲驕切，馬銜也。○【師古曰】甫謂侍肅宗乘輿於靈武也。○廣雅：日馭謂之羲和。折檻出雲臺。○【趙次公曰】謂諫房琯事不合帝意，遂爲華州司功也。○【王洙曰：「朱雲折檻。」】朱雲傳：雲上書願賜上方斬馬劍，斷佞臣，以厲其餘。帝怒，御史將雲下，雲攀殿檻，檻折。後當治檻，帝曰：「勿易，以旌直臣。」罪戾寬猶活，干戈塞未開。○【鄭卬曰】塞，悉則切。○【趙次公曰】時上欲誅甫，賴張鎬救之而免。一出之後，干戈日相尋也。星霜玄鳥變，○【趙次公曰】玄鳥，燕也。星霜之中，見玄鳥變，則不一其年矣。○【王洙曰】古詩：玉衡指孟冬，衆星何歷歷。白露霑野草，時節忽變易。秋蟬鳴樹間，玄鳥逝安適。身世白駒催。○【王洙曰】莊子知北遊篇：人生如白駒之過隙，忽然而已。史記：張良願棄人間事，學道輕舉。呂后彊食之，曰：「人生如白駒之過隙，何自苦如此。」又，酈生往説魏豹，豹謝曰：「人生一世間，如白駒過隙。」

伏枕回超忽，扁舟任往來。九鑽巴噀火，○【鄭卬曰】噀，蘇困切。○噴也。○【王洙曰】昔欒巴噀酒以救蜀火。○故甫假巴以對楚也。○【王洙曰：「形容其在成都及東川及夔州，凡在蜀地者，九遇清明。」】考之詩，甫以上元元年庚子卜築劍外巴道，至大曆三年戊申，有〔二〕凡〔三〕九遇巴人清明賜〔四〕新火故也。○【趙次公曰】論語：鑽燧改火。○周禮：司烜氏仲春以木鐸修火禁。注：爲季春將出火也。皇朝故事：清明後賜新火。亦周人出火之事也。**三蟄楚祠雷。**○【趙次公曰：「公乾元二年，歲在己亥，二月一日，自隴右赴劍南，十二月末到成都，自庚子至今歲大曆三年之清明，歲在戊申，是未爲九。公前有月詩云『二十四會明』，次公定爲二月望夜詩，而續有大曆三年白帝放船出瞿唐峽詩，則猶在夔州，可見是年清明矣。使鑽火字，則見其爲清明也。巴噀火，則欒巴所噀之火，以形容其在成都及東州及夔州，皆爲蜀地也。公以大曆三年春方離夔州，發白帝下峽，泊舟江陵。秋晚，寓公安縣。歲暮，發公安。至岳州，則二年之秋八月。元年之秋八月，通三年之秋八月，在夔、在江陵，是爲雷之三蟄矣。」】甫以大曆元年丙午旅寓雲安，遷夔瀼西，至三年戊申下荆，凡三逢楚人祭蟄雷也。○【王洙曰】易：龍蛇之蟄。○【趙次公曰】雷以三月而奮，以八月而蟄故也。○【鮑欽止曰】黄魯直嘗曰：子美入蜀下峽年月〔五〕則詩中可考。讀是詩，則往來兩川九年，在夔州三年，可知矣。○按集，舟中伏枕詩又有「十暑岷山葛，三霜楚户砧」之句，蓋甫以乾元己亥冬至蜀，不以暑計，起明年庚子至大曆四年己酉，是爲十暑。時已在荆湖，猶言岷山者，甫以永泰乙巳秋始至雲安，遷夔下荆，移潭如衡，皆屬楚地，至是合爲五霜，而乃云三者，獨指寓居峽中言之也。望帝傳因〔六〕實，○【師古曰】望帝乃蜀帝，其魄化爲杜鵑。父老相傳，其言不虛故也。○成都記：望帝治郫城，死，其魄化爲鳥，名曰杜鵑。昭王去不迴。○【師古曰】甫時居楚地，故託昭王不迴以爲言也。○【王洙曰】左氏〔七〕僖公四年傳：齊侯之師侵蔡，蔡潰，遂伐楚。楚子使與師言曰：「君處北海，寡人處南海，唯是風馬牛不相及也，不虞君之涉吾地也何故？」管仲對曰：「爾貢苞茅不入，王祭不共，無以縮酒，寡人是徵。昭王南征而不復，寡人是問。」對曰：「貢之不入，寡君之罪也，敢不供給？昭王之不復，君其問諸水濱。」蛟螭深作橫，○【鄭卬曰】橫〔八〕，户孟切。○廣雅：有鱗曰蛟龍，無角〔九〕曰螭龍。豺虎亂雄猜。○【趙次公曰】兩句因託以興焉。蓋是時荆楚有跋扈之强臣，賊盜之巨猾〔一〇〕尚多故也。素業行已矣，浮名安在哉。琴烏曲怨憤，庭鶴舞摧頹。○【趙次公曰】其所怨憤，寄之琴曲，則烏夜啼也，而庭鶴爲之舞矣。○昔師曠鼓琴，有玄鶴銜珠〔一一〕於庭中舞。○【杜田補遺。又，杜陵詩史、補注杜詩引作「師古曰」。】琴録曰：琴曲有長清、短〔一二〕清、幽蘭、白雪、風入松、烏夜啼曲。吴兢樂府解題：烏夜啼，宋臨川王義慶所造也。其辭云：籠窗窗不開，烏夜啼，夜啼望郎來。鮑照舞鶴賦：始連軒以鳳蹌，終宛轉而龍躍。躑躅徘徊，振迅〔一三〕騰摧。秋水漫湘竹，○【趙次公曰。又，王洙曰：「湘妃揮淚灑竹，竹皆斑。」】博物志：洞庭之山，堯帝之二女泣，以其涕揮竹，竹盡成斑。陰風過嶺梅。○【王洙曰】大庾嶺多梅，人號「梅嶺」。苦摇求食尾，○【王洙曰】司馬子長報任安少卿書：猛虎在深山，百獸震恐，及在檻穽之中，摇尾而求食。常曝報恩腮。○曝，滿木切，曬也。○【鄭卬曰】腮，蘇來切，頰也。○【王洙注引作「三秦記」。】交州記：有隄防龍門，水深百丈，魚登此門化成龍，不過，點額曝腮。結舌防讒柄，○梅福書：結諫臣之舌。探腸有禍胎。○【王洙曰】梅〔一四〕乘書：福生有基，禍生有胎。蒼茫步兵哭，○【王洙曰：「阮籍爲步兵，哭塗窮。」】晉阮籍爲步兵校尉，率意獨駕，不由徑路，車迹所窮，輒慟哭而反。展轉仲宣哀。○【趙次公曰】魏王粲字仲宣，以避難流離，作七哀詩。飢藉家家米，○藉，一作借。○【鄭卬曰：「杜元注：藉，入聲，秦昔切。」】藉，秦昔切。愁徵處處盃。○公以病戒酒也。休爲貧士歎，任受衆人咍。得喪初難識，榮枯劃易該。○畫，忽麥切，劃也。○【師古曰】自盗賊亂離以來，元勳舊德皆擯棄不用，而武夫年少反多驟遷，故甫有「難識」、「易該」之語也。差池分組冕，合沓起蒿萊。○差池，不齊貌。合沓，相繼貌。○【師古曰】譏當時濫進者多也。不必伊周地，○【王洙曰】伊尹、周公。皆登屈宋才。○【王洙曰】登，一作知。屈原、宋玉。漢庭和異域，○【師古曰。又，趙次公曰：「當時遣使和吐蕃也。」】言回紇送兵來助唐，求尚公主，唐遣使議和也。○【王洙曰】前漢匈奴傳贊：和親之論，發於劉敬。是時天下初定，遭平城之難，故從其言以結和親，賂遺單于，冀以救安邊境。孝惠、高后時，遵而不違，匈奴寇盗爲〔一五〕衰止，而單于反以加嬌〔一六〕倨。逮至孝文，與通關市，妻以漢女，增厚其賂，歲以千金，而匈奴數背約束，屢被其害。晉史拆三〔一七〕台。○【師古曰】言房琯得罪也。○【王洙曰：「晉中台拆而張華誅。」】晉張華傳：華字茂先，進封壯武郡公，代爲司空。時少子䠞以中台星拆，勸華遜位。華不從，卒被害。霸業尋常體，〇【趙次公曰】言夷夏和親，乃霸道尋常之體也。宗臣忌諱災。〇【趙次公曰。又，杜陵詩史、補注杜詩引作「師古曰」。】言宗臣忌諱不敢直言也。羣公紛勠力，聖慮窅徘徊。〇窅，樊作督。〇【鄭卬曰】窅，伊鳥切，深目也。數見銘鍾鼎，〇數，色角切，頻也。言徒刻金石以紀功也。昔季武子作林鍾之銘，衛孔悝有鼎銘。真宜法斗魁。〇言宜法三台以建官也。天官書：斗魁下，兩兩相比，爲三台。〇【王洙曰】隋天文志：北斗一至四爲魁，五至七爲杓也。願聞鋒鏑鑄，〇言當偃武務農也。〇【杜田補遺。又，杜陵詩史、補注杜詩引作「師古曰」。】家語：顏回曰：「愿鑄劍戟，以爲農器。放牛馬於郊藪。」莫使棟梁摧。〇言專信任賢相也。〇【王洙曰】晉衛玠卒，謝琨〔一八〕哭之曰：「棟梁折矣！」〇【杜田補遺。又，杜陵詩史、補注杜詩引作「師古曰」。】又，陸玩拜司空，謂賓客曰：「以我爲三公，是天下無人矣。」索酒著地，祝曰：「當今乏才，以爾爲柱石之臣，莫傾人棟梁。」盤石圭多翦，〇【師古曰】言廣封同姓也。〇【王洙曰：「漢封子弟，磐石之宗。成王封康叔，剪桐葉爲圭。」】漢文帝紀：高帝王子弟也。犬牙相制，所謂「磐石之宗」也。晉世家：周成王與弟叔虞戲，削桐葉爲珪，曰：「以此封君。」史佚請擇日立叔虞。成王曰：「吾與之戲爾。」史佚曰：「天子無戲言。」遂封於唐。凶門轂少推。〇推，通回切，進也。〇【師古曰】言命將多非其人也。〇【杜田補遺：「李衛公對唐太宗曰：『古者出師命將，齋三日，授之以鉞，推其轂。』又曰：『古者命將，授鉞推轂，鑿凶門而出。』」又，杜陵詩史、補注杜詩引作「師古曰」。】淮南兵略訓：君命將，臣辭而行，乃爪鬋設明衣，鑿凶門而出。○【王洙曰】馮唐傳：古者命將，跪而推轂，曰：「閫以外，將軍制之。」垂旒資穆穆，○言天子之和顏也。禮記：天子之冕十二旒。○【王洙曰】論語：天子穆穆。祝網但恢恢。○言天子之寬政也。○【趙次公曰。又，王洙曰：「成湯祝網。」】吕氏春秋：湯出郊，見祝網，曰：「從天墜者，從地出者，從四方來者，皆入吾網。」陽〔一九〕曰：「盡之矣。非桀，誰能當之！」乃去其三，而置其一，而教之祝曰：「昔蛛蝥作網，今之學紓。欲高者高，欲下者下，吾取其犯命者。」漢南之國聞之，曰：「湯德至禽獸矣。」歸之者三十國。○老子七十三章：天網恢恢。赤雀飜然至，○春秋緯書：得麟之後，天下血書魯端門，曰：「趨作法，孔聖没。周姬已，彗東出。秦政起，胡破術。書記散，孔不絶。」子夏明日往視之，血書飛爲赤烏，化爲白書，署曰「演孔圖」，中有作圖制法之狀。○【趙次公曰】遁甲曰：「赤雀不見，則國無賢。」注：赤雀主銜書，陽精也。黄龍不假媒。○不，一作詎。○【趙次公曰】瑞應圖：黄白者，四龍之長。王者不漉池而漁，則應和氣而之於池沼矣。漢郊祀歌：天馬徠，龍之媒。賢非夢傅野，○託諷邪佞之濫進也。○【王洙曰：「高宗夢得説於傅巖之野。」】書説命：高宗夢帝賚于良弼，説築傅巖之野，惟肖，爰立作相。隱類鑿顏坏。○【趙次公曰】坏，普回切，壁也。○【師古曰】甫自喻也。○【王洙曰】淮南齊俗訓：顏闔，魯君欲相之而不肯，使人以幣先焉，鑿培〔二〇〕而遁之。揚雄傳：解嘲曰：故士或鑿坏以遁。自古江湖客，冥心若死灰。○【師古曰】甫意欲朝廷禮敬大臣，寬大憲網，自然朱鳳至，黄龍來〔二一〕，爲國之嘉瑞。無使賢人隱遁，則天下不約而自平也。○【王洙曰】莊子：心可使若死灰。

【校記】

〔一〕元本、古逸叢書本無此注。
〔二〕有，古逸叢書本作「蓋」。
〔三〕凡，元本、古逸叢書本作「甫」。
〔四〕賜，元本、古逸叢書本作「陽」。
〔五〕入蜀下峽年月，元本作「蜀下峽年月」，古逸叢書本作「在蜀按年月」。
〔六〕因，元本、古逸叢書本作「應」。
〔七〕氏，古逸叢書本作「傳」。
〔八〕横，古逸叢書本作「蛟」。
〔九〕角，古逸叢書本作「鱗」。
〔一〇〕巨猾，元本作「猶」，古逸叢書本作「雄猶」。
〔一一〕珠，古逸叢書本作「玉」。
〔一二〕短，古逸叢書本作「兩」。
〔一三〕迅，古逸叢書本作「逆」。
〔一四〕梅，九家集注杜詩作「枚」。

〔一五〕爲，古逸叢書本作「不」。
〔一六〕嬌，古逸叢書本作「驕」。
〔一七〕三，古逸叢書本作「中」。
〔一八〕琨，古逸叢書本作「謂」。
〔一九〕陽，古逸叢書本作「湯」。
〔二〇〕培，古逸叢書本作「坯」。
〔二一〕來，古逸叢書本作「乘」。

江上

江上日多雨，蕭蕭荆楚秋。高風下木葉，○【王洙曰】離騷：洞庭波兮木葉下。永夜攬貂裘。勳業頻看鏡，行藏獨倚樓。○【王洙曰】惜功名未遂而身老也。○【余曰】冷齋夜話：謂此聯甚有含蓄者也。鄭雲叟曰「相看尋遠水，獨自上孤舟」是也。時危思報主，衰謝不能休。

江漢

江漢思歸客，乾坤一腐儒。片雲天共遠，永夜月同孤。落日心猶壯，秋風病欲蘇。古來存老馬，不必取長途。○【趙次公曰】公之意自比於老馬，雖不能取長途，而猶可以知道解惑也。韓非子：管仲、隰朋從桓公伐孤竹，春往而冬返，迷惑失道。管仲曰：「老馬之智可用也。」乃放老馬而隨之，遂得道焉。○【王洙曰】或曰：淮南人間訓：田子方見老馬於道問〔一〕，其御曰：「此何馬也？」其御曰：「故公家畜也。老罷而不爲用，出而鬻之。」子方曰：「少而貪其力，老而棄其身，仁者弗爲也。」束帛以贖之。罷武聞之，知所歸心矣。

【校記】

〔一〕問，原作「間」，據元本、古逸叢書本改。

秋日荆南送石首薛明府辭滿告别奉薛尚書頌德叙懷斐然之作三十韻

○荆州記：劉郎浦，石首沙步。

南征爲客久，○謂其客寓江陵之久也。西候别君初。○西候，謂秋郊西成之時候叙别也。歲滿歸鳬舄，○【趙次公曰】以薛明府比王喬之爲令也。○王喬爲葉令，喬有神術，每月朔望自縣詣臺朝。顯宗怪其來數而不見車騎，密令太史伺望之，言其臨至，輒有雙鳬自東面飛來。於是候鳬至，舉羅張之，但得一雙舄焉。秋來把雁書。○【趙次公曰】言薛明府應得其兄薛尚書之書也。○【趙次公曰：「雁書使蘇武事。」】蘇武傳：漢使謂單于，言天子射上林得雁，足有繫帛書。荆門留美化，○荆門，謂荆門軍也。○【鄭卬曰】十道志：荆州江陵縣、郢城縣東南岸，有山如門，謂之荆門。姜被就離居。○以姜比薛也。○【王洙曰】後漢姜肱字伯維，與弟仲海、季江俱以孝行著聞。其友愛天至，嘗同被而寢。聞道和親入，垂名報國餘。○甫自謂：公頃奉使和吐蕃。今按大曆報聘曰：户部尚書薛景仙。柳芳曆：大曆元年春二月，景仙使犬戎。○【趙次公曰】魯訔曰：唐之於吐蕃，初妻以金城公主，而叛服不常。至永泰、大曆間，再遣使者來聘。於是户部尚書薛景仙往報。今薛尚書是耶？連枝不日並，○【趙次公曰】言薛尚書與薛石首不日相並，榮顯如木之有連理枝也。八座幾時除。○【王洙曰】職林〔一〕：後漢以六曹尚書并令僕二人，謂之「八座」。魏以五曹尚書、二僕、一令爲八座。隋以六尚書、左右僕射及令爲八座。唐與隋同。往者胡星孛，○【趙次公曰】指言禄山也。○【王洙曰】天官書：昴曰旄頭，胡星也。恭惟漢網疏。○假漢以美唐也。○【王洙曰：「漢刑法志：禁網疏闊。」】刑法志：漢興，約法三章。網漏吞舟之魚，乃除三族罪、祆言令。風塵相澒洞，○澒，胡孔切。洞，徒總切。鴻濛貌。○【趙次公曰】凡兵戈之地，謂之「風塵」。淮南精神訓：未有天地時，澒濛鴻洞，莫知其門。天地一丘墟。○【趙次公曰】言人民寡而城郭荒矣。殿瓦鴛鴦拆，○【趙次公曰】魏文帝夢殿屋兩瓦墜地，化爲鴛鴦。宮簾翡翠虚。鈎陳摧徼道，○【王洙曰】西都賦：周以鈎陳之位。又：徼道綺錯。槍纍失儲胥。○纍，力軌切。○【王洙曰】揚雄長楊賦：木擁槍纍，以爲儲胥。○【趙次公曰。又，杜陵詩史、補注杜詩引作「師古曰」。】顔師古曰：儲，峙也。胥，須也。以木擁槍，及纍繩連結，以爲儲胥。言有儲蓄，以待所須也。○槍，千羊反〔二〕。纍，力佳反。孔叢子：愛其人者，愛其屋上之烏。憎其人者，憎其儲胥。○【趙次公曰】夢弼：右〔三〕兩聯言京師之陷，而宫殿之毀也。文物陪巡狩，○【師古曰】言薛尚書昔曾隨玄宗幸蜀，衣冠之盛也。親賢病拮据。○拮，吉屑切。据，斤於切。○【師古曰】謂皇子流離多辛苦也。○【趙次公曰】詩豳風：予手拮据。注：拮据，戟挶也。言爲巢之至苦，其手病也。公時呵猰貐，○【鄭卬曰】猰，烏點切。貐，翼乳切。獸名。○【師古曰】喻盜賊也。○【杜定功曰】爾雅：猰貐，類貙，食人，迅走。首唱却鯨魚。○【趙次公曰】鯨魚，大魚也。○喻强敵也。○【趙次公曰】左氏傳：取其鯨鯢，以爲京觀。勢愜宗蕭相，○【王洙曰】蕭相，謂蕭何。○【趙次公曰】：「自注云：郭令公。」以何比郭令公也。○蕭曹贊：何、參爲一代之宗臣。材非一范睢。○【趙次公曰】：「自注云：諸名將。」以范睢比諸多〔四〕將也。○【師古曰】公指薛尚書，時首唱大義，以討盜賊，破强敵。豈特一范睢相秦，但復魏齊之讎乎？○【趙次公曰】范睢傳：睢去魏入秦，秦拜爲客卿。卒聽睢謀，使五大夫綰伐魏拔懷，秦王乃拜睢爲相。屍填太行道，○【鄭卬曰】行，胡剛切。○【王洙曰】太行、恒山，在河北。血走浚儀渠。○【王洙曰】浚儀渠，即汴河。○言殺戮之多也。滏口師仍會，○【鄭卬曰】：「滏，方矩切，水名。」滏，扶甫切。光、黄之間水名也。○【師古曰】言尚書公督諸郡節度兵會於滏口也。函關憤已攄。○【趙次公曰】函關，乃函谷之關。攄憤，謂收復京師也。紫微臨大角，○【王洙曰】晉天文志：紫微，大帝之座。大角，在攝提間，天王座也。皇極正乘輿。

○【趙次公曰】言肅宗還京師也。洪範：建用皇極。○蔡邕獨斷：乘，猶載也。輿，猶車也。天子乘車輿以行也。賞從頻峩冕，○【鄭卬曰】從，才用切。○隨行也。言肅宗中興行賞也。○【王洙曰】左氏傳僖二十四年：晉侯賞從亡者。殊恩再直廬。○【趙次公曰】直廬，謂直殿廬也。○【王洙曰：「公自注云云。」】甫自注曰：公舊執金吾，新授羽林前後二將軍。豈惟高衛霍，○【師古曰。又，王洙曰：「衛青、霍去病。」】言其旌賞武功如漢之衛青、霍去病也。曾是接應徐。○【師古曰。又，王洙曰：「應德璉、徐公幹。」】言其禮敬文儒，又如魏之應休璉、徐公幹也。降集翻翔鳳，○【趙次公曰】喻薛之兄弟如鳳之翺翔也。○【王洙曰】賈誼賦：鳳凰翔于千仞兮，覽德輝而下之。追攀絶衆狙。○言均蒙其賞而無不獲者。○【王洙、趙次公皆引作「莊子」。】列子黄帝篇：宋有養狙公者，先誑之曰：「與若芧，朝三而暮四，足乎？」衆狙皆起而怒。俄而曰：「與若芧，朝四而暮三，足乎？」衆狙皆伏而喜。侍臣雙宋玉，戰策兩穰苴。○【趙次公曰】美薛公兄弟文武兼備，侍帝廟堂，以文章言之，則雙倍宋玉，以武略言之，則兩過穰苴也。鑒澈勞懸鏡，○【趙次公曰】甫言蒙尚書之鑒照，澄澈如鏡之懸也。○晉衛瓘見樂廣，奇之，曰：「此人之水鏡也。」荒蕪已荷鋤。○甫自昔從事於翰墨，今已荒蕪，乃從事於耕鋤。嚮來披述作，○【王洙曰：「公自注云云。」】甫自注：石首處見公新文一卷。〔五〕重此憶吹噓。白髮甘凋喪，青雲亦卷舒。經綸功不朽，○【趙次公曰】又以言薛尚書也。〔六〕跋涉體何如。○【王洙曰：「公自注云云。」】甫自注：公頃奉使和吐蕃。已見上。○毛萇詩傳：草行曰跋，水行曰涉。〔七〕應訝耽湖橘，○【王洙曰】潭州亦〔八〕有橘洲。常餐占野蔬。十年嬰藥餌，○甫有消渴疾也〔九〕。萬里狎樵漁。揚子淹投閣，○【趙次公曰】甫自喻其淹於左拾遺也。○餘見前注〔一〇〕。鄒生惜曳裾。○【趙次公曰】甫自况其趨走於豪門也。○餘見前注。〔一一〕但驚飛熠燿，○熠，以執切。燿，以照切。〔一二〕○【王洙曰】詩東山〔一三〕：熠燿宵〔一四〕行。注：熠燿，燐也。燐，螢火也。〔一五〕不記改蟾蜍。○淮南精神訓：月中有蟾蜍。○【王洙曰】張景陽詩：蟾蜍四五圓。○【趙次公曰】此聯皆以記時之變易也。〔一六〕煙雨封巫峽，○甫言寓居於夔州之巫峽也〔一七〕。江淮略孟諸。○【趙次公曰】甫追言梁、宋之舊遊也。爾雅：十藪，宋有孟諸。注：今在梁國。〔一八〕湯池雖險固〔一九〕，遼海尚填〔二〇〕淤。○淤，音於，壅泥也。○【趙次公曰】喻言時幽燕猶有不順命者矣。〔二一〕弩力輸肝膽，休煩獨起予。○【師古曰。又，趙次公曰：「末句所以激之也。」】甫激勉薛尚書當爲國立功，不獨爲詩以起予也。〔二二〕○【王洙曰】論語：起予者商也。

【校記】

〔一〕職林，元本作「或林」，古逸叢書本作「六典」。

〔二〕反，元本、古逸叢書本作「切」。

〔三〕右，古逸叢書本作「按」。

〔四〕多，元本、古逸叢書本作「名」。

〔五〕「嚮來」句下注，元本、古逸叢書本無。
〔六〕「經綸」句下注，元本、古逸叢書本無。
〔七〕「跋涉」句下注，元本、古逸叢書本無。
〔八〕亦，元本、古逸叢書本無。
〔九〕甫有消渴疾也，元本作：「見上『藥餌扶吾隨所之』注云。」古逸叢書本與元本略同，惟無「云」字。
〔一〇〕餘見前注，元本、古逸叢書本作：「見『子雲識字終投閣』注。」
〔一一〕「甫自」至「前注」，元本、古逸叢書本作：「鄒陽書：何王之門不可曳長裾乎？」
〔一二〕「熠以」至「照切」，元本、古逸叢書本無。
〔一三〕詩東山，元本、古逸叢書本作「東山詩」。
〔一四〕宵，元本作「西」。
〔一五〕注熠燿燐也燐螢火也，元本、古逸叢書本無。
〔一六〕「不記」句下注，元本、古逸叢書本作：「張景陽：下車如昨日，蟾蜍四五員。」
〔一七〕「煙雨」句下注，元本、古逸叢書本無。
〔一八〕「江淮」句下注，元本、古逸叢書本作：「孟諸，九澤名。」
〔一九〕元本、古逸叢書本此句下有注云：「侯本論曰：金城湯池，雖然險固，不可恃。」

〔二〇〕填，元本、古逸叢書本作「闐」。
〔二一〕「遼海」句下注，元本、古逸叢書本無。
〔二二〕「甫激」至「予也」，元本、古逸叢書本無。

哭李尚書○之芳。

漳濱與蒿里，○漳〔一〕濱，甫言其客寓於荆南也。○【王洙曰】劉公幹詩：余嬰沉痼疾，竄身清漳濱。○崔豹古今注：薤露、蒿里，並哀歌，言人命如薤上露，易晞滅，亦謂人死魂魄歸于蒿里也。逝者竟同年。○【趙次公曰】論語：子在川上曰：「逝者如斯夫。」劉公幹詩：逝者如流水，哀叫遂離分。欲挂留徐劍，○挂，下作往。○【王洙曰】吴世家：季札北使，過徐君。徐君好季札劍，口弗敢言，札心知之，爲使上國，未獻。還，至徐，徐君已死，札乃解其寶劍繫之冢樹而去，曰：「豈以死倍吾心哉！」猶迴憶戴船。○【王洙曰】王徽之傳：徽〔二〕之居山陰，夜雪，忽憶戴逵，逵時在剡，便乘小舟，經宿至門，不前而返，曰：「乘興而往，興盡而返，何必見安道邪！」相知成白首，此别問黄泉。○【王洙曰】左氏隱公元年傳：鄭莊公寘姜氏于城潁，誓〔三〕之曰：「不及黄泉，無相見也。」風雨嗟何及，○詩風雨：思君子也。○【王洙曰】又：中谷有蓷，啜其泣矣，何嗟及矣。江湖涕泫然。○【鄭卬曰】泫，胡畎切。○涕流貌。禮：孔子泫然流涕。修文將管輅，○【趙次公曰】言李尚書有奇才，如魏之管輅也。三十國春秋：蘇韶卒后，從弟見韶乘白馬而行，弟因問幽冥之事。韶曰：「死者爲鬼，俱在人間，不與生者接。顔回、卜商，今見爲修文郎。死之與生，略無有異。」言終不見。奉使失張騫。○【趙次公曰：「李尚書充使而死也。」】以張騫比之芳也。○按集秋日夔府詠懷寄李賓客之芳詩有曰「查上是張騫」，今哭之，又云「奉使失張騫」。按唐舊書：郭子儀上言吐蕃、党項不可忽，宜早爲備。廣德元年，遣李之芳使於吐蕃，爲虜所留二年，乃得回。史閣行人在，○【趙次公曰】史閣，言其書之于史册也。○【王洙曰】周禮秋官有大行人〔四〕、小行人。詩家秀句傳。客亭鞍馬絶，○【趙次公曰】言其死於道路也。○【彭曰】或〔五〕曰：亭，一作停。言甫爲客停留於此，李公無復鞍馬來相尋矣。旅櫬網蟲懸。○【王洙曰】沈休文詩：網蟲垂〔六〕户織。復魄昭丘遠，○【鄭卬曰。又，趙次公引作「荆州圖經」。】荆州記：當陽東南七十里有楚昭王墓。○【王洙曰】王粲登樓賦「西接昭丘」是也。歸魂素滻偏。○【鄭卬曰】滻，所簡切，水名。在京兆。○【趙次公曰】言李尚書乃京兆人。○【大臨曰】今歸葬于滻水之傍也。樵蘇封葬地，喉舌罷朝天。○【王洙曰】李固傳：陛下之有尚書，猶天之有北斗。斗爲天喉舌，尚書猶陛下之喉舌也。秋色凋春草，王孫若箇邊。○【大臨曰】言李與芳草爲鄰矣。○【王洙曰】淮南招隱：王孫遊兮不歸，春草生兮萋萋。

【校記】

〔一〕元本、古逸叢書本「漳」上尚有「與音預」。

〔二〕二「徽」字，原皆作「羲」，據古逸叢書本改。

〔三〕晳，古逸叢書本作「書」。

〔四〕大行人，元本作「大人」，古逸叢書本作「大行」。

〔五〕或，元本、古逸叢書本作「黄」。

〔六〕垂，元本作「虫」，古逸叢書本作「出」。

重題

涕泗不能收，哭君餘白頭。兒童相顧盡，○【王洙曰。又，趙次公曰：「言自兒童時與李尚書相識，今相識之人殆盡矣。」】言少時相顧，今盡於此矣。宇宙此生浮。○淮南齊俗訓：往古今來謂之宙，四方上下謂之宇。江雨銘旌濕，湖風井逕秋。還瞻魏太子，賓客減應劉。○【趙次公曰：「公自注云云。」】甫自注曰：公歷禮部尚書，薨于太子賓客。○【王洙曰：「曹丕書曰：應、徐、陳、劉，一時俱逝矣。」】且應瑒、劉楨乃魏太子門下客也。今之芳已徂，故云減也。

獨坐

悲秋迴白首，倚杖背孤城。江斂洲渚出，○爾雅釋水：水中可居曰洲，小洲曰渚。天虛風物清。滄溟服衰謝，○【王洙曰】服，一作恨。朱紱負平生。○【趙次公曰】公爲尚書郎，已賜緋矣，今老而無所用於時也。仰羡黄昏鳥，投林羽翮輕。○【師古曰】黄昏鳥猶得所歸，甫以久客他鄉，曾歸鳥之不如乎！

暮歸

霜黄碧梧白鶴棲，城上擊柝復烏啼。○言白帝城上屯戍擊柝以警夜也。○【趙次公曰】易：重門擊柝，以待暴客。客子入門月皎皎，○【趙次公曰】客子，甫自言也。誰家搗練風凄凄。南渡桂水闕舟楫，○【師古曰】恨無濟川之材也。○寰宇記：桂州臨桂縣漢水，一名桂水。北歸秦川多鼓鼙。○【王洙曰】。又，趙次公曰：「秦川，一作洛川，非。洛未嘗言洛川也。」【秦，一作洛。○【師古曰】。又，趙次公曰：「時吐蕃之兵未息也。」】言京師尚屯兵以防吐蕃也。年過半百不稱意，明日看雲還杖藜。

哭李常侍嶧二首○嶧，夷益切。

一代風流盡，○【趙次公曰】南史：張緒死，其從弟融於緒靈前酌飲慟哭，曰：「阿兄風流頓盡。」**修文地下深**。○【王洙曰】三十國春秋：蘇韶卒後，從弟節見韶乘白馬而行，節因問幽冥之事。韶曰：「顏回、卜商今爲修文郎。死之與生，略無有異。」**斯人不重見**，○【趙次公曰】孔子言伯牛之疾，曰：「斯人也，而有斯疾也！」蓋嗟其人之賢也。**將老失知音**。○【趙次公曰】指李常侍如鍾子期也。曹丕與吳季質書：昔伯牙絶絃於子〔一〕期，仲尼覆醢於子路，痛知音之難遇，傷門人之難遇〔二〕也。**短日行梅嶺**，○【趙次公曰。又，鄭卬曰：「大庾嶺。」】大庾嶺多梅，故人號梅嶺。**寒山落桂林**。○【王洙曰。又，趙次公曰：「舊本一作寒江，而師民瞻本取之，非。蓋桂林非可言寒江也。」】山，一作江。○後漢志：鬱林郡本秦桂林郡。○【趙次公曰】余謂此聯言李常侍之櫬自廣南而來也。**長安若箇畔，猶想映貂金**。○【趙次公曰。又，王洙曰：「侍中冠貂蟬。」】漢官儀：侍中冠附蟬爲文，貂尾爲飾，謂之「貂蟬」。○崔豹古今注：貂者取其有文而不炳煥，外柔易而内剛勁也。蟬者，取其清虚識長也。

【校記】

〔一〕子，古逸叢書本作「鍾」。

〔二〕難遇，古逸叢書本作「莫逮」，又杜詩趙次公先後解、九家集注杜詩、杜陵詩史、分門集注、補注杜詩亦作「莫逮」。

青瑣陪雙入，○【趙次公曰：「公昔爲左拾遺，與常侍同通籍而入也。」】言昔爲左拾遺，與李常侍同謁于省中青瑣門也。銅梁阻一辭。○【王洙曰：「蜀有銅梁縣。」】言於蜀之銅梁縣又曾一接言辭而別也。風塵逢我地，江漢哭君時。○【趙次公曰】言當兵戈之際，相逢於江漢，而今又在江漢，又聞其喪而哭也。次第尋書札，呼兒檢贈詩。發揮王子表，不愧史臣辭。○【杜定功曰】李常侍乃宗室之子，故史氏當書之于王子表而無愧也。前漢書有王子侯表。

哭韋大夫之晉

悽愴郇瑕地，○地，一作邑。○【王洙曰】郇，須倫切。○【師古曰】晉地。韋大夫之喪櫬，故甫愴愴以傷之。○【王洙曰】左氏傳：晉謀去故絳，諸大夫曰：「必居郇瑕氏之地。」差池弱冠年。○【師古曰】甫言少年與韋大夫結交也。○【王洙曰】曲禮：二十曰弱冠。大人叨禮數，○大，一作丈。後漢蘇章傳：祖父純，三輔號爲大人。注：大人，長老之稱。文律早周旋。臺閣黄圖裏，簪裾紫蓋邊。尊榮真不忝，端雅獨翛然。貢喜音容間，○甫以貢禹自比也。○【師古曰】按集上韋左丞詩曰「竊效貢公喜」，今韋大夫已死，故云「音容間」也。王吉傳：吉字子陽。世説：王陽在位，貢禹彈冠。○廣絶交論：王陽登則貢公喜。馮招疾病纏。○【師古曰】甫欲擬效馮公之招隱，奈爲渴病所纏，不可得也。○【鄭卬曰：「馮招，馮唐。」】馮唐傳：唐以孝著，爲中郎署長，文帝輦過，問唐曰：「父老何自爲郎？」具以實言。帝拜唐爲車騎都尉。○【王洙曰】故左太冲詩曰：馮公豈不偉，白首不見招。南過駭蒼卒，○【鄭卬曰】蒼，采莽切。卒，七没切。○急也。北思悄聯綿。鵬鳥長沙諱，○【師古曰】甫自言斥逐困於荆南也。○賈誼傳：文帝以誼爲長沙王太傅，有鵬飛入誼舍，自傷以爲壽不得長，迺爲賦以自廣。犀牛蜀郡憐。○【師古曰】言蜀人思韋大夫之德也。○華陽國志：秦孝文王以李冰爲蜀守，冰作石犀五頭以厭水精，迄今蒙福。○【王洙曰】餘見石犀行詩注。素車猶慟哭，○素車，喪服也。寶劍欲高懸。○見哭李之芳詩注。漢道中興盛，韋經亞相傳。○【王洙曰：「韋賢：不如教子一經。」】韋賢傳：宣帝即位，賢爲丞相。四子，少子玄成復以明經歷位至丞相。故諺曰：「遺子黄金滿籯，不如一經。」冲融標世業，磊落映時賢。城府深〔一〕朱夏，江湖眇霽天。綺樓高〔二〕樹頂，○【師古曰】言蔑〔三〕樓之高也。飛旐泛堂前。帟幕疑風燕，○帟，音繹，小幕也。○【師古曰】甫言今失韋，無所棲托，如燕之巢于風幕也。笳簫急暮蟬。興殘虚白室，○【鄭卬曰】興，許應切。○【王洙曰】莊子：虚室生白。○憤賦：棄虚白之室，歸長夜之堂。跡斷孝廉船。○【王洙曰】世説：張憑舉孝廉，出都，負其才氣，謂必參時彦。欲詣劉尹，鄉里及同舉者共笑之，張遂詣河陽尹劉恢〔四〕，字真長。真長延之上坐，清言彌日，因留宿。至曉，張退，劉曰：「卿且去，當取卿共詣撫軍。」張還船，同侶問何處宿，張笑而不答。須臾，真長遣傳教覓張孝廉船，同侶惋愕。

同載詣撫軍，至門，劉前進，謂撫軍曰：「下官今日爲公得一太常博士。」撫軍與之話言，咨嗟稱善，曰：「張憑勃窣爲理窟。」即用爲太常博士。童孺交遊盡，喧卑俗事牽。老來多涕淚，情在强詩篇。誰繼方隅理，朝難將帥權。○【師古曰】言韋大夫之化去，朝廷無輕以兵權授人也。春秋褒貶例，名器重雙全。○【師古曰】左氏成公二年傳：仲尼曰：「惟名與器不可以假人。」

【校記】

〔一〕深，古逸叢書本作「開」。

〔二〕高，古逸叢書本作「開」。

〔三〕奠，古逸叢書本作「莫」。

〔四〕恢，古逸叢書本作「挾」。

久客

羈旅知交態，○【王洙曰】鄭當時傳：翟公大書其門曰：「一貧一富，乃知交態。」淹留見俗情。衰顏聊自哂，○哂，失忍切，笑也。小吏最相輕。○或曰：小吏，疑〔一〕指武也。武以少年鎮蜀，甫來依之。一日忤武意，幾爲所殺，故有是句。去國哀王粲，○【趙次公曰】甫以王粲自比也。

○【王洙曰】王粲避亂荆州，依劉表，作七哀詩：西京亂無象，豺虎亂構患。復棄中國去，遠身適荆蠻。傷時哭賈生。○【趙次公曰】又以賈誼自悼也。○【王洙曰】誼上〔二〕疏陳政事於文帝，曰：「事勢可爲痛哭者一，可爲流涕者二，可爲長太息者六。」狐狸何足道，豺虎正縱横。○【王洙曰】正，一作亂。○【趙次公曰】時吐蕃之亂未息也。○孫寶傳：杜文謂寶曰：「豺狼横道，不宜復問狐狸。」○【王洙曰】張綱傳：豺狼當路，安問狐狸。張孟陽七哀詩：季葉喪亂起，盜賊如豺虎。

【校記】

〔一〕疑，古逸叢書本作「吏」。

〔二〕誼上，古逸叢書本作「謂生」。

雨二首

青山淡無姿，○江淹雜體詩：翠碉淡無滋〔一〕。白露難能數。○【趙次公曰】或曰：暗用佛書「雨露有頭數」之義。片片水上雲，蕭蕭沙中雨。殊俗狀巢居，曾臺附〔二〕風渚。○曾，昨稜切，重也。○【王洙曰】楚地面水背山，俗多架木爲居，以就地勢。佳客適萬里，沉思情延佇。○離騷：結幽蘭而延佇。挂帆遠色外，驚浪滿吴楚。久陰蛟螭出，○廣雅：有鱗曰蛟龍，無角曰螭龍。寇盜復幾許。○【王洙曰】寇盜，一作冠〔三〕蓋。○【趙次公曰】古詩：相去復幾許。

【校記】

〔一〕滋，古逸叢書本作「姿」。

〔二〕附，元本、古逸叢書本作「俯」。

〔三〕冠，古逸叢書本作「寇」。

空山中宵陰，微冷先枕席。○陶淵明詩：風來入房户，中夜枕席冷。回風起清曙，○【王洙曰】古詩：回風動地起。萬象萋已碧。落落出岫雲，○【王昱曰】陶淵明歸去來辭：雲無心以出岫。渾渾倚天石。日假何道行，○【王洙曰】日之行於天也，有黄道、赤道。時夕陰雨，不知日假何道以行也。雨含長江白。連檣荆州船，有士荷矛戟。南防草鎮慘，霑濕起〔一〕遠役。羣盜下辟〔二〕山，總戎備强敵。水深雲光廓，鳴櫓各有適。漁艇息悠悠，○【王洙曰】息，一作自。夷歌負樵客。○【趙次公曰：「當是時荆渚間有寇盜而實道其事也云云。『水深雲光廓，鳴櫓各有適』，則公羨慕之辭也。」】言時寇盜尚未寧，不若漁樵各得其樂，爲可羨也。留滯一老翁，書時記朝夕。○【趙次公曰】甫留滯荆南，爲可傷也，姑書時節之朝夕而已。

【校記】

〔一〕起，古逸叢書本作「赴」。

〔二〕辟，古逸叢書本作「避」。

久雨期王將軍不至

天雨蕭蕭滯茅屋，○【王洙曰】天，一作山。滯，一作帶。○滯，謂久雨也。空山無以慰幽獨。○【趙次公曰】楚辭九章：幽獨處乎山中。銳頭將軍來何遲，○【王洙曰】昔白起頭小而銳。○【趙次公曰】故以比王將軍。○將軍，即王兵馬使也。令我心中苦不足。數〔一〕看黃霧亂玄雲，○數，所角切，頻也。此久雨之徵也。淮南墜形訓：黃泉之埃，上爲黃雲。玄泉之埃，上爲玄雲。時聽叩風折喬木〔二〕。泉源泠泠雜猨狖，○【鄭卬曰】狖，余救切。鼠屬，善旋。泥濘漠漠飢鴻鵠。○【鄭卬曰】濘，乃定切。○飢鴻〔三〕鵠，甫自喻也。歲暮窮陰耿未已，○窮陰，謂陰氣盛，故久雨也。人生會面難再得。○【趙次公曰】古詩：會面安可知。李延年歌：佳人難再得。憶爾腰下鐵絲箭，○【師尹曰】阮瑀詩：箭細鐵絲罔，刀插銀刃白。射殺林中雪色鹿。○抱朴子：虎及鹿、兔皆壽千歲，滿五百歲者其尾皆白。述異記：鹿五百歲化爲白鹿，又五百歲爲玄鹿。○【師尹曰】

陸機詩：仁鹿幾千歲，皮毛如霜雪。前者坐皮因問毛，知者〔四〕歷險人馬勞。異獸如飛星宿落，○【鄭卬曰】宿，思救切。列宿也。應弦不礙蒼山高。○謂射中應弦而落也。安得突騎只五千，崒然眉骨皆爾曹。○崒，服没切，山貌。走平亂世相摧〔五〕促，一豁明主正鬱陶。○甫美王將軍善騎射，欲得諸將皆如之，督捕盜賊，以豁明主鬱陶不得申之氣也。憶昔范增碎玉斗，○【王洙曰】昔漢高祖與項羽會於鴻門，遣張良獻玉斗於范增，增碎之。○初，禄山將作亂，朝臣嘗諫帝，若范增之諫羽，羽不聽，故至有垓下之敗，使玄宗聽直臣之諫，豈至於京師陷而出奔乎？未使吳軍着白袍。○着，直略切。吳王夫差兵敗於越，以素冠素袍祈哀，越不聽。○【趙次公曰】又，南史：梁人陳慶之麾下悉着白袍，所向披靡。先是，洛中謡曰：「名〔六〕軍大將莫自勞，千兵萬馬避白袍。」○【師尹曰】又，侯景令東吳兵盡着白袍，自爲營陣。昏昏閶闔閉氛祲，○【鄭卬曰：「祲，子鴆切，精氣感祥。又，咨尋切。」】祲，子鴆〔七〕切，妖氣也。○【趙次公曰】閶闔，乃吳門名也。十月荊南雷怒號。○【王洙曰：「十月而雷變異也。」趙次公曰：「十月雷，又以實記其變也。」】書天之示變異也。

【校記】

〔一〕數，古逸叢書本作「屯」。

〔二〕「時聽」句，據古逸叢書本補。

〔三〕鴻，古逸叢書本作「鳴」。
〔四〕者，古逸叢書本作「君」。
〔五〕摧，古逸叢書本作「催」。
〔六〕名，古逸叢書本作「各」。
〔七〕鶴，古逸叢書本作「鳩」。

見王監兵馬使説近山有白黑二鷹羅者久取竟未能得王以毛骨有異他鷹恐臘後春生騫飛避暖勁翮思秋之甚眇不可見請余賦詩二首

雲飛玉立盡清秋，〇【趙次公曰】此專詠鷹如雲之飛、如玉之立，皆言其白。至清秋盡，則序所謂「臘後春生，騫飛避暖」是也。不惜奇毛恣遠遊。在野只教心力破，〇力，一作膽。千〔一〕人何事綱羅求。〇千〔二〕，晉、謝皆作干。〇【趙次公曰】即叙云「羅者未能得」也。一生自獵知無敵，〇【趙次公曰】鷹所以用獵也。蓋謂野鷹，故〔三〕能自獵也〔四〕。庾信詩：野鷹能自獵〔五〕，江鷗解綱魚。百中争能耻下韝。〇韝，古侯切。〇【王洙曰】臂捍也。鵬礙九天須却避，〇【趙次公引作「孔氏志」。】幽明録：有獻鷹於楚文王，獵於雲夢，此鷹殊無搏筮〔六〕之志，王曰：「吾鷹所獲以百數，汝鷹無奮意，將欺予耶？」俄而雲際有一物，凝翔飄飖，鮮白不辨其形。鷹見之，竦翮而升，矗若飛電，須臾，物墮如雪，血下如雨，良久，有一大鳥墮地而死，度其兩翅廣數十里。衆莫能識，有一博物君子曰：「此大鵬雛也。」文王乃厚賞之。又見孔氏志怪。兔藏三窟莫深憂。○【王洙曰】戰國策：馮煖謂孟嘗君曰：「狡兔有三窟，覲得免其死耳。今君有一窟，未得高枕而卧也。」

【校記】

〔一〕千，元本、古逸叢書本作「于」。

〔二〕千，元本、古逸叢書本作「于」。

〔三〕故，元本、古逸叢書本無。

〔四〕也，元本、古逸叢書本無。

〔五〕庾信詩野鷹能自獵，元本、古逸叢書本無。

〔六〕箆，元本、古逸叢書本作「噬」。

黑鷹不省人間有，○省，悉井切，察也。度海疑從北極來。○【趙次公曰】北極之氣主乎肅殺，故産鷹焉。爾雅：北至於祝栗，謂之「北極」。正翮搏風超紫塞，○【趙次公曰】崔豹古今注：秦築長城，土色皆紫，漢塞亦然，故云「紫塞」也。○塞者，擁夷狄也。○【王洙曰】或曰：雁門有紫疆城，元帝纂要：「冬曰玄冬。字出梁草色皆紫，故曰『紫塞』。玄冬幾夜宿陽臺。○【趙次公曰：「立冬字，師民瞻本作玄冬。字出梁元帝纂要：冬白玄冬。」】玄，一作立，恐非。四時纂要：冬曰玄冬。虞羅自各虛施巧，○【王洙曰】隋魏彥深鷹賦：何虞者之多端，運橫羅以羈束。春雁同歸必見猜。萬里寒空只一日，金眸玉爪不凡材。